dtv

Edward Feathers, einst Kronanwalt in Hongkong, vollendeter Gentleman und mit achtzig noch ein schöner Mann, scheint ein mühelos erfolgreiches Leben zu haben. Aber wer kennt ihn wirklich? Als seine Frau stirbt, bewahrt Feathers wie gewohnt Contenance. Doch eines Morgens setzt er sich ans Steuer seines Wagens und fährt los, das eigene Leben zu erkunden.

Jane Gardam wurde 1928 in North Yorkshire geboren. Als einzige Schriftstellerin wurde sie gleich zweimal mit dem Whitbread/Costa Award ausgezeichnet. Mit ›Ein untadeliger Mann‹ stand sie auf der Shortlist des Orange Prize. Sie ist Fellow der Royal Society of Literature und lebt in East Kent.

Jane Gardam

Ein untadeliger Mann

Roman

Aus dem Englischen
von Isabel Bogdan

dtv

Ausführliche Informationen über unsere Autorinnen und Autoren und ihre Bücher finden Sie unter www.dtv.de

Von Jane Gardam sind im dtv Großdruck außerdem erschienen:
Eine treue Frau (25414)
Letzte Freunde (25429)

Dieses Buch ist bei dtv auch im Normaldruck (14567) lieferbar.

MIX
Papier aus verantwortungsvollen Quellen
FSC® C019821
FSC www.fsc.org

Ungekürzte Ausgabe 2019
2. Auflage 2020
dtv Verlagsgesellschaft mbH & Co. KG, München
Die Originalausgabe erschien 2004 unter dem Titel ›Old Filth‹ bei Chatto & Windus, London.
Lizenzausgabe mit Genehmigung des Carl Hanser Verlags, München

Umschlaggestaltung: dtv nach einem Entwurf von Peter-Andreas Hassiepen unter Verwendung eines Fotos von Thinkstock
Gesetzt aus der Stempel Garamond 12/15,3'
Gesamtherstellung: Druckerei C.H.Beck, Nördlingen
Gedruckt auf säurefreiem, chlorfrei gebleichtem Papier
Printed in Germany · ISBN 978-3-423-25404-5

Auch Rechtsanwälte, glaube ich,
waren einst Kinder.

Charles Lamb. Inschrift an der Statue eines Kindes im Inner Temple Garden in London

Den Raj-Waisen und ihren Eltern

Teil eins

Szene: Inner Temple

Der Lunchraum für die Prominenz in der Honourable Society of the Inner Temple. Licht fällt durch die hohen Fenster auf den polierten Tisch, auf Silber und Glas. Eine Reihe Richter und zugelassener Anwälte beendet gerade das Mittagessen. Ein Stuhl ist eben frei geworden, und die Juristen sehen ihn an.

The Queen's Remembrancer: Ich nehme an, wir wissen alle, wer dort saß?

Junger Richter: Keine Ahnung.

Älterer Richter: Schien berühmt zu sein.

Rechtsberater des Magistrats: Das war Old Filth.

JR: Was? Der muss doch schon seit Jahren tot sein. Ein Zeitgenosse von F. E. Smith.

RM: Nein. Das war Old Filth. Großer Anwalt, Richter und ein bisschen ein Schlaumeier. Von ihm soll der Ausdruck FILTH kommen – Failed In London Try Hong Kong. Er hat es in Hongkong versucht. Bescheidener, netter Kerl.

ÄR: Harter Arbeiter. Umweltschutzgesetz. Filth über Umweltverschmutzung.

RM: Nomen est omen.

ÄR: Alter Witz. Er muss ja bald hundert sein.

RM: Noch lange nicht. Er ist noch gar nicht so lange im Ruhestand. Sieht aber sehr alt aus.

QR: Geradezu durchscheinend. Man konnte das Licht durch ihn durchsehen.

RM: Aber er sieht großartig aus. Und ist immer noch voll da.

QR: Er regelt hier irgendetwas mit seinem Testament. Betty ist auch da, sie lebt auch immer noch. Sie hatten ein schönes Leben. In Fernost. Und sind reich. Haben auf sich aufgepasst.

RM: Nie ein Fehltritt. Sehr beliebt, der alte Filth.

QR: Nur bei Veneering nicht.

ÄR: Ja, das war komisch. Passt überhaupt nicht.

QR: Er meint es doch sonst mit allen gut. Ob es da irgendwelche Geheimnisse gibt?

ÄR: Bei Old Filth?

QR: Schon erstaunlich, dass er nicht einfach langweilig ist.

RM: Ja. Aber ist er nicht. Raj-Kind, Privatschule, Oxford, Kronanwalt – aber kein

Langweiler. Die Frauen waren verrückt nach ihm.

QR: Kaffee? Oder müssen Sie weiter?

RM: Ja. Zehn Minuten. Mein Clerk packt schon den nächsten Fall zusammen. Er schimpft bestimmt mit mir und klopft auf seine Uhr.

QR: Ja, hier ist nicht Hongkong. Aber es war nett, den alten Quastenflosser zu sehen.

RM: Das stimmt. Können wir noch unseren Enkeln von erzählen.

Die Donheads

Er war sagenhaft sauber. Geradezu ostentativ sauber. Der Rand seiner alten Fingernägel war reinweiß. Die wenigen Haare unter seinen Fingerknöcheln waren immer noch golden und wirkten stets wie frisch schamponiert, ebenso wie sein lockiges, immer noch rötlich braunes Haupthaar. Seine Schuhe glänzten wie Kastanien. Seine Kleidung war immer frisch gebügelt. Er hatte die Eleganz der zwanziger Jahre, denn seine Kleider, wie auch immer sie bei näherer Betrachtung aussahen, passten zu ihm. Stets ein viktorianisches Seidentuch in der Brusttasche. Stets gelbe Baumwoll- oder Seidensocken von Harrods; manch ein Stück, das er noch aus dem fernen Osten hatte, war immer noch perfekt. Seine Haut war rein und wirkte bei schlechter Beleuchtung immer noch jung.

Seine Kollegen aus der höheren Anwaltschaft nannten ihn Filth, und das war durchaus nicht ironisch gemeint. Er galt als Ursprung des alten Witzes *Failed In London Try Hong Kong*. Es hieß, er habe die Londoner Gerichte als sehr junger, sehr armer Mann in einer spontanen Laune kurz nach dem Krieg verlassen und sei in Hongkong von Anfang an ungeheuer erfolgreich gewesen. Aber weil er ein bescheidener Mann sei, hieß es, bezeichne er sich selbst als Parvenü, als Betrüger und Luftikus.

Dabei war Filth gar nicht der Typ, der Witze machte, er war in Bezug auf seine Arbeit durchaus nicht bescheiden, und er gab selten, und wenn, dann höchstens in Extremsituationen, irgendwelchen Launen nach. Aber er wurde auch noch Jahre, nachdem er sich zur Ruhe gesetzt hatte, geliebt, bewundert und freundlich belächelt. Man sprach über ihn.

Jetzt ging er auf die achtzig zu und lebte allein in Dorset. Seine Frau Betty war tot, aber zu Hause plauderte er immer noch mit ihr. Er hatte einen wachen Geist und war ein reizender Mensch. Immer gewesen. Ein Mann, dessen vornehmes Leben gradlinig und glücklich verlaufen war. In seinem Haus roch es nicht nach Alter. Er war reich, und er ging selbstverständlich davon aus, dass das Haus und er selbst sauber gehalten wurden, gefüttert und gewaschen von Bediensteten, wie es immer gewesen war. Er wusste, wie man Angestellte behandelte, und sie blieben über Jahre bei ihm.

Betty hatte ebenfalls ein gutes Händchen mit Angestellten gehabt. Sie war ebenso wie Old Filth in der Region geboren, die die Amerikaner den Orient nannten und die Britische Oberherrschaft den Fernen Osten. Sie waren sich ihres Standes bewusst, aber unprätentiös und beliebt.

Nach Bettys Tod hörte Old Filth auf zu kokettieren. Sein Leben stürzte ein. Er wurde umständlicher. Er begann, zunächst langsam, die Deckel von vergangenen Ereignissen zu heben, die er als vernünftiger Mann mit vernünftigen und gebildeten Freunden (er war Anwalt der Krone und Richter gewesen) bislang geschlossen gehalten hatte.

Sein Erfolg als Anwalt in Hongkong war so phänomenal gewesen, weil er entspannt, beherrscht, fleißig und talentiert war. Seine Karriere war in dem Moment in Gang gekommen, als die Straits-Chinesen anfingen, ihm das Mandat zu erteilen. Aus seiner Kindheit in Malaya war ihm eine Vertrautheit mit asiatischen Sprachen geblieben, außerdem empfand er auch eine gewisse Nähe zur asiatischen Seele. Wenn Old Filth Malaysisch sprach, oder (etwas weniger eloquent) Mandarin, hörte man eine unerwartete Stimme. Chinesische, malayische und bengalische Anwälte hatten zwar oft ebenfalls in Oxford und an den *Inns of Court* studiert, wurden aber allgemein für nicht direkt genug gehalten. Filth – oder inzwischen *Old Filth*, und seit er im Ruhestand war, oft sogar *Good Old Filth* – hatte sie allerdings als vollkommen geradlinig und nach seinem Geschmack empfunden.

Sein ganzes Leben lang hatte er chinesische Werte hochgehalten: die Höflichkeit, die plötzlichen Seitenhiebe, die unbedingte Gastfreundschaft, die Freude am Geld, die Schicklichkeit, die Wertschätzung des Essens, die Diskretion, die Cleverness.

Er hatte eine Schottin geheiratet, die in Peking geboren war. Sie war etwas stämmig und burschikos, hatte die breiten Schultern von Lanarkshire und große Hände, aber sie sprach fließend Mandarin und fühlte sich in den chinesischen Sitten und Gebräuchen sehr viel mehr zu Hause als auf ihren seltenen Besuchen in Schottland. Ihre Leidenschaft für Schmuck war chinesisch, sie fuhr mit ihren starken schottischen Fingern auf den Straßenmärkten von Kowloon durch die Tabletts mit Jade wie durch Strandkiesel. »Wenn du das machst«, sagte Old Filth manchmal zu ihr – da waren sie noch jung, und ihre Anwesenheit war ihm noch nicht selbstverständlich geworden –, »sind deine Augen beinahe mandelförmig.« »Arme, alte Betty«, sagte er nun zu ihrem Geist im Sessel in ihrem Haus in Dorset, wo sie sich zur Ruhe gesetzt hatten und wo sie gestorben war.

Warum eigentlich Dorset? Das wusste niemand. Vielleicht irgendeine alte Familientradition. Filth sagte, er möge den Rest von England nicht, Betty, es sei ihr zu kalt in Schottland. Von Wales hielten sie beide nichts.

Aber wenn es je ein altes Paar gegeben hatte, das für einen Ruhestand als Expats in Hongkong gemacht zu sein schien – Mitglieder im Cricket Club, im Jockey Club, treue Nutzer der englischen Leihbücherei, Stütze der St. Andrew's Church und der St. John's Cathedral –, dann waren es Filth und Betty. Leute, die sich immer Angestellte würden leisten können (Filth war steinreich), die in einem Haus auf dem Peak leben würden, die jeden Freund eines Freundes eines Freundes, der die Kronkolonie besuchte, stets herzlich willkommen heißen und bewirten würden. Wer an Betty dachte, sah sie an ihrem runden Rosenholztisch sitzen, sich schnell vergewissern, ob etwa ein Teller leer war, und mit dem kleinen Glöckchen klingeln, mit dem sie die hinterhältig lächelnden Mädchen in identischen, prächtigen Cheongsams rief. Old Filth und Betty waren durch und durch Kosmopoliten, und sie waren eine Zierde auf den Trauerfeiern für ihre alten Freunde in der Kathedrale, Engländer wie Chinesen. In den letzten Jahren hatten diese Todesfälle sich wirklich gehäuft.

War es womöglich »das Pfund«, das sie nach Dorset gezogen hatte? Der Gedanke, in Hongkong eines Tages von einer Pension leben zu müssen? Aber der Teil von Dorset, den sie sich ausgesucht hatten, war keineswegs kostengünstig. Es war bekannt, dass Betty eigenes Geld hatte, und Filth hatte immer munter behauptet, er hätte es so lange wie möglich hinausgezögert, Richter zu werden, damit er nicht von einem Gehalt leben musste.

Und sie hatten keine Kinder. Keine Verpflichtungen. Niemanden, dessentwegen sie nach England hätten zurückkehren müssen.

Oder war es – das war am wahrscheinlichsten – das Ende des Empire gewesen? Das Jahr 1997 rückte näher. Konnten sie den Gedanken nicht ertragen, dass die Barbaren kommen würden? Die ihnen inzwischen unbekannten, aber sicher veränderten Festlandchinesen, deren Großeltern die kleine Miss Betty als Baby mit weichem Malzgelee gefüttert und ihr furchterregende Märchen erzählt hatten?

Filth und Betty hatten keinen Bedarf an Unbekanntem, und schon fünf Jahre bevor sie Hongkong verließen, hörte man kaum noch Englisch in den Geschäften und Hotels, und wenn, dann wurde es nicht mehr so gut gesprochen. Viele Engländer und Chinesen aus ihrem Bekanntenkreis waren bereits nach London oder Seattle oder Toronto gegangen und viele Kinder auf Internate geschickt worden. Die elegantesten Villen auf dem Peak waren verriegelt und verrammelt, und bei Bettys Lieblingsjuwelier hoben die jungen Mädchen, die den ganzen Tag hinter dem Tresen saßen und Perlen aufzogen und die immer noch aussahen wie unter sechzehn, obwohl Betty sie schon seit über zwanzig Jahren kannte, jetzt etwas langsamer den Blick, wenn Betty die Glocke an der gepanzerten Tür klingeln ließ. Sie hatten immer noch das fest installierte Lächeln im Gesicht, aber irgendwie hatten sie nicht mehr ganz so schöne Steine für sie. Die Chinesinnen, die Betty kannte, hatten diese Schwierigkeiten nicht.

Also waren Filth und Betty plötzlich weg gewesen, für immer verschwunden aus den himmelhohen, glitzernden Vorhängen aus Licht, leuchtendem Gold, Zartgrün und Rosé, von den geschäftigen Wassern des großartigsten Hafens der Welt und dem ewigen Schauspiel ein- und auslaufender Schiffe aller Art: Dschunken und Ölfrachter, Privatyachten wie Schwäne, und die tröstlichen kleinen flaschengrünen Star Ferries, die den ganzen Tag und einen Großteil der Nacht hindurch nach Kowloon und zurück tuckerten. *Zugelassen für 319 Personen.* Filth hatte die Gewissheit dieser *19* immer geliebt.

Weg waren sie also, weit weg von ihren Freunden und über siebzig, in einem Haus tief in den Donheads an der Grenze zwischen Dorset und Wiltshire, einem alten, niedrigen Steinhaus, das vom Tor aus nicht zu sehen war. Eine holprige, schmale Einfahrt führte in Kurven zum Haus hinauf und außer Sicht. Das Haus stand auf einer kleinen Anhöhe und blickte über Wälder mit sämtlichen Sorten und Farben englischer Bäume hinweg, und ganz hinten am Horizont war das langgestreckte, kalksteinweiße und von Wolkenschatten gesprenkelte Hügelland zu erkennen. Kein Ort auf der Welt ähnelt Hongkong oder dem Fernen Osten weniger.

Das Haus war allerdings nicht so abgelegen, dass ein Arzt in einigen Jahren vorschlagen würde, dem Krankenpflegedienst zuliebe näher an die Zivilisation zu ziehen. Eine halbe Meile die hügelige Straße hinauf lag ein Dorf, und eine halbe Meile in die andere Richtung hinauf – ihre Einfahrt lag in einer Senke – lagen eine Kirche und ein Laden. Zwischen den Bäumen waren noch weitere Häuser verteilt. Es gab sogar ein direktes Nachbarhaus, dessen Einfahrt neben ihrer den Hügel hinaufführte, dann aber abzweigte. Sie verschwand, ebenso wie ihre. Sie wohnten also abgeschieden, aber nicht von der Außenwelt abgeschnitten.

Und es ging gut. Dafür sorgten sie schon. Betty war die Sorte Mensch, die beschlossen hatte, dass das Ende ihres Lebens gut laufen würde, und Filth hatte Betty; somit hatte er keinerlei Befürchtungen, dass irgendetwas nicht funktionieren könnte. Sie veränderten sich natürlich. Sie gaben vieles auf. Sie gingen nur noch selten aus. Betty schrieb viele Briefe. Sie konzentrierten sich auf ihre Zufriedenheit und auf das Gefühl, in ihrem erfolgreichen Leben geborgen zu sein. Filth hatte über seine Fälle immer gesagt: »Ich bin das Vergessen geübt.« Er sagte: »Wie sollte ich sonst funktionieren?« Fakten, Erinnerungen, der Schmerz des Lebens – oder chaotischer Lebensumstände – mussten vergessen werden. Filth hatte Menschen zum Tode verurteilt. Hatte miterlebt, wie Unschuldige verurteilt wurden. Als Kronanwalt schätzte er, dass die Hälfte seiner Fälle zu falschen Urteilen geführt hatte. In Hongkong lebten die Richter in einer Enklave von Palästen hinter Tag und Nacht bewachten Stahltoren.

In den Donheads fühlten sie sich hinter dem Schloss ihrer altmodischen Farmhaustür sicher, die nicht versehentlich nur angelehnt sein konnte. Betty kümmerte sich um den Garten, Filth las Thriller und Biographien und werkelte dann und wann ein bisschen in seinem Schuppen herum. Er bewahrte seine Richterperücke in einer ovalen schwarz-goldenen Blechdose auf dem Kaminsims auf, sie sah aus wie eine graue Katze in einem Korb. Zur rechten Zeit, als sich außer Betty niemand mehr darüber lustig machen konnte, verlegte er sie in seinen Kleiderschrank zu den schwarzen Seidenstrümpfen und den Schnallenschuhen. Die schwarze Kappe hatte er gar nicht erst mit nach England gebracht.

Betty nähte. Oft betrachtete sie stundenlang die Bäume. Einmal in der Woche fuhren sie in ihrem bescheidenen Auto zum Supermarkt in Shaftesbury. Für die schwereren Arbeiten im Garten kam ein Gärtner, und viermal die Woche kam eine Frau aus einem der umliegenden Dörfer und machte sauber, kochte und kümmerte sich um die Wäsche. Betty sagte, Hongkong mache Ausländer unfähig, ihre eigene Wäsche zu waschen. Nach Bettys Tod arbeiteten der Gärtner und die Zugehfrau weiterhin für Filth. Der disziplinierte Charme, der Filth sein Leben lang ausgezeichnet hatte, hatte es gut überstanden.

Jedenfalls hatte es den Anschein. Im Rückblick war Filth jedoch bewusst, dass er hinter seiner äußerlichen Abgeklärtheit psychisch zusammengebrochen war, und dass ein psychischer Zusammenbruch bei jemandem, der die Schauspielerei verinnerlicht hat (wie etwa ein Kronanwalt), unsichtbar sein kann. Für den Betroffenen ebenso wie für alle anderen.

Und dies – das Ereignis, das er im Nachhinein als den Beginn der Aufklärung betrachtete – geschah zwei Jahre später an Weihnachten. Es begann mit der Zugehfrau.

Sie schloss sich selbst die Tür auf und fing schon an zu reden, bevor sie auch nur über die Schwelle war. »Also wirklich«, sagte sie, »was ist denn hier los, Sir Edward? Man bekommt ja alles erst mit, wenn es schon passiert ist. Die Nachbarn sind wohl ausgezogen, hier direkt nebenan. Jedenfalls ist in der Einfahrt alles voller Umzugswagen, und sie schleppen jede Menge Zeug rein. Angeblich ebenfalls ein Anwalt aus Singapur, wie Sie.«

»Hongkong«, korrigierte Filth, wie immer.

»Dann eben Hongkong. Ich nehme an, die werden eine Zugehfrau brauchen, aber da haben sie Pech gehabt. Machen Sie sich keine Sorgen, mir geht es hier gut. Ich kann denen aber jemanden vermitteln, falls sie nachfragen. Ich habe genug zu tun.«

Ein paar Tage später erfuhr Filth im Dorfladen den Namen des neuen Nachbarn. Es war, wie die Zugehfrau gesagt hatte, in der Tat der eines anderen Anwalts aus Hongkong, und es war der Name des einzigen Menschen in seinem Berufsleben, oder auch in seinem Privatleben, den Filth jemals wirklich verabscheut hatte. Es war viel darüber spekuliert worden, und es hatte den normalerweise eher zugeknöpften Filth nicht einmal geschert, aber dieser Mann hatte viele Jahre lang auf ihn gewirkt wie Gift aus den Mäulern chinesischer Drachen.

Das Gleiche galt umgekehrt auch für die Wirkung des alten Filth auf Terry Veneering.

Betty hatte nie ein Wort darüber verloren. Hatte sich herausgehalten. Sich zurückgezogen, geschwiegen. Filths Clerk und die anderen Anwälte empfanden die Feindschaft als eine geradezu chemische oder physische Angelegenheit. In Hongkong standen die beiden unter Beobachtung der gesamten Anwaltschaft. Old Filth, der charmante, weise alte Filth, und der draufgängerische Veneering stritten sich vor Gericht nicht einfach, sondern sie spuckten Gift. Sie kreuzten nicht die Schwerter, sie gingen mit Krummsäbeln aufeinander los. Für Old Filth verkörperte Terry Veneering all das, was die britische Herrschaft dieser himmlischen Kolonie falsch machte – er war ein Emporkömmling, arrogant, aufbrausend, laut, zynisch und gewöhnlich. Und ein viel zu guter Spieler. Ohne Leute wie Veneering – wer weiß? Veneering behandelte die Chinesen wie Luft, protzte mit übertrieben herrschaftlichem Verhalten, stolzierte bei offiziellen Anlässen in Schwarz und Gold herum, schmeichelte sich beim Gouverneur ein, trank zu viel. Vor Gericht misshandelte er seine Kontrahenten nachgerade. Einmal, als sie beide noch einfache Anwälte waren und mit einem nicht enden wollenden Fall um ein Mietshaus auf einem ehemaligen chinesischen Friedhof beschäftigt waren (das Haus warf eigenartigerweise keinen Gewinn ab), hatte Veneering Tage damit zugebracht, primitiven Volksglauben zu verhöhnen. Jedenfalls sagte Old Filth das vor Gericht und außerhalb. Darüber, was Veneering über Old Filth sagte, zog er keine Erkundigungen ein, aber die Abneigung war wechselseitig und überbordend. Betty konnte es schon nicht mehr hören.

Veneering kam mit allem durch, knurrte Filth. Er stolzierte auf seinen dicken Beinen durch die Kolonie wie Goliath und gab auf Partys fürchterlich an. Bei einem königlichen Staatsbesuch prahlte er mit seinem Jungen in Eton. Später ging es dann ständig um seinen Jungen in Cambridge und dann um seinen Jungen im Garderegiment. »Unerträglich«, schimpfte Filth. Betty sagte: »Ach, still, still.«

Jetzt war Filths erster Gedanke: Gott sei Dank ist Betty nicht mehr. Sein zweiter Gedanke war, dass er würde umziehen müssen.

Aber das Haus nebenan war ebenso unsichtbar wie Filths, der Garten hinter den langen Tannenreihen versteckt, die zwischen ihren beiden Einfahrten wuchsen. Diese Bäume wurden permanent breiter und höher, und selbst als alle anderen Bäume die Blätter abwarfen und es Winter wurde, war der neue Nachbar weder zu sehen noch zu hören.

»Er ist Witwer und lebt allein«, sagte die Zugehfrau. »Seine Frau war Chinesin.«

Old Filth fiel wieder ein, dass Veneering eine Chinesin geheiratet hatte. Sonderbar, dass er das vergessen hatte. Warum erfüllte ihn das mit so einer Mischung aus Hass und Selbstgefälligkeit – fast schon Erleichterung? Jetzt erinnerte er sich auch wieder an die Frau, wie sie immer nach unten geschaut hatte, und an ihre seltsam großen, schwer hinabhängenden Ohrringe.

Er erinnerte sich an sie auf der Rennbahn, in einem leuchtend gelben Seidenkleid, neben Veneering – einem großen, groben, goldenen Kerl, sicher eins neunzig groß, der sich bemühte, mit seiner gepressten Stimme nach englischer Privatschule zu klingen.

Mit diesem Bild im Kopf nickte Old Filth ein und staunte über die Deutlichkeit der dreißig Jahre alten Erinnerung, wo doch das, was gestern war, heute schon im Dunkeln lag. Er war jetzt beinahe achtzig. Veneering war etwas jünger. Nun ja, sie konnten ja jeder in seiner Ecke bleiben. Sie brauchten einander nicht zu begegnen.

Das taten sie auch nicht. Das Jahr verging, und dann noch eins. Ein Freund aus Hongkong – ein junger Bursche um die sechzig – besuchte Filth und sagte: »Ich glaube, der alte Terry Veneering wohnt hier irgendwo in der Nähe. Haben Sie ihn schon getroffen?«

»Er wohnt nebenan. Nein. Nie.«

»Nebenan? Mein lieber Freund!«

»Wahrscheinlich wäre ich besser weggezogen.«

»Und Sie meinen, Sie haben ihn noch gar nicht …«

»Nein.«

»Und er hat keine … Geste gemacht?«

»Christopher, Sie haben wohl ein schlechtes Gedächtnis.«

»Nun ja, ich wusste natürlich, dass Sie … dass Sie in dieser Hinsicht beide etwas eigensinnig waren, aber …«

Old Filth begleitete seinen Freund noch bis ans Tor. Daneben lag Veneerings Tor, überwachsen von alten Eiben. Am Tor hing ein Stück Regenrinne für die Morgenzeitung. Es war identisch mit dem, das seit Jahren an Filths Tor hing. »Er hat mir das mit der Regenrinne nachgemacht«, sagte Old Filth. »Er war noch nie besonders originell.«

»Ich könnte ja mal bei ihm vorbeigehen«, sagte Christopher.

»Wenn Sie das tun, brauchen Sie bei mir nicht mehr anzukommen«, sagte Filth höflich.

Im Auto dachte der Freund über das Mysterium nach, welche Überzeugungen man bis ins Greisenalter behält, und wie klug es von ihm gewesen war, in Hongkong zu bleiben.

»Wollen Sie mich nicht mal besuchen kommen, Eddie?«, fragte er aus dem Autofenster heraus. »Zum Beispiel zu Weihnachten? Es hat sich nicht viel verändert, es ist immer noch so wie sonst nirgends auf der Welt.«

Aber Filth sagte, Weihnachten gehe er nie aus dem Haus. Er fahre nur mit dem Taxi zum Lunch ins White Hart in Salisbury. Guter Laden. Keine Papierhütchen, keine Luftschlangen.

»Ich erinnere mich an Betty mit Luftschlangen im Haar, und mit ihren Perlen und ihrem Goldschmuck. In Hongkong.«

Aber Filth bedankte sich, lehnte ab und winkte ihm hinterher.

Als Filth am Weihnachtsmorgen auf das Taxi wartete, das ihn zum White Hart bringen sollte, dachte er wieder an Christopher. Er schaute aus einem Fenster, dessen Läden schon fast zugeschneit waren. Es schneite, seit er fünf Stunden zuvor den Schlafzimmervorhang zur Seite gezogen hatte. Große, fest entschlossene Flocken. Sie fielen und fielen. Sie tanzten. Sie fesselten ihn. Nach einer Weile hätte er nicht mehr sagen können, ob sie sich nach oben oder nach unten bewegten. Er dachte an die Straße am Ende seiner Einfahrt und die tiefe Senke dort und fragte sich, ob das Taxi es wohl schaffen würde. Um Viertel nach zwölf dachte er, er könnte mal anrufen und nachfragen, aber er wartete noch bis halb eins, denn er wollte keine unnötigen Umstände machen. Das Telefon war tot.

»Ah«, sagte er. »Ha.«

Er hatte noch Mince Pies und einen Kochschinken. Einen guten Tropfen irgendwo. Er würde schon klarkommen. Aber schade war es. Mit der Tradition zu brechen.

Er stand da und starrte die Weihnachtskarten an. Es waren schon wieder weniger als letztes Jahr. An Geschenken hatte er nur ein einziges bekommen, von seiner Cousine Claire. Immer das Gleiche, zwei Stofftaschentücher. Das war mehr, als er ihr schickte, aber immerhin hatte sie die Perlen bekommen. Er musste ihr mal Blumen schicken. Er nahm eine große, glänzende Karte in die Hand und las: *The Ideal Tailor, Century Arcade, Star Building, Hongkong wünscht seinen geschätzten Kunden fröhliche Weihnachten.* Jahr für Jahr. Ohne Ausnahme. Die Anzüge hatte er immer noch. Zwanzig Jahre alt. Im Sommer trug er sie noch manchmal. Schneeflocken tanzten um ein chinesisches Pfahlhaus. Rote Schriftzeichen. In der Ecke ein winkender Weihnachtsmann. Pfahlbauten. Häuser auf Pfählen.

Plötzlich vermisste er Betty. Sehnte sich nach ihr. Hatte das Gefühl, wenn er sich jetzt schnell umdrehte, wäre sie da.

War sie aber nicht.

Draußen war ein seltsames Geräusch zu hören, ein langes Rutschen, dann ein schwerer, dumpfer Schlag. Konnte gut das Taxi sein, das ins Rutschen geraten und gegen das Haus geknallt war. Filth öffnete die Haustür, sah aber nichts als Schnee. Er trat auf die Treppe hinaus, um die Einfahrt hinuntersehen zu können, und hinter ihm schlug die Haustür zu und schloss sich mit einem soliden Vorkriegsklicken.

Er trug Hausschuhe. Ansonsten war er bekleidet mit Hosen, einem Unterhemd – das er immer trug, er war ein Gentleman, Gott sei Dank –, Hemd, Krawatte und der dünnen Kaschmir-Strickjacke, die Betty ihm vor Jahren gekauft hatte. Sie war bereits durchnässt.

Filth ging in seinen Pantoffeln vorsichtig am Haus entlang und beugte sich vor, schirmte seine alten Augen gegen den Schnee ab, um zu sehen, ob vielleicht zufällig … aber er wusste genau, dass die Hintertür verschlossen war, und die Balkontüren ebenfalls. Er ging über die eisglatte Rasenfläche zum Geräteschuppen, der ebenfalls verschlossen war. Dann fiel ihm der Wagen in der Garage ein. Er war schon länger nicht mehr gefahren, seit den schlimmen Tagen nicht mehr. Mrs Dings kaufte für ihn ein, der Wagen wurde kaum noch gebraucht. Aber vielleicht war die Garage …?

Die Garage war verschlossen.

Es half alles nichts, er musste irgendwie die Einfahrt hinunter und unter Veneerings Eiben auf das Taxi warten.

Auf Zehenspitzen ging er an dem Haufen Schnee vorbei, der vom Dach gerutscht war, was wie ein rutschender Wagen geklungen hatte. »Ich bin so ein verflixter Idiot«, sagte er.

Vom Tor aus blickte er die Straße hinunter. In beide Richtungen war nur die schimmernde Schneedecke zu sehen. Seit Stunden unberührt. Alles war still, wie tot. Filth wandte sich um und schaute in Veneerings Einfahrt.

Auch sie wirkte wie reine Seide, makellos, keine Vogelspur, es war nicht mal eine Beere hineingefallen. Schnee über Schnee. Er fiel und fiel. Dick, nass, eiskalt. Filths immer noch volles Haar war eisig. In seinem Kragen hatte sich Schnee gesammelt, in seiner Strickjacke, seinen Pantoffeln. Alles war eiskalt. Seine knotigen Hände waren eisig, als er erst nach einem Eibenzweig griff, dann nach dem nächsten. Eine Hand über die andere setzend, schaffte er es Veneerings Einfahrt hinauf.

Er wird bei seinem Sohn sein, dachte Old Filth. Entweder das, oder bei ihm findet irgendeine fürchterliche Feier statt. Golfer. Alte Seilschaften aus *The Temple*. Smarte Anwälte. Gin.

Aber als das Haus in Sicht kam, war es dunkel und wirkte leer. Wie seit Jahren verlassen.

Old Filth stand auf der Vortreppe und zog an der Klingel. Irgendwo in den Tiefen des Hauses ertönte eine Glocke, wie Bettys damals an dem Esstisch aus Rosenholz in den Mid Levels.

Was zum Teufel mache ich denn jetzt? Wahrscheinlich ist er weg, bei diesem Rindvieh Christopher, und sie zechen im Peninsular Hotel. Da ist es jetzt – Moment, spät in der Nacht. Sie werden bei Brandy und Zigarren angekommen sein. Die Zigarren wurden in einer großen, flachen Kiste präsentiert, und der Maître d'hôtel verbeugte sich dazu wie ein Priester vor dem Sakrament. So vulgär. Würde die beiden wahrscheinlich noch umbringen. Hallo?

Drinnen war ein Licht angegangen, und hinter einem Vorhang im Seitenfenster tauchte ein Gesicht auf. Dann wurde die Eingangstür von einem gebeugten alten Mann mit ein oder zwei blonden Haarsträhnen ein Stückchen geöffnet.

»Filth? Kommen Sie rein.«

»Danke.«

»Ohne Mantel unterwegs?«

»Ich wollte nur kurz vorbeischauen. Eigentlich habe ich nach meinem Taxi Ausschau gehalten, ins White Hart. Weihnachtslunch. Nur so. Ich dachte, ich komme kurz vorbei und …«

»Frohe Weihnachten. Wie nett von Ihnen.«

Sie standen in der trost- und schmucklosen Eingangshalle.

»Ich hole Ihnen mal ein Handtuch. Und die Strickjacke ziehen Sie wohl besser aus, ich gebe Ihnen eine andere. Whiskey?«

Im braunen, eiskalten Salon lag auf einem riesigen Tisch ein Puzzle, das erst zu einem Achtel fertig war. Tisch und Puzzle waren weiß vor Staub. Ein hoffnungsloses Unterfangen.

»Zu viel Himmel«, sagte Veneering, als sie nachdenklich davorstanden. »Ich schalte mal die Heizung hoch. Ich sitze nicht oft hier drin. Ihnen ist doch sicher kalt. Vielleicht hören wir Ihren Wagen von hier aus, aber das bezweifle ich. Ich würde sowieso annehmen, dass er gar nicht durchkommt.«

»Ob ich wohl mal Ihr Telefon benutzen könnte? Meins funktioniert nicht.«

»Wenn Ihres nicht geht, wird meins wahrscheinlich auch nicht gehen«, sagte Veneering. »Aber Sie können es gern versuchen.«

Die Leitung war tot.

Sie setzten sich vor die kleinen, rotglühenden Drahtschlangen eines elektrischen Heizstrahlers. Irgendwas Antikes, dachte Filth, so einen hatte er schon seit sechzig Jahren nicht mehr gesehen. Und das war im Jahr der Smogkatastrophe in der Kanzlei gewesen.

In einer kleinen Vitrine auf dem Kaminsims lag ein Paar exotische Ohranhänger. Der Heizstrahler, die Ohrringe, der Whiskey, das Puzzle, das Schweigen, der so unheimlich immer weiter fallende Schnee sorgten dafür, dass Filth plötzlich am liebsten geweint hätte.

»Mein Beileid wegen Betty«, sagte Veneering.

»Mein Beileid wegen Elsie«, sagte Filth, dem sogar ihr Name wieder eingefallen war und ihr stilles und schönes – und unglückliches – chinesisches Gesicht. »Wie geht es Ihrem Sohn?«

»Tot«, sagte Veneering. »Gefallen. Army.«

»Das tut mir schrecklich leid. Furchtbar. Das hatte ich noch gar nicht gehört.«

»Man hört ja heutzutage nicht mehr viel«, sagte Veneering. »Vielleicht will man das auch gar nicht. Wir haben schon so viel gehört.«

Filth beobachtete die arthritisch gebeugte Gestalt, wie sie durch den Raum zum Dekanter schlurfte.

»Für die Knochen ist das Klima hier nichts«, sagte Veneering und schlurfte zurück.

»Haben Sie darüber nachgedacht, dort zu bleiben?«

»Himmel, nein.«

»Es hat so gut zu Ihnen gepasst.« Dann sagte Filth etwas sehr Seltsames. »Besser als zu uns, fand ich immer. Jedenfalls zu mir. Betty hat nie darüber gesprochen. Sie war ziemlich schottisch.«

»Es gab jede Menge Schotten in Hongkong«, sagte Veneering. »Sie beide kamen mir vor wie mit der Stadt verschmolzen. Betty und ihr chinesischer Schmuck.«

»Oh, sie hat sich bemüht«, sagte Filth traurig. »Sie war sehr treu.«

»Noch einen?«

»Ich sollte nach Hause gehen.«

Filth dämmerte, dass er Veneering um einen Gefallen würde bitten müssen. Er hatte sich bereits erniedrigt, indem er nass bis auf die Knochen bei ihm geklingelt hatte. Veneering war ja immer noch nicht blöd. Das mit dem Telefon war ihm klar gewesen. Es würde schwierig werden, die alte Position wiederzuerlangen. Vielleicht, wenn er als Erster das Schweigen brach? Reife. Großmut. Schnee von gestern. Weihnachten. Auf etwas Größeres verweisen?

Er würde nicht erwähnen, dass er sich ausgesperrt hatte.

Aber wie sollte er nach Hause kommen? Mrs Dings' Schlüssel war drei Meilen weit weg, und sie kam erst an Neujahr wieder. Hier konnte er wohl kaum bleiben – guter Gott! Bei Veneering!

»Ich wollte eigentlich längst bei Ihnen vorbeigeschaut haben«, sagte Veneering. »Mehrmals im letzten Jahr sogar. Uns zusammenraufen.« Old Filth schwieg. Er selbst hatte nichts dergleichen vorgehabt und konnte auch nicht so tun als ob.

»Mir ist aber kein guter Vorwand eingefallen«, sagte Veneering. »Ich hatte etwas Angst vor dem Empfang. Ich war ja mal ganz schön aufbrausend. Wir waren uns nicht gerade ähnlich.«

»Ich habe schon ganz vergessen, wie ich mal war«, sagte Filth, schon wieder zu seiner eigenen Überraschung. »Wahrscheinlich war ich gar nicht viel.«

»Ein verdammt guter Anwalt«, sagte Veneering.

»Sie waren ein verdammt guter Richter«, sagte Filth, und das war die Wahrheit. »Besser als ich.«

»Der einzige Vorwand, der mir eingefallen ist, war ein schwacher«, sagte Veneering. »In meiner Speisekammer hängt ein Schlüssel von Ihnen. Haustür. Sicherheitsschloss. Ihre Adresse steht dran. Hängt da wahrscheinlich schon seit Jahren. Nachbarschaftliche Verhältnisse vor langer Zeit, schätze ich. Haben Sie womöglich auch noch einen von mir?«

»Nein«, sagte Filth. »Nein, ich habe nie einen gesehen.«

»Ich hätte jederzeit bei Ihnen reingekonnt«, sagte Veneering. »Und Sie im Bett ermorden.« Da blitzte etwas von der alten, finsteren Nichtsnutzigkeit auf. »Müssen Sie schon gehen? Ich nehme nicht an, dass das Taxi noch kommt. Das schafft es gar nicht den Hügel herauf. Ich hole mal eben den Schlüssel – außer Sie wollen, dass ich ihn behalte. Für den Notfall?« (Was für ein Blick.)

»Danke«, sagte Filth mit geradezu höfischer Höflichkeit. »Nein, ich nehme ihn mit und sehe mal, ob er überhaupt passt.«

Filth stand in Veneerings (grässlichem) Mantel auf Veneerings Veranda und hielt kurz inne. Der Schneefall ließ langsam nach.

Er hörte sich sagen: »Morgen ist der zweite Weihnachtstag. Falls Sie allein sind, ich habe einen Schinkenbraten und einen ganz guten Bordeaux.«

»Mit Vergnügen«, sagte Veneering.

Ob er sich drehen lässt?, dachte Filth auf seiner eigenen Türschwelle. Tat er.

Es war herrlich warm im Haus, aber er machte trotzdem ein Feuer an. Das Wasser war schon heiß, Gott sei Dank. Und jetzt raus aus diesen Kleidern. Hallo? Was?

Er meinte, in der Küche etwas gehört zu haben. Hallo? Ja? Er ging hin, aber dort war niemand. Es hatte endlich aufgehört zu schneien, und vor den Fenstern war alles weiß. Er versuchte, hinauszusehen, und hatte das Gefühl, jemand schaute herein. Aber es waren keine Fußstapfen zu sehen. Er zog die Vorhänge zu. Er sah in die Schränke, um sich für den nächsten Tag zu vergewissern. Nicht, dass er am Ende dumm dastand. Da war eine Dose Haifischflossensuppe. Eine Dose Krebsfleisch. Guter Reis. Parmesan. Avocado. Gut. Gut.

Hinter sich in der Eingangshalle hörte er etwas, wie ein Kichern. »Wer zum Teufel ist da? Hallo?« (Hatte der Kerl zwei Schlüssel gehabt? *Sie im Bett ermorden.*)

»Edward! Edward, du phantasierst! Du bist zu alt für so was. Du bist doch keine sieben mehr.« Eine Männerstimme. Großer Gott, ich werde senil.

»Ja, Sir«, sagte er. »Wasserkessel. Wärmflasche. Badewanne. Ich bin alt.«

Das Telefon klingelte.

»Gut angekommen?«, fragte Veneerings Stimme. »Ich wollte mal das Telefon ausprobieren. Anscheinend haben wir wieder eine Verbindung.«

»Oh. Danke, Veneering. Morgen um eins?«

»Gern. Soll ich meine Schachfiguren mitbringen?«

»Ich habe welche. Nächstes Mal vielleicht.«

»Nächstes Mal.«

Dann war es also nicht Veneering gewesen, sinnierte er in der Badewanne und betrachtete sein ergrautes Schamhaar, das wie Farn auf der Oberfläche des köstlich heißen Wassers trieb. Dampf erfüllte das Badezimmer. Fast schlief er ein. Besser raus hier. Irgendwie. Sonst wäre alles vorbei.

Er drehte seinen schlaksigen Körper um, sodass er auf allen vieren stand und den Porzellanboden der Badewanne ansah, auf seine ausgebreiteten Hände und die knochigen Knie (von denen eines nicht mehr allzu gut war) gestützt, und tastete mit dem Fuß nach Halt unter den Armaturen. Langsam erhob er sich zu voller Länge, seine Füße quietschten ein wenig. Er zog den Stöpsel und sah zu, wie das Seifenwasser im Abfluss verschwand und um seine jetzt rosig warmen Füße herumblubberte. Er dachte an einen anderen Fluss. Schwarze und braune Babys, die darin planschten. Ein Mädchen, das nur Lachen und Wärme war, sein eigener Kopf lag auf ihren Oberschenkeln. Das Wasser verschwand gurgelnd im Abfluss.

Es wurde schwieriger. Eine Dusche musste her. Bloß nicht so eine Matte mit Saugnäpfen. Und bloß keinen sogenannten Pflegedienst. Veneering hat auch keinen, das sieht man. Wobei Veneering nicht aussieht, als würde er überhaupt baden. Armer alter Teufel.

In ein weißes Badetuch gewickelt tapste er umher. Hausschuhe, Bademantel. Alles bestens. Eine Kleinigkeit mit ins Bett nehmen? Nein – vor dem Fernseher essen? Toast mit Anchovis. Tee – reichlich Whiskey. Ha! – brenne auf, Feuer. Nur keine Schwäche zeigen.

»Nur keine Schwäche«, sagte eine Frauenstimme. »Keine Schwäche zeigen! Noch nicht.«

»Hey, hallo, was? Betty?«

Aber wieder war niemand da.

Hoffentlich kein Fieber.

»Ich lasse mich doch nicht zum Narren halten!«, rief er in Richtung von Bettys ehemaligem Schlafzimmer, und dann schloss er seine eigene Schlafzimmertür hinter sich. Alles unter Kontrolle.

Das Bett war warm, und es war sein eigenes. Verrückte Vorstellung, sich ein Bett zu teilen. So bourgeois. Zwischen Betty und mir war das nie ein Thema.

»Das ist jetzt nicht der richtige Moment zum Irrewerden«, hörte er sich selbst laut sagen, als die Bilder des Tages sich zu Träumen verwoben. Er klammerte sich auf einem Bootsdeck an jemandem fest, das Meer war wie eine silbrige Haut. Jemand schrie, aber das war woanders und weckte ihn nicht. »Mit alldem sind wir doch fertiggeworden«, sagte er, »in meinem sogenannten langen, problemlosen und ereignisarmen Leben.«

»Schlaf, Filth«, sagte eine Stimme. »Niemand kannte dich so gut wie ich.«

Wer von ihnen hatte das gesagt?, fragte er sich.

Kotakinakulu

»Ja, ja, ja«, sagte Auntie May von der Baptistenmission, als sie die Laufplanke heraufschritt. »Da wären wir. Wunderbar.«

Die Barkasse ließ dann und wann die Maschinen aufheulen, um sich zu vergewissern, dass sie noch ging, wirbelte das schwarze Wasser auf, schaukelte und fauchte. Auf dem breiten Fluss brachen überall kleine Wellen. Die Hitze schien aus den Bäumen zu tropfen wie Öl. Es war Sommer, der Monsun stand bevor, und wenn er da war, würde der Flussverkehr zum Erliegen kommen. Deswegen brachten sie das Baby nach Hause, obwohl es erst eine Woche alt war. Sonst wäre der Kleine in Port Swettenham gestrandet, wo er zur Geburt hingekommen war. Da waren sie also, zu Hause und in Sicherheit, aber es war knapp gewesen. Eine Zweitagesreise, und Auntie May, die ihn wohlbehalten zu seinem Vater gebracht hatte, musste es selbst noch wieder zurück schaffen, allein, und zwar sofort.

Auf der Hinreise nach Port Swettenham vor nicht viel mehr als einer Woche war das noch ungeborene Baby mit seiner Mutter und der Malaiin, die jetzt mit besorgtem Gesicht hinter Auntie May die Leiter zum Anlieger hinaufstieg, in einem traditionellen Boot gefahren. Die Malaiin hatte ihr eigenes Baby getragen, denn sie war als Amme zu Mrs Feathers' Niederkunft mitgefahren, für den Notfall, sollte Mrs Feathers ihr Kind nicht selbst stillen können.

Niemand hatte damit gerechnet, dass Mrs Feathers sterben würde. Die Klinik in Port Swettenham war gut, die Baptistenmission tüchtig und Mrs Feathers bereits bekannt, denn sie war vor ihrer Hochzeit mit Feathers, dem District Officer der Provinz Kotakinakulu, dort Krankenschwester gewesen. Sie war eine zähe, magere Schottin gewesen, ein Fels in der Brandung. Sie hatte seine Kriegsverletzungen von 1914 versorgt, sein Kriegstrauma gelindert, mit seinem versehrten Knöchel umgehen gelernt, seine Tobsuchtsanfälle ertragen, ihn geliebt. Sie war selbst im fernen Osten geboren worden, liebte das Klima, den Fluss, das Volk, und sie hatte nicht ein einziges Mal in ihrer unkomplizierten und sofort eingetretenen

Schwangerschaft geklagt. Sie hatte nur die Amme und ihr Gebetbuch mit in die Klinik genommen, denn sie wusste, dass sie innerhalb eines Monats zurück sein würde. Man hatte ihr ein wenig geholfen, in das offene Boot zu steigen, aber sie hatte sich nicht mal umgesehen. Der Anleger stand auf krummen, hohen Stelzen, und nur eine Person stand darauf und sah dem Boot hinterher, wie es hinter der Biegung des Flusses verschwand – ein zwölfjähriges Mädchen, Ada, die älteste Tochter der Amme. So klapperdünn wie die Stelzen des Anlegers, schlang das Mädchen die Arme um seinen schmalen Körper und blieb noch lange stehen, nachdem das Boot bereits verschwunden war.

Bequem ausgestreckt in dem langen, niedrigen Boot wirkte Mrs Feathers in ihrem weiten Baumwollkleid – sie trug niemals einen Sarong, immerhin war sie die Frau des District Officers – nicht sonderlich schwanger. Der Bauch hatte sich bereits gesenkt, und das Baby bewegte sich kaum noch, sodass seine Mutter wusste, dass die Geburt unmittelbar bevorstand. Im Langhaus, wo sie übernachtet hatten, hatte sie keine Angst gehabt, dass es zu früh kommen könnte. In der friedvollen Ruhe, die den Wehen oft vorausgeht, hatte sie gelächelt und ein winziges Spitzenjäckchen gestrickt, hatte mit einer fast zärtlichen Bewegung das Knäuel immer weiter abgewickelt. Sie hatte den Großteil der Nacht hindurch gestrickt und dem Pavian gelauscht, dessen Krallen kurze, unberechenbare Pavianmonologe auf das Dach klackerten wie mit einer Schreibmaschine.

Die Amme lag, ihr eigenes Baby neben sich, auf dem Boden und fürchtete sich, weil sie eine Tagesreise von ihrem Zuhause entfernt war. Sie wimmerte.

»Sch, sch«, machte Mrs Feathers und tätschelte sie. »Keine Angst. Morgen sind wir in Port Swettenham, und übermorgen ist das Baby da. Das weiß ich. Und dann fahren wir bald alle zusammen wieder nach Hause.« Und sie hielt das Jäckchen hoch und betrachtete das Muster im Licht der Kerosinlampe auf dem Boden. Sie wusste, dass das Baby ein Mädchen sein würde, und begann, das kleine Kleidungsstück mit einer rosa Muschelborte einzufassen.

Die letzte Muschel beendete sie am folgenden Abend in der Klinik, gebar aber einen großen, langgliedrigen, rothaarigen Jungen von acht Pfund. Sie war entzückt von ihm (Edward) und schenkte das Jäckchen dem seidig braunen

Baby der Amme, das es nie trug. Am nächsten Tag begann das Kindbettfieber sein grausames Werk, und drei Tage später starb Mrs Feathers.

Eine weitere Woche später trat die walisische Missionarin Auntie May energisch an Bord des Flussdampfers, der vielleicht der letzte war, der vor dem Monsun noch fuhr. Sie hatte eine Hand auf dem Geländer der Laufplanke, den anderen Arm fest um das in Windeln gehüllte Baby. Hinter ihr die weinende und jetzt unerlässliche Amme mit ihrem Baby. Sie hatte zwei Tage lang geweint. Auntie May hatte nicht geweint.

Ihr rutschte allerdings das Herz in die Hose, als das Schiff um die letzte Biegung des Flusses vor der Anlegestelle des District Officers fuhr, denn dort war niemand, bis auf das junge Mädchen, das mit um die Knie geschlungenen Armen oben an der Leiter saß. Das Boot lag im Wasser, schweigend, und wartete darauf, dass Menschen auftauchten. Es kam aber niemand. Auntie May wusste, dass es keine direkte Telefon- oder Postverbindung zum District Officer gab und dass ihr Versuch, ihm zu kabeln, misslungen war, aber die Nachricht vom Tod seiner Frau musste inzwischen zu Alistair Feathers durchgedrungen sein. Sie hatte eigentlich beinahe damit gerechnet, dass er in Port Swettenham auftauchte, um seinen Sohn selbst nach Hause zu holen. Im Dschungel verbreiten sich Nachrichten schnell. Zur Beerdigung seiner Frau hatte er natürlich nicht kommen können, denn sie musste sofort bestattet werden, dort in der Provinz Kotakinakulu.

»Niemand da«, erlaubte Auntie May sich zu bemerken.

Die Amme überraschte das nicht. Mr Feathers war auch nicht zum Anleger gekommen, um sich von seiner Frau zu verabschieden. Der Abschied, ein Kuss auf die Wange – eine für ihre Verhältnisse ausgesprochen zärtliche Geste (wie um alles in der Welt war dieses Kind gezeugt worden?) –, hatte im Wintergarten ihres Hauses stattgefunden. Eine kurze Umarmung, dann ging es hinaus und die Verandastufen hinunter, und Captain Feathers hatte alle anderen wieder an die Arbeit gerufen. Die Amme wurde gut bezahlt und war mit hervorragendem Essen, und indem man sie von Betelnuss und Alkohol ferngehalten hatte, auf ihre mögliche Arbeit als Nährmutter des Babys vorbereitet worden. Ihre ältere Tochter war mit zum Anleger gekommen, hatte Mrs Feathers auf die Laufplanke geholfen – Mrs Feathers hatte sich plötzlich umgedreht und das Mädchen geküsst – und hatte dem Boot hinterhergesehen, wie es sich in Richtung der Strömung bewegte und dann aus dem Sichtfeld verschwand.

Auch jetzt war das Mädchen hier, entgegen der Anweisung von Captain Feathers. Sie hatte seit zwei Tagen Ausschau gehalten, die Beine gegen den Zaun aus Bananenblättern gepresst, und verzweifelt nach dem Schiff geguckt. In Port Swettenham war von diesen kabbeligen Wellen noch nichts zu sehen gewesen, der Fluss war träge und ölig dahingeglitten und schien sich kaum zu bewegen. Aber hier, flussaufwärts, leuchteten keine Glühwürmchen in den großen, unsichtbaren Netzen, und es gab keine Fischer, die sich von Boot zu Boot etwas zuriefen. Keine gespenstischen Unkrautinseln, die auf der Wasseroberfläche dahinglitten und die Strömung beinahe überholten. Keine Krokodilsschnauzen in Port Swettenham. Kein Schlagen oder Schreien von Wasservögeln, die sich auf ihre Beute stürzten. Hier auf dem Anleger rekelten sich dicke, metallisch glänzende Eidechsen, die Kiefer weit aufgesperrt für die Maden zwischen den Blättern. Sie bewegten sich lautlos zwischen ihren Füßen. Sie trat sie weg. Sie waren harmlos.

Und da war das Flussschiff. Ob Mrs Feathers an Bord sein würde? Wenn sie wirklich tot war, würde ihr starker, junger Körper, ihr strahlendes, glückliches Gesicht sicher schon in der feuchten Erde des christlichen Friedhofs von Port Swettenham verrotten.

Der Motor des Schiffs brüllte auf, und das Boot näherte sich dem Anleger. Ada, das braune Mädchen, schlang die Arme fester um die Bananenblätter. Da kamen Lichter. Männer – aber nicht der District Officer – tauchten auf und fingen die Taue.

Das Schiff legte an, der Motor verstummte, das Schiff schaukelte und erzitterte, und Adas Mutter, ihre kleine Schwester und die große Auntie May aus der Mission kamen von Bord. Auntie May trug ein kleines Bündel.

Als sie mit beiden Füßen auf dem schaukelnden Ponton stand, sah Auntie May das Mädchen an und fragte, ob sie die große Tochter der Amme sei. Ada sagte ja und betrachtete das Bündel. Auntie May legte es ihr in den Arm. Adas Mutter ging vorbei, den Kopf über ihr eigenes Baby gesenkt, und fürchtete, der District Officer könnte aus dem Schatten auftauchen.

Aber da war kein District Officer. Alistair

Feathers saß am Schreibtisch und arbeitete, heute Abend sogar ohne zu trinken.

Als Auntie May zu ihm vorgelassen wurde, reichte er ihr die Hand und schickte nach einer Dienerin, die sie zu ihrem Zimmer begleiten, ihr das Bad zeigen und dafür sorgen sollte, dass sie etwas zu essen bekam.

»Ich kann auch noch ein paar Tage bleiben«, sagte sie. »Den Monsun riskiere ich. Bis ich sicher bin, dass es ihm so gut wie möglich geht.«

»I-i-ihm?«

»Ihrem Sohn. Er heißt Edward. Ein prachtvoller Junge.«

»Gut. Gut.«

Er bat nicht darum, das Baby sehen zu dürfen, über das eine Woche später, als Auntie May abreiste, bereits das ganze Dorf staunte. Ein Kind mit strahlend blauen Augen, kastanienbraunen Locken und weißer, weißer Haut. Nachdem Auntie May mit einer Spende von zehn Pfund für die Mission abgereist war, wies er Ada an, sich um das Kind zu kümmern. Auntie May hatte ihr ebenfalls bereits Anweisungen gegeben (und die zehn Pfund), dass sie sich allabendlich mit dem Baby auf seine Verandastufen setzen sollte. Das tat sie viele Monate lang, aber er kam nie näher.

Während des Monsuns begaben Ada und das Baby sich die Stufen hinauf auf die Veranda und lauschten der Sintflut, den dampfenden Regen-Sturzbächen, bis ein Diener des District Servant Ada schließlich sagte, sie solle weggehen und das Baby mitnehmen, es solle bei ihr und der Amme in deren Hütte leben.

Und so verbrachte das Kind seine ersten Jahre im Langhaus zwischen brauner Haut, braunen Augen, bunten Kleidern und der malaysischen Sprache; oft schlafend, manchmal sang es vor sich hin oder verträumte die Zeit beim Rauschen des Flusses und des Regens. Nachts schaukelten die Lampen an den Dachsparren, und das Kind sah die Flammen mit ihren Glorienscheinen aus Motten, lauschte vergnügt den Pavianen und betrachtete ohne Furcht die silbernen Eidechsen – ihre suchenden, schwingenden Köpfe – und die Geckos, die im Wandgitter klemmten und ihre schaurigen Kehllaute ausstießen. Der Kleine lauschte dem Lärm der Ratten im Dachstroh, und einmal sah er verzückt zu, wie eine Schlange aus einem Loch im Boden kam. Und er sah zu, wie sie getötet wurde. Er war zufrieden mit der Nahrung, die er von der Amme bekam, aber das Mädchen liebte er abgöttisch.

Bald griff er nach ihrem Gesicht, um es zu tätscheln, um an ihrem Kinn oder ihrem Ohr zu nuckeln. Eines Tages, als er zwei Monate alt war, sah er sie an und lachte los wie ein Zweijähriger. Weil sie sich alle an seine freundliche Mutter erinnerten, wurde der Junge im Langhaus respektiert und akzeptiert, ein Elfenbeinkind in ihrem warmen, graubraunen Staub, und er wurde herumgereicht, in den Schlaf geschaukelt, man sprach mit ihm und sang ihm vor, und er verstand nur Malaysisch. Als er ein Jahr alt war, kullerte und krabbelte und tapste er mit den anderen Kindern auf dem Dorfplatz herum. Es gab eine ganze Reihe hellhäutiger Mischlingskinder, die aus kleinen Fehltritten der Raj hervorgegangen waren. Manchmal überquerte der Vater dieses einen Kindes den Platz, aber er schien ihn nicht zu sehen, schien die kastanienbraunen Locken seiner Frau nicht wiederzuerkennen.

Das Dorf beobachtete den District Officer. Captain Feathers war ein starker und gerechter Gouverneur, aber niemand mochte ihn. Sein Kind bekam besondere Aufmerksamkeit und von Ada innige, unerschütterliche, geradezu besessene Verehrung.

Als das Kind viereinhalb war, kam Auntie May zurück. Groß und stark ging sie vom Schiff über den Anleger und den Dorfplatz, sah sich um, entdeckte Edward mit seinem rotbraunen Haar sofort, nackt und an einer Mango lutschend, Hände und Füße ebenso schmutzig vom Schlamm des Dorfplatzes wie die der anderen Kinder. Sie machte keinen Schritt auf ihn zu – die Frauen beobachteten sie aus den dunklen Öffnungen der Hütten –, sondern nickte und lächelte nur in seine Richtung; ihm blieb vor Überraschung der Mund offen stehen. Dann stieg sie die Stufen zur Veranda hinauf.

Sie wurde erwartet; es hatte vorher bereits Korrespondenz gegeben. Aber Captain Feathers war nicht am Anleger gewesen. Sie hatte ihn viereinhalb Jahre nicht gesehen, aber gehört, dass sein Verhältnis zu seinem Sohn sich nicht geändert hatte, dass sein kaputter Knöchel schlimmer geworden war, und dass er stark trank. Angeblich betrieb er seine Arbeit und die Verwaltung des Distrikts mit einer geradezu exzentrischen Pedanterie. Er lebte zölibatär. Keine Mutter brachte ihm ihre Tochter als »weiteres Hausmädchen«, obwohl er immer noch gut aussah und seine Augen von der Malaria glänzten. Er hatte sich von der Schönheit der Frauen ab- und der Schönheit des Whiskeys zugewandt. Es schien ihm nicht zu schaden, er hatte wohl die schottische Resistenz. Er trank allein, denn er kannte keine Freunde.

»Oh, Miss Neal. Auntie May. G-g-guten Abend.«

Er sieht müde aus, dachte sie.

Sie war gekommen, um den Jungen nach Port Swettenham zu bringen, wo er Englisch lernen sollte, bevor er dann in die Heimat reisen würde. Er sollte bei einer Familie in Wales leben, bis er acht Jahre alt war, und danach zunächst die Prep School, dann die weiterführende Privatschule besuchen, die auch sein Vater besucht hatte. Auntie May wusste von der walisischen Familie, die sich um ihn kümmern sollte. Sie waren es gewohnt, Raj-Waisen aufzunehmen. Sie kochten selbst, und es war billig (Alistair Feathers war Schotte). Und es gab zwei Tanten in der Nähe, seine Schwestern, in Lancashire, was nicht so sehr weit von Nord-Wales entfernt lag.

»Und natürlich«, sagte Auntie May beim Abendessen, während sie den sinkenden Whiskeypegel im Glas ihres Gegenübers am anderen Ende des Tisches im Lampenschein beobachtete, »müssen Sie ihn nach Wales bringen.

In einem halben Jahr. Bis dahin muss auch alles im Voraus bezahlt sein.«

Alistair Feathers starrte sie an. Von draußen waren die irren Geräusche des Dschungels zu hören. Drinnen trotteten die Diener herum, räumten Teller ab, stellten andere wieder hin und boten Obst an.

»Er wirkt doch ganz gesund und zufrieden«, sagte Feathers. »Ich sehe keine Notwendigkeit, ihn nach Hause zu schicken. Das ist ja kein Gesetz.«

»Sie wissen sehr gut, dass es so üblich ist. Wegen der gefährlichen Kinderkrankheiten, die man hier riskiert. Sie waren doch als Kind selbst in der Heimat.«

»Das stimmt«, sagte Alistair. »Bei Gott.«

Auntie May stimmte ihm im Großen und Ganzen zu. Die Gepflogenheit hatte schon großen Schaden angerichtet. Manche Kinder vergaßen ihre Eltern und hingen viel mehr an ihren Adoptivfamilien, die sie oft später fallen ließen. Es gab schlimme Geschichten. Andere sagten später, sie hätten es in England viel besser gehabt, ohne ihre Eltern, die ihnen egal waren. Manche Kinder arbeiteten hart daran, behäbig und langweilig zu werden, und heirateten nur, um endlich irgendwo Wurzeln zu schlagen. Sie erzählten nie etwas. Und Auntie May war sich auch nicht sicher, wie gefährlich die fernöstlichen Kinderkrankheiten wirklich waren. Aber in diesem Fall fehlte die Mutter.

»Sie haben seit zehn Jahren keinen Urlaub gemacht, Alistair. Das ist nicht gut. Sie wissen besser als jeder andere, was mit District Officers passiert, die zu viel arbeiten. Sie fangen an zu trinken und werden zu Eingeborenen.«

Alistair schenkte sich sehr ordentlich noch einen Whiskey ein und sagte: »Immerhin ziehe ich mich zum Dinner noch um.«

Er trug einen Smoking und eine schwarze Fliege und wäre damit selbst im Ritz passend gekleidet gewesen. Kein Tröpfchen Schweiß. Auntie May trug Sarong und Sandalen, ihr Kinn war ein bisschen behaarter, ihre Arme lagen fast bis zum Ellbogen auf dem Tisch und waren etwas muskulöser. Sie hatte zugenommen, und ihr war heiß. Sie sah Alistair an und musste ihn bewundern. Am liebsten hätte sie seine Hand genommen. Das Schwierigste am Älterwerden im Konvent war ihre zunehmende Sehnsucht nach Berührungen, in den Arm genommen, gestreichelt zu werden, von irgendjemandem, irgendeinem menschlichen Wesen – einem Freund, Liebhaber, Kind oder sogar (und hier witterte sie Unheil) einem Diener. Gleich welchen Geschlechts. Sie betete deswegen und bat Gott, ihr mit seinen starken Armen Trost zu spenden. Er erhörte sie nicht.

»Alistair, Sie haben keine Wahl. Ihr Sohn hat keine Mutter. Zu Hause sind Ihre Schwestern, beide unverheiratet. Sie werden ihren kleinen Neffen lieben. Sie beantworten meine Briefe zwar nicht, aber Sie haben doch gesagt, Sie hätten bereits alles arrangiert und den beiden Bescheid gegeben? Sie müssen sich freinehmen und den Jungen nach Hause begleiten. Seine Mutter hätte das getan.«

Alistair erhob sich und humpelte umher, sein gekrümmter Schatten war überall. Draußen in der schwülen Nacht, auf der anderen Seite des Dorfplatzes, wurden Stimmen lauter, und ein Hahn krähte. Eine Trommel begann zu schlagen.

»Der Festritus. Sie opfern einen Hahn.«

»Das brauchen Sie mir nicht zu erklären, Auntie May.«

»Ihr Sohn sieht dabei zu. Finden Sie das richtig für ein christliches Kind?«

»Er ist kein christliches Kind.«

»Doch, das ist er. Dafür habe ich gesorgt. Er wurde gleich nach seiner Geburt getauft. Seine

Mutter hatte ihn auf dem Arm. So machen Baptisten es normalerweise nicht, aber sie hat darum gebeten. Für den Fall, dass er das Flussschiff nicht überlebt. Er ist getauft im Namen des Vaters, des Sohnes und des Heiligen Geistes, die nichts damit zu tun haben, bei Vollmond einem Hahn den Hals aufzuschlitzen.«

»Die Leute tun das für ihren Gott«, sagte Alistair. »Es gibt keinen Gott außer Gott. Ich bin deren Göttern deutlich näher, als Ihr Gott es mir 1914 war. Kann der Junge nicht einfach weiterleben wie bisher?«

»Nein«, sagte sie und beließ es dabei.

Am nächsten Tag ging sie Edward suchen und fand ihn am Fluss, im Seichten, wo Ada bunte Tücher wusch. Die beiden lachten und scherzten. Andere Kinder standen im Wasser und spritzten mit ihren runden, dunklen Händen einander und Edward und Ada nass. Edward fing an, es ihnen gleichzutun, und bespritzte alle mit seinen langen, weißen Beinen. Ada tat, als wäre sie ungehalten, ließ ihre Tücher fallen, rannte dazwischen und spritzte zurück. Die kleinen Köpfe hüpften zurück zwischen die Felsen. Edward planschte auf Ada zu, schlang ihr die Arme um die Taille und barg den Kopf zwischen ihren Oberschenkeln. »Du bist mein Leopard!«, rief Edward Feathers auf Malaysisch. »Mein schöner Leopard, und ich fresse dich auf!«

Das, dachte Auntie May, kommt gar nicht in Frage.

Und das sagte sie an diesem Abend beim Abendessen auch.

»Er fährt nach Hause, Alistair. Wenn Sie ihn nicht hinbringen, dann tue ich das. Ich habe auch noch Urlaub. Es wird sicher noch mehr englische Kinder an Bord geben, die gibt es immer. Ich habe gehört, dass zwei Cousinen von ihm möglicherweise in Ceylon dazusteigen. Wir könnten sie abholen. Wahrscheinlich können wir nächstes Jahr den kurzen Weg durch den Suezkanal nehmen. Ihre Schwestern müssen ihm für Liverpool warme Kleidung besorgen.«

»Die würden gar nicht wissen, wie«, sagte Alistair. »Sie sind ungebundene alte Jungfern, spielen viel Golf.«

»Nun gut. Dann bitte ich die entsprechenden Baptistengemeinden darum. In Lancashire und in Wales. Und ich werde außerdem …«, sie sah ihn kalt an, »das Auswärtige Amt informieren. Wie gut kennen Sie Ihren Sohn eigentlich?«

»Ich sehe ihn immer wieder.«

»Ich habe veranlasst, dass er hierherkommt. Heute Abend.« Sie klatschte in die Hände und rief mit der donnernden Stimme der britischen Oberherrschaft nach einem Diener.

Der Diener sah seinen Herrn an, und sein Herr klappte weiterhin eine kleine Silberdose auf und zu, die einmal die Stecknadeldose seiner Frau gewesen war und die jetzt seine Zahnstocher beinhaltete. Dann nahm er sein Glas und blickte in seine goldene Tiefe.

»Gut. Gut.«

Edward wurde hereingebracht; er hatte an Adas Hand direkt hinter der Tür gestanden. Er blinzelte angesichts des hellen Lichts und starrte die eigenartige Kleidung des großen Mannes an – das gestärkte Hemd, die goldene Uhrenkette. Den Glanz des Tafelsilbers und der Gläser, den er noch nie gesehen hatte.

»Also, Edward«, sagte Auntie May. »Dann begrüß bitte deinen Vater.«

Der Junge war verwirrt.

»Dein Vater. Na los.«

Sie schob ihn vorwärts. »Verbeug dich. Gib ihm die Hand.«

Der Junge verbeugte sich, wandte aber den Blick nicht von Alistairs verkniffenem gelbem

Gesicht und dem sandfarbenen, quadratischen Schnurrbart.

Plötzlich warf Alistair sich in seinem Sessel zurück, ließ die Silberdose auf den Tisch fallen und sah Edward zum ersten Mal wirklich an. Die freundlichen blauen Augen seiner Frau blickten zurück.

»Hallo«, sagte er. »Hallo, Edward. Du gehst also weg?« Wie Auntie May sprach auch er mit Edward Malaysisch.

Edward wand sich und betrachtete die Silberdose.

»Wusstest du, dass du weggehen wirst?«

»Das haben sie mir gesagt«, sagte Edward.

»Erst gehst du für ein halbes Jahr mit Auntie May nach Port Swettenham. Um Englisch zu lernen, wie alle britischen Jungen.«

Edward spielte mit der Dose herum.

»Du hörst doch manchmal gesprochenes Englisch, oder? Du verstehst, was das ist?«

»Manchmal. Aber warum soll ich das lernen? Ich kann doch sprechen.«

»Aber eines Tages wirst du nach England gehen müssen. Das ist dein Zuhause. Da wird kein Malaysisch gesprochen.«

»Warum kann ich nicht hierbleiben?«

»Weil weiße Kinder hier oft sterben.«

»Ich sterbe gerne hier.«

»Wir wollen aber nicht, dass du stirbst. Wir wollen, dass du groß und stark wirst.«

»Kommt Ada mit?«

»Mal sehen.«

»Kann ich jetzt wieder zu Ada?«

»Hier«, rief der Vater seinem Sohn hinterher, als er zur Veranda lief, wo Ada im Schatten auf ihn wartete. »Komm noch mal her. Das kannst du haben. Hat deiner Mutter gehört«, und er hielt ihm das Silberdöschen hin.

»Hat Ada das erlaubt?«

»Ich erlaube es. Ich bin dein Vater.«

»Das kann ja gar nicht sein«, sagte Edward.

Es herrschte Stille, und Auntie Mays Hände fingen an zu zittern.

Die Diener spitzten die Ohren.

»Warum das denn nicht?«

»Weil du die ganze Zeit hier warst und ich nicht.«

Am nächsten Tag reiste Auntie May mit Edward ab. Ihr war übel, und sie war deprimiert.

Ich bin trübselig, unattraktiv, herrisch und habe versagt, sagte sie Gott. Ich werde nie wieder hierherkommen. Der Mann soll meinetwegen verrotten.

Alistair allerdings war zum Anleger gekommen, nur ein wenig auf seinen Stock gestützt, wie aus dem Ei gepellt in Khaki-shorts und Tropenhelm. Er hatte Auntie May die Hand geschüttelt und Ada begrüßt. Er hatte dem kleinen Jungen die Hand gegeben und ihn gefragt, ob er das Silberdöschen gut verpackt habe. Dann hatte er angeordnet, das Boot solle ablegen, und war davongehumpelt.

»Wink mal«, sagte Auntie May, aber das tat Edward nicht.

Und Alistair drehte sich nicht um, um seinen Sohn zum zweiten – und letzten – Mal den schwarzen Fluss hinunterreisen zu sehen.

Als der Anleger zwischen den Bäumen beiderseits des Flusses nicht mehr zu sehen war, fing Edward, der beim Anblick Adas allein auf dem schwankenden Anleger verstummt war, an zu schreien: »Ada, Ada, Ada!«, und den Fluss hinaufzuzeigen. Auntie hielt ihn fest, aber er schrie nur noch lauter und wand sich in ihren Armen. Sie sprach in scharfem Ton zu ihm, und er biss ihr in die Schulter, kämpfte sich frei und schien über Bord springen zu wollen. Ein Matrose packte ihn am Gürtel seiner Shorts, die Auntie May ihm zu seinem Erstaunen gekauft hatte. Der Matrose hob ihn hoch. Ihm lief Wasser an den Armen hinunter. »Hey, hey, hey!«, lachte er, und Edward schlug schluchzend nach ihm. Er war groß und kräftig für seine viereinhalb Jahre, aber der Seemann hob ihn hoch wie einen Blumenstrauß. Irgendetwas am Geruch und den fröhlichen Augen des Matrosen erinnerte den Jungen an Ada, und sein Schluchzen wurde leiser und erstarb schließlich.

»Warum bleibt sie da? Warum fährt sie nicht mit?«

»Wenn sie mitkäme, würdest du nie Englisch lernen. Ihr beiden würdet immer Malaysisch miteinander sprechen.«

»Mit dir spreche ich auch immer Malaysisch.«

»Sobald wir in Port Swettenham sind, nicht mehr. Dort wirst du etwas Neues lernen. Ada kommt nach.«

»Kommt nach?«

»Sie kommt nach Port Swettenham, wenn du nach Hause fährst.«

Edward schluchzte zitternd und ohne Hoffnung auf. Er hatte sein Zuhause gerade verlassen. Was würde Ada ohne ihn tun? Er wurde Auntie May auf den Schoß gesetzt, sah sie mit nahezu irrem Blick an und rief »Ada! Ada!«. Er versuchte, Auntie May zu schlagen und sich freizumachen, aber sie umschlang ihn mit ihren muskulösen Armen und versuchte, ihn zu wiegen. Irgendwann erschlaffte er. Die Schluchzer, die seinen ganzen Körper erschütterten, schüttelten ihn in größeren Abständen. Er bekam Schluckauf und versuchte zu sprechen, aber es kamen nur abgehackte Geräusche heraus. »Ek, ek, ek …«, wie die Paviane auf dem Dach. Aus Auntie Mays Tasche tauchte eine Flasche auf, aus der sie ihm etwas in einen Becher goss. (Auntie May kannte diese schrecklichen Entführungen bereits.) Das Getränk war dunkel und süß, und er schluckte es mit einem letzten zitternden Schluchzer. Sie reichte dem Matrosen den leeren Becher, wiegte ihren Schützling und genoss es, ein Kind im Arm zu haben, auch wenn sie diesen drahtigen, rothaarigen Jungen nie in den Schlaf singen oder verwöhnen würde. Aber er war warm an ihrer breiten Brust, und er schlief jetzt. Sie grollte seinem Vater, dem System, dem gesamten Empire, von dem sie zu glauben begann, dass es möglicherweise doch nicht gottgewollt war. Wie hatte sie das überhaupt je glauben können? Ihre Pflicht gegenüber diesen Leuten war jetzt wichtig. Gegenüber allen Menschen. Liebe und Pflicht.

Ein halbes Jahr später gingen die beiden allein an Bord eines Schiffes nach England. Vom District Officer oder Ada war nichts zu sehen. Sie reisten auf dem Zwischendeck, weil Alistair Auntie May gegenüber sehr vage gewesen war, wie viel Geld er noch hatte, und sie sich Sorgen machte, dass der Anblick der Uniformen und Orchester das Kind übermäßig aufregen könnte. Außerdem war da die Frage der Tischmanieren eines Kindes, das bis vor einem halben Jahr überhaupt nicht an Tischen gesessen hatte. Edward hatte in Port Swettenham zunächst versucht, unter dem Tisch zu essen, und die Mission hatte mehr für sein Englisch getan als für seine Manieren. Alles, was Auntie May seit ihrer Abreise von Captain Feathers gehört hatte, war ein Brief gewesen, dass alle finanziellen Angelegenheiten des Jungen geregelt seien, und dass er beizeiten sein eigenes Geld haben würde. Die Schwestern seines Vaters waren angeschrieben worden und kannten die Adresse der Privatschule, die er besuchen sollte, wenn er vierzehn war. Den Pflegeeltern in Wales war Geld geschickt worden.

Auntie May schrieb zurück und sorgte noch einmal dafür, dass der Vater die korrekte Adresse seines Sohnes in Wales hatte. Sie erklärte, dass Edward ihm jede Woche einen Brief schreiben würde, sobald er schreiben konnte. Sie berichtete, Edward sei im Moment nicht er selbst. Dass er in Port Swettenham zwar sehr leicht die englische Sprache aufgesogen hatte – sie war sicher, dass er einmal Linguist werden würde –, aber inzwischen passiv, lustlos und bedrückt geworden war, und wenn er sprach, dann schien ihm das einige Schwierigkeiten zu bereiten, als hätte er eine Verengung in der Kehle, wie eine alte Uhr, die sich erst aufrappeln muss, bevor sie schlägt. »A-a-a-a-ack.« Man sehnte sich geradezu danach, es für ihn auszusprechen. Manchmal wollte man ihn auch schütteln, denn es wirkte wie Absicht. Wenn die Wörter endlich aus dem Uhrwerk seiner Kehle oder seiner Seele freikamen, schossen sie zu schnell heraus, und wenn er Luft holte, kam wieder »ack-ack-ack, ek-ek-ek«. In der Mission hatten die anderen Kinder ihn den »Affen« genannt, und tatsächlich ähnelte er den knochigen, hell-orangefarbenen Pavianen mit ihren roten Augen.

Er hatte nie wieder nach Ada gefragt.

In Colombo stiegen weitere Passagiere zu, und Auntie May nahm an, dass zwei der vielen weißen Kinder mit ihren Ayahs und Müttern Edwards Cousinen sein könnten, die (natürlich) erster Klasse reisten. Es hatte Gerüchte in dieser Richtung gegeben, aber sie hatte sich nicht weiter darum gekümmert. Die beiden Cousinen waren etwa in Edwards Alter, eine etwas älter, die andere etwas jünger als er. Die drei würden die nächsten Jahre zusammen in Wales verbringen, bei einer Familie Didds. Edward könnte wegen der offenkundigen Armut seines Vaters verlacht werden, wenn herauskam, dass sie auf dem Zwischendeck reisten. Es könnte Eifersüchteleien geben.

Da lag Auntie May falsch. Das Netz, das die Kinder später zwischen sich webten, war für alle Zeiten viel zu fest für Eifersucht oder Hänseleien. Auntie May behielt ihre Befürchtungen für sich und tat ihr Bestes mit dem stotternden Edward, während sie den silbrig glänzenden Indischen Ozean durchquerten. Es war sehr heiß auf dem Zwischendeck, aber das waren sie beide gewohnt. Aus der ersten Klasse auf dem Oberdeck drang Tanzmusik zu ihnen herunter.

Inner Temple

Der majestätische alte Filth – Eddie Feathers – nickte im Rauchsalon des Inner Temple nach dem Lunch für einen Augenblick ein und wollte dann ein Taxi zu seiner Familienanwältin nehmen, um sein Testament zu machen.

Es war Herbst, aber sehr heiß. Die Blumen im Garten des Inner Temple blühten, die Themse glitzerte, und als er aus seinem Verdauungsschläfchen auftauchte, war er wieder ein linkischer Junge, der den Äquator überquerte und die Erwachsenen beim Herumhüpfen beobachtete. Neptun mit einer grünen Perücke. Auntie May hatte sich hingelegt, und so war er aufs Oberdeck spaziert und hatte dort Gesichter und eine Eleganz gesehen, wie er sie noch nie gesehen hatte. Er stand da und glotzte. Die Leute tranken bunte Flüssigkeiten aus Vasen mit Stielen, und zwischen ihren Lippen kam Rauch heraus. Damen mit harten, traurigen Augen trugen lange, enganliegende Glitzerkleider und lachten viel. Ein Mann in Schwarz und Weiß hielt eine Frau in Gold fest, und ihre

Körper wurden zu einem, als sie sich träge zu der harmlosen Musik bewegten. Eddie hatte sich sehr verloren gefühlt. Er sollte es auch später nie verstehen. Er wusste, dass er früher oder später wieder auf diesem Ozean sein würde, vielleicht für immer. Damals hatte er keine Worte für all das gehabt, und vielleicht hatte er sie nicht einmal jetzt, in seinem Sessel im Inner Temple, mit der Kaffeetasse an seiner Seite.

Als er aus seinem Tagtraum aufwachte, hörte er zwei seiner Kollegen – alte Richter, die er seit Jahren kannte – durch den Korridor zum Rauchsalon kommen und über ihn reden. Er hatte beim Lunch neben ihnen gesessen.

»Hat sich gut gehalten.«

»Na ja, er war in einer Wirtschaftskanzlei. Reich wie Krösus. Aber guter Mann.«

»Er hat es aber auch einfach gehabt. Anscheinend ist ihm nie irgendwas zugestoßen.«

Nein. Nie.

Wales

Das weiß getünchte Farmhaus ragte hoch auf, rundherum bis hin zu den Klippen erstreckten sich Felder, die mit Steinmauern begrenzt waren. Dahinter das Meer. Vor dem Haus lag ein Hof mit Lehmboden und einem Misthaufen, auf dem ein kopfloses Huhn lag. Daneben krähte ein Hahn. Auf dem Hof waren drei Kinder, sie schienen Abstand voneinander zu halten; Eddie war der einzige Junge und der größte der drei.

Er war jetzt acht, sah aber aus wie zehn, und er war verblüffend weiß, was aber auch die normale Blässe eines Rothaarigen sein konnte. Er stand beinahe stramm, als erwartete er seine Exekution oder wollte eine Rede halten. Auch die beiden anderen Gestalten wirkten theatralisch, wie auf die Bühne gestellt. Sie warteten auf etwas. Babs und Claire. Claire saß auf einer Mauerecke. Babs lehnte an einem Nebengebäude. Hühner liefen herum. Die Kinder sprachen nicht miteinander.

Im Haus war wieder Auntie May und packte.

Sie war jetzt weicher und weniger borstig, kurz davor, einen anderen Missionar zu heiraten und nach Belgisch Kongo zu gehen. Aber zuerst brachte sie die Sache mit Edward Feathers zu Ende. »Ich lasse niemanden im Stich«, sagte Auntie May. »Schon gar nicht nach einer solchen Tragödie.«

Die Tragödie war nicht zu übersehen, fand sie, als sie Edwards verschlossenes Gesicht gesehen hatte, seine beängstigende Würde. Er hatte dagestanden, in Shorts, aus denen er längst hinausgewachsen war – konnten das tatsächlich immer noch die sein, die sie ihm vor dreieinhalb Jahren gekauft hatte? –, das Haar fast bis zur Glatze geschoren, sein blasses Gesicht ganz ausdruckslos. »Auntie May«, hatte sie gesagt. »Erinnerst du dich?« Er schien sie nicht zu kennen. Sie sah die beiden Mädchen an, die sie ebenfalls mitnehmen und für die sie sorgen sollte, bis ihre Eltern oder sonst irgendwelche Verwandten kamen und sich um sie kümmerten.

Die Kinder waren von der Beerdigung entschuldigt gewesen. Leute aus dem Dorf hatten sie solange aufgenommen.

Babs war dunkelhaarig und ernst und knibbelte an ihren Fingernägeln. Sie stand am rechten Bühnenrand. Auf der linken Bühnenseite saß die rosafarbene Claire auf der Mauer und baumelte mit den Beinen. Als Auntie May angekommen war und »Ich bin Auntie May« gesagt hatte, hatte Claire gelächelt und ihr die Ärmchen entgegengestreckt.

Babs war vor Auntie May zurückgezuckt, als hätte sie Schläge erwartet.

Edward, um den Auntie May sich bereits früher schon gekümmert hatte, war nicht zu ihr gekommen. Er hatte ihr nur einen Blick zugeworfen, dann war er durch das Tor in der Steinmauer weggegangen, rechts von der Bühne ab, und jetzt stand er allein dort und sah aufs Meer hinaus.

Man hätte erwartet, dass sie Trost beieinander suchen, dachte Auntie May.

»Ich gucke mal, ob alles fertig ist«, hatte sie gesagt. »Und dann schließe ich ab.«

Nachdem Auntie May ins Haus gegangen war, rührten die Kinder sich nicht, sondern beobachteten ein kleines Automobil, das sich von der Küstenstraße aus zu ihnen heraufarbeitete. Es bog in das Labyrinth aus Steinmauern ab. Autos waren ein seltener Anblick. Dieses war dick und wirkte wichtig, es hatte ein Stoffdach, ein rundliches Heck und hohe, gummibelegte

Trittbretter an den Seiten. Über den stabilen Rädern wölbten sich die Kotflügel wie Wellen, und die Fenster bestanden aus ziemlich rissigem, orangefarbenem Zelluloid. Ein kleiner Mann sprang heraus und kam munter an den Fuß der Gartentreppe. Er redete.

»… nehme ich an«, sagte er. »Eddie Feathers, nehme ich an? Hocherfreut, dich kennenzulernen. Ich bin der Direktor deiner Prep School, und mein Name ist *Sir*. Immer *Sir*. Verstanden? Die Schule ist klein. Nur zwanzig Jungen. Alle nennen einander beim Nachnamen. Ich habe einen Assistenten, Mr Smith. Er heißt immer Mr Smith, mein Assistent, egal, wie er wirklich heißt. Sie kommen und gehen. Der aktuelle Mr Smith ist ein bisschen eine Herausforderung, aber sehr gut im Kricket, im Gegensatz zu mir. Also, guten Morgen, Eddie. Das sind deine Schwestern, nehme ich an?«

»C-c-cousinen«, kam aus Edwards Mund. Er mochte den Mann.

»Von Mädchen verstehe ich nichts«, sagte Sir. »Mit Jungen kenne ich mich richtig aus. Ich bin ein sehr guter Lehrer, Feathers, dein Vater wird sich erinnern. Wenn du mein Institut verlässt, wird es keinen Vogel, keinen Schmetterling und keine Blume, keinen Fisch und kein Insekt auf den Britischen Inseln geben, die du nicht kennst. Du wirst Latein lesen wie ein Römer und Euklid verstehen wie ein Grieche.«

»Muss er immer noch Walisisch machen?«, fragte die blonde Claire.

»Walisisch! Mit Sicherheit nicht!«

»Was ist, wenn sie einen *dummen* Jungen bekommen?«, fragte Babs aus dem Schatten heraus (und dachte: Ich mag den Mann nicht, er wird Eddie verändern).

»Eddie ist nicht dumm«, sagte Claire, und plötzlich wurde ihr klar – denn da kam Auntie May mit dem Gepäck –, dass Eddie weggehen würde. Sie sprang von ihrem Podest und drückte ihn, wie sie es in all diesen schrecklichen Jahren nicht getan hatte, seit sie sich an den Docks von Liverpool getroffen hatten. Sie fing an zu weinen.

»S-sei still, Claire.« Eddie wandte sich anklagend an den Mann und sagte: »Claire weint nie.« Er sah auf Claires Dutt hinunter und spürte ihre Arme um seinen Körper, wusste nicht recht, wie er damit umgehen sollte, und löste sich vorsichtig.

»Auntie May«, sagte Auntie May zu Sir. »Ich bin Auntie May.«

»Ah, die berühmt-berüchtigte Auntie May. Sie kümmern sich um die Mädchen, höre ich? Das wäre vollkommen außerhalb meiner Kompetenzen. Ich unterrichte nur Jungen. Mein Institut ist sehr teuer und sehr bekannt. Ich bin unverheiratet, ebenso wie Mr Smith, aber wenn ich das mal so sagen darf, denn alles, was gut ist, soll auch im Ausland gehört werden, es geht nichts Unangenehmes an meiner Schule vor. Wir sind blitzsauber. So was gibt es bei uns nicht.«

»Na, das wird für ihn ja zur Abwechslung mal ganz schön sein«, sagte Auntie May. »Hier gab es wohl nichts Angenehmes.«

»Das hatte ich auch so verstanden. Beziehungsweise ich verstehe es nicht, denn so etwas entzieht sich meinem Verständnis und dem einer guten Schule. In meiner Schule gibt es keine körperliche Züchtigung. Und keine emotionale Hysterie. Man muss wohl davon ausgehen, dass diese Dinge eine Folge der Geschlechtervermischung sind. Ich unterrichte *nie* Mädchen.«

»Was hier geschehen ist, hatte mit der Schule nicht das Geringste zu tun. Die Kinder haben die Dorfschule besucht.«

»Das erklärt den Dialekt des rosigen Mädchens. Na los, mein Junge, verabschiede dich.

Meine Prep School verlässt niemand mit einem Dialekt.«

»Auf Wiedersehen«, sagte Eddie und sah nur Sir an. Dann dachte er immerhin noch daran, Auntie May die Hand zu geben und zu sagen »D-d-danke«. Er ignorierte die Mädchen, denn die beiden und er würden für den Rest ihres Lebens jenseits aller Formalitäten miteinander umgehen. Er nahm ein paar seiner Habseligkeiten, Auntie May ein paar weitere und Sir überhaupt keine, und sie gingen zum Wagen, wo Sir breite Lederriemen löste und den Kofferraumdeckel anhob wie den Deckel eines Brotkastens.

»Es ist großartig. Ihr Automobil.«

»Großartig, *Sir.*«

»Großartig, Sir.«

Sir trat zurück und sah zu, wie das Gepäck in den Brotkasten geladen wurde. Dann nickte er Auntie May zu, deutete auf den Notsitz. Eddie kletterte hinein. Babs und Claire verfolgten das Ganze von oben aus. »Sie haben die Adresse?«, sagte Sir zu Auntie May. »Und Feathers hat Ihre? Nicht zu viele Briefe, bitte; wir müssen arbeiten. Er muss nur regelmäßig seinem Vater schreiben. Keine Briefe von den Mädchen oder aus dem Dorf. Darauf hatten wir uns geeinigt? Warum stottert der Junge?«

»Das hat schon vor Jahren angefangen.«

»Machen Sie sich darum keine Sorgen«, sagte Sir und kurbelte mit einer Eisenkurbel an der Vorderseite der Kühlerhaube herum, warf die Kurbel auf den Notsitz und verfehlte Eddies Kopf nur knapp, dann sprang er hinter das Steuer, um den Motor am Laufen zu halten. Ohne noch einmal zu hupen oder zu winken oder ein Wort des Abschieds zu sagen, drehte er auf dem federnden Gras, schwenkte wieder auf den steinigen Weg ein und verschwand hüpfend zwischen den Steinmauern und außer Sicht. Er hinterließ eine beträchtliche Stille.

Es war Babs, die in Tränen ausbrach.

»Also, dieses Stottern«, sagte Sir vielleicht eine Stunde später. »Ich nehme an, da wurde nicht drüber gesprochen. So wird das heutzutage gehandhabt.«

»D-d-doch. In der Sch-Sch-Schule.«

»Ah, nun gut, das sind Waliser. Die Waliser haben eine harmonische Satzmelodie. Sie verstehen uns andere nicht, die wir das nicht haben. Ich bin zum Beispiel total unmusikalisch. Und du?«

»Ich w-weiß nicht.«

»Kapelle? Kapelle?«

»Ich h-h-hab nicht ge-gesungen. Wenn doch, h-h-haben sich alle umgedreht und mich a-a-angestarrt. Babs hat gesungen. B-b-b *kann* singen.«

»Die Dunkelhaarige?«

»Sie singt ganz hell und k-k-klar. Nicht so süß. Nicht wie die Waliser. Sie m-mochten das nicht. Also hat sie weitergemacht.«

»Eine Primadonna. Mädchen sind schwierig. Pssst. Sei mal still. Da sind Mauersegler!«

Er hielt mitten auf der Allee an. Wie zum Vergnügen schwirrten einige pfeilförmige Vögel durch die Luft, hinauf und hinunter, und sammelten unsichtbare Fliegen. »Horch mal!«, sagte Sir. »Hörst du das?«

»Ein bisschen wie G-Glöckchen.«

»Gut, gut. Jetzt wirst du die Mauersegler nie wieder vergessen. Es gibt Vögel, die wirklich wie Glocken klingen. Glockenvögel. Sie rufen einander in den Regenwäldern von Australien. Lass dir von niemandem erzählen, in Australien gäbe es keinen Regenwald. Ich war da. Verstanden? Nehme ich an?«

»J-ja, Sir.«

»Gut. Und es wimmelt von Drachen.«

»D-D-, Sir?«

»Eine Art Gürteltier, wie eine Riesen-Assel.

Garnelen sind übrigens auch mit den Asseln verwandt. Dicke Kriechtiere mit einem großen Selbstbewusstsein. Auf eine abstoßende Weise schön.«

»Wie die Eidechsen in Kotakinakulu?«, fragte Eddie und wunderte sich selbst über diese Erinnerung an die platinfarbenen Eidechsen mit den erbarmungslosen Augen der Krokodile, dem stählernen Schlitz ihrer Mäuler …

»Du hast sie gesehen, was? Darwin hat sich dafür interessiert. Musst du den anderen erzählen, Stottern hin oder her. Claudius hat auch gestottert. Kennst du Claudius?«

»Claudius wie?«

»Claudius wie, *Sir*. Claudius, Kaiser von Rom. Famoser Typ. Der Herzog von York stottert auch. Er bekommt deswegen Unterricht.«

»Hat er sich das in Wales geholt?«

»Würde mich nicht wundern. Schade, dass sie ihn nicht zu mir geschickt haben.«

Und weiter preschte der Wagen. Als sie die Hauptstraßen erreichten, versiegte das Gespräch. Sirs langer Schal flatterte Eddie immer wieder ins Gesicht. In einem riskant angebrachten Spiegel auf der Höhe von Sirs Ohr, aber vor ihm, sah er, wie konzentriert Sir auf seiner nicht angezündeten Pfeife kaute. Dann und wann drückte er einen grauen Gummibalg zusammen, der an einer kleinen Trompete hing, und ein hohes Blöken erklang.

Das Gummiding erinnerte Eddie an etwas Abscheuliches. Die Verstopfungen des alten Mr Didds. Eddies Gesicht verschwand aus Sirs Rückspiegel, und Sir fuhr an den Straßenrand und hielt an.

»Kurz den Wagen ein bisschen abkühlen lassen. Wo bist du denn? Auf dem Boden, nehme ich an?«

Eddie kauerte am Boden des Notsitzes, die Knie ans Kinn gezogen und ganz grün im Gesicht.

»Ist dir übel? Nicht unnormal. Langsam weiteratmen. Das kann vom Autofahren kommen. Geht anderen auch so.«

Nach einer Weile rappelte Eddie sich auf.

»Du könntest eigentlich auch neben mir sitzen, aber das erlaube ich nie. Ich bin für dich verantwortlich. Verstehst du etwas von Autos?«

»Das ist das e-e-erste …«

»Das erste Mal in einem Automobil? Prächtig. Da kannst du gleich über diese Erfahrung schreiben. Hast du Schreiben gelernt?«

»Ja. Irgendwie sch-schon.«

»Du meinst, sie haben dir mit dem Lineal

auf die Finger geschlagen? Dir Ohrfeigen gegeben?«

»J-ja.«

»So etwas gibt es in meinem Institut nicht. Wenn du nicht arbeitest – dich nicht bemühst –, dann macht Mr Smith mit dir eine Runde Dauerlauf. Bei jedem Wetter. Am Seeufer.«

»T-tragen wir Schildchen?«

»Schildchen?«

»Wir hatten Schildchen auf dem Rücken.«

»Das haben sie mit dir gemacht?«

»Mit uns a-a-allen. Babs hatte HÄSSLICH. Ich hatte AFFE.«

»Und das rosa Mädchen?«

»Sie wurde nie erw-wischt. Sie m-mochten sie.«

»Unserem Institut liegt so etwas fern«, sagte Sir und schloss kurz die Augen. »Wie findest du meinen Spiegel?«

»Sch-sch-sch?«

»Am Wagen. Das ist gerade ganz modern. Wurde – ich muss sagen: zu meiner Überraschung – von einer Dame erfunden. Die ersten Automobilspiegel wurden den Puderdosen in Damenhandtaschen abgeguckt. Man hielt sie in der Hand. Damit man sehen konnte, ob etwas von hinten kommt. Eines Tages werden sie bestimmt für beide Geschlechter Pflicht, nehme ich an. Du siehst aus, als kenntest du keine Puderdosen? Vielleicht kennst du keine Damen? Hast du eine Mutter?«

»Sie ist gestorben, als ich noch ein B-b-b-«

»Ein paar Jungen in meinem Institut haben Ähnliches erlitten. Wir haben fast nur Raj-Kinder. Ich versuche, den Müttern möglichst nicht zu begegnen.«

Er kurbelte den Wagen wieder an, und weiter ging's. Auf dem Notsitz wurde es sehr kalt an den Ohren. Eddie kauerte sich tiefer hinein, wagte es aber nicht, sich außer Sichtweite des mysteriösen Puderdosenspiegels zu verkriechen. Sir hielt in einem bewaldeten Tal an, reichte Eddie eine Flasche Limonade und trank selbst einen Schluck aus einer Flasche mit einem silbernen Deckel, die mit Korbgeflecht umhüllt war. Eddie roch etwas Strenges und Süßes. Es erinnerte ihn an das Silberdöschen, das sein Vater ihm gegeben und das er Ada geschenkt hatte.

»Es ist nicht mehr weit«, sagte Sir. »Wir sind schon an der Grenze zum sogenannten Lake District. Das alte Königreich Cumbria, wo ich mein Institut gegründet habe. Ich nehme an, du hast noch nicht von unseren violetten Bergen und silbernen Flüssen gehört?«

»Ich k-kann mich nicht erinnern, Sir.«

»War nie von den Römern besetzt. Der Dichter Wordsworth war hier zu Hause und hatte eine glückliche Schulzeit.«

»J-ja, Sir.«

»Du weißt das alles, nehme ich an?«

»Ich habe – ich habe nicht …«

»Kannst du lesen, Feathers?«

»N-n-noch nicht g-g-gut.«

»Macht nichts. Das geht schnell. Und es wird famos. So, da wären wir.«

Eine hohe und sehr hässliche braune Steinburg ragte aus einem Bergwald neben einem See heraus, und als sie die von blauen Hortensien gesäumte Einfahrt hinauffuhren, erklang vor ihnen eine Glocke, und aus dem Unterholz tauchten lauter Jungen auf, die freudig erregt und wild aussahen. Sir trompetete zur Begrüßung mit dem Gummibalg, und die Jungen rannten neben dem Wagen her die Einfahrt hinauf, manche jubelten.

»Abendessen!«, sagte Sir. »Mit etwas Glück gibt es Würstchen. Wir haben hier eine gute Köchin. Du magst Würstchen, nehme ich an?«

Ein elfenhaftes Kind stürzte aus der Eingangstür und warf sich mit ausgebreiteten Armen vor das Auto.

»Eines Tages mache ich dich noch eindimensional. Zum Pfannkuchen. Zum Brei für einen Pie«, sagte Sir.

»Kann ich den Wagen in die Garage fahren, Sir?«, fragte der hellwach wirkende Junge.

»Natürlich, natürlich. Reib ihn trocken und gib ihm was zu trinken, ja?«

Der Junge setzte sich auf den Fahrersitz, und obwohl er kaum über das Armaturenbrett schauen konnte, steuerte er den Wagen langsam und vorsichtig in die Garage, in die er passte wie ein Spielzeug in eine Schachtel.

»Sehr ordentlicher Junge«, sagte Sir. »Er heißt Ingoldby. Er ist in deinem ersten Schulhalbjahr für dich zuständig. Sehr gut gemacht, Ingoldby. Diese Garage muss man sich erarbeiten.«

»Es ist ja nicht mal wirklich eine Garage«, sagte Ingoldby, »eher eine Hütte für einen mittelgroßen Hund. Hallo!«

»Ingoldby – Feathers.« Sir stellte die Jungen einander vor und legte den Grundstein für die Zukunft.

Die Donheads

Siebzig Jahre später in Dorset, an einem erstaunlich warmen Novembertag, machte Teddy Feathers, Sir Edward, Old Filth, ein Theater darum, welche Krawatte er auf einer Fahrt nach London tragen sollte. Er und Betty wollten zur Rechtsanwältin, um ihr Testament zu machen.

Unten im Flur saß Betty, längst fertig, auf einer Art Thron aus vergoldetem Holz und verblichener, fadenscheiniger Seide, die einst, als sie ihn in Bangladesch gekauft hatten, scharlachrot gewesen war. Sie hatte ihn in einem höhlenartigen, nach Räucherstäbchen riechenden Laden in den Gassen der Altstadt von Dhaka gefunden. Jetzt streichelte sie den zartrosa Satin mit den Fingerspitzen und versuchte sich zu erinnern, warum sie diesen Stuhl eigentlich gekauft hatte. Ein bisschen aus Angeberei, dachte sie. Nun ja, manche Leute kauften ausgestopfte Tiere. Sie hatte gefragt, ob sie einmal probesitzen dürfte. Der Thron hatte ganz hinten im Laden gestanden, und sie hatte von dort aus durch die Schwärze des Ladens bis zur blendenden Helligkeit des Eingangs und auf die vorbeiziehende Show auf der Straße geschaut, die Rikschas, die würdigen alten Herren mit ihren Turbanen, die Frauen wie munter flatternde Schmetterlinge, die einheitlich schwarzen Haarschöpfe in allen Fenstern. Eine Prozession von Prinzlingen war vorbeigezogen, alle mit einem Silberteller mit dampfendem Plumpudding in der Hand. Sie wusste natürlich, dass es nur Alufolie und Kuhfladen waren. Die jungen Männer waren gleichzeitig fröhlich und ernst.

»Ja, den nehme ich. Ich kaufe den Stuhl.«

Und hier stand er nun, auf dem Parkett in Dorset neben einer Teak-Kommode, und sie strich mit den Fingernägeln darüber, die ebenso rosa waren wie die Seide.

Auf der Teak-Kommode lagen Netze voller Tulpenzwiebeln, die darauf warteten, gesetzt zu werden. Heute wäre der perfekte Tag dafür. Morgen könnte es schon wieder kalt oder feucht sein, und sie würde vermutlich ein wenig erschöpft sein, nach dem großen Ausflug heute. Sie wusste auch nicht, warum Filth immer noch eine Anwältin in London brauchte. Die kostete doppelt so viel für ein halb so gutes

Ergebnis, nach ihrer Erfahrung. Schon der Gedanke an London machte sie ganz benommen. Aber das brauchte sie Filth gar nicht erst zu sagen. Mit Filth diskutierte man nicht.

Die Zwiebeln hätten schon vor zwei Wochen gesetzt werden sollen, denn sie war nicht mehr der personifizierte Kalender, der sie früher gewesen war. Sie ging nicht gerade gern auf die Knie, zu keiner Zeit. Selbst in der Kirche hatte sie damit aufgehört, obwohl es sich falsch anfühlte, nur zu kauern. Die Queen Mother kniete noch in der Kirche. Wahrscheinlich. Filth sagte, Queen Mary hätte bis zu ihrem Ende gekniet.

Filth hielt sich immer noch an seinen Kalender. Er hatte diesen Termin schon vor Wochen gemacht. Halb vier, Bantry Street, W. C. 1. Ihre Testamente wären jetzt unterschriftsbereit. In letzter Zeit war ihm das zunehmend ein Anliegen gewesen, und sie fragte sich, ob er wieder diese Schwindelanfälle hatte. Sein leichter Herzinfarkt war jetzt schon einige Jahre her. Sie strich über den Satin.

Dann wanderten ihre Finger zu den Tulpenzwiebeln in ihren Beuteln, und sie berührte sie wie eine Priesterin, die sie segnete. Die dicken Kugeln in den Netzen erinnerten sie an die

Kröpfe des erschossenen Federwilds, wenn sie auf einer Platte ausgelegt wurden – vielleicht irgendwo im China ihrer Kindheit? Und wenn man es recht bedachte, dachte Betty, während sie sie streichelte, waren diese dicken und potenten Kugeln unter der trockenen Haut den Hoden eines Mannes nicht unähnlich.

Nicht, dass ich in den letzten Jahren welche berührt hätte.

Sie hörte Filth im oberen Stockwerk einen Schuh fallen lassen und fluchen.

Aber wenn ich *wirklich* darüber nachdenke, wie eine Künstlerin das tun würde, oder eine Ärztin oder verträumte Liebhaberin …

Sie schloss die Augen, und unter dem Berg von Zwiebelnetzen klingelte das Telefon. Sie tastete danach, bis sie den Hörer fand, zog ihn heraus und sagte: »Ja? Betty.« Dann sagte sie noch einmal: »Ja? Hallo? Betty.« Es musste jemand aus ihrem Lesekreis sein, der sich am Nachmittag im Dorf traf und dem sie gestern Bescheid gesagt hatte, dass sie nicht teilnehmen würde. Die Autorin, die sie gerade studierten (studierten!), kam eigens mit dem Auto aus Islington angereist, um ihnen ihren Roman auszulegen. Betty fand, sie müsse doch etwas Besseres zu tun haben. Das musste ja sein, als würde man mit Fremden seine Ehe besprechen. »Hallo? Bist du das, Chloe?«

»Betty?« (Ein Mann.)

»Ja?«

»Ich bin in der Orange Tree Road. Und du?«

»Na, hier.«

»Wo genau?«

»In der Eingangshalle. Am Telefon. Auf dem Seidenthron.«

»Was hast du an?«

»Was ich anhabe?«

»Ich muss dich sehen.«

»Du bist in Hongkong.«

»Ich muss dich sehen. Dein Gesicht. Ich habe es verloren. Ich muss mir dich auf dem Thron vorstellen können.«

»Also, ich … wir fahren gleich nach London. Filth zieht sich nur noch kurz die Schuhe an. Er ist in einer Minute hier unten. Ich bin schon gestiefelt und gespornt.«

»Trägst du die Amethyste?«

»Sei nicht albern, es ist neun Uhr morgens.«

»Dann die Perlen.«

»Nun gut, ja.«

»Fass sie mal an. Sind sie warm? Sind es meine? Oder seine? Würde er das merken?«

»Deine. Nein, würde er nicht. Bist du betrunken? Es muss ja schon nach dem Abendessen sein.«

»Nein. Na gut. Vielleicht.«

»Ist … bist du allein?«

»Elsie hat sich hingelegt. Betty, Harry ist tot. Mein Sohn.«

Die Verbindung brach ab, als Filth in einem London-Anzug und schwarzen Schuhen die Treppe heruntergesprungen kam. Er schwang sich in seinen Mantel und sah sich nach dem Bowlerhut um, den er wieder in Benutzung genommen hatte. Er lag zwischen den Tulpen. Er dachte kurz darüber nach, dann ließ er ihn liegen. Zu altmodisch. Das Taxi war da.

»Telefon?«

»Verwählt.«

Sie reisten erster Klasse, allerdings unabsichtlich, denn sie fanden, die erste Klasse sei vulgär und nur etwas für Leute, die auf Spesen reisten.

Der Schaffner war aber anderer Meinung, hatte ihr Alter und ihre Kleidung taxiert, Teddys zusammengerollten Schirm und Bettys prachtvolle Perlen gesehen und den Müll auf dem Boden um ihre polierten Schuhe herum.

»Sie können auch aufstocken, Sir, wenn Sie

möchten.« (Die Frau sieht aber blass aus.) »Es ist gleich das Abteil nebenan und kostet vier Pfund extra für Senioren.«

»Wir sitzen hier gut, danke«, sagte Filth, aber Betty lächelte das dunkle, tamilische Gesicht des Mannes an, nahm ihre Tasche und ihre Handschuhe und machte sich auf ihren kecken Absätzen auf den Weg durch den Waggon, sie taumelte durch die schwankenden Verbindungstüren in Richtung der ersten Klasse, weg von dem, was sie immer noch »die dritte« nannte.

Sie planschten durch das Wasser, das unter der Toilettentür herauskam, und setzten sich in ein Sechserabteil mit blauem Samt. An vier der sechs Sitze waren die Rückenlehnen aufgeschlitzt, und die Polsterung quoll heraus. Unter der Decke waren Graffiti, aber der Boden war sauberer. Filth dachte an den Zug nach Kuala Lumpur, das Mahagoni und das warme Essen, das man dort gereicht bekam, und setzte sich seiner Frau gegenüber, sodass sie auf den beiden unbeschädigten Sitzen am Fenster saßen. Draußen zogen die Felder, Wälder, Hecken und das Hochland von Wiltshire vorbei, durch das Gras schimmerten die weißen Kreidefelsen.

Betty sah plötzlich einen Wiedehopf in einer Hecke. Sie sah zu Filth hinüber, ob er ihn auch bemerkt hatte, aber er war abgelenkt. Die beiden Linien zwischen Nase und Mund sahen heute tief aus, grausam wie die Schnitte in den Sitzen. Warum war er denn so verbittert?

Sein Sohn ist tot. Sein Junge. Harry.

Der Tamile schob die Tür auf.

»Ist es hier besser, Sir?«

»Sehr schön«, sagte Betty.

»Vier Pfund? Ist das pro Person?«, fragte Filth.

»Machen Sie sich keine Gedanken, Sir. Wenn man sich die Sitze hier anguckt … Aber es ist sauberer. Hören Sie auf mich und gehen Sie auf dem Heimweg gleich in die erste Klasse. Sie fahren heute noch zurück?«

»Oh ja. Wir bleiben nicht länger in London, als es unbedingt sein muss.«

Der Mann fragte sich, warum die Augen der Dame so glänzten. Als wären es Tränen. Wirklich alt. Könnte seine Großmutter sein. Aber – sie lächelte ihn an.

»Wir fahren nach London, um unsere Testamente zu unterschreiben.«

»Das hat doch sicher noch jede Menge Zeit, Ma'am.«

Filth schnäuzte sich in sein gestärktes Taschentuch und zog die Augenbrauen zusammen, wie im Gericht. »Darauf würde ich mich in Ihrem Beruf lieber nicht verlassen.«

»Da haben Sie recht«, sagte der Mann. »Bei der Eisenbahn liegt unser Leben in Gottes Hand. Fliegen ist sicherer. Aber ich mag es. Wenn man gehen muss, muss man gehen, nicht wahr?«

»Ist wahr«, sagte Betty.

»So ziemlich«, sagte Filth. Er bemerkte, dass Betty unter dem Make-up müde aussah. Und dann sah er sie wieder an, als der Zug gemächlich durch Clapham Junction ruckelte. Sie musste mal einem Arzt ihre Augen zeigen. Sie sahen feucht und irgendwie auch seltsam aus. Alt, dachte er. Sie hatte doch noch nie alt ausgesehen.

»Mittagessen?«, fragte er.

»Was?«

»Wo isst du zu Mittag? Wollen wir zusammen irgendwo hingehen? Simpson's?«

»Aber du gehst doch zum Inner Temple.«

»Das muss ich ja nicht. Niemand erwartet mich dort. Ich kenne ja niemanden mehr.«

Sie schwieg.

»Dann könnten wir zusammen mit dem Taxi

zur Anwältin fahren. Statt getrennt anzukommen und vor der Tür herumzulungern.«

»Nein«, sagte sie. »Ich habe mich im Club angekündigt.«

»Du musst ja nicht hingehen. Da ist doch sowieso nie jemand.«

»Deswegen gehe ich ja hin. Damit es dort weitergeht. Außerdem bin ich diesmal verabredet.«

»Das hast du mir ja gar nicht erzählt.«

Sie dachte: Du hast auch nicht gefragt.

Am Bahnhof Waterloo wartete sie mit ihm auf sein Taxi. Der Fahrer stieg aus und half ihm hinein. Die Tür wurde zugeschlagen, und er klopfte von innen ans Fenster und rief: »Betty, was hast du gesagt, wo du hingehst?«, aber sie war schon weg. Er sah sie, als er den Hügel hinuntergefahren wurde. Sie flitzte flink wie ein junges Mädchen auf ihren immer noch schönen Beinen durch den Verkehr in Richtung des National Theatre. Anscheinend will sie zu Fuß zum Club gehen, dachte er stolz. Über die Brücke, die Strand hinunter, Trafalgar Square, die Mall, St. James's, Dover Street. Tolle Frau, noch mit über siebzig. Sie ging gern zu Fuß. Sonderbar, dass sie so an diesem University

Women's Club hing. Er selbst war dort nie gewesen. Und Betty hatte natürlich nie eine Universität besucht. Jetzt war sie verschwunden.

Er hatte nicht gesehen, dass sie rechts die Treppe zum Film Theatre und der Queen Elizabeth Hall hinuntergegangen war. Im National Theatre nahm sie sich ein Tablett und schob es in der Schlange der Zuschauer vorwärts, die zur Matinee von *Elektra* gekommen waren.

Sie hatte keine Ahnung, was sie aß. Sie nahm den Aufzug nach oben und saß allein draußen in der kalten Luft. Sie war mit niemandem verabredet. Überall waren Straßenkünstler: Akrobaten, Musiker, Lebende Statuen, Schlangenmenschen, und plötzlich schwappte eine Arie von einem Pavarotti im Lendenschurz herein. Die Begleitmusik kam aus der Konserve und verjagte die Tauben. Zwei junge Leute setzten sich neben sie, das Mädchen trug das Haar zu zwei krausen, goldenen Flügeln frisiert. Schwerfällig, mürrisch, schmollend und mit offenstehendem Mund ließ sich der Junge neben sie plumpsen. Die Musik und die Stimme wehten davon.

Sein Sohn ist tot. Harry.

Das Mädchen zündete sich eine Zigarette an, ihre Finger waren schwer vor lauter Ringen.

Rings on her fingers and bells on her toes – und weiß der Himmel, wo sonst noch, dachte Betty. *She shall have music wherever she goes.* Ach, ich wünsche es ihr.

Das Mädchen starrte sie an.

»Tolle Frisur«, sagte Betty.

Das Mädchen wandte sich hochmütig ab. »Nichts dauert ewig«, sagte Betty, und der Junge sagte: »Wir könnten zum Chinesen gehen.«

Darüber dachten sie nach.

Dann wandten sie sich auf der Bank einander zu und wickelten in einer einzigen, fließenden Bewegung ihre Arme umeinander.

Sein Sohn ist tot, dachte Betty und stand auf.

Sie ging die steile Wendeltreppe hinunter und sah dann am Flussufer dem Wasser beim Vorbeifließen zu, sah die Menschenmenge und das silberne Riesenrad hoch oben in der Luft. Wunderschön. Es erwachte ruckelnd zum Leben. Ruckelte, blieb stehen, und weiter. Immer im Kreis herum.

Sein Sohn ist tot.

Und ich nicht, dachte sie. Filth und ich werden ewig leben. Wie sinnlos. Wir halten die Fahne eines Landes hoch, das ich nicht mehr wiedererkenne und nicht mehr liebe.

Als sie den Verkehr in der Strand sah, fragte sie sich, ob Filth es überhaupt pünktlich zur Anwältin schaffen würde. Er nickte nach dem Mittagessen gern für zehn Minuten im Rauchsalon des Inner Court weg. Sonst war nichts mit ihm anzufangen. Sie dachte an ihn, wütend und angespannt, wie er mit seinem Taxi im Stau stand. Noch vor ein paar Jahren wäre er hinausgesprungen und gelaufen. Das war ein vertrauter Anblick gewesen, wie er mit wehender Robe und Papieren unter dem Arm zu den Gerichten marschierte. »Sieh mal, ist das nicht Old Filth?«

Als er sehr jung gewesen war und keinen Penny und kein Mandat gehabt hatte, bevor sie ihn kennenlernte, hatte er, sagte er immer, stets einen Bowlerhut für den Heimweg gehabt. »Warum?«, hatte sie gefragt.

»Um ihn ziehen zu können, falls ich einem Richter begegne.«

Man wusste nie, wann Filth ironisch war und wann ernst.

Heute war er nicht ironisch. Mit Hilfe seines zusammengerollten Schirms winkte er sich vor dem Inn am Embankment ein Taxi heran. Er setzte seine Schritte vorsichtig und wirkte sehr alt, war aber immer noch gutaussehend, sehr elegant gekleidet und wach nach seinem Nickerchen. Jemand, den man nicht übersah. Aber der Verkehr rauschte an ihm vorbei. Niemand hielt an. Er würde es nie schaffen. Er war zu alt für so etwas. Er würde zu spät im Gericht sein. Er bekam Angst, wie früher. Ihm schnürte sich die Kehle zu.

Ich gehe zu Fuß bis zur Bantry Street, dachte Betty; vielleicht überholt er mich mit dem Taxi. Und sie stürzte sich in die Menge. In ihren eher ländlichen Agatha-Christie-Kleidern, der Perlenkette und den polierten Schuhen schritt sie zwischen dem rempelnden, schlampig gekleideten Gesindel umher, das sie anglotzte, als wäre sie einem Theaterstück entsprungen. Schmerz und Ablehnung, Verwirrung und Angst, dachte sie, in jedem Gesicht. Niemand war mit sich im Reinen, außer den Leichen in den Hauseingängen, den Bündeln aus Lumpen und Flaschen; und das konnte man auch nicht wirklich »im Reinen« nennen. Sie warf Geldstücke in die aufgestellten Hüte und Schachteln, was sie in Dhaka oder Shanghai nie getan hätte und wofür sie in Singapur sogar gerichtlich hätte belangt werden können. Es gibt wieder Bettler in den Straßen Londons, dachte sie. Meine Zeit ist abgelaufen. Genau wie Terrys.

Ihr Herz schlug viel zu schnell, und auf der Bantry Street ging sie langsamer und kramte in ihrer Handtasche nach einer Pille. Aber alles war gut. Da war Filth, ernst und groß, und ließ sich aus einem Taxi helfen.

»Das trifft sich ja«, rief er. »Wunderbar. Hattest du ein nettes Mittagessen? War jemand da?«

»Niemand, den ich kannte.«

»Bei mir auch nicht. Nur Übriggebliebene.«

»Ingoldby – Feathers«, hatte Sir vor der Privatschule im Lake District gesagt.

Ingoldby wurde an diesem Tag nicht nur Eddie Feathers' erster Freund, sondern ein Teil von ihm. An diesem Abend saßen sie Seite an Seite und aßen Würstchen. Vom nächsten Morgen an teilten sie sich einen der zehn Doppel-Schreibtische mit Klappsitzen und nur einem Tintenfass. Eddie lauschte Pat Ingoldbys endlosem Wortschwall zunächst unter Schmerzen und Zögern, doch dann fing er ebenfalls an zu reden. Ingoldby wartete geduldig, wenn die Uhr nicht gleichmäßig tickte, und unterbrach ihn nie. Im Laufe der vier Jahre verwuchs sich das Stottern.

Obwohl Sir strikt gegen »Beste Freunde« war und auf täglichen kalten Duschen bestand, war gegen die Einheit von Ingoldby und Feathers kein Kraut gewachsen. Sie lasen dieselben zerfledderten Bücher aus der Bibliothek – Henty, Ballantyne und Kipling; sie wählten einander in die Sportmannschaft, sie diskutierten über dieselben Helden. Ingoldby war dunkel und schmächtig, Eddie Feathers war zehn Zentimeter größer und hatte kastanienbraunes Haar, aber sie fingen an, im Gleichschritt zu gehen. Ein seltsames Paar. Sie gaben auch im Schulboot auf dem See ein seltsames Paar ab, gewannen aber trotzdem meistens. Ingoldbys Witz und logisches Denkvermögen überlagerten die Alpträume aus Eddies Vergangenheit. Sie waren Balsam auf Eddies Seele, den er bislang nicht kannte. Er erwähnte die Jahre, bevor er auf Sirs Institut kam, nicht ein einziges Mal, und Pat fragte nie nach oder drängte ihm umgekehrt Informationen über sich auf. Die Vergangenheit ist unter Kindern, wenn sie nicht besonders erfreulich war, meist kein Gesprächsthema.

Am Sporttag kam Colonel Ingoldby, und Feathers wurde ihm vorgestellt. Kurze Zeit später verbrachte Feathers die Schulferien bei den Ingoldbys. Sir schrieb nach Malaysia, beschrieb die Tadellosigkeit der Ingoldbys und erwähnte außerdem, sie würden Eddie gern in jeden Ferien zu sich nehmen. Aus Kotakinakulu kam ein hübscher Scheck für Mrs Ingoldby und wurde gnädig akzeptiert (obwohl es keinen begleitenden Brief dazu gegeben hatte).

Mit vierzehn Jahren sollten beide Jungen dieselbe weiterführende Privatschule in den Midlands besuchen, und Mrs Ingoldby fragte Eddie, ob er dieses Arrangement gerne fortsetzen würde. Würden seine Tanten – die er nur ein einziges Mal gesehen hatte – eifersüchtig werden? Verletzt? »Wir haben uns so an dich gewöhnt, Eddie. Jack ist so viel älter als Pat. Sie sind viel zu weit auseinander, um sich als Brüder nahezustehen. Ehrlich gesagt, ich glaube, Pat ist einsam. Würdest du es *sehr* langweilig finden, Teil unserer Familie zu werden? Wenn ja, dann sag das bitte ehrlich.«

»Das würde ich natürlich sehr gerne.«

»Dann schreibe ich deinem Vater.«

Aus Malaysia kam Schweigen und ein weiterer Scheck. Auch die Tanten rührten sich nicht. Mrs Ingoldby sagte nichts über das Geld, außer »Wie reizend, und wie unnötig«, und Eddie wurde im Leben der Ingoldbys in ihrem großen Haus auf einem Hügel in Lancashire aufgenommen, wo der Colonel Bienen hielt und Mrs Ingoldby zerstreut und zufrieden umherwanderte und alle anlächelte. Als Pat ein Stipendium für die weiterführende Schule zugesprochen bekam, öffnete Colonel Ingoldby eine Flasche Valpolicella, weil er sich erinnerte, dass sie den auf ihrer Hochzeitsreise in Italien vor dem Großen Krieg getrunken hatten (»Haben wir doch, Schatz?«). Im folgenden Jahr bekam auch Eddie ein Stipendium, und das wurde mit demselben Ritual gefeiert.

Mrs Ingoldby war Eddies erste englische Liebe. Er hatte nicht gewusst, dass so unkomplizierte Frauen überhaupt existierten. Sie war ruhig und verträumt und brachte oft irgendjemandem eine Tasse Tee, einfach aus Freundlichkeit; dabei war sie den Launen eines cholerischen Mannes ausgeliefert, über den sie sich niemals beklagte. Sie war unbeirrbar entzückt von den Überraschungen eines jeden Tages.

Das Haus hieß High House und stand am Ende einer geraden, steilen Einfahrt mit Bäumen an beiden Seiten. Alte Metallzäune trennten die Allee von den Feldern, die in den Osterferien im nassen Frühling von Lancashire ebenso betäubend grün waren wie die Reisfelder in Südostasien. Weit unterhalb der Allee Richtung Westen sah man die Schornsteine des Familienunternehmens, einer Fabrik im Tal. Sie stellte eine besondere Art von Teppichen her und hieß The Goit, und mitten hindurch, zwischen den Gebäuden der schnurrenden Teppichfabrik, floss ein breiter Fluss voller rund geschliffener Steine und transparenter kleiner Fische. »Angeblich ist das Wasser hier ganz besonders sauber«, sagte Mrs Ingoldby zu Eddie Feathers (»Was für ein interessanter Name!«).

»Das muss es wahrscheinlich auch sein, wenn man damit Teppiche wäscht«, sagte Eddie. »Aber was ist mit den ganzen Farbstoffen?«

»Oh, ich habe nicht die geringste Ahnung.«

»Teddy« nannten sie ihn, oder »mein lieber Junge« (der Colonel). Pat nannte ihn »Fevvers«, wie in der Schule, und ignorierte ihn ansonsten oft. Zu Hause war er anders und ging oft seiner eigenen Wege. Manchmal schmollte er.

»Er hat diese schrecklich düsteren Stimmungen«, sagte Mrs Ingoldby. Sie saß unter einer Buche und palte Erbsen. »Hat er das in der Schule auch?«

»Ja. Manchmal. Doch, das kommt vor.«

»Weißt du, woher das kommt? Früher war er so ein Sonnenschein. Und er ist so intelligent, das ist wirklich zu schade. Wir anderen sind alle nichts dagegen. Ich denke immer, es ist meine Schuld. In der Pubertät wird die eigene Mutter immer zu einer Enttäuschung, oder? Ich fürchte, da muss er einfach durch.«

Eddie überlegte, was Pubertät wohl war.

»Ich nehme an, es ist nur, weil diese ermüdende Geschichte mit der Sexualität losgeht. Zum Glück seid ihr beide nicht *homosexuell.*«

»Nein«, sagte Eddie. »Davon kriegen wir schon durch Sir genug mit.«

»Ach, Sir. Und der arme Mr Smith.«

»Ja«, sagte Eddie. »Und die Mr Smiths wechseln dauernd, und Sir bricht dann immer das Herz, und wir müssen mit ihm über Striding Edge wandern, bis es ihm wieder besser geht.« Eddie hatte sich seit der Autofahrt von North Wales sehr gut entwickelt.

»Deine Mutter vermisst dich sicher sehr, so am anderen Ende der Welt.«

»Oh nein, sie ist tot. Sie ist bei meiner Geburt gestorben, ich kannte sie gar nicht.«

»Und dein armer Vater, er ist doch nicht etwa immer noch allein?«

»Das nehme ich an.«

»Er liebt dich bestimmt sehr.«

Eddie schwieg. Das war eine vollkommen neuartige Vorstellung. Im Lavendel brummten die Hummeln.

»Meine Eltern haben mich überhaupt nicht geliebt«, sagte Mrs Ingoldby. »Sie waren in der indischen Armee. Meine Mutter konnte es gar nicht erwarten, mich nach England abzuschieben. Sie hat mehrere Kinder verloren. Es gibt so schreckliche Reihen kleiner Kindergräber im Punjab, und ebensolche Reihen von Müttergräbern. Trotzdem wollte sie mich einfach nur loswerden. Aber ich bin sehr dankbar. Ich kam zu einer großartigen Frau, bei der wir zu mehreren waren. Wir haben unsere Eltern komplett vergessen. Meine Mutter ist mit jemandem durchgebrannt – weißt du, das kam damals vor. Oder sie haben getrunken. Zu wenig zu tun. Sie haben den indischen Dienern Befehle erteilt wie Soldaten, sehr unschön. Aber England gegenüber unbedingt loyal. Und dann hat mein Vater sein ganzes Geld verloren. Er war eher eine tragische Figur, fürchte ich.«

»H-h-hat er Sie mal besucht? In England?«

»Ja, ich glaube. Ja. Als ich größer wurde, habe ich bei seiner Schwester gelebt, meiner Tante Rose. Es war sehr langweilig, aber ich hatte schöne Kleider, und sie war sehr reich. Ich durfte nie krank sein. Sie war eine sogenannte Christliche Wissenschaftlerin. 1919 war die Influenza wirklich schlimm, die Leute starben wie die Fliegen. Als eines Tages mein Vater auftauchte, hat ein *Lakai* die Tür des Morgensalons aufgemacht, *wenn es recht ist* (Aunt Rose hat in ihrem ganzen Leben keine Tür selbst aufgemacht), und sie sagte nur: ›Oh, da bist du ja, Gaspard. Sicher bist du müde. Hier ist deine Tochter.‹ Und weißt du was? Er ist in Tränen ausgebrochen und hat die Flucht ergriffen. Ich habe keine Ahnung, warum. Oh, ich hatte so ein Glück, dass ich den Colonel kennengelernt habe.«

Auf einem Spaziergang über die Felder mit Pat machte Eddie den wahrscheinlich einzigen Kommentar über das Leben eines anderen, den er je gemacht hatte.

»Deine Mutter scheint allen Menschen gegenüber das Gleiche zu empfinden. Warum ist sie immer so glücklich?«

»Gott – keine Ahnung.«

»Sie ist überhaupt nicht verbittert. Dabei hat niemand sie früher gemocht. Ihre Eltern klingen furchtbar, wenn ich das so sagen darf.«

»Oh, du hast von Aunt Rose und dem Lakaien gehört? Wenn du mich fragst, waren die alle nicht ganz dicht. Verrückte Raj.«

»Sie scheint … irgendwie meint man, sie mag jeden.«

»Oh nein, tut sie nicht. Sie wurden so erzogen. Die meisten haben gelernt, überhaupt niemanden zu mögen, nie, in ihrem ganzen Leben nicht. Aber sie haben sich nicht beschwert, denn sie hatten dieses Sicherheitsnetz. Das Empire. Wohin man auch ging, man trug die Krone, und wohin man auch ging, man fand seinesgleichen. Ein Club. Es gibt immer noch tausende Leute überall, die meinen, die Welt gehörte ihnen. Und dann wird das auch noch mit Christenpflichten vermengt. Bis heute. Sogar hier, bei uns zu Hause. Jedes Haus dieser Sorte, in das man geht, in Liverpool oder auf der Isle of Wight – Großwild an den Wänden, Tigerfelle auf dem Boden, Tische mit Messingtabletts aus Benares und ein Foto von der Krönung auf der Durbar. Heutzutage kann man sogar so tun als ob. Man braucht nur genügend Diener. In der Generation meines Großvaters war das nicht so. Das waren bessere Menschen. Besser erzogen, Bibelleser, nicht solche Angeber. Sie haben ihre Arbeit gemacht. Es gab Arbeit für jeden, und die haben sie gemacht und viele sind dabei gestorben.«

»Ich glaube, mein Vater wird auch bei der Arbeit sterben. Er denkt an gar nichts anderes. Ackert und schuftet. Und er hat Malaria. Und seine Familie verloren.«

Pat, dem es überhaupt nicht um das Individuum ging, schlug nach den Blüten der Blumen. »Ich werde Historiker. Das ist mein Plan. Das ist die einzige Hoffnung – dass wir lernen, wie wir das geworden sind, was wir sind. Ich meine, Primaten. Aggressionen. Heute ist morgen schon Geschichte. Das Empire geht unter. Es säuft ab. Das wird ein ziemliches Chaos, wenn es verschwunden ist, und wir werden dann kein besseres Volk sein. Wenn solche Reiche zu Ende gehen, gibt es oft ein großes Finale – und dann? Deutschland rasselt schon wieder mit den Ketten. Ostgoten gegen Westgoten.«

»Aber du würdest für das Empire kämpfen, oder? Ich meine – du würdest um all das hier kämpfen, oder?« Eddie nickte über das grüne Land hinweg.

»Für die Teppichfabrik? Ja, würde ich. Werde ich.«

»*Wirst* du. Kämpfen?«

»Ja.«

»Ich auch«, sagte Eddie.

In diesem letzten Friedenssommer bei den Ingoldbys – Pat war jetzt siebzehn, Eddie sechzehn – vergingen die Tage wie Wochen, so endlos wie die Sommer in der Kindheit. Sie machten lange Spaziergänge, und am Ende jedes Tages voller Sonne, dräuender Wolken und glitzerndem Lancashire-Regen blieben sie an der Allee stehen. In dem sanften Tal vor ihnen sah man, so sicher wie den Sonnenuntergang, die Fabrikarbeiter nach Hause gehen, nachdem die Fünf-Uhr-Sirene ertönt war. Sie gingen im Gänsemarsch The Goit hinauf und auf gepflasterten Wegen, die von Generationen von Clogs ganz glattpoliert waren, durch den Wald. Von der höherliegenden Allee klang, wenn der Wind entsprechend stand, das Hufeisenmetall der Clogs auf dem Sandstein wie Kastagnetten.

Im Weitergehen sahen die beiden den Colonel in einem schwarzen Schleier, wie er Rauch aus einem kleinen, mit Heu gestopften Gerät auf seine Bienen blies und fluchte. »Wenn er nur etwas ruhiger mit ihnen wäre«, sagte Pat. »Soll ich dir helfen, Pa?«

»Nein. Geht weg, die bringen euch um. Sie sind völlig wild geworden.«

»Oh, Tee«, sagte Mrs Ingoldby. »Ihr kommt gerade rechtzeitig. Ich lasse euch noch ein paar kleine Sandwiches machen. War es ein schöner Spaziergang?«

»Wunderbar, danke. Gibt es etwas Neues?«

»Ja. Hitler ist in Polen einmarschiert. Aber sag es deinem Vater noch nicht, Pat. Er kann nichts dagegen tun, und es gibt heute Abend sein Lieblingsessen. Ochsenschwanzsuppe.«

»Es ist nicht alles nur gespielt«, sagte Pat, der Gedankenleser, nachdem Mrs Ingoldby nach oben gegangen war, um sich zum Abendessen umzuziehen. »Es ist eher ein *modus vivendi*. Altmodische Manieren.«

»Mit gefällt das.«

»Die Gäste nicht aufregen, ja. Aber sie hält alles Schreckliche unter Verschluss, zu ihrer eigenen Sicherheit. Meine Mutter ist nicht so blöd, wie sie tut. Sie hat Angst. Die Teppichfabrik und die ganze schöne Sicherheit können sich jeden Moment in Luft auflösen. Die Fabrik wird für die Rüstung gebraucht werden. Pflugscharen zu Schwertern. Das war unsere sichere und respektierte Einkommensquelle seit zwei Generationen. Wir werden das Haus verlieren. Jack geht zur Air Force, und das habe ich auch vor.«

»Du?«

»Ja. Ich denke schon. Sobald sie mich in Cambridge genommen haben. Dass ich für später schon mal den Fuß drin habe.«

Er fragte nicht nach Eddies Plänen.

»Ich war ja schon im *Officers' Training Corps*«, sagte Eddie. »Ich schätze, ich werde Soldat. Mein Vater war bei den sogenannten Royal Gloucesters – ich weiß nicht, warum. Vielleicht kann er mich da reinbringen.«

»Übrigens«, sagte Pat, der wie seine Mutter die Hürden lieber umging. »Das ganze Gerede über Lakaien und Ma – das ist Quatsch. Sie liest zu viel Georgette Heyers.«

»Aber deine Mutter wirkt so ...« (fast hätte er unschuldig gesagt, aber das wäre unhöflich gewesen) »... aufrichtig.«

»Reiner Selbstschutz«, sagte Pat. »Kann man ihr auch nicht verübeln. Immerhin hat sie den Großen Krieg miterlebt.«

An diesem Abend hörten sie Radio. Die hohen Fenster zur Rasenfläche hin waren geöffnet, eine Lärche ließ ihre schwarzen Äste bis auf das Gras hängen. Unter den Ästen kam eine schwarze Katze hervor, humpelte durch den Garten und verschwand. Sie schüttelte erbost die Pfoten.

Die Nachrichten waren grauenvoll. Nachdem der Colonel das Radiogerät ausgeschaltet hatte, hörte man immer noch Fetzen der BBC-

Geräusche durch die offenen Fenster des Dienstbotenwohnzimmers. Plötzlich hatten die Schatten den Salon verschluckt, und es wurde kalt.

Mrs Ingoldby zog sich eine Decke um die Knie und sagte: »Pat, wir brauchen Licht.« Der herzzerreißende Duft der Stauden im Beet vor dem Fenster strömte süßlich in den Raum.

Pat steckte sich eine Zigarette an, und die Katze kam über den Rasen zurück, jetzt nur noch ein Schatten. Ihre grünen Augen leuchteten kurz auf. Pat machte das Licht an.

»Was hat die Katze denn bloß?«

»Hör mir auf mit der Katze«, sagte der Colonel. »Die habe ich heute Nachmittag aus dem Schlafzimmerfenster geworfen.«

»Pa!«

»Sie hat auf meine Daunendecke genässt. Die Decke habe ich gleich hinterhergeworfen. Ich hätte sie erschossen, wenn ich das Gewehr griffbereit gehabt hätte. Ich habe es jetzt geladen, falls die Invasion kommt. Diese Katze weiß genau, was sie tut.«

»Jetzt mal langsam, Liebling. Sie ist doch kein Nazi.«

»Katzen und Bienen und die ganze Welt, alle verrückt geworden. Ich sag euch, dieses Jahr gibt es keinen Honig. Alles geht den Bach runter. Ich überlege, eine Kuh anzuschaffen.«

»Eine Kuh, Liebling?«

»Bis Weihnachten gibt es sicher keine Butter mehr. Milchpulver. Keine Sahne.«

»Warum das denn nicht?«

»Wird alles rationiert. Die Army geht vor. Begreifst du denn gar nichts?«

Zur Schlafenszeit lehnte Eddie sich aus dem Schlafzimmerfenster – es kam ihm schon vor wie sein eigenes Zimmer – und betrachtete die dunklen und hellen Reihen des Gemüsegartens, das gehorsame Regiment des Colonel, das im Mondlicht strammstand. Stille bis morgen früh um sechs, wenn die Fabriksirene erklang. Dann der Chor der klackernden Füße, die The Goit hinuntergingen, als könnte sich niemals etwas ändern. Vom Treppenabsatz her hörte er den Colonel trompeten: »Rosie – lass das Fenster offen. Und bring ja nicht diese Daunendecke rein. Die bleibt die ganze Nacht draußen. Und ich nehme an, es wird regnen. Lass es regnen.«

Eddie sah das helle Rechteck aus geschändetem Satin verloren an der Hauswand liegen wie eine nutzlos gewordene weiße Flagge.

Tulpen

Am Morgen nach dem schrecklichen Tag in London – die Anwältin hatte ihren Terminkalender nicht im Griff gehabt oder musste bei den kranken Kindern zu Hause bleiben oder ihr Handy war kaputt gewesen oder eine Mischung aus allem, was bedeutet hatte, dass der ganze Ausflug in die Bantry Street umsonst gewesen war – saß Filth im Wintergarten und verfasste ziemlich wütend eine letztwillige Verfügung als Anlage zu seinem Testament. Er überlegte, ob es ihm eigentlich gut ging. Ein feuchtes Stück Daunendecke schob sich immer wieder vor seinen Blick. Müdigkeit. Er tagträumte. Aber das würde er Betty nicht sagen.

Die Novembersonne brannte vom Himmel, und es war fast warm genug, draußen zu sitzen, aber Filth saß gern an einem Tisch, wenn er nachdachte. Er hatte gern einen Füller oder wenigstens einen dieser teuren Kugelschreiber – oder mehrere, falls einer versagte – und einen A5-Block von der Sorte, auf die er früher seine Urteilsbegründungen geschrieben hatte.

Gewissenhaft, akkurat, verständlich, kein Jargon, alles dank Sir. Seine Urteilsbegründungen wurden den jungen Juristen als vorbildlich präsentiert. Von ihm aus waren sie ans Sekretariat gegangen, wo sie abgetippt wurden. Erst von einer einzigen Sekretärin, Mrs Jones, die zwischendurch strickte, oft im Robbenfellmantel, denn es gab keine Zentralheizung. Später gab es fünf Sekretärinnen, noch später zwanzig. Filth hatte die Veränderungen im Laufe der Jahre kaum bemerkt, vom Klappern der alten Remingtons, an denen die Mädchen allesamt Kette rauchten, bis zum Summen und Klicken der elektrischen Maschinen und zum Leuchten eines Bildschirms in jedem Anwaltsbüro, den ersten Faxgeräten, den E-Mails und dem mysteriösen Internet. Er war erleichtert, dass er sich als Junior oder Kronanwalt nicht damit hatte beschäftigen müssen. Als er Richter wurde und in Hongkong lebte, war die Welt elektronisch bereits so weit fortgeschritten, dass er alles an die Maschinen abgeben, seinen Füllfederhalter aber trotzdem behalten konnte. Seine Handschrift wurde – ebenfalls dank Sir – allseits bewundert. Er war im Wirtschaftsrecht tätig gewesen. Bauindustrie. Brücken und Dämme.

Und was für einen Haufen Geld ich als Kronanwalt verdient habe, dachte er. Es war eigentlich ziemlich edelmütig gewesen, Richter mit einem Gehalt zu werden. *Testament ... Vermächtnisse für Freunde ...* Das habe ich alles viel zu lange aufgeschoben. Die besten Freunde sind längst tot.

Und sie hatten keine Kinder, denen sie es hätten vererben können. Er sah vom Wintergarten aus zu Betty hinüber, die ihre Tulpenzwiebeln setzte. Sie sprach selten von Kindern. Und nie mit Kindern, wenn welche in der Nähe waren. Sie schien – und so war es immer gewesen – keine Meinung zu ihrer Kinderlosigkeit zu haben.

Wie es der Zufall wollte, dachte Betty in diesem Moment ebenfalls an Kinder. Sie dachte an gestern, als sie und Filth den müßigen Versuch unternommen hatten, ihre Habe weiterzugeben, wenn sie starben. An den Tod von Terrys Sohn. Dass die Anwältin ihre Arbeit vergessen hatte, weil ihre Kinder die Masern hatten. Diesen wunderschönen Morgen, dreißig Jahre nach ihrer fruchtbaren Zeit. Die Bäume von Wiltshire waren leuchtend orange, gelb, gelegentlich ein zinnoberroter Ahorn – wie langsam die Blätter fielen! Die Bäume erstreckten sich vom Garten aus durchs Tal, die Sonne war stark und warm, das Haus hinter ihr gut und sicher und englisch, und inzwischen liebte sie es ebenso sehr, wie sie ihre Wohnungen und Häuser im Fernen Osten geliebt hatte. Inzwischen hätten sie Enkelkinder, dachte sie, und konnte ihre Stimmen förmlich hören. Ob wir gute Großeltern gewesen wären? Sie konnte sich nicht vorstellen, dass Filth ein Enkelkind mit Liebe betrachtet hätte.

Sie war sich über Filth und die Liebe ohnehin nie sicher gewesen. Etwas blockierte ihn. *Treu* – oh ja. Unerschütterlich bis zum Tod. »Für Filth gab es immer nur Betty.« Und so weiter.

Sie war die ganze Zeit im Tulpenbeet auf den Knien gewesen, und jetzt versuchte sie aufzustehen. Langsam wird es lächerlich. Dieses Aufstehen. Ungelenk. Nicht, dass ich je *gelenkig* gewesen wäre, aber ich war nicht so schwerfällig. Sie legte sich auf dem nassen Rasen auf die Seite und grinste. Ihre Perlenkette war aufgegangen und lag im Tulpenbeet. Es war die von gestern, und sie hatte sie zum ersten Mal in ihrem Leben nicht abgenommen, als sie ins Bett gegangen war, und auch nicht am Morgen in der Badewanne. »Ich verlottere«, sagte sie zu den Perlen, die dicht vor ihrem Gesicht lagen. Sie sagte zu ihnen: »Ihr seid nicht meine *berühmten Perlen*, auch wenn er das nie bemerkt. Ihr seid meine *Schandperlen*. Was soll ich mit euch machen? Wer soll euch kriegen, wenn ich mal nicht mehr bin?«

»Niemand«, sagte sie und ließ sie in eins der Löcher gleiten, die sie für die Tulpenzwiebeln gemacht hatte. Mit den Fingern schob sie Erde in das Loch und strich sie glatt.

Dann zog sie ihre festen, alten Beine vor sich, sodass sie auf dem Blumenbeet lagen. Sie sah, dass in jedem Loch ein wenig Sand am Boden lag, und hoffte, dass der Sand den Perlen nicht schadete.

Immer noch am Boden, dachte sie. Hoffentlich sieht Filth nicht auf, er würde sich Sorgen machen.

Sie holte tief Luft, drehte sich um, ihre Beine gehorchten ihr schließlich, und sie hievte sich auf alle viere. Noch lag sie auf den Ellbogen, ihre Hände wirkten in den grün-gelben Handschuhen riesig, dann brachte sie langsam das Gesäß in die Höhe und richtete sich schwankend, knirschend und vergnügt auf. »Ich war noch nie John Travolta«, sagte sie sich. »Und es ist November. Bald kommt der erste Frost.«

Erstaunt wie eh und je, was für eine Menge von Vorstellungen und Bildern nebeneinanderher existieren konnte und wie das Gehirn es schaffte, damit umzugehen, sie in Schichten wie Blätterteig im Kopf zu behalten, unsichtbar wie Daten hinter einem Bildschirm, war Betty gedanklich plötzlich mit Mrs Cleary und Mrs Hong und anderen alten Freunden wieder im warmen Regen in der Orange Tree Road, und um sie herum fielen die Blätter wie bunter Regen. Der Geruch der Erde auf den Baustellen der neuen Wohnblocks, die Jakarandas, der Glanz der Bananenblätter, lachende Kinder, die in den Privatpools planschten. Das Gefühl, Teil eines elastischen Lebens zu sein, gemächlich, zeitlos, beherrscht. Und verliebt. Das arme Mädchen, das in weißen Handschuhen Parkscheine verkauft. Betty stiegen Tränen in die Augen, und ihre Brille beschlug. Wie die Zeit verging. Terrys Sohn war tot.

Die Pflanzkelle in der Hand und ein bisschen zittrig blickte sie durch den Garten zu Filth.

Seit gestern war er unmöglich gewesen. Am Abend starr wie ein Katafalk, Wasser nippend, beim Frühstück hoheitsvoll und unnahbar. Wie auf dem Richterstuhl. Zum Toast hatte er die Stirn gerunzelt. Als sie noch mehr Toast gemacht und es ihm im silbernen Toasthalter vorgesetzt hatte, hatte er ihn genau betrachtet und gesagt: »Der Toasthalter müsste mal geputzt werden.«

»Genau wie die Salzstreuer«, hatte sie gesagt. »Ich hol dir das Silberputzzeug, du hast doch sonst heute nichts zu tun.«

Er hatte sie angestarrt, und sie fragte sich, ob in seinem Gehirn auch all diese Schichten von Bildern waren. Auf dem Peak hatten sie elf Jahre lang um sieben Uhr gefrühstückt, im feuchten, grauen Nebel, sie in ihrem seidenen Morgenmantel, Listen für den Tag schreibend, und Filth – der saubere, saubere Filth – in seinem leichten, dunklen Anzug und einem Hemd von einem solchen Weiß, dass es beinahe bläulich wirkte, seiner Christ-Church-Krawatte. Seine Krokoleder-Brieftasche. Draußen glitt leise der Mercedes vor, der Fahrer in der grünen Uniform wartete, der Wärter vorne am Tor würde im richtigen Moment den Knopf drücken, und das Stahltor würde sich ohne jedes Quietschen oder Ruckeln erheben. Und die warme, warme, schwere Luft.

»Wiedersehen, meine Liebe.«

»Wiedersehen, Filth. Gegen sechs zurück?«

»Gegen sechs zurück.«

Jede Minute aufs Angenehmste ausgefüllt. Arbeit, Vergnügen, keine Belastungen.

Und der Sonnenuntergang ebenso zuverlässig wie Filths Heimkehr. Die Dunkelheit brach über den Hafen herein, der niemals wirklich dunkel war, mit seinen unzähligen Lichtern, jeder Wolkenkratzer tausend Augen. Die himmelhohen Vorhänge regloser Lichter, roter, gelber, weißer, blassgrüner Regen in der Dunkelheit. Der Lärm Hongkongs erhob sich, die kleinen Fähren fuhren hin und her, wir waren stolz auf diese Stadt. Wir hatten es geschafft. Wir wussten, wie es ging. Wir waren verantwortlich für die Stadt. Britisch.

»Ich putze das Silber später«, sagte Filth. »Heute Vormittag muss ich diesen *Letter of Wishes* schreiben. Und mich um mein eigentliches Testament kümmern.«

»Wahrscheinlich sollte ich auch so einen *Letter* schreiben. Ich hatte gedacht, das Testament reicht. Aber nach der Geschichte gestern …«

»Über gestern möchte ich nichts mehr hören. Anwälte in London!« Er erhob sich vom Toastständer, immer noch ein beeindruckend großer und einnehmender Mann, dachte sie. Wenn sein Hals und die Altersflecken nicht wären, würde er kaum älter als sechzig aussehen. Die Leute sehen immer noch auf und fragen sich, wer er wohl ist. Immer mit Krawatte. Und die Schuhe glänzend wie Glas.

»Ich setze heute die Tulpen.«

»Ich räume den Frühstückstisch ab.«

»Macht es dir was aus? Mrs Dings kommt heute nicht.«

»Ich will das mit dem Testament machen, solange ich noch in Rage bin.«

»Rage?«

»Wegen der Frau. Anwältin. Du weißt schon. Unseriös. Pflichtvergessen. Chaotisch. Wir sind da extra hingereist! Den Kalender nicht ordentlich geführt! Ich nehme an, sie hat ihn im Computer.«

»Denk an deinen Blutdruck, Filth. Du bist ja schon ganz lila.«

Er kramte im Haus herum, auf der Suche nach dem passenden Stift.

»Schreib es doch am Computer. Dann kannst du viel besser noch Änderungen vornehmen.«

(Sie taten beide so, als könnten sie den Computer bedienen, wenn sie sich nur richtig Mühe gäben.)

»Ich brauche nicht viele Änderungen vorzunehmen.«

»Es geht doch darum«, sagte sie, »dass es schnell gehen soll. Alles bestätigen zu lassen. Das können wir doch hier am Ort machen – warum denn nicht? So viel günstiger. Wir können jederzeit sterben.«

»Das hast du schon auf dem Heimweg im Zug dauernd gesagt. Anwälte!«

»Das sagst du immer.«

Er starrte sie an, und dann wurde er weicher, als er ihr gesundes Frischluft-Gesicht und ihre Augen betrachtete, die sie nie verraten hatten.

»Testamente zu machen ist furchtbar«, sagte sie. »Ich habe schon Dutzende gemacht.« Dann sah sie weg, weil sie nicht über Erben sprechen wollte, denn es gab keine Erben. Sie wollte nicht sehen müssen, dass es Filth egal war.

»Ich glaube«, sagte Filth erstaunlicherweise, »eines Tages werde ich meinen Letzten Willen für dich aufschreiben. Mit meinen ganz persönlichen Wünschen.«

»Hast du noch so viele?«

»Nicht viele. Ein Ende in Frieden, vielleicht.«

Und dass du mich nie verlässt, dachte er.

Und jetzt stand sie da mit der Pflanzkelle, ihr schwirrte ein bisschen der Kopf von der Anstrengung, John Travolta zu sein, und sie schloss die Augen gegen den Schwindel. Sie öffnete sie wieder, schirmte sie mit der Hand gegen die Sonne ab und sah ihn im Wintergarten über sich sitzen. Er hatte sich irgendetwas über die knochigen, auseinanderfallenden Knie gelegt. Mit dem Tuch und dem langen, schmalen Gesicht, das er in die Sonne hielt, sah er aus wie Jesus Christus auf einer Majestas Domini. Fehlte nur noch die zum Segen erhobene Hand. Er hatte die Augen geschlossen. Wie lange er wohl noch durchhält?, dachte sie. Wie er den Tod hasst.

Jesus Christus schlug die Augen auf und erhob in der Tat die Hand – allerdings nicht zum Segen, sondern mit einem großen Glas Gin darin.

»Gin!«, rief er. »Mir war nach Gin.«

Ich werde ihm jetzt nicht näherkommen, dachte sie, zog die Handschuhe aus und drehte sich nach dem Korb mit den Tulpenzwiebeln um. Zu spät. Die Löcher sehen gut aus, aber die Zwiebeln setze ich erst morgen. Es könnte Frost geben. Da lasse ich sie nicht die ganze Nacht draußen auf dem Rasen stehen.

Rage

Nach ihrer Beerdigung saß Filth, der inzwischen so alt war wie die Zeit, wieder am Schreibtisch.

Garbutt, der Mann für den Garten, schob eine Schubkarre voller Efeu zwischen Wintergarten und Tulpenbeet hin und her. Er hatte das Kinn vorgeschoben. Er freute sich darauf, das alles zu verbrennen. Die Frau, Mrs Dings, tauchte neben Filth auf und brachte ihm eine Tasse Kaffee, dann kam sie mit dem Teppichkehrer.

»Heben Sie mal kurz die Füße, und dann lasse ich Sie auch gleich in Ruhe«, sagte sie. »Hier sind noch mehr Briefe. Soll ich heute Abend mit der Bügelwäsche wiederkommen? Dann kann ich Ihnen auch einen Salat machen. Wie der auf den Efeu losgeht!«

»Nein danke. Das schaffe ich gut allein«, sagte Filth. »Ich muss noch arbeiten.«

»Ich mochte den Efeu«, sagte sie. »Nicht, dass meine Meinung …«

»Jetzt ist er weg«, sagte Filth.

»Tut mir leid. Also, es ist alles im Kühlschrank, Sie brauchen bloß anzurufen …«

»Briefe«, sagte er. »Briefe. Viele, viele Briefe.« Er nahm einen in die Hand und wedelte damit, um sie loszuwerden. Gott sei Dank hatten sie keinen schwarzen Rand mehr. Die waren mit dem Empire untergegangen. Dieser hier steckte in einem lindgrünen Umschlag und kam aus Paris. Die Frau, Mrs –er, knallte die Haustür zu, Garbutt trampelte schon wieder mit der leeren Schubkarre vorbei, und Filth hatte das dringende Gefühl, er sollte diesen Brief nicht öffnen. Er blickte über den Rasen und sah unten Betty stehen, die ihn höchst enerviert anschaute.

»Ha!«, sagte er und starrte sie nieder. »Lass mich in Ruhe!«, rief er. Er nahm den Brieföffner aus Elfenbein in die Hand, um den Brief aufzuschlitzen, da fiel sein Blick auf den Namen: *Ingoldby*. Er guckte, dann sah er wieder über den jetzt leeren Rasen, dann wieder auf den Brief.

Nicht der Colonel oder Mrs Ingoldby, die längst verstorben waren. Nicht Jack oder Pat. Unmöglich. *I. Ingoldby* stand auf dem Umschlag, er musste von Isobel kommen. Himmel.

Bringen wir's hinter uns.

In dem Jahr, als Eddie Sirs Institut verließ und auf die weiterführende Privatschule ging, sollte er den Sommer, wie immer, im High House verbringen. Pat Ingoldby war ein Jahr älter als er und hatte Sirs Institut schon ein Jahr zuvor verlassen, hatte Eddie aber jede Woche einen Brief aus der neuen Schule geschrieben, und Eddie hatte ihm geantwortet. Andere Jungen machten das ebenso mit ihren abwesenden Brüdern. Sir hatte von Anfang an auf wöchentlichen Briefen an die Eltern bestanden, und obwohl Eddie von seinem Vater nie einen Brief zurückbekommen hatte, hatte er damit fortgefahren, bis Pat die Schule gewechselt hatte. Eddie reichte es, er bat darum, lieber an Mrs Ingoldby als an seinen Vater schreiben zu dürfen, und da sein Stottern nach Pats Schulwechsel wieder stärker zu werden drohte, willigte Sir ein. Mrs Ingoldby schrieb auch gelegentlich zurück, ihre Schrift sah aus, als wäre eine sehr kleine Spinne über das dicke Papier getaumelt und am Ende bei der blassen Unterschrift verstorben. Jahre später, in einem anderen Leben, fand Eddie heraus, dass sein Vater seine sämtlichen Briefe aus Sirs Institut aufbewahrt hatte, ordentlich durchnummeriert und gegen die Termiten in einem Stahlsafe untergebracht.

Eddies Briefe an Pat und Mrs Ingoldby blieben nicht erhalten.

Sir bestand außerdem auf Briefen an Auntie May, die dann und wann eine Postkarte schickte; Uncle Albert, der Missionar, den sie geheiratet hatte, schickte der Schule einmal eine Kokosnuss zu Weihnachten.

Pats kurze, prägnante, gewitzte Briefe aus der neuen Schule waren Eddie ein großes Vergnügen. Er saugte jedes bisschen Information begierig auf: Unterbringung, Unterricht, die anderen Jungen, Sport (das war wichtiger als die Kirche), Essen, die Humorlosigkeit der Lehrer. Die beiden Jungen vermissten einander, sprachen das aber nie aus, ebenso wenig wie die Tatsache, dass die brüderlichen Sommerbesuche natürlich weitergehen würden. Eddie schrieb seinen Tanten, einen von ungefähr drei Briefen in den fünf Jahren, die er bei Sir verbrachte, und bat um etwas von dem Geld, das sein Vater für ihn beiseitegelegt hatte, um Sir ein Geschenk machen zu können, und Aunt Muriel schickte einen Zehn-Shilling-Schein.

»Ich nehme keine Geschenke an«, sagte Sir und betrachtete *Drei Mann in einem Boot*. »Wir sind eine saubere Schule. So einen Unsinn fangen wir gar nicht erst an. Aber doch, das hier nehme ich an. Schick deine Söhne her, wenn du mal welche hast. Du spendierst uns doch einen Silberpokal für irgendwas, wenn du mal ein stinkreicher Anwalt bist, nehme ich an? Ja. Du wirst Anwalt. Großartiges Gedächtnis. Ein Sinn für Logik, keine Phantasie und kein Verstand. Mein Lieblingsschüler, wie es aussieht, Teddy Feathers. Nehme ich an.«

»Danke, Sir. Wir bleiben in Kontakt.«

»Geh nur nicht in die Nähe von Wales. Und halt dich noch für eine Weile von den Mädchen fern. Die Leidenschaft vermasselt einem nur die Noten in der weiterführenden Schule. Wiedersehen, Feathers. Weiter geht's.«

Eddie brachte all seinen Besitz (was wenig war) nach High House – es war jetzt 1936 –, wo alles war wie immer. Pat holte ihn am Bahnhof ab und war größer und picklig, hatte eine tiefe Stimme bekommen, aber redete immer noch. Redete und redete. Er sagte, es würde auch noch ein Mädchen bei ihnen wohnen, aber er solle sich mal keine Sorgen machen, sie würde ganz bald mit seiner Mutter zusammen in den Lake District fahren.

»Sie ist schon da. Meine Cousine. Papas Nichte. Sie macht nur Ärger.«

Im Haus angekommen, war nichts von der Cousine zu sehen. Niemand erwähnte sie, und sie tauchte den ganzen Tag nicht auf.

Am nächsten Tag beim Frühstück fragte Eddie den Colonel nach ihr.

»Wie geht es Ihrer Nichte, Sir?«

»Sie hat ein sehr schlechtes Abschlusszeugnis. Und sie ist zu alt, um es noch einmal zu versuchen. Ich habe ihr gesagt, dass niemand sie jemals nach ihren Noten fragen wird und dass sie sie in einem halben Jahr selbst schon vergessen hat. Sie wird schon einen Ehemann finden. Armer Kerl.«

»Man kann nie wissen«, sagte Mrs Ingoldby. »Sie ist ziemlich verschlossen. Ich habe nicht das Gefühl, dass ein Ehemann auf dem Plan steht. Und *sehr* stur, fürchte ich. Ich habe ihr Frühstück hochgeschickt, sie hat Kopfschmerzen. Und sie ist aufgebracht.«

Am nächsten Tag wurde Isobel Ingoldby gesichtet, wie sie im Garten umherschritt, auf und ab, auf und ab, im Regen, mit einem Rucksack auf dem Rücken.

»Verreist sie?«, fragte Pat.

»Sie redet von Spanien. Sie will die Rebellen unterstützen. Ich habe mir überlegt, vielleicht sollte ich besser ihren Eltern telegraphieren.«

»Lasst sie doch«, sagte Pat. »Zum Abendessen wird sie schon reinkommen.«

»Hat sie überhaupt gefrühstückt?«

»Es lag alles für sie auf dem Sideboard parat.«

»Nicht, dass sie hinterher zu Hause sagt, sie hätte hier nichts zu essen bekommen. Sieh mal, Schatz! Sie hat wohl wirklich nicht gefrühstückt.«

Man sah Isobel in ihrem Rucksack wühlen und ihn dann auf dem Rasen ausleeren. Sie fischte ein Stück Brot aus dem Durcheinander, stand auf, legte den Kopf in den Nacken und fing an, es zu essen. Sie schien die Augen geschlossen zu haben. Vielleicht betete sie.

»Mir scheint, sie ist ein wenig sonderbar«, sagte Colonel Ingoldby. »Manchmal haben die Ingoldbys so etwas. Pat natürlich nicht, meine Liebe, und Jack mit Sicherheit nicht.«

Der geliebte ältere Bruder Jack kam nur noch selten nach High House. Sir und das Internat, das die Ingoldby-Jungen traditionell besuchten, hatten dafür gesorgt, dass er in Cambridge aufgenommen worden war, und meistens war er entweder dort oder im Ausland. Ein- oder zweimal im Sommer fegte er durch sein altes Zuhause und brachte gelegentlich Freunde mit, er spielte wunderbar Tennis, war immer gepflegt und herausgeputzt, ganz eins mit der Welt seiner Eltern. Mrs Ingoldby schien, wie ein Hund, der auf sein Herrchen wartet, instinktiv zu spüren, wann er auf dem Weg war. »Wartet mal. Ist das Jack?« Sie lauschten, dann machten sie weiter, was immer sie gerade taten, und ein paar Minuten später war das Stottern und Dröhnen seines Automobils zu hören. Es war silbern und hatte elegante Lederriemen.

Auch Eddie spürte instinktiv etwas, was Jack betraf: dass Isobel von ihm ferngehalten wurde, und dass sie und Mrs Ingoldby deswegen in den Lake District fuhren. Deswegen war Isobel sonderbar. Wenn er Isobel im Garten betrachtete, war ihm klar, dass der Lake District und ihre Patentante ihr nicht genügen würden.

»Holt sie doch bitte rein«, sagte Mrs Ingoldby. »Oder geh wenigstens jemand raus und sprich mit ihr. Eddie. Würdest du zu ihr gehen? Dich kennt sie noch nicht – uns findet sie langweilig. Du kannst dich mit ihr über den Spanischen Bürgerkrieg unterhalten. Nicht, dass sie hinterher in Gerard's Cross erzählt, wir hätten sie missachtet.«

Also war Eddie etwas unbeholfen über den Rasen gegangen, auf seinen schlaksigen, vierzehn Jahre alten Beinen mit den runden Knien, mit dem lockigen Haar, die Hände in den Hosentaschen wie die zahllosen blasierteren Mr Smiths. Seine Füße wirkten in den abgewetzten Leinenschuhen riesig, seine Körpergröße rührend. Seine Stimme brach gerade und überraschte ihn permanent mit Quietschern und Kieksern. Aber er hatte Charme. Und keine Ahnung vom Spanischen Bürgerkrieg.

Das Mädchen wandte ihm den Rücken zu. Es hatte aufgehört zu regnen, und es würde ein warmer, sonniger Julitag werden. Im Tal erhoben sich die Fabrikschornsteine braun und mächtig wie Hindutempel.

»Oh, hallo«, sagte er.

Das Mädchen hörte auf zu kauen und drehte sich um. Sie starrte ihn an.

»Ich bin Edward Feathers. Ein Freund von Pat. Ich soll fragen, ob du … also, ob du zum Mittagessen reinkommst.«

Das Mädchen war gigantisch; knochig, golden und lang, so groß wie Eddie und ganz schön alt. Womöglich schon zwanzig. Sie hatte das Gesicht einer Löwin – flache Nase, niedrige Stirn, breite Wangenknochen und schmale, grüne Augen. Überragende Selbstbeherrschung. Wow!

Ihre Beine waren nackt und sehr lang, wie seine eigenen, und an ihren Sandalen verlief ein schmaler Lederstreifen zwischen ihren Zehen hindurch.

Eddie spürte, wie etwas mit seinem Körper geschah, und obwohl er keine Ahnung hatte, was das war, errötete er.

Sie ließ den Blick an ihm auf und ab wandern und lachte.

»Ich esse nicht drinnen an einem polierten Tisch«, sagte sie. »Ich muss draußen sein. Das wissen die doch.«

»Kam mir nicht so vor. Na gut. Dann sage ich ihnen das.« Und damit floh er.

»Sie sagt, sie isst nicht gern an einem polierten Tisch.«

»Oh Gott«, sagte Pat.

»Das ist ihre Mutter«, sagte der Colonel.

»Ich fürchte, das wird eine schwierige Zeit mit ihr werden im Wastwater Hotel«, sagte Mrs Ingoldby.

»Vielleicht sind die Tische da ja nicht poliert«, sagte Pat. »Warum willst du überhaupt mit ihr weg? Jack ist doch im Ausland.«

Seine Mutter warf ihm das zu, was bei jeder anderen Frau ein prüfender Blick gewesen wäre. »Ich bin ihre Patentante«, sagte sie. »Und ihre Mutter ist mit einem marokkanischen Trommler durchgebrannt.«

»Da kann sie ja nichts dafür«, sagte Pat. »Fevvers' Mutter ist auch abgehauen, und er isst trotzdem nicht auf den Bäumen.«

»Oh, Teddy! Das wusste ich ja gar nicht! Ich dachte, sie wäre nur *gestorben*!«

»Sie ist auch nur gestorben«, sagte Eddie. »Sie ist gestorben, als ich zwei Tage alt war.«

»Bestimmt, weil sie dich gesehen hat«, sagte Pat.

»Das reicht«, sagte seine Mutter, und »was für ein Pech«, sagte sein Vater, »wahrscheinlich gab es auch nicht viele marokkanische Trommler in Malaya.«

»Es gab auf jeden Fall viele Trommler«, sagte Eddie und lachte sich kaputt. Der Colonel und seine Frau sahen sich verblüfft und betreten an.

Pat hatte Eddie plötzlich eine Art Freiheit verschafft. Eddies Ideal-Mutter, die er sich immer wie eine Art Auntie May vorgestellt hatte, war plötzlich eine verruchte Schönheit, die mit einem marokkanischen Trommler durchbrannte! Pat hatte ihm Selbstbewusstsein gegeben. Von Anfang an. Du lieber Himmel, das brauchte er jetzt auch, nachdem ihm das da unter den Bäumen passiert war. Er überlegte kurz, ob er es Pat erzählen sollte; aber er wusste, dass es das Erste war, worüber er nicht mit ihm reden konnte.

Pat sah ihn an.

»Wollen wir ein bisschen Fahrrad fahren?«

»Ja, gute Idee. Gerne.«

»Okay, Ma?«

»Ja. Aber was machen wir mit Isobel?«

»Wir können doch eh nichts mit ihr machen.«

Das Löwenmädchen stromerte am Fenster vorbei, den Rucksack auf dem Rücken, und las eine Landkarte.

»Sie sieht ziemlich gut aus, das muss man sagen«, sagte der Colonel.

»Findet Jack auch«, sagte Pat.

Die beiden stapften einen Hügel hinauf, schoben ihre Fahrräder und wünschten sich moderne Dreigang-Räder statt dieser Kinderräder mit Körbchen. »Und du – hm?«

Eddie schwieg.

Zum Abendessen tauchte Isobel auf und setzte sich rechts neben den Colonel. Sie lehnte sich auf dem Stuhl zurück und funkelte mit den Augen.

»Hübsches Kleid«, sagte ihre Patin. »Willst du das nach Spanien mitnehmen? Es muss sicher in die Reinigung. Das wird schwierig im Ausland.«

Isobel stocherte im Essen herum.

»Oje. Du magst wohl keine Fischpastete mehr. Früher hast du die …«

»Schon in Ordnung«, sagte Isobel und schob die Pastete mit der Gabel auf dem Teller umher. Sie hatte die Krabben herausgepickt, neigte ihre sonnengebräunte Schulter jetzt Eddie zu und pickte die Krabben von seinem Teller.

»Lecker«, sagte sie, und Eddie bekam unter der Tischdecke schon wieder Probleme. Er lief dunkelrot an, und Pat prustete in sein Wasserglas.

»Ich glaube, sie ist hinter dir her«, sagte Pat nach dem Abendessen, als er mit Eddie im Dunkeln Tennis spielte. »Sei vorsichtig. Sie ist eine Kannibalin. Es fängt gleich an zu regnen, lass uns das Netz abnehmen und reingehen. Sie ist bestimmt irgendwo draußen, im Gebüsch. Musst du nicht lachen?«

Aber Eddie, der eifrig Bälle einsammelte und das Netz aufwickelte, sagte nichts. Auf dem Rückweg zum Haus schlug er heftig nach den Pflanzen.

»Tut mir leid, dass ich was gesagt habe«, sagte Pat. »War nur ein Scherz.«

»Ach, halt die Klappe«, sagte Eddie. »Ich kann deine Cousine nicht leiden. Klar? Tut mir leid.«

An der Bank blieben sie stehen und sahen in die Landschaft. »Man sieht ja nicht viel, aber mit ein bisschen Glück können wir vielleicht eine Nachtigall hören. Und dann könnten wir Sir eine Karte schreiben«, sagte Pat.

»Es ist zu spät für die Nachtigall. Und zu weit nördlich.«

»Willst du eine rauchen?« Pat steckte sich eine Zigarette an.

»Jetzt nicht.«

»Das betört die Mädchen. Wobei du da anscheinend keinen Bedarf hast.«

»Das ist abstoßend. Das ist alles abstoßend!«, schrie Eddie, schubste Pat von der Bank und setzte sich auf ihn. Pat strampelte wild, dann fing er an zu singen:

»Harry Piel sitzt am Nil,
wäscht sein' Stiel mit Persil.«

»Hör auf!«

»Nebendran sitzt Mia Mai,
schüttelt ihm das linke Ei,
und du bist frei!«

Sie balgten sich, kämpften, wie sie es seit Jahren taten, und hielten die Uhr noch mal für eine Minute an.

Aber etwas hatte sich verändert. Er und Pat entwickelten sich weiter. Bald würden Gletscher sie auseinanderdrängen, Erinnerungen würden vergessen, abgeändert oder gefälscht werden.

Eddie folgte Pat an diesem Abend schwerfällig ins Haus, und selbst Pat wirkte nachdenklich. Im Salon plauderten die Ingoldbys über Belanglosigkeiten, wie jeden Abend. Von Isobel war nichts zu hören.

Als Eddie in seinem geliebten High-House-Bett lag, fing es draußen wieder an zu regnen, und er sprang auf, um das Fenster zu schließen. Bald verschwand der Mond hinter den Wolken. Er stieg wieder ins Bett.

In den folgenden Jahren verließ die Erinnerung – oder der Traum – an das, was dann geschah, ihn niemals ganz. Die Tür ging auf und wieder zu, und die Göttin, die Löwin, stand am Fußende seines Bettes. Sie stand da und sah ihn an und ergötzte sich an seiner Unfähigkeit, den Blick von ihr zu wenden.

Dann ging sie zum Fenster und schaute hinaus. Er wusste, dass jetzt irgendetwas von ihm erwartet wurde, aber er hatte keine Ahnung, was. Vor nicht allzu langer Zeit hätte er gerufen: »Hilfe! Einbrecher!« Zu gegebener Zeit, in ein paar Jahren, das wusste er aus den Büchern, die er in den Buchhandlungen in der Nähe von Sirs Institut gelesen hatte, würden er und das Mädchen auf irgendeine Weise im Bett ihr Fleisch vereinigen. Aber er wusste nicht, was dann passierte. Und er wollte es auch gar nicht wissen. Sie ist alt, und sie ist böse, und sie will einem nur wehtun, dachte er.

»Eddie?«, flüsterte der Schatten vom Fenster her. »Was denkst du eigentlich über mich?«

Sie kam durch den Raum zurück, und er stellte fest, dass er unter der Bettdecke gerade sitzen und ihr in die Augen sehen konnte, so tapfer wie … tapfer wie *Cumberledge*. Na also! Er hatte den Namen gedacht. Cumberledge.

Wo auch immer er jetzt war. Der schweigende Cumberledge, dessen Geist nie gebrochen worden war. Eddie würde sie vernichten, wie er schon einmal in seinem Leben eine Frau vernichtet hatte. »Ich glaube, du bist böse. Eine böse Frau«, sagte er. »Geh weg.«

Und weg war sie.

Er vergaß diesen seltsamen Traum (oder was auch immer es war) niemals ganz. Er behielt ihn allerdings nicht nur für sich, sondern verleugnete ihn sogar. Er verstand ihn nicht, und das beschämte und betrübte ihn.

Warum eigentlich? Es war ja nichts passiert. Er hatte gewonnen. Er hatte dem Sirenengesang widerstanden. Wären Seeleute an Bord gewesen, hätten sie diesen Odysseus nicht an den Mast binden müssen. Hinweg mit der attraktiven Isobel, der Kinderverführerin. Und er bedauerte es für den Rest seines Lebens.

Isobel und Mrs Ingoldby reisten früh am nächsten Morgen ab. Und als Eddie Isobel das nächste Mal traf, war das in einer anderen Welt und viele waren tot.

Die Donheads

Isobel also. Der grüne Brief kam von Isobel. Ein Kondolenzbrief zum Tod seiner Frau.

> Lieber Teddy (wenn ich das noch sagen darf, Sir Edward),
>
> eben habe ich in der *New York Times* hier in Paris die traurige Nachricht von Bettys Tod gelesen und will dir sagen, wie sehr ich mit dir fühle, und mit uns allen, die wir sie kannten und vermissen werden.

(Sie *vermissen*? Sie *kannten*?)

> Manchmal frage ich mich, woran du dich erinnerst? Welche Erinnerungen du hast an die Zeit, bevor du Betty kennenlerntest und der Star der guten, alten Hongkonger Anwaltsszene wurdest? Bevor du mich *wirklich* kennengelernt hast? Wir haben High House nie erwähnt, oder? Nie wieder?
>
> Es hat den Krieg kaum überstanden. Du und Pat, ihr habt dort so sehr zusammenge-

hört. Ihr wart die Seele des Hauses, und ich war ein Loch in der Luft. Ich frage mich, ob du überhaupt wusstest, ob Betty dir erzählt hat, dass wir zusammen zur Schule gegangen sind? Ich bin nach dem Desaster mit meinem Schulabschluss nach High House gegangen. Sie hingegen hat die St. Paul's Girls School im Triumph verlassen. Aber später im Krieg war ich auch in Bletchley Park, und da haben wir uns wiedergetroffen. Bletchley Park war voller netter, unschuldiger Mädchen (mich ausgenommen), die eine ganz spezielle Begabung (Kreuzworträtsel) hatten, Codes zu dechiffrieren, wie du in zwei Jahren hören wirst, wenn ALLES HERAUSKOMMT (die große Enthüllung nach einem halben Jahrhundert). So haben wir den Krieg gewonnen. Die U-Boote gestoppt. Hat man uns jedenfalls erzählt. Wir waren Schulmädchen, Teddy. Ich war ein Schulmädchen, als wir uns kennenlernten. Weißt du noch, wie ich als Jugendliche geschmollt habe? Fünf Jahre später war ich immer noch ein Schulmädchen. Nein. Nicht fünf Jahre später. Nicht in der Peel Street. Ach, mein geliebter Teddy.

Ich habe mich so gefreut, als du Betty geheiratet hast. Ich hätte dich vernichtet, mein lieber, geliebter Teddy. Aber wegen – ich nehme an, das hast du längst vergessen – wegen des Tags, an dem deine großen Füße rechts, links, stampf, stampf, die Peel Street herunterkamen und ich auf dich wartete und dann – nun ja, deswegen denke ich, jetzt darf ich dir schreiben. Ach, weißt du was, vergiss Peel Street. Kensington. Egal. Ich habe dich seit dem Moment geliebt, als du (peinlich!) in High House zu mir kamst, als ich unter den Bäumen stand. Ich habe dich geliebt, und ich liebe dich.

Betty und ich, wir haben uns immer Weihnachtskarten geschrieben. Ich nehme an, dass du das nicht wusstest. Wahrscheinlich hast du meine nie bemerkt. Betty war unantastbar. Niemand kannte sie – wobei ich immer davon ausgegangen bin, dass mit irgendjemandem, irgendwo es ein großes, nun ja – *Verständnis* gegeben haben muss. Sie war nicht besonders hübsch. Sie hat mir immer eine Weihnachtskarte geschickt.

Es hat mir so leidgetan, als ich in der *NY Times* gelesen habe – sie war aber auch immer für eine Überraschung gut! Du und ich, Teddy, wir werden es nicht in die *NYT* schaffen –, es hat mir leidgetan zu lesen, dass sie »keine Kinder hinterlässt«. Das ist in jeder Sprache eine schreckliche Phrase. Es heißt, dass ihr Kummer hattet, denn als ich Betty vor vierzig Jahren zuletzt sah, erzählte sie mir, wie sehr sie sich ein Kind wünschte. Das war in einem Park in Den Haag. Du warst am Internationalen Gerichtshof, gegen Veneering. Betty und Veneering – du warst so ein Heiliger, Eddie!

Ich habe übrigens auch keine Kinder. Und niemanden an meiner Seite. (Himmel! Herrgott! »*An meiner Seite.*«) Ich könnte auch niemanden mehr an meiner Seite ertragen, aber ich bedaure es wirklich zutiefst, kein Kind zu haben. Du hast es dir bestimmt gedacht, Eddie. Nehme ich an. Ein Wort wie »lesbisch« sprach man ja damals nicht aus, und du hast auch nicht darüber nachgedacht. Aber ich nehme an, dass du es geahnt hast.

Ich hoffe, du hast noch Freunde in deiner Nähe in Südengland (das klingt gar nicht nach einem Ort für dich). Lieber Teddy, in deinem ungewöhnlichen, nie wirklich enthüllten oder aufgedeckten Privatleben haben dich immer alle geliebt. Ich bin eine von denen, die wussten, dass du gar nicht so kalt warst.

Deine Isobel

Filth nahm den Brief, dann den Umschlag, und ließ beides in den Papierkorb fallen. Sein Gesicht hatte die eisenharten Züge eines Vertreters der Anklage auf der Bühne oder im Fernsehen angenommen, bevor er zum Angriff übergeht.

Er fand Luftpostbriefpapier von wahrhaft antiker Gestaltung. Er schrieb die Adresse auf den Umschlag und klebte drei teure Briefmarken drauf, damit das französische Porto ebenfalls bezahlt war. Dann nahm er einen Bogen des dünnen, altmodischen Papiers, schob die billigen Kugelschreiber beiseite und nahm seinen goldenen Collins-Füller (ein Geschenk zur Pensionierung von den Anwälten des Inner Court). Er nahm das Tintenfass und füllte den Stift. Quink. Schwarz. Er schrieb:

> Sir Edward Feathers dankt Miss Isobel Ingoldby für ihre freundliche Beileidsbekundung.

Er datierte das Schreiben, manövrierte sich in Mantel, Tweedhut und Wollhandschuhe, nahm seinen Spazierstock und den Brief und ging die Einfahrt hinunter und den Hügel hoch ins Dorf und zur Post.

Er warf den Brief in den roten Kasten aus viktorianischer Zeit und marschierte dann wieder nach Hause. Ein oder zwei Leute auf dem Hügel bemerkten ihn und hielten in dem, was sie gerade taten, inne. Sie freuten sich, dass der alte Herr wieder ausging, und waren bereit zu einem kleinen Plausch, falls er sie bemerkte.

Aber er ging vorbei, die schlaksige, altmodische, personifizierte Vergangenheit, und zwischen den überhängenden Bäumen seine Einfahrt hinauf. Auch Garbutt würdigte er keines Blickes.

Isobel Ingoldby.

Er setzte sich wieder an seinen Schreibtisch und schrieb noch drei weitere Briefe, er beantwortete förmliche, freundliche Beileidsschreiben. Mehrfach klingelte das Telefon, und er hörte den Anrufbeantworter leiern und klicken und schenkte ihm keine Aufmerksamkeit. Die Mittagszeit kam und verging. Er schrieb weitere Antworten auf Briefe, darunter einen (du lieber Himmel!) von *Cumberledge* in Cambridge. Billy Cumberledge. Was soll das denn? Was soll das? Ich brauche Betty.

Mitten am Nachmittag ging er in die Küche

und starrte lange und fest den Kühlschrank an, öffnete ihn aber nicht. Er setzte Wasser auf, aber als der Wasserkocher sich abschaltete, tat er nichts damit. Er stand am Küchenfenster und schwenkte müßig heißes Wasser aus der Leitung in der kleinen, grünen Teekanne herum, um sie anzuwärmen, und so stand er da, bis der Dampf ihm die Finger zu verbrennen drohte. Dann schenkte er sich ein Glas Milch ein und ging ins Arbeitszimmer, wo neben seinem Sessel die Zeitung für ihn parat lag. Er setzte sich hin und betrachtete seine juristischen Fachbücher und die große, alte Perückenschachtel, die jetzt vor dem Kamin stand. Er nickte ein, und als er aufwachte, war die Sonne hinter den Hügeln untergegangen und das Zimmer kalt.

Er fragte sich, woher das Glas Milch wohl kam. Seit der Zeit bei Ma Didds in Wales hatte er keine Milch mehr getrunken. Sie musste hier sein. Er hörte die verhasste Stimme. »Du kommst erst aus der Kammer wieder raus, wenn du die Milch getrunken hast, und rühr dich ja nicht vom Fleck, direkt neben deinen Füßen ist ein Loch so tief wie ein Brunnen. Da bist du für alle Zeiten weg.« Den ganzen Tag. Erst zur Schlafenszeit hatte sie ihn wieder hinausgelassen. Er war sechs Jahre alt gewesen.

Er ging zum Papierkorb hinüber und las den Brief noch einmal. Er existierte tatsächlich. Er hatte nicht geträumt. Sie hatte mehr als fünfzig Jahre gewartet. Was für ein bösartiger Brief. »Liebt mich« – wie abscheulich. Eine Lesbe! »Nicht kalt« – es reicht. Dass Betty ein Kind wollte … wie kann sie es wagen! Diese Ingoldby, die letzte Verräterin der ganzen verräterischen Ingoldbys.

Oh, ich bin zu alt für so was.

Er nahm die Milch mit zurück in die Küche und goss sie in die Spüle, dann öffnete er eine Keksdose und schnitt sich eine Scheibe von Bettys Geburtstagskuchen ab. Er aß ihn mit einem etwas schlechten Gewissen, weil er noch nicht mal altbacken war. Dann schenkte er sich einen Whiskey-Soda ein, ging in den Wintergarten und hielt den Brief gegen das Tulpenbeet.

»Betty?«

Leere. Stille. Auch im Haus herrschte Stille. Draußen war die Stille geradezu unnatürlich. Kein Auto auf der Straße, kein Flugzeug am Himmel, niemand rief nach seinem Hund. Die Kirchturmuhr schlug nicht, es ging kein Wind, kein Vogel sang. Dunkelheit wie immer, im leeren, unsichtbaren Haus nebenan. Ein Fuchs ging auf Zehenspitzen über den Novemberrasen, seine Lunte schleifte auf dem Boden, aber er hatte die Ohren gespitzt. An der Treppe, die zum Wintergarten hinaufführte, wandte er Filth den Kopf zu und lächelte.

Ihm fiel die delinquente Katze der Ingoldbys wieder ein, die so wütend die Pfoten geschüttelt hatte, etwa zur *Zeit des Zerschmetterns der Reiche*. 1939. Das Brüllen des Colonels, das den Selbstbetrug und die Gelassenheit der Familie zerschmetterte. Dann der frühere Schatten, drei Jahre zuvor, des Mädchens. Wie ihr Schatten sich aus dem tieferen Schatten der Eiben löste. Das Schuljahr, bevor er auf die weiterführende Schule kam.

Schule

Eddie fühlte sich auf der Chilham School eindeutig jünger als Pat, dem er 1936 dorthin folgte. Zunächst waren sie in unterschiedlichen Häusern untergebracht. Nachdem er Sirs Institut absolviert hatte, war Eddie sehr gut in der Lage, sich mit den Eigentümlichkeiten der neuen Schule zu arrangieren. Er hatte kein Problem damit, morgens früh aufzustehen, und auch die Morgenarbeiten um halb sieben machten ihm nichts aus. Die Arbeit war einfach. Er war gut in Sport. Er mochte die dicken Marmeladenbrote am Vormittag. Wenn er Pat irgendwo sah, grüßte er ihn, und Pat war es egal, dass er älter war als Eddie, er grüßte zurück oder machte seine Herr-Hitler-Imitation. Sie waren nach wie vor zusammen, wann immer es ging. Nach Spielen – sie waren beide in guten Teams – gingen sie ganz unbefangen immer wieder um das Spielfeld herum und redeten. Sie wurden bald zu einer Kuriosität und wurden darauf angesprochen.

»Ihr seid ja keine Brüder«, sagte der Schulleiter, als der Fall bis zu ihm, dem obersten Gericht, durchgedrungen war.

»Wir sind aber wie Brüder aufgewachsen«, sagte Pat. »Sir.«

»Aber nicht einmal Brüder verbringen hier die ganze Zeit zusammen. Was sagen Sie denn dazu, Feathers?«

»Ich weiß nicht, was ich sagen soll, Sir.«

»Wären Sie«, (das war eine Falle), »gerne in Ingoldbys Haus untergebracht?«

»Nein, nicht unbedingt. Darüber habe ich nie nachgedacht. Ich bin in den Ferien immer bei den Ingoldbys.«

»Wie ungewöhnlich.«

»Unsere Väter waren zusammen im Großen Krieg«, sagte Pat zu Eddies Erstaunen, denn davon hatte er nichts gewusst. »Wir sind sozusagen seine Zweitfamilie.«

Das war rätselhaft.

»Es scheint nicht *Körperliches* zu sein«, sagte der Schulleiter zu den Hauslehrern. »Sie sind beide sehr intelligent. Und sehr ungewöhnlich, aber das sind ja alle Jungen. Verlegen wir Feathers doch in Ingoldbys Haus, vielleicht ist das das Beste. Wir behandeln sie wie Brüder.«

Pat fuhr in einem lächerlich jungen Alter für einige Tage nach Cambridge, um die Eingangsprüfung zu machen. Der Sitzkrieg war vorüber, die Luftschlacht um England hatte begonnen.

Die Reise würde wahrscheinlich aufregend werden. Pat machte viel Wind darum, dass er seine Gasmaske mitzunehmen hatte.

In der Woche ohne ihn fühlte die Schule sich langweilig und leer an, und Eddie bemerkte zum ersten Mal, dass er außer ihm gar keine Freunde hatte. In seinem Bett im Schlafsaal fühlte er sich als Außenseiter.

»Bist du eigentlich mit Ingoldby verwandt?«, rief jemand im Dunkeln.

»Nein«, sagte Eddie.

»Du siehst ihm auch nicht ähnlich«, rief ein anderer. »Nicht so wie sein Bruder Jack.«

»Ich bin ja auch nicht sein Bruder. Woher weißt du, wie Jack aussieht?«

»Von den Team-Fotos, wo er irgendwelche Pokale und Schalen hochhält. Schulsprecher im Talar. Hamlet in *Hamlet*. Wie unser Ingoldby, nur größer. Gutaussehend, keine Karotte.«

»Ich komme aus Malaya.«

»Haben da alle rote Haare?«

»Ja. Alle.«

»Macht es Ingoldbys Bruder nichts aus?«, fragte jemand ganz vom Ende der Bettenreihe, mutig geworden durch die schweren Vorhänge, die alles verdunkelten.

»Was denn ausmachen? Ich bin auch mit seinem Bruder befreundet.«

»Dass du ihm so wichtig bist.«

Ein Suchscheinwerfer wanderte an den Wänden auf und ab und streifte die Fenster. Dann kam ein weiterer, sie tanzten eine Weile miteinander und suchten deutsche Bomber auf dem Weg nach Liverpool.

»Warum sollte es ihm was ausmachen? Jack ist in der Air Force. Da hat er Wichtigeres im Kopf. Nehme ich an«, fügte Eddie hinzu, wie Sir.

»Und was sagen Ingoldbys Eltern dazu?«

»Ich habe sie nie gefragt. Sie wollten mich immer dahaben.« (Und, dachte er, sie sind meine Eltern. Blut von meinem Blut und Bein von meinem Bein.)

»Wo ist denn deine eigene Familie, Feathers?«, rief ein Strebertyp. »Wo ist deine Familie?« (Wenn Ingoldby nicht da war, waren sie mutiger.)

»Mein Vater ist in Malaya.«

»War er im Großen Krieg? Hat's ihn erwischt?«

»Ja.«

»Warum besucht er dich nicht?«

Pat kam mit der Zusage für einen Studienplatz in Physik aus Cambridge zurück, weil er beschlossen hatte, dass Geschichte gänzlich unmodern war – oh, Scherz!

»Nach dem Krieg«, hatten sie gesagt, »haben Sie den Fuß in der Tür, weil Sie jetzt am College angenommen wurden. Sie können sich zurückstellen lassen, wenn Sie möchten. Sich freiwillig melden und darauf warten, dass Sie eingezogen werden. Sie bekommen das erste Jahr angerechnet. Großartige Zeugnisse.«

Aber auf dem Heimweg von Cambridge übernachtete er in High House und schaffte es, sich zum Ende des Schuljahrs im Sommer freiwillig zur Royal Air Force zu melden.

»Wenn ich bis dahin verschont bleibe«, sagte er mit Grabesstimme zu Eddie. »Verfluchte Luftangriffe hier, jede Nacht. Warum evakuieren sie uns nicht? Die machen uns doch hier platt.«

»Sie denken hier ein bisschen langsam«, sagte Eddie. »Sir hat sein Institut in der Minute verlegt, in der Chamberlain zurückgetreten ist.«

»Chamberlain hat uns gerettet«, sagte Pat. »Er hat uns ein Jahr Zeit verschafft, damit wir mehr Besenstiele als Gewehre verkleiden können. Selbst die Teppichfabrik macht jetzt Zelte. Keine Ahnung, wo sie die benutzen wollen. Afrika?«

»Sir ist nach Amerika gegangen.«

Das machte sie unglücklich.

Sie lagen zwischen feuchten, grauen Decken, zwischen den Reihen anderer Jungen, im Luftschutzbunker der Schule, an den Wänden lief Wasser hinunter. In der Ferne kündete ein endloses Donnern davon, dass irgendwo etwas dem Erdboden gleichgemacht wurde. York? Liverpool? Womöglich sogar in Coventry.

In derselben Woche, in einer Nacht ohne Luftschutzsirenen, fingen in einer nasskalten und mondlosen Nacht, als alle Jungen in den Schlafsälen schliefen, sämtliche Schulsirenen an zu heulen, gefolgt von Hupen, Pfiffen und militärischen Befehlen. Die Schlafsaaltüren flogen auf, und den Jungen wurde befohlen, sich sofort anzuziehen und sich vor der Tür zu versammeln.

»Uniform, bitte, wenn Sie im Corps sind.«

»Was – Wickelgamaschen, Sir?«

»Wickelgamaschen, Ingoldby.«

»Das dauert fünf Minuten, bis man die anhat, Sir!«

»Dann sterben Sie halt, Ingoldby. Oder bewegen Sie sich.«

Aus allen sieben Häusern der Schule strömten Jungen allen Alters in unterschiedlichster Kleidung. Jeder bekam ein Gewehr, ob er im Officers' Training Corps gewesen war oder nicht, und fünf Schuss Munition.

»Invasion. Los geht's. Das ist die Invasion. Los!« Fünfhundert Jungen, manche mit Khakibandagen um die Beine, manche im Schlafanzug (ohne Morgenmantel), verteilten sich schnell in den mitternächtlichen Feldern und Gräben der nördlichen Midlands. Jemand schrie »Horcht!«, und einige von ihnen hörten das Totengeläut: das gedämpfte Klingen der Kirchenglocken. Später wurde dies geleugnet.

»Oh«, sagte Pat, der immer noch von seinem erwachsenen Cambridge-Ausflug strahlte. »INVASION. Fünf Schuss. Peng, peng, peng, peng, peng. Schluss. Auf Wiedersehen, Union Jack.«

Diejenigen, die wussten, wie es ging, luden ihre Gewehre. Die anderen ließen die Patronen in den Schlamm fallen. Es gab gelegentliches *Friendly Fire* (wobei dieser Begriff noch nicht erfunden war, man sagte »Eigenbeschuss«) und ein paar wirklich unschöne Missgeschicke mit Bajonetten. Manchmal wurde geschrien, aber nie im Ernst.

Dann Stille. Dunkelheit und Regen senkten sich auf die Kinderarmee des Nordens, die weder der Landschaft etwas anhaben konnte noch der Nacht, die mit sehr wenigen Gebeten und noch weniger Orgasmen oder unerwartetem Verlangen verging. Wenige Gedichte wurden erdacht. Nach mehreren Stunden musste sich irgendein Befehl herumgesprochen haben, und so erhob sich die große, alte Schule aus den Gräben, überquerte die schlammigen, hässlichen Felder und fiel gegen vier Uhr morgens wieder in die Betten.

Um Viertel nach sechs war es Zeit für die Morgenarbeiten, wie immer.

Es war ein Fehlalarm gewesen.

»Wir verlieren diesen Krieg«, sagte Eddie. »Hab ich recht, Pat?«

»Ich kann nicht reden«, sagte Ingoldby. Sein Haar sah aus, als hätte ihm jemand den Kopf mit schwarzem Lack gestrichen. Sein Gesicht war feuerrot. Unter der Bettdecke trug er noch die Armeeuniform der vergangenen Nacht, sie war vollkommen durchnässt und schlammgetränkt. Am Fußende guckten seine lila Füße heraus, darüber die halb mit Gamaschen umwickelten Beine.

»Wisst ihr, dass das alles wegen nichts war?«, fragte jemand. »Ein Sperrballon hat sich irgendwo gelöst und kam über das Vale of York. Meine Güte. Hat sein Kabel über einen Strommast gezogen und den halben Norden verdunkelt. Invasion! Für die Füße.«

»Invasion für die Füße«, Ingoldby zitterte und sah interessiert an seiner Bettdecke hinunter zu seinen Füßen. »Manchmal sind es zwei, m-m-manchmal … Oh Gott! M-m-manchmal vier.«

Er hatte eine Lungenentzündung und wurde auf die Krankenstation verlegt. Dort wurde er von allen Freunden abgeschirmt, also auch von Eddie, und versank im keimfreien Nussknackergesicht der zuständigen Schwester. Die Tage vergingen.

An einem dieser Tage ging Eddie in einer Freistunde auf seinen Storchenbeinen auf die Krankenstation und traf diese Frau direkt an der Tür, wo sie einen riesigen Schal aus khakifarbener Wolle strickte, der sich an den Seiten einrollte.

»Kann ich rein und Ingoldby besuchen, Schwester?«

»Bestimmt nicht. Du kennst doch die Regeln.«

»Wie geht es ihm?«

»Ich kümmere mich um ihn.«

»Würden Sie ihm etwas ausrichten?«

»Du weißt doch, dass das auch verboten ist.«

»Dann frage ich Oils.«

»Nur zu.«

Eddie klopfte an Mr Oilseeds Tür und fand Oils, seinen Hauslehrer, der früher in Ypern in Frankreich gewohnt hatte. Er saß einäugig vor Bergen unkorrigierter Klassenarbeiten und ließ ein kleines Glasgewicht an einer Kette darüber pendeln.

»Die Schwester hat mir erlaubt, Sie zu fragen, ob ich Ingoldby besuchen darf, Sir.«

»Wo ist Ingoldby denn? Habe ich schon wieder vergessen.«

»Auf der Krankenstation, Sir. Er ist bei dem Fiasko krank geworden. Neulich Nacht.«

»Fiasko? Ich finde, so sollten wir das nicht betrachten. Es war eine wertvolle Übung.«

»Angeblich hat er Lungenentzündung.«

»›Angeblich‹ ist ein Ausdruck, den ich nicht empfehlen würde. Das Wort traut sich ja selbst nicht. Ingoldbys Eltern kommen heute.«

»Aber, Sir, ich gehöre praktisch zur Familie, seit ich acht bin.«

Oils ließ die Kette zu einem Häufchen auf dem grünen Bezug des Tischs zusammenfallen. (Was *tat* er da bloß? Noten auspendeln?) Er starrte weiter das Pendel an.

»Feathers«, sagte er. »Die Zeiten ändern sich. Allerdings langsam.«

»Ja, Sir?«

»Es gibt etwas, das an dieser Schule für Erstaunen sorgt. An dieser *viktorianischen* und bourgeoisen Schule. Und zwar, dass das unnatürlich enge Verhältnis zwischen dir und Ingoldby immer noch nicht beendet wurde. Es gibt gewisse Umstände, die das erklären, aber wie wir, die wir in den Schützengräben lagen, wissen, müssen solche Gefühle zurückgehalten werden. An dieser Schule hält man diese Dinge aus, wie auch an deiner Prep School.«

»Ich habe meine Prep School geliebt, Sir.«

»Ich schlage vor, dass du an deinen Schreibtisch zurückgehst und Kipling liest.«

»Kiplings Kindheit war meiner sehr ähnlich,

und er war wirklich anders. Ich werde Einspruch einlegen.«

»Wie bitte?«

»Ich habe das Recht, Einspruch einzulegen.«

»Bei wem, wenn ich fragen darf?«

»Zuerst beim Schulleiter, Sir. Dann beim Vorstand. Und am Ende mit einem Leserbrief in der *Times*.«

»Und mit welchem Vorwurf?«

»Verleumdung, Sir. Und Vorsintflutlichkeit.«

Er verließ Oils Arbeitszimmer und ging zum Haus des Schulleiters, wo niemand je unaufgefordert hinging, außer der alten Spinne selbst und seiner plumpen Haushälterin. Eddie stand draußen und drehte an der Klingel, einem großen Eisenring an dem hohen Tor. Die Steinplatten waren glitschig, vor den Fenstern standen ineinander verschlungene Pflanzen.

»Komm hinten rum«, rief eine dünne Stimme von hinter einem Fenster her. »Küche.«

»Ah, ja«, sagte der Schulleiter, nachdem er in das Tageslicht geblinzelt hatte, dass Eddie mit hereinbrachte. »Tussock, oder?«

»*Tussock*, Sir? Ich heiße Feathers.«

»Ah, Feathers, Feathers. ›Das Leben eines Mannes ist mit den Federn des Todes geschmückt.‹ Das ist Teil eines Gnadengesuchs eines Seemanns an Queen Elizabeth die Erste.«

»Ich weiß, Sir.«

»Du weißt das? Es ist nicht überliefert, ob es erfolgreich war. Ich kannte deinen Vater, Feathers. Er war als Junge hier, als ich auch hier war. Wie geht es ihm?«

»Ich sehe ihn nie. Er lebt in Südostasien. Ich glaube, inzwischen ist er nach Singapur gezogen.«

»Ja. Natürlich. Darüber müssen wir auch sprechen. Ich denke schon die ganze Woche darüber nach, Tussock. Aber erst – was?«

»Ich möchte meinen Freund Ingoldby auf der Krankenstation besuchen, Sir. Mr Oilseed sagt, das sei ein unziemlicher Wunsch.«

»Ja, ja. Das kann ich mir vorstellen.«

»Es ist obszön von ihm, Sir, so etwas zu sagen.«

»Ja. Aber es ist eine alte Obszönität. Sehr primitiv. Im Alter kommt man auf so sonderbare Vorstellungen. Ach ja ... und *Eltern*. Nein, der Grund für die Isolierung der Patienten auf der Krankenstation ist die Ansteckungsgefahr.«

»Aber er hat eine Lungenentzündung. Die hat er sich bei der Aktion ...«

»… ah, ja. Die Invasion des Sperrballons. Habe ich verschlafen.«

»Ich will ihm nur gute Besserung wünschen. Einmal den Kopf zur Tür reinstecken. Das würden Sie mir doch auch erlauben, wenn er mein Bruder wäre. Oder, Headmaster?«

»Ja. Ja, das würde ich. Und du bist *Prefect*. Und soweit ich weiß, geistig ziemlich gesund. Ja.« Der Schulleiter war in seinem Sessel zusammengesunken. »Vor allem heute würde ich das.« Er deutete auf den anderen Sessel auf der anderen Seite des Kamins. »Leg noch ein Scheit auf, ja? Möchtest du einen Tee? Wir müssten mal über deine Zukunft reden. Wir haben da ein paar Sorgen – oh, nicht wegen dieser David-und-Jonathan-Geschichte. Am Ende geht jede Loyalität den Bach runter.«

»Man nennt es Freundschaft, Sir.«

»Ja. Ja. Und du wirst Ingoldby nicht mehr oft sehen. Dein Vater hat uns geschrieben. Er möchte, dass du die Schule nach Weihnachten verlässt und nach Malaysia fährst. Oder Singapur. Wir haben gründlich darüber nachgedacht.«

»Er – *was*?«

»Er meint, du solltest aus England evakuiert werden. Um den Bomben zu entkommen. An einen sicheren Ort. Er war – das brauche ich dir ja nicht zu erzählen – im letzten Krieg. Und er hat keinen Kontakt mehr zur britischen Politik. Wir wollen ihn noch überreden, dich erst die Aufnahmeprüfung für Oxford machen zu lassen.«

»Aber evakuiert werden *Kinder*. Und Frauen. Ich bin fast achtzehn!«

»Aber bis du wirklich achtzehn bist, hat dein Vater das Sagen.«

»Aber ich habe doch seine Schwestern. Als Vormunde. Was sagen die denn dazu?«

»Wir haben den Damen Feathers geschrieben, und sie haben auf eine sehr … zuversichtliche Weise geantwortet. Sie sind sehr beschäftigt. Kriegsdienst, würde ich annehmen.«

»Keine Ahnung, ich habe sie fast nie gesehen. Und jetzt soll ich nach Weihnachten von der Schule gehen?«

»Hier ist der Tee. Mit etwas Glück gibt es noch Crumpets, allerdings nur mit Margarine.«

»Kann ich jetzt gehen? Ich muss nachdenken.«

»Wenn du meinst. Man kann aber auch zu viel nachdenken. Dein Vater hat auch immer dazu geneigt.«

Als Eddie die Arbeitszimmertür öffnete, kam eine alte Dame in Hausschuhen mit einem Teewagen auf ihn zu. Die Teekanne war in einen gestrickten Reifrock aus rosa- und orangefarbenen Rüschen gehüllt und hatte einen Art-nouveau-Damenkopf als Deckel, mit je einer schwarzen Ringellocke auf den Wangen. Wann immer Filth in späteren Jahren ein solches Objekt sah – beim Kirchenbasar, vielleicht, gegen Ende seines Lebens –, trieb es ihm die Tränen in die Augen.

Die alte Dame reichte Eddie einen Silberteller mit Crumpets und zeigte auf einen Crumpetständer aus Messing, der auf dem Kaminsims stand.

»Oh, schön. Sogar Marmelade«, sagte der Schulleiter. »Das ist Ingoldbys Freund, Mrs P.«

»Ingoldby ist ein netter Junge«, sagte die Haushälterin. »War sein Bruder auch, Gott hab ihn selig.« Dann ging sie.

»Was soll das denn heißen?«, rief Eddie.

»Setz dich einen Moment, Feathers. Ich hätte es dir auch gleich gesagt. Es tut mir leid. Aber morgen muss ich es in der Andacht verkünden. Ich bin froh, dass du hergekommen bist. Jack Ingoldbys Flugzeug ist über dem Ärmelkanal verschollen. Sein Bruder weiß es noch nicht. Wir wollten warten, bis es ihm besser geht. Er wird morgen nach Hause gebracht. Behalt es erst mal noch für dich.«

Eddie rannte aus dem düsteren Haus zur nächsten öffentlichen Telefonzelle an der Ecke der Sportplätze und wählte die Vermittlung für Ferngespräche an. Er bat um ein Gespräch nach High House, und die Vermittlung sagte, da würde er eine Weile warten müssen. »Sind Sie bereit, wenn eine Leitung frei wird? Vielleicht in zwanzig Minuten oder einer halben Stunde, und dann müssen Sie das Geld passend parat haben. Ein Shilling, ein Sixpence und zwei Pennies.«

»Ich habe keine halbe Stunde Zeit.«

»Dann versuchen Sie es einfach später noch mal. Dann ist es auch billiger.« Sie legte auf.

Er rannte zurück zu seinem Haus und fing einen Brief an Mrs Ingoldby an, aber alle Worte klangen hohl. Ich kann keine Formalitäten schreiben, ich kann das nicht. Ich gehöre zur Familie. Sie wird meine Stimme hören wollen. Sie wird meine Stimme *erwarten*. Sie haben bestimmt schon versucht, mich zu erreichen, und niemand hat mir Bescheid gesagt. Er setzte sich wieder hin, dachte nach und schrieb:

Liebe Mrs Ingoldby,
ich denke die ganze Zeit an Sie,
in Liebe
Eddie

Habe ich das Recht, »in Liebe« zu schreiben?

Vor ihm tat sich der Abgrund seiner Ungewissheit auf. Ich bin immer noch der Fremde. Für sie. Und für mich selbst auch, hier. Ich habe keinen Hintergrund. Ich wurde von meinem Hintergrund geschält. Ich wurde auf einen anderen Hintergrund geklebt wie ein Aufkleber. Ich bin nur jemand, zu dem sie acht Jahre lang nett waren, weil Pat einsam war, bis ich kam. Sozial gesehen bin ich ein bisschen zweifelhaft, denn sie wissen ja, dass mein Vater verrückt geworden ist. Und weil ich im Herzen der Dunkelheit gelebt habe und in Wales irgendetwas Komisches vorgegangen ist. Und das Stottern.

Er unterschrieb mit

Hochachtungsvoll, E. J. Feathers

Er klebte eine Briefmarke auf den Brief und brachte ihn zum Briefkasten, als die Glocke zur abendlichen Arbeit rief. Er hätte Aufsicht über die kleineren Jungen im Haus gehabt, aber er machte kehrt und ging zur Krankenstation.

Der windige, unruhige Nachmittag war vorüber, und Wolken verhängten den Mond. Es war feucht, schüttete aber nicht mehr so. Oben an der Treppe zur Krankenstation sah er in das Zimmer der Schwester, wo ein Kohlenfeuer brannte und der gespenstische Schal herumlag. Es roch nach einem fleischhaltigen Abendessen, und aus der Küche waren Geräusche zu hören. Kohlen sackten zusammen und brannten kurz auf. Er ging den Gang entlang und rechnete damit, dass die Krankenstation aus einer Reihe von Betten, aufgerollten Bettdecken, leeren Schließfächern mit offenen Türen und dem Geruch nach Desinfektionsmitteln bestünde. Aber da war nur Pat in einem kleinen Einzelzimmer, mit einer Decke über dem Kopf.

»Hey – Pat?«

Pat setzte sich auf. Sein Kopf erhob sich aus der Decke, sie fiel ihm um die Schultern.

»Wo bist du, Fevvers? Mach mal das Licht an.«

»Wie geht's dir? Sie haben mich nicht zu dir gelassen.«

»Gut. Morgen fahre ich nach Hause. Ich habe einen Bärenhunger. Aber hör mal …«

Aus seinem Brustkorb kamen Geräusche wie von Katzen auf dem Dach.

»Du lieber Himmel!«

»Das ist die Weiße Frau. Sie geben mir irgendein sonderbares neues Medikament. Wird Pa sicher was kosten. Ich kann auch Maschinengewehrfeuer, hör mal.«

»Sie kriegen dich schon wieder hin«, sagte Eddie ziemlich verängstigt. »Ich habe deiner Mutter gerade geschrieben.«

»Ach, wird schon. Sie haben ganz andere Sorgen. Jack wird vermisst.«

»Ich … das wusste ich ja gar nicht …«

»Natürlich wusstest du das. Wenn ich das hier drin schon gehört habe, weißt du es draußen auch. Wenn er …«

Schweigen.

»… nicht mehr wiederkommt, dann, nun ja, dann kommt er nicht mehr wieder. Er hat daran geglaubt.«

Nebenan wurde mit einem Schüreisen im Kamin gestochert.

»Besser, du gehst, Fevvers. Sie kriegt einen Orgasmus, wenn sie dich hier erwischt. ›Dies ist eine SAUBERE Schule!‹« Er fing an zu keuchen.

»Ich … Soll ich im High House anrufen?«

Pats schwarze Augen wurden noch schwärzer. Ein gewisser Stolz lag darin. »Nein. Lass sie in Ruhe. Morgen bin ich zu Hause. Du kannst sowieso nichts tun. Das ist eine Familienangelegenheit.«

Eddie wandte sich zur Tür und staunte, wie kalt ihm war.

»Oh, und hey – Ed?«

»Ja?«

»Geh nicht zur Royal Air Force. Das hältst du nicht aus. Und geh auch nicht zur Navy, auf See warst du ja schon.«

»Ich sehe mich nicht in der Army, nicht mehr. Ich könnte niemanden erschießen, den ich dabei ansehe. Ich meine, ins Gesicht. Aber vor allem kannst *du* nicht zur Air Force. Jetzt nicht mehr. Ich meine, Gott – deinen Eltern zuliebe.«

»Oh doch, das kann ich«, sagte Ingoldby. »Sie werden es schon überleben, selbst wenn ich das nicht tue. Meine Eltern. Ich habe dir doch erzählt, dass sie kaum Gefühle haben. Wiedersehen, Fevvers. Man sieht sich.«

Ein paar Tage später und nachdem er es mehrfach telefonisch versucht, aber immer noch kein Glück gehabt hatte, bekam Eddie einen Brief von Pat in zittriger Handschrift.

Lieber Ed,
es geht mir gut, aber ich bleibe zu Hause.

Ich komme nicht zurück, mein Freund,
Wenn draußen Frühling ist,
Ich muss in die Armee, mein Freund,
Wo man nur Kekse isst.

Nimm die Bleisoldaten, die wir bei Sir hatten, und schmilz sie ein, zu Pflugscharen oder einer sechsten Kugel, was auch immer. Kannst Du bitte meine Sachen zusammenpacken? Mein Vater hat es vergessen, und die Schnapsschwester auch. Behalt sie bis … ja, wann? Die Kleiderbürste, die dir immer so gut gefallen hat, von meinem Patenonkel, die ist von der Bond Street (er hat Eau de Cologne benutzt und hatte eine Mätresse in der Clarges Street), die kannst du haben, aber sie kostet dich einen Penny.

Viele Grüße
PI

Ein paar Tage nach der Nachricht, dass Jack Ingoldby vermisst wurde, kam die Nachricht, dass er mit Sicherheit gefallen war. In diesem Schuljahr gab der Schulleiter bei den Versammlungen wiederholt diese Art von Nachrichten aus. Hunderte, vielleicht sogar Tausende von Menschen in East Kent sahen die Flugzeuge in den Dogfights der Luftschlacht um England ins Trudeln geraten und brennend in den Kanal stürzen oder in Obstplantagen explodieren. Wenn jemand es mit einem Fallschirm herausschaffte, wurde er bejubelt, aber die meisten Piloten tauchten nicht mehr auf, und die Leute machten weiter mit dem, was sie gerade taten, wie die Erntearbeiter im Hundertjährigen Krieg. Dennoch war ein aufgezeichneter und nachweisbarer, gefilmter Tod nach wie vor ein Schock.

Es gab keine weitere Karte von Pat und auch keine Antwort auf einen zweiten Brief von Eddie ans High House. Das Halbjahr ging zu Ende, aber es gab keinerlei Anzeichen dafür, dass er, wie sonst immer, zu den Ingoldbys fahren würde.

Wie es aussah, würde er schließlich zu seinen Vormunden gehen, denn der Schulleiter hatte pro forma eine Einladung von Eddies Tanten in Bolton bekommen. Aber er blieb bis zur letzten Minute in der Schule, falls Pat doch noch anrufen würde.

Als das Taxi kam, um ihn zum Zug nach

Bolton zu bringen, rief er mit klopfendem Herzen ein letztes Mal im High House an.

»Hallo?«

»Wer spricht?«

»Bin ich da richtig bei … den Ingoldbys?«

»Hier ist Isobel.«

»Oh. Hallo. Hier spricht Eddie. Teddy Feathers.«

»Oh, hallo.«

»Ich wollte nur … mal hören.«

»Ja?«

»Es sind Ferien. Soll ich kommen?«

»Ach nein. Das würde ich nicht tun. Pat ist nicht hier, er macht irgendwo Freiwilligendienst.«

»Wie geht es Mrs Ingoldby?«

»Gut. Sie ist sehr patriotisch.«

»Ich würde sie gern sehen.«

»Richte ich ihr aus.«

»Könntest du ihr auch sagen, dass ich nicht mehr lange in England bin?«

»Rückst du ein?«

»Nicht direkt. Ich bin zu jung. Mein Vater hat mich zu sich beordert.«

»Wozu das denn?«

»Kannst du es ihnen ausrichten? Den Ingoldbys?«

»Was?«

»Sag ihnen auf Wiedersehen. Und d-d-danke für alles. Ich bin dann am anderen Ende der Welt.«

»Da werden viele sein.«

»Sag, ich schreibe ihnen. Ich werde *immer* schreiben. Sag ihnen danke für …«

»Okay, Wiedersehen.«

»Ich würde sehr gern von ihnen …«

Aber weg war sie.

Also nahm Eddie Pats Sachen mit, schüttelte Oils die Hand und stieg in das Taxi, das ihn zum Zug nach Bolton brachte. Dort angekommen gab es selbst mit Pats Gepäck keinen vernünftigen Grund, ein weiteres Taxi vom Bahnhof zu nehmen, also ging er zu Fuß zum Haus und war selbst überrascht, dass er sich an den Weg erinnerte, obwohl er nur ein einziges Mal zuvor dort gewesen war; in den Halbjahresferien nach der Zeit bei den Didds in Wales. Sein Vater war zum ersten und einzigen Mal nach England gekommen und hatte den achtjährigen Eddie zu seinen beiden Schwestern mitgenommen.

Es war ein prahlerisches Haus aus violettem Backstein, wie eine riesige Zwetschge, ein

Stück von der Straße zurückversetzt, hinter einer halbkreisförmigen Rasenfläche mit akkurater Rasenkante und viktorianischen (violetten) Begrenzungssteinen. In einem runden Beet ein winterfest gemachter Rosenstock.

Aunt Hilda tauchte auf, sie riss die Tür zum Vestibül auf, die cremefarben gestrichen war und purpurrote und blaue Scheiben hatte, und rief: »Muriel! Er ist hier! Der Junge! Komm rein, komm *rein*! Wir hätten dir schreiben sollen. Aber da bist du ja, gut gemacht! Wir haben alles geregelt. Dein Pass sollte spätestens Weihnachten hier sein. Wunderbar. *Muriel!*«

Sie standen jetzt in der Eingangshalle, und Muriel kam in Tweed und Hut die Treppe herunter. »Guter alter Junge – du siehst aus wie Alistair.«

»Heute ist ein ziemlich wichtiges Golfspiel«, sagte Hilda, »wir wollten gerade gehen. Natürlich kein Turnier mehr, heutzutage, auf dem Golfplatz ist nicht mehr so viel los. Aber immer noch ein Glanzpunkt. Dann gehen wir mal los. Komm erst mal an, und dann kannst du uns ja später zum Lunch oder zum Tee Gesellschaft leisten? Es ist nicht weit, du kannst das Fahrrad aus der Garage nehmen. Wir müssen los, wir haben Verpflichtungen auf dem

Platz. Sind ja kaum noch Männer da. Das Mittagessen wird sicher nicht schlecht. Du bist ganz schön dünn.«

Sie fuhren los, die Heckscheibe ihres Autos war mit patriotischen Slogans nahezu komplett bedeckt. *Careless talk costs lives*, las er. Er wanderte durchs Haus.

Es gab Messingvasen mit Farnkraut darin und einen Tropenholz-Tisch mit Messingplatte, in die tanzende Asiaten eingraviert waren. In einem Wohnzimmer standen jede Menge Familienfotos. Sonderbar, dachte er. Er gehörte zur Familie, aber sie hatten nie das geringste Interesse an ihm gezeigt. Er fragte sich, ob die Fotos ein Ersatz für Gastfreundschaft waren. Allerdings sah er überhaupt keine Bilder von Kindern. Und niemanden, der seine Mutter hätte sein können. Er hatte keine Ahnung, wie sie ausgesehen hatte. Die meisten Fotos zeigten Menschen aus der Generation über der seiner Tanten, mit Bärten oder geflochtenen Zöpfen, in Sepia, ernst und traurig. Daneben weitere Fotos und mehr Farnkraut in Messing. Auf einem eigenen Tisch standen Golftrophäen, darunter ein silberner Pokal mit der Gravur *Hole in One, Hilda Feathers*. Es gab einen imposanten Kamin aus Holz und Fliesen und einer in den Abzug eingelassenen schimmernden Uhr, deren Zeiger aussahen wie Eiszapfen. Anstelle von Kohlen gab es einen gefalteten Papierfächer, und vor dem Kamin stand ein Wunderwerk von einem Barbolakorb, mit Pergamentstreifen beklebt und mit Fidibussen aus alten Zeitungen gefüllt, um Streichhölzer zu sparen.

Dann sah er auf dem Kaminsims das Foto eines blendend aussehenden jungen Mannes im Khakihemd mit offenem Kragen und in Khakishorts, mit verschränkten Armen, einer Zigarette lässig in einer Hand und einer großen, wunderschönen Uhr am Handgelenk. Auf dem Kopf trug er ein Barett ohne Abzeichen, wie ein Franzose, seine Augen wirkten dunkel, weise, erstaunt und wunderschön. Auf dem Silberrahmen war *Alistair, 1914* eingraviert, und daneben stand eine kleine Vase mit Blumen, als wäre es das Bild eines Toten oder wie ein Trauerstrauß auf einem Grab. Blumen für die Toten. Aber das hier war sein Vater. Kein Zweifel. Das wusste Eddie.

Und sein Vater war lebendig genug, um nach ihm zu schicken, um ihn aus einem Gemetzel ähnlich dem, das ihn und sein Land 1914 um Haaresbreite zerstört hätte, herauszubeordern.

Eddie nahm die Fotografie in die Hand und verspürte einen gewissen Stolz. Er wollte es haben. Er würde es mitgehen lassen. Es war seins. Er wünschte, Pat könnte es sehen, oder die abscheuliche Isobel. Hatte Colonel Ingoldby seinen Vater wirklich gekannt? Warum hatte er nie ein Wort über ihn verloren? Das schöne Gesicht seines Vaters, das Gesicht eines Dichters, fand er, und darin eine aufregende Vorankündigung seiner selbst. Er fand, dass es nach all den Jahren an der Zeit war, seinem Vater wieder einmal zu schreiben.

Und zwar sofort.

Er wandte sich zum Schreibtisch – jede Menge Messing (ein Junge mit einer Schlange, eine Reihe hässlicher Affen) –, suchte nach Briefpapier, holte seinen eigenen Füllfederhalter, starrte die Lorbeerbüsche vor dem Fenster an, den kahlen Rasen, die graue Straße. Das Tor schwang auf. Auf einer Plakette stand *Betteln und Hausieren verboten*.

Lieber Vater,

ich bin jetzt bei Aunt Muriel, nachdem ich die Schule heute Morgen für die Halbjahresferien verlassen habe, oder, soweit ich weiß, sogar für immer. Man hat mir erst diese Woche mitgeteilt, dass ich die Schule verlassen und zu Dir fahren soll. Ich wünschte, Du hättest mir das selbst geschrieben. Der Schulleiter sagt, sie haben eine Weile mit Dir darüber diskutiert, und Aunt Hilda sagt, mein Pass soll bis Weihnachten fertig sein. Ich bin jetzt siebzehn, fast achtzehn Jahre alt. Du hast mich seit zehn Jahren nicht gesehen, und ich habe nicht das Geringste von Dir gehört, außer dass Du vermutlich all meine Kosten getragen hast und ich gehört habe, dass es irgendwann in näherer Zukunft ein Sparbuch für mich geben soll. Vielen Dank dafür.

Aber unsere letzte Begegnung war wirklich schrecklich, ich war so unglücklich, und ich wünschte, du hättest mir wenigstens ein einziges Mal geschrieben, vor Jahren schon, um das geradezurücken. Niemand hatte mir gesagt, dass du stotterst, und wahrscheinlich hatte dir auch niemand gesagt, dass ich damals ebenfalls gestottert habe (Sir hat das geheilt), und ich glaube [hier entwickelte der Füller eigenartigerweise einen eigenen Willen], dass ich dich einfach vergessen wollte. Die Ingoldbys waren sehr freundlich. Gerade habe ich auf dem Kaminsims, hier bei den Tanten, ein Foto von dir gesehen – es ist auch das erste Mal, dass ich die Tanten sehe, seit du hier warst, als ich acht war. Es wurde 1914 gemacht, und du siehst darauf nicht viel älter aus, als ich jetzt bin. Es hat großes Bedauern in mir ausgelöst. Du hättest ein Vater sein können, mit dem ich hätte reden können.

Aber so ist es nicht. Wenn du also so nett wärst, die folgenden Punkte zu lesen, in denen ich in aller Kürze darlege, warum ich nicht bei dir in Malaya oder Java oder Singapur oder sonst wo leben möchte:

1. Um Weihnachten herum habe ich einen Termin im Christ Church College in Oxford, um mich auf einen Studienplatz nach dem Krieg zu bewerben.

2. Danach möchte ich mich gern freiwillig zur Army melden.

3. In meinem Alter aus dem Gefahrenbereich »evakuiert« zu werden, wäre im Moment in England vollkommen unerhört. Ich würde mit Kindern zwischen sieben und zwölf reisen. Was soll denn die Besatzung von mir denken?

4. Ich würde meine englischen Freunde für alle Zeiten verlieren. Das Stigma würde

ich nie wieder loswerden. Ich bin über eins achtzig groß und wirke älter, als ich bin. Ich bin *sehr sportlich*.

Und 5. schließlich tut es mir leid, dass ich da so leidenschaftlich bin, aber ich finde wirklich, ich sollte für mein Land kämpfen. Ich *kann* nicht einfach weglaufen. Du hast Churchill nicht gehört. Selbst Leute wie du, die von 14/18 verbittert sind, hören ihm zu. Ich habe in diesem Land gelebt, seit du mich hergeschickt hast. Da war ich fast noch ein Baby. Hätte es [der Stift rannte jetzt geradezu, und Eddies Gesicht war rot von einer Wut, von der er selbst nichts geahnt hatte] zwischen uns eine Freundschaft oder irgendeinen Kontakt gegeben, hättest du mir nur *ein*mal geschrieben, statt mir bloß diese Stecknadeldose in die Hand zu drücken, wäre es vielleicht anders gekommen.

Ich werde diese Punkte mit meinen Tanten besprechen – wobei sie keine sonderlich aufmerksamen Zuhörerinnen zu sein scheinen. Ich habe versucht, mit der Schule zu sprechen. Sie sagen lediglich, solange ich noch nicht achtzehn bin, kannst du mehr oder weniger mit mir tun, was du willst.

Willst du mich unter diesen autokratischen und lieblosen Umständen überhaupt bei dir haben?

Mit freundlichen Grüßen
E. J. Feathers

Er las den Brief noch einmal durch, und am Ende sah er nicht mehr den gottgleichen jungen Soldaten auf dem Foto, sondern den Vater, der nach der Geschichte mit Ma Didds in Sirs Institut aufgetaucht war – der Geschichte, die er bis heute verdrängte und unter Verschluss hielt. Er sah eine hagere, zitternde Gestalt in Sirs Büro sitzen, hinter ihm winkten durchs Fenster die schwarzen Äste der Bäume des Lake District im Wind. Die Gestalt ließ die Fingerknöchel knacken.

Sir hatte die beiden freundlicherweise alleingelassen (»Ich bin gleich vor der Tür, falls was ist, Feathers«), und Vater und Sohn, die beide nicht wussten, wen von ihnen Sir nun gemeint hatte, hatten lange und ausgiebig das Muster im Teppichboden studiert.

Eddie erinnerte sich an die Hände. Wie sein Vater sie gefaltet und wieder entfaltet hatte. Wie seine Knöchel geknackt hatten, wie Pistolen. Er erinnerte sich an die dünnen Unterschenkel seines Vaters in dem altmodischen europäischen Anzug; den kahlen Kopf; die wimpernlosen Augen, die fast blind wirkten. Wie der Mann auf seinem Stuhl herumrutschte, nichts sagte und auf eine Armbanduhr schaute, die viel zu groß war für sein Handgelenk. Die Uhr musste den Großen Krieg mit ihm zusammen erlebt haben. Die Uhr von dem Foto. Vielleicht war sie ein Glücksbringer?

Eddie hatte viel zu viel Angst gehabt, um etwas zu sagen, mit seinem Stottern, vor allem, nachdem er ein langes, stakkatoartiges Rasseln aus der Kehle seines Vaters vernommen und festgestellt hatte – wer hätte es besser merken können –, dass auch sein Vater stotterte. Er verstummte vollends. Sein Vater stellte ihm eine Frage. Wenn er versuchte, sie zu beantworten, würde sein Vater denken, er machte sich über ihn lustig.

Er fing an zu weinen. Eddie sah seinem Vater nicht noch einmal ins Gesicht. Das Muster auf Sirs Teppichboden schwoll an, verschwamm zu einem Chaos und löste sich dann vollends auf.

Als Sir zurückkam, sprangen Vater und Sohn auf. Sir sagte zu Eddie »dann mal ab mit dir«, und Eddie floh ins Klassenzimmer zurück, zu Pat Ingoldby und den Bleisoldaten unter der

Tischklappe, und niemand erwähnte diese Unterredung mit seinem Vater jemals wieder.

Einmal, nur ein einziges Mal, hatte Eddie seine Tanten getroffen. Und doch wusste er, dass diese Tanten nicht mehr über ihren Bruder sprachen. Mit keinem Wort bekannten sie sich zu dem nervösen, halbverrückten Witwer mit dem gelblichen Gesicht und den komischen Augen. (Bei Ma Didds hatte eine seiner Cousinen, wahrscheinlich Babs, einmal gesagt: »Dein Pa hat Malaria«, und die andere hatte gesagt: »Nein, hat er nicht. Meine Mutter sagt, es ist das Opium.«) Die Tanten in Bolton verloren, draußen auf dem blöden Golfplatz, auch kein Wort mehr über den jungen, spöttischen, gutaussehenden, wachen Geist, der ihr Bruder einmal gewesen war und mit dem sie aufgewachsen waren.

Eddie ging das Adressbuch auf dem Schreibtisch durch bis zum Namen seines Vaters. Hinter Kotakinakulu standen noch viele durchgestrichene Adressen. Die aktuelle Adresse schien eine in Singapur zu sein. Sie klang nicht besonders pompös. Eher eine Seitenstraße. Eine plötzliche sanfte Regung ließ Eddie noch ein PS schreiben, bevor er einen Luftpostumschlag anfeuchtete:

PS: Eins muss ich dir allerdings lassen, Vater, du warst sehr großzügig zu jemandem, den du offenbar nicht mal magst. Wenn ich es recht bedenke, ist dein Wunsch, dass ich zu dir kommen soll, um den Krieg zu überleben, [beinahe hätte er »ziemlich zivil« geschrieben] geradezu ein Wunder an unerwarteter Freundlichkeit.

Eddie

Und damit, dachte er, versaue ich mir die ganze Sache.

Er ging nicht zum Mittagessen auf den Golfplatz, aber fand die Küche, wo eine winzige alte Frau Papier-Fidibusse faltete. Sie wirkte deprimiert und schenkte ihm keinerlei Beachtung, also legte er sich auf sein Daunenbett in einem Zimmer mit schweren Blumenvorhängen und riesigen Lampenschirmen und fragte sich, ob das alles gewesen sein sollte.

Er blieb, scheinbar unsichtbar, eine Woche. Und dann noch ein paar Wochen, in denen er darauf wartete, von der Schule etwas über die Aufnahmeprüfung in Oxford zu hören. Von seinem Vater kam keine Antwort auf den Brief, und er wartete täglich, ob nicht vielleicht etwas gekabelt würde. Er verbrachte die Tage damit, für die Prüfung in Oxford zu büffeln – es gab eine gute öffentliche Bücherei in der Stadt – und nicht gerade hoffnungsfroh über sein weiteres Leben nachzudenken. Vor seinem Schlafzimmerfenster, das von der wunderbaren Wärme eines viktorianischen Eisen-Radiators ganz beschlagen war, wanderten seine Träume zu anderen Schlafzimmerfenstern. Eins, das ihm beim Einschlafen rätselhaft vorkam, war ein unverglaster Schlitz, und darin messerscharfe Bananenblätter vor einem tiefschwarzen Himmel. Von diesem Traum wachte er immer auf.

Sein Schlafzimmer in Bolton war so üppig, wie in Lancashire üblich, der Teppichboden olivgrün mit weißen Rosen. Die schweren Vorhänge waren gefüttert, wegen der Verdunklung, und innen wie außen aus Damast. Das Federbett bestand aus dicken rosafarbenen Kassetten, und neben dem Bett stand eine Lampe mit rosa Seidenschirm und einer Borte aus kurzen Perlenkettchen. Die Tapete hätte auch allein gestanden, so dick war sie mit Gold geprägt, die Decken waren aus schneeweißer Wolle und mit Satin umsäumt. »Du bist im besten Gästezimmer«, sagte Muriel. »Der Schrank könnte ein Gillow sein.« – »Mach dir ruhig den Heizstrahler an, wenn du willst«, sagte Hilda. »Beide Stufen. Wir gehen aus.«

Sie gingen dauernd aus. Eddies Leben interessierte sie nicht im Geringsten. Sie lebten wie siamesische Zwillinge mit den Sorgen der jeweils anderen und im Moment. Jeden Morgen kamen sie ins Frühstückszimmer und erklärten einem schon, bevor man ihnen ins Gesicht geblickt hatte, was sie an diesem Tag vorhatten. Ihre Augen waren immer leer. Sie trugen immer eine von mehreren Uniformen, und zwar immer die gleiche wie die andere Schwester. Da gab es die Uniform des Roten Kreuzes, mit Streifen und einer Kokarde; die pflaumenblaue und dunkelgrüne Uniform des *Women's Voluntary Service*; eine scharlachrote und graue Kombination, die an die indische Nord-West-Grenze erinnerte; und eine blau-weiße Uniform aus Sergestoff, die sie als eine Art Militär-Krankenschwestern auswies. Sie gingen jeden Morgen gegen halb neun aus dem Haus und kamen nie vor dem Abendessen zurück. Sonntags standen sie in aller Herrgottsfrühe auf, um zum Abendmahlsgottesdienst um acht Uhr zu gehen, später saßen sie da, strickten Handschuhe und hörten *Forces Favourites*. Abends gab es einen schönen Medium Sherry vor dem schweren Abendessen. Die winzige Haushaltshilfe kroch herum und vollbrachte Wunder, gelegentlich kam eine muskulöse Frau fürs Grobe und ein Mann, der den Hof abspritzte. Mittags aß Eddie allein an einem Ende des Mahagonitischs, ebenfalls möglicherweise einem Gillow, auf dem Spitzendeckchen und Silberbesteck lagen. Er bekam keine Post, und das Telefon klingelte nie für ihn.

»Überarbeite dich nicht!«, riefen sie. »Sie werden dich schon nehmen. Dein Vater war doch auch dort. Im Odeon läuft ein schöner Film«, und damit warfen sie die Haustür zu, ohne seine Antwort abzuwarten.

Der Winter wurde strenger. Ein- oder zweimal war Eddie so verzweifelt, dass er beinahe die Ingoldbys angerufen hätte, aber wegen Pats Schlag in die Magengrube wagte er es dann doch nicht: *Das ist eine Familienangelegenheit*.

Im Moment gab es im Nordwesten keine Luftangriffe mehr, aber die Dogfights im Südosten gingen weiter, und Eddie fragte sich, ob Pat bereits Pilot war. »Man bekommt nur noch zwölf Stunden Einweisung, und dann werden die da raufgeschickt«, sagte ein alter Soldat im Golfclub. »Sie haben keine Leute mehr. Also werden Unschuldige abgeschlachtet.« – »Ich habe sogar was von nur sechs Stunden gehört«, sagte ein anderer. »Sechs Stunden Flugunterricht, und dann fliegen sie ihre eigene Spitfire.«

In den Sechsuhrnachrichten war jeden Abend zu hören, dass eine große Anzahl von Boches abgeschossen wurde, mit doppelt so vielen Toten wie bei uns. Aber es endete immer damit, dass »einige unserer Flugzeuge noch vermisst werden«.

Irgendwann fuhr er bei Schneesturm endlich zur Aufnahmeprüfung nach Oxford, in einer Reihe ungeheizter Züge, allesamt mit Soldaten vollgestopft, die rauchten, tranken, schliefen, rotzten, aneinanderlehnten oder auf dem Boden kauerten. Husten, Fluchen, Lachen, missmutiges Schweigen, plötzliches idiotisches Singen (*Roll out the Barrel, Tipperary*) von Liedern aus dem vorigen Krieg. Der letzte Zug ächzte aus einem Bahnhof hinaus und hielt an, als wollte er für immer im Dunkeln vor Stratford-on-Avon stehenbleiben. Über ihnen dröhnten Flugzeuge. (»Dorniers?« – »Keine Messerschmitts.«) Weitere Soldaten ließen sich auf ihre Unterschenkel sinken, vergruben die Köpfe zwischen den Knien und schliefen. Man hörte Bomben, die Toiletten waren umringt von Verzweifelten, die auf und ab hüpften. Wenn man es schaffte, hineinzukommen, musste man mit dem Absatz die Tür zuhalten, das Schloss war kaputt, der Fußboden überschwemmt, es stank widerlich, es kam kein Wasser aus der Leitung und es gab kein Toilettenpapier. *Roll me over in the clover*, sangen die Soldaten, die zum Großteil noch nie Klee gesehen hatten. *Roll me over, lay me down and do it again.*

Eddie platzte in Oxford aus dem Zug und hielt nach jemandem Ausschau, der seine Fahrkarte kontrollieren und ihm sagen würde, wie weit es bis zu seinem College war. Es war niemand da, auch kein Taxi. Überhaupt niemand. Es war bitterkalte Mitternacht, und er hatte immer noch den schrecklichen Gesang im Kopf.

Und dann trat er auf eine dunkle Straße hinaus, und etwas veränderte sich. Zwischen den Wolken kam ein großer, weißer Mond hervor und beleuchtete verschneite Straßen und Gehsteige, schlafende Häuser, Türme und Kuppeln. Alles war verschneit, keine Menschenseele unterwegs, kein Licht zu sehen und kein Laut zu hören.

Er überquerte eine Brücke in so strahlendem Mondlicht, dass er geradezu staunte, dass nicht überall Menschen aus den Häusern kamen, um das zu sehen. Er ging beschwingt und leichten Fußes, der Mond kam und ging, und dann fielen weiche Flocken. Er blickte sich um und sah, dass seine Fußabdrücke durch den frisch fallenden Schnee schon wieder verschwanden, und der Schnee vor ihm wartete darauf, von ihm geprägt zu werden. Er wanderte ins mittelalterliche Oxford wie ein Geist.

Es war niemand da, der ihm den Weg zeigen konnte, und ihm wurde kalt. Eine große, stille Straße wurde immer breiter, und mitten darauf stand eine Kirche. Die Fenster waren mit Brettern vernagelt, die Scheiben in Sicherheit gebracht. Er überlegte, ob die Tür wohl offen war, und dann entdeckte er gegenüber ein Gebäude, das wohl ein Hotel sein mochte, wo ihm vielleicht jemand aufmachen und den Weg erklären konnte. Dann hörte er aus der dunklen Kirche direkt hinter sich ein Geräusch, und ganz plötzlich war da jemand neben ihm, ein vermummter Riese, der ihm freundlich den Kopf zuneigte, um den er eine Art Schal geschlungen hatte. Der Mann trug einen weiten Regenmantel, wie die Robe von einer der Figuren, die vielleicht auf dem in Sicherheit gebrachten Buntglas abgebildet waren.

»Kann ich Ihnen helfen? Habe ich Sie erschreckt? Ich war in der Kirche.« Der junge Mann schwenkte einen Schlüssel. Er war wirklich sehr jung für einen Geistlichen. Er musste ebenfalls ein Geist sein.

»Ich suche das Christ Church College.«

»Da sind Sie hier vollkommen falsch. Kommen Sie mal mit.« Der weiche, knochenlose Riese ging los, und Eddie folgte ihm.

»Da«, sagte der Mann nach einer Weile. »Gleich da vorne.«

»Mein Zug hatte Verspätung.«

»Fest klopfen, damit der Nachtportier Sie hört. Kommen Sie dann allein zurecht?«

Es hatte aufgehört zu schneien, und der Mond kam wieder hervor.

»Entschuldigung – sind Sie Geistlicher?«

»Nein. Ich halte dort die Brandwache. Und ich bete. Ich bin Student.«

Eddie spürte, wie freundlich, souverän und vergnügt er war.

»Gute Nacht«, sagte der Hüne. »Viel Glück. Sind Sie zur Aufnahmeprüfung hier?«

»Ja. Morgen.«

»Ich reise morgen ab. Ich rücke ein.«

Eddie bedauerte das auf eine geradezu lächerliche Weise. Und dann war er verwirrt. Irgendwie kannte er diesen Mann.

»Danke«, sagte er. »Gut, dass ich Sie getroffen habe.«

Sie gingen in unterschiedliche Richtungen weiter, aber als Eddie sich noch einmal nach ihm umdrehte, stellte er fest, dass der vermummte Riese das Gleiche getan und sich nach ihm umgedreht hatte.

»Sie kommen mir so bekannt vor«, rief Eddie. »Eigenartig.«

Der Mann winkte und trottete in eine Seitenstraße, und Eddie machte sich daran, sein College aufzuwecken.

Beim Einschlafen in einem mönchischen Bett in einem Raum mit Säulenfenstern dachte er: Wie könnte ich all das verlassen und nach Malaya gehen?

Ein paar Tage später sagte der Mann, der nach dem Krieg möglicherweise sein Tutor werden würde, falls dieser Krieg je zu Ende ging: »Ich schlage vor, dass Sie so schnell wie möglich herkommen.«

»Heißt das, ich habe einen Studienplatz, Sir?«

»Natürlich. Versteht sich. Sie haben gestern exzellente Klausuren geschrieben. Gute Schule. Waren Sie bei Sir? Habe ich mir gedacht. Und Ihre jetzige Schule ist sehr geschickt mit der Stipendienvergabe, wobei ich gehört habe, Sie wären reich genug und bräuchten gar keins.«

(Bin ich das?, fragte sich Eddie. Ich habe zehn Shilling die Woche.)

»Also, ich schlage vor, Sie melden sich freiwillig zur Navy. Die brauchen ein Jahr, bis Sie so weit sind, das heißt, Sie können Ihre Vorprüfungen machen, bevor Sie dann wirklich gehen, und dann haben Sie einen Fuß in der Tür für die Zeit, wenn Sie demobilisiert sind. Sie wollen Geschichte studieren?«

»Ich bin noch nicht ganz sicher, Sir, was …«

»Ihr Vater war auch hier. Wie geht es ihm? Er lebt doch noch?«

»Er lebt in Malaya. Oder ich glaube, inzwischen in Singapur. Ich kenne ihn kaum.«

»Das tut mir leid. Ich habe gehört, er hat ein Kriegstrauma? Der Arme. Aber er ist bestimmt stolz auf Sie.«

Eddie überkam das schlechte Gewissen. Sollte er es sagen? Sein Vater hatte ihn außer Landes beordert. Sein Vater hatte keine Ahnung von und keine Erinnerung an Oxford.

Sein Vater hatte – Kriegstrauma hin oder her – ihm einen Reisepass und ein Visum besorgt und seine Schwestern instruiert, dafür zu sorgen, dass Eddie seine Impfungen bekam. Er sollte ein »Evakuierter« werden. Also – er würde es einfach nicht tun. Nein. Er würde nach Oxford kommen, wo er willkommen war und bewundert wurde und Freunde finden würde und wo ein vertrauter Geist ihn nach Mitternacht in den sicheren Hafen geleitet hatte. Er würde nichts sagen.

»Kann ich gleich im nächsten Semester anfangen, Sir?«

»Nicht so schnell. Aber lassen Sie mich mal machen. Wir finden bestimmt ein Zimmer in den Meadow Buildings, wo Ihr Vater auch war.«

Als er in dem herrlichen, eiskalten Zimmer einschlief, im Mantel und mit dem Kaminvorleger über der Bettdecke, und das Mondlicht auf den verschneiten Dächern betrachtete, dachte er kurz über Geld nach. Wird mein Vater die Studiengebühren bezahlen, wenn ich mich weigere, zu ihm zu gehen? Reicht mein Stipendium? Vielleicht werde ich arm. Ich war noch nie arm. Na und? Egal. Und er sah den Mond über den Himmel wandern und den Himmel für die Bomber erleuchten.

Ich könnte hier leben und sterben, dachte er. Sie werden das hier nie zerstören. Ich bleibe und kämpfe dafür.

Mit diesen noblen Gedanken schlief er ein.

Am Morgen war der Schnee verschwunden wie ein Traum, es goss in Strömen, die Gehwege waren schmutzig und nass. Durch die Säulenfenster sah er Leute vornübergebeugt vorbeihasten, sie wirkten schäbig und heruntergekommen, und plötzlich war Oxford keine Märchenstadt mehr. Die Zimmertür ging auf, und ein trübseliger Mann, ein sogenannter Scout, kam herein und brachte heißes Wasser in einem Krug zu einer Waschschüssel und fragte, ob Eddie zeitig frühstücken gehen wolle, dann könne das Zimmer geputzt werden. In einem Anflug von Panik sagte Eddie, er würde sogar schon vor dem Frühstück abreisen. »Ist recht, Sir«, sagte der Scout mit hochgezogenen Augenbrauen, und Eddie überlegte, ob er ihm ein Trinkgeld dalassen sollte, und falls nicht, ob der Mann sich im nächsten Semester an ihn erinnern und es ihn spüren lassen würde. Am Ende ließ er einen Shilling auf dem Frisiertisch liegen, nahm seine Tasche und trat auf die nasse Straße hinaus. Er stapfte im Regen zwischen den Schirmen umher, vorbeifahrende Fahrräder spritzten ihm die Hosenbeine nass, und er wurde schwermütig. War das hier alles eine Illusion? Es war kriminell kalt. Niemand hatte sich von ihm verabschiedet. Es gab heißes Wasser aus einem Krug, und die Toilette war drei Etagen tiefer. Kein Wort darüber, wann er wiederkommen sollte. Und außerdem hatte er Hunger.

Er ging in eine Teestube, weil die beschlagenen Scheiben Wärme versprachen, aber drinnen war es kalt und voll und dunkel, und die Leute waren bis oben hin zugeknöpft. Am Tresen stand eine lange, schweigende Schlange, jeder hielt sein Bezugsscheinheft in der behandschuhten Hand und hoffte auf etwas zusätzlichen Kuchen.

Aber doch war da eine Art Wärme in dem Mief, und Eddie schob sich tiefer hinein, zu den Tischen und Stühlen. Alle rauchten und lasen die Zeitungen und wärmten sich die Hände an ihren Kaffeebechern. Er ging zu einem Tisch, an dem bereits ein Mädchen saß. Es hatte sich zurückgelehnt, rauchte mit einer Zigarettenspitze und betrachtete ihn. Sie hatte die Beine übereinandergeschlagen und einer ihrer Stöckelschuhe hing lose an ihrem großen Zeh.

»Darf ich mich hier hinsetzen?«

Er setzte sich und sah sich um, was es zum Frühstück gab.

»Ich habe noch gar nicht gefrühstückt«, sagte er. »Ich bin zur Aufnahmeprüfung hier. Und dann wollte ich plötzlich nach Hause und habe das Frühstück ausgelassen. Und jetzt habe ich Hunger.«

»Welches College?«

»Christ Church.«

»Da hättest du ein gutes Frühstück umsonst bekommen. Sogar in den Ferien. Wachteleier und große Kannen Porter, könnte ich mir vorstellen. Und Konversation über die Beagles von Christ Church. Wird den Krieg aber nicht überstehen, das Christ Church College. Gott sei Dank. Du siehst irgendwie gar nicht nach Christ Church aus. Das muss man dir zugutehalten.«

»Ich weiß auch überhaupt nichts darüber. Man hat mir gesagt, ich soll mich bewerben. Meinetwegen hätte es auch das St.-Karl-Marx-College sein können.«

»Ich wette, dein Vater war da.«

»Ja, war er. Tatsächlich. Dafür kann ich ja nichts.«

Sie beugte sich zum Aschenbecher vor, sah ihn an, und er sah zurück in haselnussbraune

Augen, die ihm irgendwie vertraut erschienen. Dann fiel ihm der Riese ein, der ihm ebenfalls vertraut vorgekommen war.

Ich bin übermüdet, dachte er. Aufgeregt. »Ich habe meinen Vater seit mehr als zehn Jahren nicht gesehen«, erzählte er dem Mädchen. »Er ist Beamter in Fernost.«

»Ich habe meinen auch schon seit Jahren nicht gesehen«, sagte sie. »Er ist immer noch in Indien. Und ich kenne dich, du bist Teddy Feathers.«

Sofort wurden die Augen zu denen seiner zehnjährigen Cousine Babs – Augen, die er zuletzt voller Tränen gesehen hatte, bei den Fuchsien in Ma Didds' Garten. Der lange Finger, der über dem Aschenbecher die Asche abklopfte, wurde zu Babs' kleinen starken Pranken, die auf dem Harmonium der Kapelle jede beliebige Melodie fanden, ohne groß darüber nachzudenken. Und irgendwo, wo man sie just nicht sehen konnte, war ihre wachsame, rosige, goldhaarige Cousine Claire.

»Babs?«

»Teddy.«

Eddie bestellte Milchkaffee in Flaschen und Butterkekse für sie beide, und Babs steckte sich noch eine Zigarette an.

»So. Du lebst also in Oxford. Das wusste ich gar nicht, Babs.«

»Klar. Ja, ich studiere hier. Am Somerville College. Aber ich verdufte, es ist nicht die richtige Zeit, um hier zu sein. Ich habe mich zur Navy gemeldet. Nächste Woche bin ich weg.«

»Wo ist Claire?«

»Ach, keine Ahnung. Verheiratet, glaube ich. Gleich von der Schule weg. Sie ist irgendwo in East Anglia, wo die ganzen Flugplätze sind. So weit von uns weg wie möglich. Na ja, sieht ihr ähnlich, oder?«

»Warum das denn?«

»Sie war ja immer ziemlich passiv. Und sie haben dafür gesorgt, dass wir uns nie wiedersehen. Zumindest haben sie sich alle Mühe gegeben. Sie wollten, dass wir einander komplett vergessen. Und? Wie ist es dir so ergangen, Teddy-Bär?«

»Wollten sie das? Dass wir keinen Kontakt haben?«

»Ich habe gehört, du hattest so eine Art Zusammenbruch. Noch mehr gestottert, geplappert wie ein Affe. Ein walisischer Affe.«

»Ich hatte keinen Zusammenbruch. Stottere ich?«

»Nein, du redest ganz normal. Sogar gut genug für das Christ Church.« Sie lächelte, und es war umwerfend. Sie hatte bereits Raucherfalten im Gesicht, aber sie strahlte immer noch wie die Sonne.

»Ich hab mich gerade in viel größere Schwierigkeiten gebracht«, sagte Eddie. »Und niemand kann mir einen Rat geben. Ich weiß gar nicht, wie ich fortfahren soll.«

»*Fortfahren*«, sagte sie, beugte sich vor und tätschelte ihm die Hand. »Ich fand deine Ausdrucksweise schon immer großartig. Liegt wahrscheinlich an den Büchern. Dein Vater hat dir so viele Bücher zu den Didds geschickt.«

»Ehrlich? Das hat mir aber nie jemand gesagt. Was für welche denn? Kamen sie von ihm?«

»Du wolltest damals nichts Gutes über deinen Vater hören. *Fortfahren*«, sagte sie. »Vielleicht wirst du ja Anwalt? Ein hohes Tier, wobei es schade wäre, wenn du deine Haare unter eine Perücke stecken müsstest. *Fortfahren*, du kannst jetzt ganz allein *fortfahren*. Du brauchst Claire und mich und Auntie May nicht mehr. Du hast dein Leben in der Hand! Du kannst doch Entscheidungen treffen«, sagte sie. »Wer, wenn nicht du.«

Sie betrachteten beide das Innere ihrer Kaffeebecher.

»Du warst so großartig«, sagte sie, »an dem Tag. Tapferer als wir alle zusammen, und du warst erst acht.«

»Seitdem habe ich keine einzige Entscheidung mehr getroffen«, sagte er. »Das muss mein einer entscheidungsfreudiger Moment gewesen sein.«

»Wo hast du all die Jahre die Ferien verbracht? Du kannst doch nicht immer allein gewesen sein?«, fragte sie.

»Bei einem Schulfreund. Eine Art zweite Familie.«

»Und die können dir jetzt nicht helfen? Und was ist mit den vernünftigen Schwestern deines Vaters?«

»Die sind psychisch taub«, sagte er.

»Die reagieren nur so auf deinen Pa«, sagte sie. »Immerhin waren sie alle selbst Raj-Waisen. Manchen soll das angeblich gut bekommen. Sie kommen da raus und sprudeln und schreien ›Ich brauche keine Eltern!‹ und schwenken die rot-weiß-blaue Flagge. Hochnäsig wie sonst was. Aber es geht an niemandem spurlos vorüber.«

»Meinem Vater ist es wohl nicht gut bekommen«, sagte Eddie. »Er ist komplett verrückt geworden.«

»Ja, das habe ich gehört. Meine Leute und Claires sind immer noch in Indien, und ich denke nie an sie. Nach zehn Jahren.«

Eddie wurde bewusst, dass er seit der furchtbaren Geschichte mit Ma Didds nicht mehr an Babs oder Claire gedacht hatte. Nicht ein einziges Mal.

»Hast du eine Freundin, Eddie?«

»Ich kenne gar keine Mädchen. Ich arbeite nur. Und mache Sport. Und lese.«

»Komm mit zu mir«, sagte Babs. »In meine Bude. Da ist sonst niemand.« Sie drückte ihre Zigarette aus. »Wir gehen ins Bett. Wäre ja nicht das erste Mal.«

Eddie wurde dunkelrot und merkte, dass die Gespräche an den umliegenden Tischen verstummt waren. Babs hatte eine schöne und altmodische Stimme, durchdringend wie die einer Königin, klar und hoch und unbekümmert, und er rappelte sich aus seinem Stuhl hoch und zog seine Hand unter ihrer weg. »Tut mir leid. Ich kann nicht. Ich muss meinen Zug kriegen. Nicht, dass ich den verpasse.«

Sie lehnte sich zurück, lachte und rief ihm durch das dunstige Café und über die immer noch unbewegliche Schlange hinweg hinterher: »Wir werden uns nie vergessen, Teddy-

Bär. Nie!« Er hantierte mit der Tür herum. »Du und ich und Claire. Und Cumberledge. Egal, was uns sonst noch passiert. *Nie*.«

Er saß im Zug, durchweicht vom Oxforder Regen, und betrachtete die von totem Unkraut vom letzten Jahr durchwucherten Hecken. Der Zug war leer, langsam und unstet, und er zuckelte frech durch anonyme Bahnhöfe, deren Namen mit dicken, schwarzen Pinselstrichen übermalt waren, um die Deutschen zu verwirren, wenn sie einmarschierten. Die Warteräume waren verlassen, Zigaretten- und Schokoladenautomaten waren leer, die Schubladen hingen heraus. Erst nachdem er in Manchester umgestiegen war (ich könnte immer noch in ihrem Bett sein), fiel ihm ein, dass er Babs mit der Rechnung für den Kaffee alleingelassen hatte.

Er saß jetzt in einem anderen Waggon. Über dem Mann, der ihm gegenübersaß, hing die Reproduktion eines Vorkriegs-Aquarells einer glücklichen, arglosen englischen Familie an einem sonnigen englischen Strand. In den anderen Bilderrahmen unter dem Gepäcknetz waren patriotische Slogans, und er fragte sich, ob die Sandburg-Szene mit Absicht erhalten geblieben war. Der Daddy mit den scharf geschnittenen Gesichtszügen, die ondulierte Mummy, das unschuldige Kind, der glückliche Hund. Sicher hatten manche solche Erinnerungen. Er schloss die Augen, um nicht zu weinen. Er dämmerte weg und fand sich an einem üppigeren, fruchtbareren Ort wieder, in einem schläfrigen, triefenden Tal mit Tropfen auf jedem großen Blatt. Bananenblätter rasselten, schwarze Kinder tanzten in stinkenden Pfützen auf der Erde, die von den tanzenden Füßen betonhart getreten war, sich aber im warmen Regen in Sekundenschnelle in Schlamm verwandeln konnte. Gelächter. Der Duft von süßer, heißer Haut. Er wurde hoch in jemandes Arme geworfen und sah auf ein braunes Gesicht hinunter, weiße Zähne, wunderschön liebende Augen. Der Mann gegenüber starrte ihn an, als Eddie aufwachte.

»Alles in Ordnung?«

»Ja. Tut mir leid. Habe ich geschnarcht?«

»Nein, Sie haben … gestöhnt. Möchten Sie die Zeitung?«

»Nein, nein. Ich habe … Ich muss wohl im Schlaf reden.«

»Hier. Ich lese die Todesanzeigen«, sagte der Mann, »und mir ist etwas Wichtiges aufgefallen. Gucken Sie mal. Ich will nur wissen, was Sie denken, ganz frei von der Leber weg. Gucken Sie sich einfach mal die Liste der Orte an, und dann kann man sehen, welche Todesfälle mit feindlichen Angriffen zusammenhängen. Man kann in der *Times* genau nachvollziehen, wo die Schlachten waren, mit Datum. Ich wette, das hat noch niemand bedacht. Ich schreibe an die Behörden. Ich wette, der Feind hat das nämlich schon gemerkt.«

Eddie kam gerade aus seinem tropischen Traum und sagte: »*Careless talk costs lives.*«

»Aber wollen Sie mal sehen? Damit Sie sehen, was ich meine. Das ist verdammt noch mal die reinste Checkliste für den Feind.« Damit reichte er ihm die äußeren Seiten der *Times*. Eddie benutzte sie als Barriere zwischen sich und dem Mann und ging, als seine Augen langsam fokussierten, automatisch das Alphabet durch. Und er las sofort: *Ingoldby, Patrick, achtzehn Jahre, RAF*, ein Datum der vergangenen Woche, und *Für König und Vaterland*.

Irrewerden

Als Betty beim Tulpenpflanzen so plötzlich starb, am Tag nach der Fahrt nach London, wo sie ihre Testamente hatten unterschreiben wollen, hob Filths Erstaunen seine Seele aus seinem Körper hinaus, und er sah nicht nur auf Bettys zusammengesackten Leichnam hinab, sondern auch auf sich selbst, wie er dastand und jeglichen Lebensinhalts beraubt war.

»Jetzt ist es passiert«, »es ist geschehen«, »kühlen Kopf bewahren«, sagte die Seele zum Körper. Steif kniete er neben Betty nieder und sah sich selbst dort knien, ihre Hand nehmen, sie küssen und sie an sein Gesicht legen. Weder sein Körper noch seine Seele hatten den geringsten Zweifel, dass sie tot war. Tot. Weg. Passiert. Vergangen. Vorbei.

Bei der Beerdigung wiederholte er stumm diese Wörter: Tot. Verloren. Passiert. Weg. Eine kleine Beerdigung, denn sie hatten beide kaum Verwandtschaft, und Babs und Claire lasen – jedenfalls nahm er das an – weder den *Tele-*

graph noch die *Times*. Filth, der Pedant, hatte versagt. Er hatte vergessen (oder so getan, als hätte er vergessen), dass man Leute anrief. Seine alten Freunde waren alle in Hongkong oder bei ihrem Schöpfer. Eine kleine Beerdigung.

Rührenderweise waren einige seiner ehemaligen Kanzleikollegen gekommen, und außerdem sein hervorragender alter Clerk, der als pickliger Jüngling bei ihm angefangen hatte und jetzt in seinem Harrods-Mantel in der Kirche deutlich gebieterischer aussah.

»Mein Beileid, Sir.«

»Wie nett, dass Sie gekommen sind, Charlie. Sehr freundlich.«

»Mr Wemyss ist auch hier, und Sir Andrew Bysshe.«

»Sehr freundlich. Da hatten Sie ja alle eine lange Anreise.«

Die dunklen, ernsten, blassen Londoner Gestalten saßen in der zweiten Reihe. Der Rest der Trauergemeinde kam aus dem Ort, meist Damen aus der Kirchengemeinde, denn Betty hatte regelmäßig bei der Blumendekoration mitgeholfen. Sie war sehr energisch gewesen, was die Blumen anging, hatte ihre Stiele kraftvoll in den grünen Eimer gesteckt und vom

Augenblick ihrer Ankunft an das Frobisher-Fenster befehligt; eine Position, die einem normalerweise erst nach mehreren Jahren in der Gemeinde angeboten wurde.

Betty duldete keinen Unfug, wenn es um Blumen ging. In Hongkong hatte sie einmal die Kathedrale geschmückt, und dort hatten Hongkonger Iris, kubanischer Hibiskus, mexikanische Epazote und Michelias ganz selbstverständlich ihren Platz gefunden. Sie predigte Blumen. Oft sagte sie, es sei ihr allergrößter Wunsch, dass einmal eine Blume nach ihr benannt würde. »Die Elizabeth Feathers. Eine langblättrige Sarsaparille?« Filth hatte manchmal darüber nachgedacht, ihr etwas in der Art zu organisieren; er hatte gehört, das sei nicht mal besonders teuer. Es war eins dieser immer wieder vergessenen Geburtstagsgeschenke. Filth hatte es nicht so mit Blumen. Er fand sie nichtssagend, manchmal sogar feindselig. Die Tulpen waren es, dachte er, die sie am Ende erwischt haben.

Wie er so neben dem Grab stand und auf sein langes Leben mit Betty zurückblickte und daran dachte, wie gut er es geschafft hatte, der Welt einen ganzen Mann zu präsentieren, einen vollständigen, erfolgreichen Mann –

seine Hände in den gefütterten Ziegenlederhandschuhen ruhten auf dem Knauf seines Spazierstocks –, da bemerkte er irgendetwas, irgendwo. Er sah in den Himmel. Da war nichts, und doch wurde ihm unmissverständlich klargemacht, dass etwas in ihm ungelöst war. Er war unzulänglich und schwach. Wenn das herauskam, würden sie ihn alle nicht mehr mögen. Verachten. So sieht es aus.

Und doch fühlte er nichts. Überhaupt nichts.

Sie hatten eine kleine Feier für Betty im Gemeindesaal vorbereitet. Tee, Sandwiches mit Anchovis, Teekuchen und das allgegenwärtige zartgrüne anglikanische Geschirr, das man von den Donheads bis nach Hongkong und Jamaika kannte. Er nahm sich nichts, bewegte sich aber souverän zwischen den Gästen wie ein alter Ritter. Er unterhielt sich über das Wetter. Wie freundlich es sei, dass sie in die Donheads gekommen waren. Als sie alle weg waren, bot eine nette Frau ihm einen Whiskey an, und den musste er auch getrunken haben, denn irgendwie starrte er plötzlich in ein leeres Glas, als sie ihm anbot, ihn nach Hause zu bringen.

»Sind Sie heute Nacht ganz allein, Edward?«

»Oh, das ist schon in Ordnung. Vollkommen in Ordnung.«

Draußen war das Tulpenbeet taktvoll geharkt worden, und Filth und die Frau (Chloe) standen im Wintergarten und sahen sorgsam daran vorbei und über die Hügel hinweg. Die Frau roch nach irgendeinem altmodischen Duft – nicht Bettys, dachte er. Wahrscheinlich war es der Duft, nahm er an, jedenfalls erlebte Filth urplötzlich (die Frau hatte längst keine Taille mehr, und ihr Haar war grau) ein Erstaunen, das so groß war wie das beim Anblick der toten Betty, ihres unbelebten Körpers, ihres leeren Gesichts. Filth durchfuhr ein riesiges, ausgewachsenes jugendliches Begehren.

Er entfernte sich sofort von der Frau und setzte sich allein ins Wohnzimmer.

»Ich könnte mich noch ein bisschen zu Ihnen setzen.«

»Nein, danke, Chloe, ich glaube, ich wäre jetzt wirklich am liebsten allein.«

Nachdem sie gegangen war, blieb er noch eine Weile sitzen. (Verloren. Vorbei. Weg. Zu Ende. Passiert.) Sie war nicht hier. Sie war tot.

Nicht hier. Aber, das fühlte er, anderswo. Sie hatten die makabren chinesischen Beerdigungsriten und die asiatische Vorstellung von einem Leben nach dem Tod beide verabscheut. Sie waren (natürlich) Anglikaner, und ihnen gefiel die Vorstellung von einem Himmel, aber ob die Seele den lächerlichen Körper überlebte, hatten sie nie diskutiert. Sie hatten auf jeden Fall nie darüber nachgedacht, ob sie sich in einer anderen Welt wieder begegnen könnten. Die Vorstellung ist ja auch Unfug, dachte Filth.

»Findest du nicht?«, fragte er Betty zum ersten Mal direkt, an einen Punkt über der Gardinenstange gerichtet.

Er bekam keine Antwort.

Aber er schlief gut. Das Begehren war vergangen, und am nächsten Morgen stand er früh auf, zog sich ordentlich an, mit einer violetten Krawatte, und rief seine beiden Cousinen an.

Die erste, Claire irgendwo in Essex, nahm nicht ab, es sprang nicht mal ein Anrufbeantworter an, es klingelte einfach immer weiter. Die zweite war Babs, die inzwischen aus keinem nachvollziehbaren Grund in einem Ort namens Herringfleet irgendwo in Teesside wohnte. Sie war ganz allein auf der Welt, und Betty hatte sie inzwischen ein bisschen wunderlich gefunden. Babs und Betty hatten sich schon aus der Schulzeit gekannt (jeder hatte Betty schon aus der Schulzeit gekannt, dachte er). Betty und Babs hatten die St. Paul's Girls School besucht, und sie sprachen mit der entsprechenden Paulinenstimme.

Als abgenommen wurde, klang es wie Betty am anderen Ende. »Hallo?«, sagte sie. »Ja? Teddy?«

(Betty muss bei Babs zu Besuch sein, dachte er – dann holte er Luft und sprang in die Hölle.)

»Da ist doch Babs?«

»Ja, ich denke schon. Barbara.«

»Edward. Bettys Mann.«

»Ich weiß.«

»Ich fürchte, ich habe schlechte Nachrichten.«

»Ich weiß. Ich habe es in der Zeitung gelesen. Armes, altes Ding.«

»Nun ja, ich bin nicht gerade …«

»Ich meine Betty. Armes, altes Ding.«

Es war Betty, die da sprach. Er sehnte sich nach mehr davon.

»Ich dachte, du willst sicher wissen …«

»Ja, was?«

»Die Beerdigung war schon, Babs. Ich wollte dir nur sagen, dass sie sofort tot war. Sie kann es gar nicht mitbekommen haben. Wunderbar für sie eigentlich.«

»Ja. Das sagt man immer so.«

Schweigen.

»Babs?«

Längeres Schweigen. Dann ein wasserfallartiger Klavierlauf. Filth fiel ein, dass Babs irgendetwas mit Musik machte. Wahrscheinlich sogar in Herringfleet.

»Babs, ist das ein Klavier?«

Die Tonleitern hörten auf. Dann wurde Schubert gespielt. Immer weiter.

»Babs?«

Irgendwann legte er auf und versuchte es noch einmal bei der anderen Cousine. Er dachte an Chloe gestern, und dann war da der Schatten von jemandem, der ihn aus einem Wald heraus betrachtete.

Und wieder das erstaunliche Begehren. Begehren. Er vergrub das Gesicht in den Händen und bemühte sich um Gelassenheit. Was bedeutete das alles? Er betete, wie er bei der Beerdigung nicht gebetet hatte. Und auch solange Betty gelebt hatte nur höchst selten.

»Oh Herr, wir flehen dich an … lenke unsere Herzen und Seelen nach dem Willen und der Liebe Gottes.«

Er und Betty hatten seit mehr als dreißig Jahren nicht das Bett geteilt. Ehebetten waren ihnen zu bourgeois. Sex war nie sonderlich erfolgreich gewesen. Sie hatten nie darüber gesprochen. Sie hatten nicht gern Freunde besucht, die keine zwei Gästezimmer hatten. Betty hatte jahrelang gescherzt, dass ihre Ehe es niemals überlebt hätte, wenn Filth nicht sein eigenes Ankleidezimmer gehabt hätte. Sie hatte Schlafzimmer gemeint.

Hatte er Betty je begehrt? Ja, schon. Hatte er. Er erinnerte sich daran. Er hatte alles an ihr begehrt. Ihre Vergangenheit, ihre Gegenwart, ihre Zukunft mit ihm. Ihr süßes, waches, intelligentes Gesicht, ihre berühmten lebendigen Augen. Er wollte jeden einzelnen Teil von ihr besitzen, denn sie hatte perfekt in seinen Lebensentwurf gepasst. Sie hatte ihm Sicherheit und Selbstvertrauen geschenkt. Sie hatte die Alpträume seiner Kindheit gelindert.

Aber – nicht so. Nie. Woher kam diese Lust? Wenn sie noch lebte, hätte er ihr davon erzählen können? Ihr, die nie einen Akt der Leidenschaft begangen hatte. Sie hätte ihn zum Arzt geschickt.

Und doch waren sie einander so nah gewesen. In Hongkong war er manchmal nachts, erhitzt und unruhig vom aufsteigenden Nebel des Peak oder des Falls, der tagsüber vor Gericht verhandelt worden war, oder schlimmer: einem bevorstehenden Urteil, in ihr Zimmer gegangen, hatte sich neben sie gelegt, und sie hatte die Hand ausgestreckt.

»Was ist los?«

»Nichts.«

»Schlechter Tag?«

»Ich habe einen Mann zum Tode verurteilt.«

Schweigen.

Sie hätte ihn niemals mitleidig in den Arm genommen. Nie ihren Körper zur Ablenkung angeboten. Nie angezeigt: Hier ist Balsam. Nimm mich. Vergiss es. Vergiss deine Arbeit. Du wusstest, dass du hier damit zu tun kriegen würdest. Du hättest in England bleiben können.

Stattdessen …

»War er schuldig?«

»Absolut.«

Sie lagen still da und lauschten den Geräuschen des Peak.

»*Crime passionel*«, sagte er.

»Dann ist er vielleicht froh zu sterben.«

Er sagte: »Du schockierst mich. Wenn du die Richterin gewesen wärst …«

»… hätte ich das Gleiche getan wie du. Es

gibt keine Alternative. Aber ich hätte weniger darunter gelitten.«

(Aber ich hätte mir gewünscht, dass du mehr darunter leidest. Ich will, dass du mich überredest, meinen Abschied zu nehmen, denn ich verachte mich. Ich fühle mich wie Dreck.)

»Ich hätte zu Hause im Inner Temple in der Kanzlei bleiben sollen. Der berühmte Feathers aus der Bauindustrie. Abwasser und Kanalisation.«

Aber Betty war bereits wieder eingeschlafen, friedlich an seiner Schulter, ungerührt, stolz auf ihn, eine sehr liebenswerte Frau. Eine wunderbare Ehefrau für einen Richter. Und zwei Meilen weiter lag ganz allein in einer Kloake am anderen Ende der Stadt ein Verurteilter wie ein kleiner, grauer Vogel, dem der gemeine kleine Kopf bald von seinem dünnen, asiatischen Hals getrennt werden würde.

Ich bin gerade noch rechtzeitig da herausgekommen, dachte er, als er sich zur Ruhe setzte und sie in die Donheads zogen. Noch mehr Emotionen neben der Plackerei hätte ich nicht ertragen. Mit Emotionen kann ich immer noch nicht umgehen. Alles unter Kontrolle. Ich bin Profi. Aber woher kommt diese Lust? Dieses Verlangen?

»Babs?«

Es war am folgenden Morgen, und er rief sie schon wieder an. »Babs, ich würde dich gern besuchen.«

Bettys Stimme antwortete – ihm fiel ein, dass er ausgerechnet Veneering einmal hatte sagen hören, Bettys Stimme ähnle der Desdemonas.

»Babs?«

»Moment.«

Ein wahrer Sturm von Wagnermusik erklang und wurde irgendwo ausgeschaltet. »Ja? Teddy noch mal? Was?«

»Babs – kann ich dich besuchen kommen?«

»Ja. Ich denke schon. Gut. Wann?«

»Jederzeit. Diese Woche? Nächste Woche?«

»Ja, in Ordnung.«

Er hörte ein Schluchzen, das ihn überraschte.

»Babs, wein doch nicht. Sie hatte einen so leichten Tod. Und ein so, so, so erfülltes Leben, ein großartiges.«

»Ich weine doch nicht um Betty«, sagte sie, »oder deinetwegen, du Idiot«, und dann warf sie den Hörer auf.

Er rief sie nicht wieder an; er schrieb. Er würde sie am kommenden Freitag besuchen kommen. Und vielleicht über Nacht bleiben?

Es kam keine Antwort.

Aber ebenso hemmungslos und irrational, wie sein Körper sich neuerdings verhielt, traf Filth seine Vorbereitungen, brachte das Auto zur Inspektion nach Salisbury und suchte etwas Hübsches von Betty als Geschenk für Babs heraus.

Er wäre ihm sehr viel lieber gewesen, zu Claire zu fahren. Wenn sie doch nur ans Telefon ginge! Er suchte nach ihrer Postadresse, wo ihre Weihnachtskarten herkamen, aber die einzige Karte, die er fand, war sehr alt und verblichen und hatte keine Postleitzahl. Er schrieb trotzdem, um ihr zu sagen, dass er möglicherweise am nächsten Sonntag vorbeikommen würde. Er erzählte ihr von Betty.

Keine Antwort.

Als Mrs –er ihm die morgendliche Tasse Kaffee auf den Schreibtisch stellte, stieß Filth das röhrende Grrrrumph aus, das seinen Plädoyers im Gericht oft vorausgegangen war. (Es gab Gerüchte, das seien die Überbleibsel einer Sprechstörung, was allerdings bei einem so eloquenten Mann unwahrscheinlich schien.)

»Ah-argh. A-ha! Mrs –er, ich wollte Ihnen noch sagen, dass ich wegfahre. Eine Kurzreise.

Am Freitag geht es los, ein paar Verwandtschaftsbesuche. Bitte?«

»Ich habe nichts gesagt.«

»Mit dem Auto«, sagte er.

»Dann sage ich doch etwas. Sind Sie verrückt geworden, Sir Edward? Wohin wollen Sie denn?«

»Ach, das ist irgendwo oben im Norden.«

»Sie sind seit Jahren nicht weiter als bis Tisbury Station gefahren. Ihr Wagen ist quasi in der Garage festgewachsen.«

»Überhaupt nicht! Er war gerade in der Inspektion.«

»Sir Edward, es geht um die Motorways. Sie sind noch nie Motorway gefahren.«

»Es ist ein sehr gutes Auto. Und dann können Sie auch mal eine Pause machen! Sie waren in den letzten Tagen … großartig. Machen Sie mal Urlaub.«

»Wenn Sie darauf bestehen zu fahren, dann nehme ich keinen Urlaub, sondern weiche mal die Badezimmergardinen ein. Die sind schon ganz grau.«

»Sie könnten sich eigentlich«, sagte er, ohne sie anzusehen, »vielleicht um Lady Feathers' Zimmer kümmern. Ausmisten – also, ihre K-k-k-kleidung. Das macht man doch so.«

»Sir Edward.« Sie kam um den Tisch, lehnte sich an den Fensterrahmen und sah ihn mit verschränkten Armen an. »Ich möchte etwas sagen.«

»Oh. Entschuldigung. Bitte, Mrs –er. Mrs Dings.«

»Also, das ist zu früh. Es ist wirklich noch viel zu früh. Sie haben ja schon vor der Beerdigung angefangen, die ganzen Briefe zu beantworten. Das muss sich doch alles erst mal setzen. Das weiß ich, wegen meiner Mutter. Es ist einfach zu früh, herumzufahren und Geschenke zu verteilen, das stiftet doch nur Verwirrung. Es tut mir leid, aber Sie stehen ja völlig neben sich.«

»Mrs –er, wenn Sie sich nicht um Lady Feathers' Zimmer kümmern möchten, dann bin ich sicher, dass Chloe aus der Gemeinde das gern tun würde.«

»Das würde sie mit Sicherheit. Aber vergessen wir das, ich will Sie ja nur vom Fahren abhalten. Also dann.«

Das Licht hinter ihr fiel auf sein Gesicht, und sie stellte fest, dass er einmal schön gewesen sein musste. Er sah immer noch ansprechend aus, als er sie jetzt ansah.

Sie brachte Garbutt einen Becher Kaffee nach draußen. Er stand neben der Hauswand, die ohne den Efeu nackt und kahl aussah.

»Er fährt mit dem Auto weg. Leute besuchen.«

»Alleine?«

»Ja. Über den Motorway. Ich habe ihm gesagt, dass er noch gar nicht wieder klar denken kann. Er beantwortet jeden Brief und hakt sie auf einer Liste ab, jeder einzelne handgeschrieben und unterschiedlich, dabei ist sie mal gerade erst unter der Erde. Da war so ein grüner …«

»Ein grüner was?«

»Brief. Aus Paris. Den hat er in den Müll geworfen, er hat ihn aufgeregt. Er hat ihn sofort beantwortet und war damit anscheinend schon auf dem Weg zur Post, als der Briefträger gerade erst weg war.«

Beide betrachteten die Wand.

Garbutt wusste, dass sie den Brief im Papierkorb gelesen hatte. Er hätte das nicht getan.

»Wissen Sie was, er hat mich noch kein einziges Mal mit meinem Namen angesprochen. Die Lady natürlich schon.«

Garbutt trank seinen Kaffee aus, drehte den Becher um und schüttelte den Kaffeesatz auf den Rasen. »Ich glaube nicht, dass wir ihm das ausreden können. Er ist das Gesetz. Sein eigenes Gesetz.«

»Ich sag's Ihnen, am Montag sind wir beide unseren Job los, und wer weiß, wen er auf der Straße noch alles umbringt? Darum geht es mir.«

»Vielleicht schafft er es ja«, sagte er und gab ihr den Kaffeebecher zurück. »Er ist ja noch ganz gut beieinander.«

Und trotzdem begegnete Filth dem Gärtner am Donnerstag vor dem Garagentor.

»Er war in der Inspektion«, sagte Filth. »Das muss ich wohl jedem sagen. Es ist ein Mercedes. Ich fahre gut. Warum haben Sie den ganzen Efeu weggemacht?«

»Sie hatte mich darum gebeten. Vor nicht mal zwei Wochen. Sir Edward, Sie sind verrückt. Es ist noch zu früh. Sie gehen auf die achtzig zu. *Sie* hätte mit Sicherheit auch gefunden, dass es zu früh ist. Außerdem haben Sie keine Ahnung, wie es auf dem A1 zugeht.«

»Heißt der Motorway jetzt A1? Ich muss mal auf die Karte gucken. Großer Gott, ich kenne die Great North Road seit Jahren. Ich bin da oben zur Schule gegangen.«

»Sie werden sie nicht wiedererkennen. Mehr sage ich dazu nicht. Dann auf Wiedersehen.«

Filth schlug das Küstenstädtchen Herringfleet nach, wo Babs lebte, und war überrascht. Er hatte es in der Nähe von Lincolnshire vermutet, aber es war schon kurz vor Schottland. Komisch, dachte er, ich würde mich in den Nebengassen von Hongkong und den New Territories immer noch mit geschlossenen Augen zurechtfinden, aber in England bin ich aufgeschmissen.

Was um alles in der Welt machte Babs da oben? Wo sollte er übernachten, wenn sie ihn nicht unterbringen konnte? Es schien in Herringfleet kein Gastgewerbe zu geben, von dem die Reiseführer überzeugt gewesen wären.

Aber er verfolgte seinen Plan, polierte seine Schuhe und suchte Hemden heraus. Er liebte es zu packen. Er packte seine Elfenbeinbürsten ein, seine Queen-Mary-Manschettenknöpfe aus dem Krieg und zu seiner eigenen Überraschung Bettys *Book of Common Prayer*. Vielleicht würde er es Babs geben. Oder Claire, falls er sie fand. Er faltete zwei von Bettys herrlichen Jacqmar-Tüchern, packte ein paar Rezeptbücher ein, und dann nahm er in einer plötzlichen Anwandlung Bettys goldenes Schmuckkästchen vom Frisiertisch und ließ es in eine Versandtasche gleiten. Er steckte die

Tücher und die Rezeptbücher in eine weitere Versandtasche und verschloss beide.

Früh am Freitagmorgen stand Mrs –er mit einem Gesicht wie sieben Tage Regenwetter auf der Vordertreppe, und Garbutt stand auf der Leiter, war mit dem Efeu beschäftigt und drehte sich nicht mal um. Filth fuhr die Einfahrt hinunter und Richtung Zukunft.

Seine Sehkraft war tadellos. Er hatte sich die Karte gut eingeprägt. Es war ein schöner Tag, und es ging ihm gut. Er hatte beschlossen, England von links nach rechts zu durchqueren und irgendwo bei Birmingham eine Straße von Südwesten nach Nordosten zu nehmen. Ganz einfach. Die Karte saß felsenfest in seinem fotografischen Gedächtnis, und er stürzte sich furchtlos in das Gewühl des ersten Spaghettiknotens.

Er registrierte den brandenden und tosenden Verkehr um ihn herum kaum. Er war zugegebenermaßen ein wenig angespannt, wenn er auf die Überholspur wechselte, aber diese Art der Stimulation machte ihm Spaß. Mehrere Lastwagen überholten ihn laut kreischend, ein oder zwei überholten ihn sogar auf der Fahrerseite, obwohl er auf der Überholspur war. Einer schien auf dem Mittelstreifen ein bisschen zu hüpfen.

Filth war ganz fasziniert vom Mittelstreifen. Das war ein neues Phänomen für ihn. Er fragte sich, wer sich das wohl ausgedacht hatte. Derselbe, der auch die Bodenrückstrahler erfunden und Millionen damit gemacht und keine Ahnung gehabt hatte, was er damit anstellen sollte? Er erinnerte sich an den Mann. Er hatte drei Fernseher, die gleichzeitig gegeneinander anplärrten. Armer Kerl. Tod durch Katzenaugen. Aber das musste jetzt auch schon eine Weile her sein.

Ein Lastwagen am anderen sauste vorbei, wie fahrende Wohnsiedlungen. Manchmal schien sein alter Mercedes zwischen ihnen zu hängen und kaum die Straße zu berühren. Schien eine ganz schöne Menge Ausländer unterwegs zu sein, die das Lenkrad links hatten, von wo aus sie gar nichts sehen konnten. Zweifellos nur eine Frage der Zeit, bis sie in der Überzahl waren. Dann würden alle rechts fahren. Miese Regierung. Wahrscheinlich waren die Pläne dafür längst fertig. Rechts fahren, links wählen. Das sogenannte Links, sagte Filth. Nicht Mr Attlees Links. Nicht Aneurin Bevans Links. Heute tragen sie alle Anzüge. Singapur fährt immer noch links, auch wenn sie noch nie etwas von Links gehört haben. Singapur ist passé, wie Hongkong. Ein Empire wie das Römische Reich. Nur noch was für die Geschichtsbücher. Verloren. Vorbei. Ende. Tot. Passiert.

Zwei Drachen, jeder mit ungefähr einem Dutzend Autos hintendrauf wie obszöne, verlauste Urtiere, keilten ihn auf beiden Seiten der mittleren Spur ein. Der auf der Überholspur brach doch sicher das Gesetz? Beide schienen ungehalten über ihn zu sein, obwohl er konstant fünfundsechzig Meilen pro Stunde fuhr, was genau innerhalb der Grenzen war.

Er spürte ihren Hass. Eine falsche Bewegung, und ich bin geliefert, dachte er, wieder mit diesem aufgeregten Kribbeln, fast sexueller Erregung. »Beim ersten Hupen fliegst du raus«, hatte der Bischof zu der alten Jungfer mit dem Hörrohr gesagt. Woher kam das eigentlich? In so einem alten Gehirn war zu viel Müll.

Ah! Plötzlich kam er frei. Die Lastwagen waren weg. Er war Richtung Osten abgebogen – und zwar sehr elegant und professionell – und fuhr nach Nottinghamshire.

Er war jetzt auf schmaleren zweispurigen Straßen, die von riesigen, komplizierten Kreisverkehren unterbrochen wurden. Auf den

Schildern standen unglaubwürdige Namen. Felder ringsumher, in der Farbe von Ochsenblut. (Warum ist Ochsenblut eigentlich dunkler als Kuhblut?) Grüppchen schwarzgrüner Bäume standen auf Hügelkuppen. Vor ihm, neben ihm, hinter ihm lagen verlassene, alte Bergbaustädtchen. Eine mittelalterliche Burg auf einer Anhöhe. Dann ein künstlicher Hügel, aus dem seitlich ein Rohr herausschaute, wie bei einem Patienten, der etwas Fieses in sich stecken hatte. Etwas Schwarzes tröpfelte heraus. Die letzte Kohlemine. Das schwarze Zeug wurde vom Wind verweht. Nie in einer Kohlemine gewesen, dachte Filth. Es gibt immer noch etwas Neues. (Aber nein. Vorbei. Ende. Weg. Tot.) Besser bald eine Pause machen. Doppelbilder. Muss zur Toilette. Lief doch gut bisher. So ein Café.

Aber jetzt waren da keine Cafés mehr. Alle verschwunden.

»Worksop«, sagte Filth. »Was für ein blöder Ortsname. Betty wäre außer sich gewesen – *Worksop*!« Sie hatte den Norden gehasst, mit Ausnahme von Harrogate. »Warum in aller Welt besuchst du die grässliche Babs? Du spinnst ja. Sie spinnt auch. Ich habe sie nach dir noch getroffen.« (Oh, Schluss, Schluss, Schluss.)

Er kam an ein fahles, aber würdevolles Steintor, durch das der Weg zu einem abgelegenen großen Anwesen führte. Ein Schild zeigte das Logo des National Trust. Er bog ein und fuhr etwa zwei Meilen durch eine Lindenallee. Familien kreischten herum. Er fand eine Toilette, dann ging er steifbeinig zu seinem Mercedes auf dem Parkplatz zurück. Leute rannten herum und trugen Pflanzen aus einem Blumenladen in ihre Wagen, um ihre Terrassen damit zu bepflanzen. Hätte ich England jemals geliebt, dachte er, dann würde ich jetzt um es weinen. Der dichte, dunkle Sherwood Forest beobachtete ihn von allen Seiten.

Und weiter ging's, in das erbarmungslose Donnern des Verkehrs auf dem A1; aber er hatte wieder alles im Griff. Verdammt gutes Auto, stark wie ein Panzer, zuverlässig wie ein gutes Pferd. Er war immer gern gefahren. Aha! Rettung! Er sah ein Café, bog ab und kreuzte den Weg eines Transporters, der Metallrohre aus dem Ruhrgebiet geladen hatte.

Es war knapp. Das Gesicht des Fahrers lief lila an, und er brüllte mit weit aufgerissenem Mund.

Etwas zittrig aß Filth getoasteten Teekuchen an einem Plastiktisch und trank einen großen

Becher Tee. Die Kellnerin betrachtete missbilligend seinen Anzug und seine Krawatte. Der Mann am Nebentisch trug Denimhosen, aus denen seine Knie hervorguckten, und ein Unterhemd. Messingringe steckten in allen sichtbaren Körperöffnungen. Filth ging zum Wagen zurück und wollte ein kleines Nickerchen machen, aber vom vorbeifahrenden Verkehr wurde der Wagen alle drei Sekunden durchgeschüttelt.

»Weiter geht's«, sagte Filth. »Wird ja auch gleich dunkel.«

Zwei Stunden später war es in der Tat ziemlich dunkel, und er musste in Teesside angelangt sein. Es gab allerdings keinerlei Anzeichen für Städte. Nur Straßen. Straßen und Straßen. Der Verkehr glitt darüber hinweg, als wüsste er, wohin er muss. Endlos, immer voran, mit hell strahlenden Scheinwerfern. Das ist ja der reinste Flughafen hier, dachte er. Mein geräumiger, wundervoller Norden. Auf und ab geht es. *Alle führ ich auf und ab.* Das Schwein Veneering mochte den *Sommernachtstraum.* Alberner Stoff, aber man kam nicht umhin, ihn zu zitieren. Forest of Arden. Forest of Sherwood. Weg, weg. Fertig. Tot. Wie Garbutts Efeu. Betty hätte getobt. »Du könntest schon auf *Madeira* sein, in einem hübschen, altmodischen Hotel. Aber du fährst zu Babs in Teesside. Hier ist ein Dorf, das *Yarm* heißt. Was ist denn das für ein Name! *Yarm.*«

»Das würdest du nicht denken, wenn wir in Malaysia wären.«

»Sei nicht albern, Filth.«

»Oder die Dialekte. Dem Malaysischen fehlen Konsonanten.«

»*Yarm* fehlt alles.«

»Ach, ich weiß nicht. Sieht doch ganz hübsch aus. Schöne breite Hauptstraße.«

»Nicht anhalten, Filth. Jetzt nicht mehr, um Himmels willen. Es ist nur noch eine halbe Stunde. Sieh zu.«

Kurz vor Yarm sah er ein Schild, das er erstaunlicherweise, denn er war noch nie hier gewesen, wiedererkannte. Etwas abseits des rauschenden Verkehrs stand das Old Judges' Lodging, das jetzt ein Hotel war. Früher hatten die Bezirksrichter während ihrer Quartalssitzungen dort gewohnt. Ehefrauen verboten. Zu viel Port. Einander zu Tode langweilen. Einander mit Konversation trösten. Und jeden Abend, wie Kricket-Kommentatoren zwischen den Spielen, den Beruf erörtern. Vorbei. Schluss. Tot. Hotel inzwischen, hm?

»Hm?«

Schild nach Herringfleet.

Babs.

Was für eine trostlose Stadt. Gar nicht mal so klein. Wie sollte er jetzt 25 The Lindens finden? Da war das Meer. Eine betonierte Strandpromenade. Eine schimmernde Linie, die weißer Sandstrand sein musste. Lange, lange Wellen in einer großen Bucht, und hinter der wirbelnden Brandung, in der absoluten Dunkelheit ausgebreitet, die seufzende schwarze Haut und die Muskeln des Ozeans. Das Meer. Wie sie das Meer in Wales gehasst hatten. Das grausame, teilende Meer. Wie hatte Babs nur hierherziehen können?

Er war auf der Promenade stehengeblieben, wo ehemals elegante Pensionen jetzt slumähnliche Bed and Breakfasts für Sozialhilfeempfänger waren. Nirgendwo ein Licht. Es regnete.

»The Lindens? Was?«, rief ein Mann auf einem alten Fahrrad. Er stieg ab, kam zu ihm und steckte den Kopf zum Fenster herein. Er roch nach Frittenfett, Bier und Arbeitslosigkeit. »The Lindens, Kumpel? Super Auto. Gleich da vorne rechts. Kann man gar nicht verfehlen.«

Es waren vornehme, verschlossene Reihenhäuser beiderseits einer kurzen Allee. An den beschnittenen Bäumen saßen dicke Knoten, aus denen im kommenden Jahr wieder neue Triebe sprießen würden wie Haare aus einer Warze. Eine abstoßende Behandlung der Bäume. Was Sir wohl dazu gesagt hätte? Nummer 25.

Am oberen Ende einer steilen Steintreppe leuchtete ein schwaches Licht über der Tür, ein weiteres schien aus dem Fenster daneben. Ein Tor hing schief in den Angeln. Über allem lag eine Ahnung von Rückzug und Niederlage. Er erinnerte sich an die lachende, patente, positive Babs in der Teestube in Oxford. »Wir gehen ins Bett. Wäre ja nicht das erste Mal.« Sie hatte gelacht und ihren kaputten Stöckelschuh auf den Zehen wippen lassen.

Es war so still, dass Filth den unendlichen Rhythmus des Meeres zwei Straßen weiter hören konnte. »Zu früh«, sagte er. »Sie hatten recht. Das ist theatralischer Unfug. Du bist zu früh. Du stehst unter Schock. Du machst dich zum Affen. Hier ist nichts.«

Plötzlich wurde die Tür aufgerissen, und ein Junge kam herausgerannt. Er stürzte die Treppe hinunter, übersprang einige Stufen und sauste auf Filth zu, der am Tor stand. In einer Hand hielt er einen Instrumentenkoffer, mit der anderen schubste er Filth so heftig beiseite, dass er rückwärts in die Hecke fiel. Der Junge, der eine altmodische Schuluniform trug, verschwand in Richtung des Meeres.

Um Atem ringend arbeitete Filth sich aus der Hecke hervor, klopfte seine Kleidung ab, hob das hinuntergefallene Paket mit den Geschenken auf, sah sich nach rechts und links um und stieß sein wütendes Grollen aus. Dann kehrte auf der Straße wieder Ruhe ein. Als wäre das Kind nie da gewesen.

Aber die Haustür stand weit offen, und er ging mit Unbehagen die Treppe hinauf und trat in den Flur. Als wäre er auf einen Schalter getreten, strömte plötzlich Chopin aus dem Nebenzimmer.

»Hallo?«

Er stand neben der offenen Zimmertür.

»Hallo? Babs?«

Er klopfte an die Tür und steckte den Kopf ins Zimmer.

Die Musik hörte auf. Der Raum schien leer zu sein.

Dann sah er sie am hinteren Fenster in die Dunkelheit starren. Sie trug ein großes Schultertuch, und ihr Haar war lang und weiß. Sie schien sich etwas – ein Taschentuch? – ins Gesicht zu pressen. Sie wendete sich nicht zu ihm, und ihre Stimme kam hinter ihren Händen hervor, klar und beherrscht. Bettys Stimme.

In einem ihrer höchst seltenen bitteren oder zynischen Momente, die Filth nie verstanden hatte und die normalerweise damit endeten, dass sie für ein paar Tage nach London fuhr (oder nach Macao, von Hongkong aus), hatte Betty gesagt: »Lass mich einfach mal in Ruhe, Filth. Ich bin im Dunkeln. Ich brauche mal eine Pause.«

»Ich bin im Dunkeln, Teddy-Bär«, sagte diese wahnsinnige alte Kreatur jetzt mit Bettys Stimme. »Du hättest nicht kommen sollen. Ich hätte dich ausladen sollen. Aber ich habe deine Nummer nicht gefunden.«

»Ach du meine Güte, Babs. Du bist krank.«

»Krank. Du meinst verrückt? Dann bin ich eben verrückt. Möchtest du Tee? Ich kann schnell welchen aufsetzen. Irgendwo müsste auch noch Milch sein. Im Schrank. Aber wir nehmen keine Milch, oder? Nicht mit unserer noblen Herkunft. Ich bin am Ende, Teddy. Herz gebrochen. Wie Betty. Am besten gehst du.«

(Wie Betty? Was für ein Unsinn. Niemals.)

»Ich kann sowieso nur ein paar Minuten

bleiben«, sagte Filth und merkte, dass das absolut stimmte, denn der Raum war nicht nur eiskalt und dunkel, sondern er roch auch. Er setzte sein Päckchen auf einem Zeitungsstapel auf einem Stuhl ab und berührte etwas Unaussprechliches auf einem Teller.

»Babs, ich hatte keine Ahnung …«

»Du dachtest, ich bin reich? Satellitenfernsehen und Modems? Ach, es geht mir gut, aber nur deswegen, weil ich immer noch Musikunterricht gebe. Ich lebe allein. Betty hat mir immer davon abgeraten, allein zu leben. Sie meinte, da wird man nur wunderlich. Aber ich lebe lieber allein. Seit … du weißt schon. Seit Wales. Bis vor einiger Zeit hatte ich natürlich noch Mutter. Oben. Manchmal höre ich sie noch immer mit dem Stock auf den Boden donnern, wenn sie den Nachtstuhl braucht. Manchmal wärme ich ihr ihre Milch auf. Aber ich bin froh, dass sie nicht mehr da ist. Irgendwie.«

»Dann«, sagte Filth, den es vor lauter Ekel überall kribbelte, und tastete mit seinem Stock nach verschiedenen Schatten, auf der Suche nach einer Sitzgelegenheit. »Dann war doch nicht alles schrecklich.« Er ließ sich auf etwas sinken, was ein Sessel hätte sein können, aber dann raschelte darin etwas und streifte zur Tür.

»Ah«, sagte er und lockerte seinen Hemdkragen. »Und du hast einen Hund.«

»Hund? Ich habe keinen Hund.«

»Tut mir leid.«

»Mir nicht. Selbst mit Hund wäre ich mutterseelenallein. Und ich werde *wirklich* verrückt.«

»*Also*«, – er war aus dem Sessel wieder aufgesprungen und stand in Habtachtstellung – »Also«, (halbherzig). »Also, jetzt bin ich hier, Babs. Wir müssen etwas klären. Etwas in Gang bringen. Betty hätte nicht gewollt …«

Babs war vom Fenster weggetreten und hantierte irgendwo herum. Ein Licht ging an, und ein elektrischer Wasserkocher war zu sehen. Eine halbleere Milchflasche wurde von einem antiken Grammophon genommen. Tassen und Untertassen wurden aus ihrem natürlichen Lebensraum auf dem Kaminsims genommen.

»Du siehst, ich bin ziemlich unabhängig. Niemandem eine Last. Zucker? Nein, *wir* doch nicht, Teddy, oder?«

»Komm, Babs, ich lade dich irgendwo zum Essen ein.«

Sie warf ihre langen Haare herum. »Ich gehe nie aus. Ich beobachte und warte. First Flush? Weißt du noch?«

Einen grässlichen Augenblick lang dachte Filth, Babs würde von den Wechseljahren sprechen, wobei die ja sicher längst hinter ihr liegen mussten.

»First Flush?«

»*Tee*, Teddy. First Flush ist ein *Tee*. Aus Darjeeling.« (Sie sprach es korrekt aus. Datcherling.) »Weißt du nicht mehr?« Sie hielt ein schwer ramponiertes Päckchen mit der Aufschrift *Fortnum and Mason, Piccadilly* hoch. »Hat er mir jahrelang geschenkt. Jedes Jahr zu Weihnachten. In Erinnerung an unsere Kindheit. Du, ich, er, Claire, Betty.«

»Wir waren doch gar nicht in Indien, Betty und ich. Ich kannte Betty noch gar nicht. Du und ich und Claire, wir waren in … Wales.«

Sie wirkte verängstigt.

»Aber er hat mir Tee aus Indien geschickt. Sie haben ihn dorthin zurückgebracht, nachdem … Er hat mir jedes Jahr Tee aus Indien geschickt.«

»Wer?«

»Billy Cumberledge.«

»Babs?«

»Mein Liebhaber. In Oxford habe ich ihn immer getroffen. So ein netter Mann. An seine Seele ist sie nie rangekommen, sie konnte ihn nicht wirklich brechen. Er und ich – nein, du und ich, Teddy. Wir sind in der Nacht in ein Bett gekrochen, um näher beieinander zu sein, während Claire Hilfe geholt hat.«

»Das hatte ich schon ganz vergessen.«

»Ja, er war mein Liebhaber. Aber nicht der letzte. Meinen aktuellen Liebhaber hast du vielleicht gerade noch gesehen, wie er die Treppe runtergeflitzt ist.«

»Das war ein Schulkind.«

»Ja, aber ein Genie. Ich mache sonst keine Prüfungsvorbereitung mehr, außer für ihn. Er ist ein Genie.«

»Ja. Verstehe.«

Sie tranken den First Flush, der aber nicht besonders frisch schmeckte.

»Das ist natürlich ein etwas älterer First Flush.«

»Ja«, sagte er. »Etwas älter.«

Die Straßenlaternen gingen an und man erkannte einen Broadwood-Flügel am vorderen Fenster. Der Klavierhocker war umgefallen. Er dachte an den verängstigten Jungen.

»Edward«, sagte sie und stellte ihren Tee auf dem Kamin ab. »Oh, Edward, wir waren uns mal so nahe. Ich muss es irgendwem erzählen. Ich habe mich wieder verliebt.«

»Oh – oh, Liebes …«

»Er ist vierzehn. Du weißt, wie alt ich bin. Weit über siebzig. Es macht keinen Unterschied.«

Draußen auf dem Flur fiel krachend etwas zu Boden, und man hörte Wasser plätschern.

»Das ist der Hund«, sagte sie weinend. »Alle haben sich gegen mich verschworen. Ich brauche Gott, keinen Hund.«

Filth war tief erschüttert und konnte nur sagen: »Du hast doch gar keinen Hund.«

»Nicht? Natürlich habe ich einen Hund. Irgendwer muss mich doch beschützen.« Und dann scharf, mit Bettys Stimme: »Ach komm, Filth. So schwer ist das doch nicht.«

Eine Katze lief den Gang hinunter, als Filth hinaustrat, und es tropfte immer noch Wasser aus einer Vase mit überraschend perfekten Lupinen.

»Ich helfe dir.« Filth stand unbewegt da.

»Nicht schlimm, die sind künstlich. Ich stelle sie trotzdem immer in Wasser, das wirkt irgendwie netter. Eigentlich stelle ich sie nur für *ihn* auf. Den Jungen. Meinen Jungen. Irgendwie glaube ich nicht, dass er nochmal kommt.«

»Nicht?«

»Nein.« Sie zog das Schultertuch fester um sich und beugte sich vor, als würde sie gegen einen Sturm ankämpfen.

»Weißt du – ich habe ihm meine Hand gezeigt.«

»Deine Hand?« (Wieder dachte er panisch an Bridge.)

»Ich habe ihm meine Hand gezeigt. Mein Herz. Ich habe ihm meine … Oh, Eddie! Ich bin auf die Knie gefallen. Ich habe ihm meine Liebe gestanden.«

Filth war jetzt auf der obersten Stufe. Und dann sehr schnell auf der untersten. »Tut mir leid, Babs. Ich muss gehen. Tut mir leid, dass ich so schnell …«

»Mach dir keine Gedanken wegen der Blumen«, sagte sie. »Du kannst nichts dafür.«

Sie war jetzt auf den Knien und kroch im Wasser herum.

»Tut mir leid, Babs. Ich bin wohl keine große Hilfe. Tut mir wirklich leid. Gott, ich wünschte, Betty wäre … Ich denke mal darüber nach, was getan werden muss.«

Später erinnerte er sich nicht mehr, wie er in den Wagen zurückgekommen war und welche Straße er genommen hatte, aber irgendwann merkte er, dass er in der Dunkelheit zurückfuhr und sich in die blendenden Lichter des Abendverkehrs Richtung Yarm einreihte. Vor ihm tauchte das Judges' Hotel auf, es lag hübsch hinter der Rasenfläche wie eine Blume in einer Schottergrube. Er fuhr vorsichtig durch das Tor, denn er merkte, wie ihn ein Zittern überkam, und vor der großen, genieteten Tür hielt er an. Ein fröhlicher junger Mann, dessen Uniform auch für das Claridges tadellos gewesen wäre, der aber ein Sandwich aß, kam zu ihm und öffnete die Fahrertür.

»Guten Abend, Sir, bleiben Sie über Nacht? Dann mal raus mit Ihnen, lassen Sie den Schlüssel stecken, ich parke den Wagen. Haben Sie Gepäck? Was für ein schäbiges Wetter!«

Filth trat in eine Halle mit schwarzem und weißem Marmor und einer breiten Treppe, an der entlang zweifelhafte, grelle Richterporträts in Öl hingen. Wie sonderbar, hier zu sein. Ja, es war noch ein Zimmer frei. Ja, es gab Abendessen. Ja, es gab eine Bar.

Filth zog in seinem Zimmer den Mantel aus und betrachtete die beiden Einzelbetten, die beide von Teddybären bevölkert waren. Neben dem Bett lag ein Fußmassagegerät aus grünem Plastik, und es gab ein Goldfischglas mit

Fütteranleitung (»Gäste werden gebeten, sich auf eine Prise zu beschränken« – war das Haschisch?). Es waren keine Handtücher im Bad, aber eine Menge Badeenten. Die elegante Deckenhöhe des Zimmers, in dem einmal wichtige Richter ihre Köpfe zur Ruhe gebettet hatten, wirkte wie ein weiterer beängstigender Witz. Ich fürchte, ich weiß nichts über die heutigen Hotels, dachte er und erinnerte sich an die schwarzen Handtücher und die weißen Telefone und die Leinenlaken von Hongkong.

Zum ersten Mal seit vielen Jahren wechselte er zum Abendessen nicht das Hemd, sondern ging schnell zurück in die Lobby, wo die Augen der alten Kollegen im Treppenhaus, ihre Perücken und Roben, ihm kurz das Gefühl von Geborgenheit gaben. Aber ich bin froh, dass ich aus dem Land gegangen bin. In Hongkong gab es keine dienstlichen Rundreisen. Man wurde nicht wochenlang mit Typen wie Fiscal-Smith in so einem Luxus festgesetzt. Er fragte sich, wie er jetzt auf den Namen gekommen war. An den alten Langweiler hatte er ja schon seit Jahren nicht mehr gedacht.

Du lieber Himmel.

Fiscal-Smith war immer noch da. Er saß in einem ausladenden Ledersessel in der Bar, und wie immer hatte er kein Glas in der Hand, sondern wartete darauf, dass ihm jemand einen ausgab.

»Abend, Filth«, sagte Fiscal-Smith. (Großer Gott, dachte Filth, was geht denn hier vor?) »Wusste gar nicht, dass Sie hier sind. Dachte, Sie hätten sich in Hongkong zur Ruhe gesetzt. Wie geht's Betty?«

»Wir haben uns schon vor Jahren in England niedergelassen«, sagte Filth und setzte sich vorsichtig auf einen anderen Lederthron.

»Oh, ich auch, ich auch«, sagte Fiscal-Smith. »Allerdings hier oben.«

»Ist das wahr.«

»Hab mir ein kleines Anwesen gekauft. Die will ja heute niemand mehr – wegen der Fabrikschlote. War sehr günstig.«

»Verstehe.«

»Jedenfalls nehmen sie an, dass es ein Qualmproblem gibt. Aber ich bin draußen im Moor. Jagdrecht und alles.«

»Wie ge …?« Filth konnte sich nicht erinnern, ob Fiscal-Smith je verheiratet gewesen war. Kam ihm unwahrscheinlich vor.

»… fällt Ihnen denn die Bar hier?«

Fiscal-Smith sah bedeutungsschwer zu dem Claridges-Burschen hinüber, der irgendwo herumlungerte und mit einem kumpelhaften Winken reagierte.

»Was wollen Sie trinken?« Filth gab auf, winkte den Jungen heran und bestellte Whiskey.

»Lassen Sie sich nicht zu viel Zeit, Sir«, sagte der Junge, »das Restaurant schließt in einer halben Stunde.«

»Ja. Ja. Ich muss zu Abend essen. War eine lange Fahrt heute.« Aber es ging ihm schon besser. Wärme, Whiskey, vertraute Töne. »Übernachten Sie hier?«, fragte er Fiscal-Smith.

»Normalerweise nicht. Ich fahre immer nach Hause. Es besteht immer die Chance, dass jemand aus den alten Zeiten auftaucht. Sehr freundlich von Ihnen. Danke. Ich würde sehr gern zu Abend essen.«

Sie aßen. Das Gespräch versiegte.

»Verrückt, wie das Essen heutzutage aussieht«, sagte der alte Richter. »Als würden sie die Saucen mit dem Pinsel auf die Teller auftragen.«

Die Kellnerin tätschelte ihm die Schulter und rief lachend: »Die sollen Sie ablecken! Soll ich Ihnen noch etwas Tiramisu bringen?«

»Was um alles in der Welt ist das?«

»Keine Ahnung«, sagte Filth und schloss die Lider.

»Trifle«, sagte die Kellnerin. »Heutzutage muss man Tiramisu wirklich kennen.«

»Ist das üblich?« Der Kaffee belebte Filth ein wenig.

»Was, Trifle? Ja, gibt es jetzt dauernd.«

»Nein, ich meine diese Vertraulichkeiten. Sie sind so … kumpelhaft. Ich habe nie im Norden gearbeitet.«

»Das ist nicht kumpelhaft.«

»Aber respektvoll ist es auch nicht gerade.« Vor Filths geistigem Auge tauchte Betty auf, wie sie nach den unsichtbaren und schweigenden Mädchen klingelte. Plötzlich sehnte er sich nach dieser großkotzigen Zeit seines Lebens, wie ein Junge, der sich an seine Geburtstagspartys erinnert. »Sie sind sehr unsensibel. Und ich habe auch kein Verständnis für die Teddybären. Teddybären konnte ich noch nie leiden.«

»Was für Teddybären?«

»Die Betten sind voll damit. Macht man das hier oben so?«

»Ich fürchte, da wissen Sie mehr als ich. Aber klar, hier oben ist alles ein bisschen anders. Sehr freundliche Menschen.«

»Aber Sie sind nicht von hier, Fiscal-Smith. Haben Sie überhaupt Gesprächspartner? Auf Ihrem Anwesen?«

Fiscal-Smith schnitt sich noch eine dicke Scheibe Käse ab. »Nein. Nicht so richtig. Meistens sitze ich da allein. Aber mir gefällt es hier.« (Der alte Filth ist ganz schön spießig geworden. Wie alle rund um London. Wie hält Betty es bloß mit ihm aus?) »Sie behandeln einen unhöflich, aber dann geben sie damit an, dass sie einen kennen. House of Lords und so. Das ist ein Kompliment, aber das muss man erst mal verstehen. Gute Freunde eines alten Junggesellen im Old Judges.«

Die Lichter im Speisesaal wurden gelöscht, bis auf eines. Sie waren die Einzigen, die noch hier saßen. Die Kellnerin guckte aus einer Durchreiche.

»Ja, wir sind fertig, Dolly. Ich glaube, ich bleibe heute Nacht hier. Zu viel Wein, um noch zu fahren. ›Ex-Richter betrunken am Steuer‹ liest sich nicht so gut.«

»Ja. Das bleibt besser unter uns«, sagte Dolly. »Aber ich glaube nicht, dass ein Zimmer fertig ist. Die Hausdame ist schon weg.«

»Haben Sie zwei Betten im Zimmer, Filth?«

»Also, ich fürchte …«

»Zimmer eins?«, sagte die Kellnerin. »Ja, da sind zwei Einzelbetten.«

»Nein«, sagte Filth in der letzten und ersten

unverrückbaren Entscheidung des Tages. »Nein. Tut mir leid. Ich … schnarche.«

»Oh, dann finden wir schon etwas anderes für Sie, Lord Fiscal-Smith. Kommen Sie mal mit. Das Problem werden höchstens Handtücher sein, ich glaube, die versteckt sie irgendwo.«

»Ich wollte ohnehin nicht baden.« Er trottete an ihrem Arm davon. »Ich leihe mir morgen früh ihren Rasierapparat aus, Filth.«

»Einen Rasierapparat kriegen wir noch hin«, sagte sie. »Haben Sie ihn gerade Filth genannt?«

Sie übergab Fiscal-Smith dem Claridges-Jungen, der in der Lobby ein Glas Milch trank.

Als Filth auf einem seiner Betten lag, drehte sich der Raum sanft um ihn herum. »Überfordert«, sagte er. »Herzinfarkt. Nehme ich an. Sir? Gut. Hoffentlich ist das das Ende. Meinen Rasierapparat leihe ich ihm jedenfalls nicht.«

Dann war es Morgen.

Die Goldfische sahen sein Gesicht auf dem Kopfkissen mit neugierigem Abscheu an. Auf dem Boden vermittelte ein Haufen Bären den Eindruck von Dekadenz. Der Wecker zeigte 9:30 Uhr, was ihn beschämte, und er kam gerade noch rechtzeitig zum Frühstück.

»Tut mir leid«, sagte er.

»Schon in Ordnung, mein Lieber, in Ihrem Alter braucht man Schlaf.«

Am anderen Ende des hellen Wintergartens, in dem das Frühstück serviert wurde, bekam Fiscal-Smith gerade Rührei und Speck gebracht. Er saß mit dem Rücken zur Tür und las den *Daily Telegraph*. Filth setzte sich so hin, dass er Fiscal-Smith ebenfalls den Rücken zuwandte. Draußen, auf dem grauen Teesside-Rasen, standen mächtige Eichen, und darüber spannte sich der dunkelblaue Herbsthimmel. Man ahnte Moor, frische Luft und Licht. Neben Filths Teller lag der *Telegraph*. Musste er wohl bestellt haben. Konnte er aber nicht lesen. Noch nicht. Rice-Krispies.

»Oje, nein danke. Nichts Warmes.«

»Ach, kommen Sie schon, gönnen Sie sich was.«

Sie brachte Rührei und Speck.

Warum sollte ich?, dachte Filth bockig und warf sein Besteck hin.

»Jetzt enttäuschen Sie mich aber«, sagte die Kellnerin und brachte Kaffee.

Er trank ihn und betrachtete die Eichen und das Licht dahinter. Ich muss raus aus dieser Einöde. Das hier ist nichts für mich. Was macht

Babs denn hier? Und was habe ich mir dabei gedacht, sie besuchen zu wollen? Beängstigend, was Trauer in einem zum Vorschein bringen kann.

Findest du nicht, Betty? Gut, dass ich nicht mitten in einem Fall gesteckt habe, als du gegangen bist. Aber du hättest das schon hinbekommen. Mich da durchgebracht.

Dann fiel ihm ein, dass der Grund für seine Trauer der war, dass sie ihn durch gar nichts mehr bringen würde, er schluckte, erschauderte, betrachtete die Eichen, und schließlich stiegen ihm Tränen in die Augen.

Eine Hand legte sich auf seine Schulter, aber er drehte sich nicht um. Die Hand wurde weggenommen.

»Es tut mir so leid, alter Freund. So leid.« Und damit war Fiscal-Smith verschwunden.

Einige Zeit später – das Frühstück war immer noch unberührt, außer Filths Rücken war niemand mehr zu sehen, aus der Küche kam kein Geräusch – erlangten die Eichen wieder ihre natürliche Stabilität. Filth wischte sich das nasse Gesicht ab und putzte sich die Nase. Dann nahm er die Zeitung, schlug sie auf und schüttelte sie. Er sah direkt in Bettys Gesicht.

Ein Nachruf.

Großer Gott. Betty. Er hatte keine Ahnung gehabt, dass es einen Nachruf geben würde. Halbe Spalte. Als zweite auf der Seite. Du lieber Himmel: Rotes Kreuz; Barristers' Benevolent Association; Bletchley Park. Dominante Persönlichkeit. Ehefrau von – ja, es war Betty, schon gut. Fiscal-Smith musste es gelesen haben. Großer Gott – *Betty*! Mir bringen sie niemals eine halbe Spalte. Ich habe ja nie irgendwas gemacht außer arbeiten. Große Reisende. Botschafterin. Chinesischsprechend. Verheiratet, und die Daten. Keine Kinder.

Er blieb sitzen. Und sitzen. Sie räumten den Tisch ab. Sie drängten ihn nicht. Er blieb sitzen. Sie wechselten die Tischdecke. Sie sagten kein Wort.

Irgendwann fing er richtig an zu weinen. Er weinte still hinter seinen Händen, an diesem verlassenen Ort, selbst verlassen, hemmungslos, verwirrt, neben sich.

Viel später brachten sie ihm ungebeten ein Tablett mit Tee. Als er schließlich seinen Koffer gepackt und an der Rezeption in der Marmorlobby die Rechnung bezahlt hatte und mit leerem Blick vor der Tür stand, während der Junge sein Auto holte, fiel ihm ein, dass er

Fiscal-Smith am Vorabend zum Essen eingeladen hatte und dass das nicht auf der Rechnung gestanden hatte.

»Keine Sorge, Sir«, sagte die Rezeptionistin. »Er hat selbst bezahlt.«

Mehr sagte sie nicht, aber ihnen war beiden klar, dass das eine Premiere gewesen war. Und dass es sehr rührend war. Die Geste tat dem verzweifelten Filth gut.

Er fuhr eine Stunde, bevor er Betty wieder ansprach. »Man weiß nie, woher plötzlich Hilfe kommt, nicht wahr? Ja. Du hast recht. Ich bin seit gestern um zehn Jahre gealtert, und das sieht man mir auch an.« (»Idiot!«, schrie er einen nervösen kleinen VW an. »Willst du dich umbringen, Frau?«) Er würde erst mal nicht mehr herumziehen.

»Aber mach dir keine Sorgen. Ich komme schon nach Hause. Ich bin wirklich ein guter Fahrer.« Das Auto schlingerte ein wenig.

Er dachte an das Hotel, das in seinem Bewusstsein viel mehr Raum einnahm als die Sache mit Babs (Babs war schon immer verrückt gewesen), und er verstand die Goldfische, die Bären, das Scrabblespiel im Schrank, das Kassettendeck und den riesigen Fernseher im Zimmer. Sie waren der Versuch, die düstere juristische Atmosphäre des Hauses zu vertreiben. Im Judges' Lodging hatten in jeder Ritze Verbrechen, Grausamkeit, Bosheit, Dummheit und Schmerz gesteckt. All das war jeden Abend bei viel zu viel Portwein diskutiert worden. Von jovialen Richtern mit übermäßigem Selbstbewusstsein.

Das mussten sie natürlich auch haben. Richter leben mit Schatten hinter sich. Es sind sehr gute Männer darunter. Wozu ich Fiscal-Smith nie gezählt hätte, den brutalen, alten Reaktionär.

»Da haben wir ihm wohl unrecht getan, Betty«, sagte er und lenkte den Wagen unwillkürlich nach Osten in Richtung der Humber Bridge.

Drei Stunden lang fuhr er weiter, bis er anhalten musste, um zu tanken, und Wegweiser nach Cambridge sah.

Cambridge?

Wieso Cambridge? Er wollte durch die Midlands und dann nach Hause in den Südwesten. Er musste seine Abfahrt verpasst haben. Er schien auf dem Weg nach London zu sein. Diese Straße hieß M11, und sie nahm ihren unbeirrbaren Lauf zwischen den weiten, grünen Feldern von – wo? Huntingdonshire? Rutland? – ich weiß überhaupt nichts über diese Gegend. Claire wohnt hier unten irgendwo. Nie da gewesen. Muss die Adresse irgendwo haben. Wollte doch gar nicht hierherkommen. Jedenfalls nicht bewusst. Mir reicht's eigentlich. Saffron Walden? Hübscher Name. Warum willst du denn zu Claire? Du hast sie doch nicht mehr gesehen, seit … seit Ma Didds.

Betty hatte sie gekannt. Betty hatte sie getroffen. Warum sollte ich? Reicht Babs nicht?

Er setzte sich vor einen ungarischen Lastwagen. Sein Hupen erstarb langsam, als Filth an ihm vorbeizog und auf die langsame Spur wechselte, und der Fahrer spie Zorn. Meile um Meile. Meile um Meile. Angst, so groß wie eine Kinderhand, drückte ihm auf die Rippen. »Wenn das ein Herzinfarkt ist, nur zu«, befahl Filth.

Aber dann fuhr er vom Motorway ab und auf eine Landstraße. Es gab alte Backsteinmauern und schweigende Villen und eine Kirche. Eine Umgehungsstraße um ein Dorf wie ein Bypass um ein Herz. Nicht mal ein Café. Kein Geschäft. Vielleicht würde er sich für einen Augenblick in die Kirche setzen. Da war sie ja.

Die Kirche schien gut in Schuss zu sein. Er schob die innere Friestür auf. Drinnen hallte die Stille. Es roch nach Weihrauch und hochpolierten Kirchenbänken. Eine seltsame Kirche. Der Eindruck mehrerer Jahrhunderte mit einem grellen, fast aggressiven Firniss. Hier ging man automatisch auf Zehenspitzen. Ich konnte mit diesen Dingen nie viel anfangen, dachte Filth.

Überall hingen Listen aus. Gottesdienste aller Arten. Meditationen. *Über dem Tabernakel leuchtet das ewige Licht.* Vigil. *Bitte Ruhe*. Ein riesiges Kreuz mit einem gequälten Christus. Das setzte Filth immer zu.

Diese schreckliche Stille.

Er setzte sich auf eine Bank auf der Südseite, schloss die Augen, und als er sie wieder öffnete, sah er, dass die Herbstsonne auf den marmornen Gedenkstein für eine lokale Familie fiel. Er war riesig, eine überdimensionierte Hochzeitstorte in Schwarz, Rosa und Sepia. Wie ein altes Foto. Irgendwie traurig.

Filth stand auf und sah es sich näher an. Er berührte ein paar Figuren. Babys. Beziehungsweise Cherubim, nahm er an, inmitten von Girlanden aus Blüten, Knospen, Nüssen, Blättern, Insekten und Früchten am Fuße der Stele, alle nackt und natürlich alle männlich. Sie weinten. Einer tupfte sich das Auge trocken. Sie hatten aufgeworfene Schmollmündchen. Sie standen fest auf ihren speckigen Beinchen, mit Rissen in den Kniekehlen, und ihre Hinterteile glänzten. Auf einer Plakette stand, der Gedenkstein habe drei Sterne und sei vermutlich ein echter Gibbons.

Da wäre ich nicht so sicher, dachte Filth. Was hätte Gibbons hier tun sollen? Er tätschelte einem der Engelchen den Po.

Für einen Augenblick kam ein Luftzug durch die Kirche, als die Friestür geöffnet und wieder geschlossen wurde und ein lockiger Junge den Gang heruntergehüpft kam. Er trug ein Kollar und Jeans. »Guten Tag!«, rief er. »Tut mir leid, dass ich so spät bin. Sie möchten beichten?«

»Beichten?«

»Samstagnachmittag. Beichte. St. Trebizond. Sekunde, ich zieh mir nur schnell die Soutane an.«

Er rannte an dem heulenden Engelhaufen vorbei und verschwand in der Sakristei, kam aber sofort wieder raus und kämpfte sich in seine Soutane. Er eilte in eine Art lackierte Sänfte neben dem Lettner und schloss mit einem

Klicken die Tür. Wieder kehrte diese Stille ein.

Filth drehte sich um, ging Richtung Ausgang und räusperte sich mit seinem richterlichen Grollen.

Er schaute zurück. Die Sänfte beobachtete ihn. Auf Taillenhöhe war ein Gitter, durch das man hindurchsehen konnte, und er stellte sich vor, wie das Priesterbübchen innen drin den Kopf an die Seite lehnte.

Es wäre ziemlich unhöflich, einfach wegzugehen. Filth könnte hingehen und sagen: »Ich bin nicht besonders religiös, fürchte ich. Und beichten bin ich überhaupt nicht gewohnt, meine Frau konnte sich eher dafür erwärmen ...«

Er ging zurück zu der Sänfte, beugte sich hinunter und sagte: »Hallo? Herr Vikar?«

Etwas knisterte. Als würde er Chips essen.

»Wie bitte?«

Keine Antwort. Alles hermetisch abgeriegelt, bis auf das Gitter. Eigentlich ziemlich gefährlich.

Er kniete sich auf ein Kniekissen, sodass sein Gesicht direkt vor dem Gitter war. Nichts geschah. Der Junge musste eingeschlafen sein.

»Entschuldigung, Herr Vikar. Ich fürchte, das hier ist nichts für mich. Ich habe nichts zu beichten.«

»Gewagte These«, schnarrte eine entsetzliche Stimme – irgendwo musste ein Verstärker eingebaut sein.

Filth zuckte zusammen, als hätte er das Ohr an einen Elektrozaun gelegt.

»Wie lange liegt denn deine letzte Beichte zurück, mein Sohn?«

»Ich …« (Sein Sohn!) »… habe in meinem ganzen Leben noch nicht gebeichtet. Ich habe aber viele gehört. Ich bin Kronanwalt.«

Ein Schnauben war zu hören.

»Aber Sie haben ein Problem?«

Filth senkte den Kopf.

»Fangen Sie an. ›Vater, ich habe gesündigt.‹ Keine Angst.«

Filths müdes, logisch denkendes, altes Gehirn war keine Befehle gewohnt.

»Ich fürchte, im Moment fühle ich mich überhaupt nicht sündig. Eher wird gegen mich gesündigt, als dass ich sündige. Ich kann nur noch an meine liebe verstorbene Frau denken. Sie war heute Morgen im *Telegraph*. Ein Nachruf.« Dann dachte er: Ich sage nicht die Wahrheit. »Und ich verstehe nicht, was dieser Verlust für komische Spielchen mit meinem Verhalten spielt.«

Warum erzählte er das diesem Baby? Er konnte ja kaum über dreißig sein. Nun ja, so alt wie Jesus. Wenn Jesus in dieser Kiste säße ... Filth verspürte plötzlich eine erstaunliche Sehnsucht, die Sehnsucht eines Dichters, die tiefe, perfekte, anbetende Sehnsucht eines wahren Christen. Wie konnte ihm das denn passieren? Diese mittelalterliche und natürlich sehr primitive Liebe zu Christus, von der man manchmal liest? Das ist doch gar nichts für mich.

»Mein Sohn, haben Sie Kinder?«

»Nein. Irgendwie brauchten wir keine.«

»Das ist nie die ganze Antwort. Ich habe gesehen, wie Sie die Cherubim auf dem Tytchley-Grab berührt haben.«

»Bitte, *was*?«

»Sie können mir alles erzählen, mein Sohn. Ich verstehe Sie und kann Ihnen helfen.«

»Junger Mann«, donnerte Filth durch das Gitter. »Gehen Sie nach Hause. Besinnen Sie sich auf ihre Berufung. Ich bin Anwalt der Krone und war einmal Richter.«

»Am Ende gibt es nur einen Richter«, sagte die Stimme, aber da war Filth schon wieder im Auto und raste an Saffron Walden vorbei.

Er fuhr jetzt wirklich sehr schnell, und die Straßen waren immer weniger darauf ausgelegt. Ich bin ein Fossil. Ja. Nehme ich an. Ich habe schon zu lange gelebt. Was für ein kleiner Blödmann. In meine Kanzlei hätte ich den nicht aufgenommen. Aber Auto fahren kann ich. Wenigstens eins kann ich noch. Meine Reaktionsgeschwindigkeit ist perfekt, und da ist ja auch wieder der Motorway.

Und hallo – was ist das denn? Blaulicht? Sirenen? Polizei? »Guten Tag. Ja, bitte?«

»Sie sind ein bisschen sonderbar gefahren, Sir. Wurde uns gemeldet.«

»Ich habe ein paarmal angehalten. Mich ausgeruht. Einmal an einer Kirche. Meiner Meinung nach wichtig. Nein, Sie brauchen keinen Atemtest zu machen. Meinetwegen, wenn Sie meinen.«

»Sehen Sie. Alles in Ordnung«, sagte Filth.

»Können wir Ihnen sonst irgendwie helfen?«

»Nein. Ich glaube nicht.«

»Ihr Führerschein ist in Ordnung?«

»Ja, natürlich. Ich bin Jurist.«

»Das muss nichts heißen, Sir. Wie ich sehe, sind Sie beinahe achtzig?«

»Und nicht vorbestraft.«

»Nein, Sir. Auf Wiedersehen, Sir.«

»Ach, vielleicht eins noch«, sagte Filth und schnallte sich erschöpft wieder an. »Ich glaube, ich habe mich verfahren.«

»Ah.«

»Sie kennen nicht zufällig diese Adresse?«

»Doch, Sir. Das Haus heißt High Light, und wir wissen auch, wem es gehört. Wir kennen sie. Es sind ungefähr fünf Meilen von hier. Sollen wir vor Ihnen herfahren?«

»Sie ist meine Cousine. Danke. Und danke für Ihre Höflichkeit und Ihr gutes Benehmen. Was für eine Überraschung.«

»Glauben Sie nicht alles, was Sie im Fernsehen sehen, Sir.«

»Wer zum Teufel war das denn?«, fragte ein Polizist den anderen. »Wie aus einem Theaterstück im Vierten.«

High Light

Claire saß in ihrem Haus ganz allein in der schattenlosen Küche, und ihre hübschen kleinen Hände klatschten auf den *Daily Telegraph*. Sie schloss die Augen und blieb eine volle Minute lang still sitzen. »Nein«, sagte sie. »Natürlich ist das nicht Betty. Da hätte mir ja jemand Bescheid gesagt.«

Sie öffnete die Augen und starrte Betty Feathers in die Augen, die mit ihrem scharfen, angenehm intelligenten Blick zurückschaute. »Gut«, sagte sie. »Ein Nachruf auf Betty.« Sie glättete die Zeitung, las: Elizabeth Feathers, MBE, und dann das ganze Stück.

Das Telefon klingelte. Sie faltete die Zeitung zusammen und legte sie beiseite. Dann ging sie ans Telefon.

»Hallo?«

»Nimm dich in Acht. Der Eismann kommt.«

Claire setzte sich schnell hin. Das ruhige Leben, das sie seit Jahren so gewissenhaft führte, war gewissermaßen die Miete, die sie ihrem schwachen Herzen zahlte. Feste Regeln,

Ausgewogenheit, Yoga, Augenmaß – nichts davon lag ihr wirklich, es war aber nötig gewesen, um ihren Mann zu überleben. Sie hatte ihrem Arzt gesagt, es sei unabdingbar, dass sie ihren Mann überlebte, und der Arzt hatte sie für wundervoll gehalten und ihren Mann für einen schwächlichen alten Langweiler. Jetzt, als Witwe, stellte Claire fest, dass sie diese Angewohnheiten gar nicht mehr aufgeben konnte. Sie hätte gern einen Liebhaber gehabt, aber ihr unruhig schlagendes Herz machte diese Tätigkeiten unmöglich. Heute flatterte es wie ein wütender Schmetterling in einem Marmeladenglas.

»Claire? Claire? Bist du da? Hier ist Babs.«

»Oh ja«, sagte sie. »Babs. Ja, natürlich. Du hast dich schon immer angehört wie Betty.«

»Kann ich nichts gegen machen. Du warst bestimmt auf der Beerdigung. Immer live dabei.«

»Ich habe just in diesem Moment den *Telegraph* gelesen. Was für ein Schock.«

»Nun ja, klar bringen sie die supergeheime Bletchley-Park-Geschichte. Dabei war sie da gar nicht so lange. Ich fand sie ja nie besonders schlau. Aber sie hatte ein ziemlich schönes Leben mit ihm. Du hättest mir ja mal was von der

Beerdigung erzählen können. Sie hatte herrliche Steine.«

»Steine?«

»Schmuck.«

»Oh, wirklich? Ich wusste bis gerade nicht mal, dass sie tot ist.«

Claire hatte sich nach Filth verzehrt, seit sie vier Jahre alt war, aber sie saß heute in ihrem rosa Morgenmantel immer noch ebenso unergründlich da wie damals und presste sich die Hand auf den Schmetterling.

»Er ist gestern hier aufgekreuzt. Und dann nur zehn Minuten geblieben. Er hat mir ein paar Rezeptbücher von Betty gebracht, aber ich finde sie nicht mehr. Bestimmt ist er jetzt auf dem Weg zu dir. Könnte ich mir vorstellen.«

»Da hätte er doch sicher angerufen. Wobei ich zugebe, dass ich das oft abstelle.«

»Er steht völlig neben sich. Er hat mir überhaupt nicht Bescheid gesagt, wann er kommt. Und dann war er nach zehn Minuten verschwunden. Es ging mir allerdings auch nicht besonders gut. Es geht mir überhaupt nicht gut.«

»Aber warum war er denn bei dir? Wir haben sie doch beide seit Jahren nicht gesehen.

Und das ist ja eine ziemliche Strecke! Dorset! Betty kann doch noch nicht länger als …« Sie sah zu der gefalteten Zeitung. Das würde sie sich später genauer angucken.

»Gerade mal vierzehn Tage. Er hat uns Andenken vorbeigebracht. Ich hatte eher gehofft, dass sie ein Testament gemacht hat. Ich glaube, er hat sich das mit den Rezeptbüchern anders überlegt. Wahrscheinlich bietet er sie jetzt dir an.«

»Ich bin Diabetikerin.«

»Ja, aber ich nehme nicht an, dass er das im Kopf hat. Im Moment sicher nicht.«

»Nein«, sagte Claire.

»Er war wirklich seltsam. Er ist quasi aus dem Haus geflohen. Als hätte er Angst vor mir. Verstehe ich überhaupt nicht. Ich bin natürlich ein bisschen anders als andere, aber wenn man bedenkt, was wir drei zusammen durchgemacht haben …«

»Anders als andere warst du auch damals schon.«

»Du ja wohl auch.«

»Wieso das denn?«

»Diese *Perfektion*, Claire. Diese ekelerregende Perfektion. Von Anfang an.«

Schweigen.

»Claire?«

»Ja?«

»Tut mir leid. Ich meinte nur, dass es ein bisschen kühl ist.«

»Anscheinend«, sagte Claire, »reißt Bettys Tod Grenzen ein. Spült Leichen an die Oberfläche. Ich kann jedenfalls von mir behaupten, dass ich nie etwas zu verbergen hatte.«

»Ach nein?«

Claire sah vor dem Fenster einen tadellosen Mercedes die Straße heraufkommen. Er hielt an, schien kurz nachzudenken und fuhr dann wieder los und außer Sichtweite.

»Ruf mich an, wenn er auftaucht«, sagte Babs. »Er sah aus, als würde er *besondere Pflege* brauchen, wie es immer so schön bei den Weißstickereien auf Wäschelisten hieß. Schick ihn zum Arzt.«

Im Hintergrund dröhnten Elgars *Enigma-Variationen* los.

»Wäschelisten? Hallo? Ich verstehe dich nicht.«

Claire legte auf.

Der Wagen musste irgendwo auf der Straße umgedreht haben, denn er kam langsam zurück. »Er kommt bestimmt nicht her«, sagte sie laut. »Er braucht mich ja nicht. Hat er noch nie, und wir würden einander gar nicht in die Augen sehen können. ›Betty hat ihn zu dem gemacht, was er ist‹, hat Isobel Ingoldby immer gesagt. Ich glaube das nicht. Er hat sich selbst gemacht. Diese tadellose Selbstbeherrschtheit.«

Wieder klingelte das Telefon.

»Also, Claire, ich kann nur sagen, er hat am ganzen Leib gezittert, er war grau im Gesicht und hat sich vor der Katze gefürchtet. Total geplättet und aus der Bahn geworfen von meinem kleinen Liebhaber mit seinem kleinen Instrumentenkoffer.«

»Wovon redest du, Babs? Sag doch nicht *geplättet*. Das passt nicht zu dir, du bist doch kein Teenager mehr.«

»Doch, bin ich. Im Herzen bin ich vierzehn.«

Das Auto war jetzt vor Claires Gartentor stehengeblieben und Filths versteinertes Gesicht mit den hohen Wangenknochen der Plantagenets und dem dicken, noch nicht ergrauten lockigen Haar schaute heraus.

»Wenn alte Frauen so etwas sagen«, sagte Claire, »›tief in mir drin bin ich auch nur ein Mädchen‹, dann …« Der Schmetterling flatterte jetzt mit Eisenflügeln. Filths langes rechtes Bein tastete nach dem Bürgersteig, wie das Bein eines Flamingos, nur in Harris-Tweed. »... dann finde ich sie sofort uninteressant.«

»Mag sein, dass ich uninteressant bin, aber bei Ma Didds ist er zu mir gekommen, als du ins Dorf gerannt bist.«

Claire ließ die Finger über die gläserne Tischplatte gleiten und suchte die Schmetterlings-Beruhigungspillen. Und da kam der alte Flamingo, der alte Kranich, immer noch schlank wie ein Cowboy. Was? Ein Meter neunzig, und mir schmilzt immer noch das Herz.

Er schien das Paket mit den Rezeptbüchern dabeizuhaben.

»Ich muss Schluss machen, Babs. Der Mann von der Wäscherei ist da. Und Babs – du trinkst zu viel. Tschüss.«

»Hast du Gepäck? Du bleibst doch hoffentlich über Nacht?«, fragte sie sofort.

Filth klappte sich in einen kleinen, goldenen Rattansessel und stieß mit dem Kinn fast auf die Knie. Licht fiel wie zur Begrüßung auf ihn, wie es immer auf jeden fiel in diesem verwinkelten Bungalow, in den Claire einige Jahre zuvor aus genau diesem Grund gezogen war, und weil es für jemanden mit Herzproblemen vernünftig gewesen war. Das Haus war praktisch aufgeteilt. Vom Wohnzimmer aus ging es in die Küche, von der Küche ins Bad, vom Bad in Claires Schlafzimmer und wieder in den Flur. Vom Flur aus ging es in ein zweites Schlafzimmer und Bad. Das Zimmer war kleiner als das andere und voller Hutschachteln und Seidenpapier und alter Briefe und Weihnachtslisten, die dauerhaft auf dem Bett ausgebreitet waren. Claire hatte in jedem Zimmer einen Pillenvorrat, und am Badezimmerspiegel klebte eine Liste in ihrer wunderschönen Handschrift, wann sie welche nehmen musste. »Sie machen aus jedem Wort, das Sie schreiben, Poesie«, hatte der Vikar gesagt, aber Claire hatte das Kompliment übergangen.

»Ich habe ein Gästezimmer, Teddy.«

»Ich lade dich zum Essen ein«, sagte er ohne große Begeisterung.

»Ich gehe nicht essen. Ich gehe überhaupt kaum aus. Ich sehe den Pfadfindern zu, wie sie vor dem Fenster meinen Garten pflegen. Das reicht mir an frischer Luft.«

»Du hast trotzdem eine gute Gesichtsfarbe«, sagte er. »Und die Figur eines Engels.«

Er sah Bettys buntes, altes Hinterteil aus dem Tulpenbeet ragen. Ihr wettergegerbtes Gesicht.

»Hundert sind drin, hundert muss ich noch!«, hatte sie gerufen. »Ich möchte keinen Gin. Wollen wir das Mittagessen auslassen?« Dann war sie tot umgefallen.

Jetzt betrachtete er lange und durchdringend – aber ohne etwas zu sehen – Claires offenes, schönes Gesicht. Sie war ein sonniges, zauberhaftes Kind gewesen, als Erwachsene eher eine graue Maus (hatte Betty jedenfalls gesagt). Als Braut langweilig mit Hornbrille. Dann wieder hübsch, und jetzt schön. Ihm fiel ein, dass er gehört hatte, sie hätte ihre Kinder mit Hilfe eines mysteriösen Schweigens erzogen und ihre Zuneigung ihnen gegenüber nie zum Ausdruck gebracht. Betty hatte gesagt, die Kinder hätten deswegen ein schlechtes Gewissen, weil sie sie nicht verdient hätten; sie waren konventionelle, einsilbige Stützen der Gesellschaft geworden. Ihr netter Mann, hatte Betty gesagt, war dem Alkohol verfallen. Claire (so Betty) hielt Ehe und Mutterschaft für gleichbedeutend mit Schmerz. Was die Kinder anging, hatte Betty ihr zugestimmt. Betty war davon ausgegangen, dass Claire das Leben deutlich mehr genoss, seit die Kinder aus dem Haus waren und sie in Frieden verwitwet. Und hier saß sie nun, sanft, mit schmalen Schultern wie eine Kurtisane auf ihrem leinenbezogenen Sofa und lächelte. (Filth rief auf seinem inneren Telefon Betty an, um sie zu fragen, was sie davon hielt, aber Betty hatte den Hörer danebengelegt.)

»Natürlich«, sagte er. »Jetzt fällt es mir wieder ein. Du bist ja Diabetikerin. Du kannst gar nicht mit mir essen gehen. Dann lass mich …« Er war in seinem ganzen Leben noch nicht einkaufen gegangen. »Dann gehe ich uns was einkaufen.«

»Das heißt, du bleibst tatsächlich?«

»Das würde ich … sehr gern.«

»Teddy, du brauchst nicht einkaufen zu gehen. Das Mädchen besorgt mir alles, was ich brauche. Ich habe eine Tiefkühltruhe. Und Whiskey.«

»Whiskey?«

»Ach, nur, falls jemand vorbeikommt. Die Polizei – sehr nette Leute, außerhalb der Arbeitszeiten. Sie haben mir so nett geholfen, als ich mal gestürzt bin. Der Vikar. Die einäugige Frau, die weiter unten wohnt. Der Fensterputzer. Ich mag den Fensterputzer. Ich lasse ihn einmal die Woche kommen. Wobei ›jemanden kommen lassen‹ natürlich nichts ist, was ich noch täte, ich hab's am Herzen.«

Filth war konsterniert. Diese silbrige, pudrige Frau.

»Oh, Teddy«, sagte sie. »So leicht zu schockieren.«

»Also wirklich, Claire. Wir sind deutlich über … siebzig.«

»Ja. Und ich habe ein schwaches Herz.«

Sie schenkte ihm einen enormen Whiskey ein, setzte sich und lächelte an ihm vorbei, durch das frisch geputzte Fenster hinaus.

Filth machte es sich ebenfalls in seinem Sessel gemütlich, legte den Kopf auf die geschwungene Rückenlehne und sah zur Decke hinauf, die voller modischer Spotlights war, wie ein Büro. Er trank noch einen großen Schluck Whiskey und seufzte.

»Unsere gemeinsame Cousine Babs, oder was auch immer sie ist, lebt in ständiger Dunkelheit, und du im ständigen Licht.«

»Ja«, sagte sie. »Komisch. Ich kann nie genug Licht bekommen. Vielleicht sehe ich nicht mehr so gut. Ich würde mir wahnsinnig gern den grauen Star operieren lassen. Du nicht?«

»Ich habe diesbezüglich Glück gehabt«, sagte Filth. »Ach, ich habe dir übrigens etwas mitgebracht. Betty wollte, dass du sie bekommst.«

»Ach ja?« Sie sah ihn misstrauisch an und suchte nach einem verräterischen Gesichtsausdruck.

»Nicht viel. Vor allem Familiendinge. Teilweise ziemlich alt. Sie wollte, dass du das bekommst, da war sie hartnäckig. Wenn sie zuerst stirbt – dann solltest du es kriegen.«

»Und Babs?«

»Für Babs hat sie etwas anderes vorgesehen. Tatsächlich waren wir gerade dabei, unsere, wie heißt das noch, l-l-l-letzten Verfügungen zu treffen.«

»Verstehe. Hatte sie sonst noch Freunde?«

»Ja. Ich weiß allerdings nicht genau, wie gut sie diese Freundschaften gepflegt hat. Vielleicht waren es auch keine richtigen Freundschaften. Bei der Beerdigung ...«

»Ach ja. Die Beerdigung.«

»Ich habe dir gar nicht Bescheid gesagt wegen der Beerdigung. Das tut mir leid. Ich dachte, ich erspare dir das. Solche Sachen mache ich nie richtig. Und es wäre ja auch eine ziemliche Reise gewesen. In unserem Alter kann man ja im Winter jede Woche auf eine Beerdigung gehen. Und niemand hat etwas davon.«

»Ich hoffe, meine wird ganz privat. Auf einem Scheiterhaufen am Ganges.«

»Ich lese nie Nachrufe. Ich wusste nicht mal, dass Betty einen bekommt.«

»War denn niemand auf der Beerdigung?«

»Keine Ahnung.«

»Teddy?«

»Ich habe mich nicht umgedreht. Blick nach vorn. Die üblichen Lieder. Disziplin und so.«

»Natürlich«, sagte Claire. (Oh, wo war der Junge, der strahlende junge Freund aus Wales?) »Natürlich. Du warst ja mit den Glorious Gloucesters im Krieg.«

Er sah sie an.

»Ich glaube, es war eine ganze Runde von Damen aus der Gemeinde da«, sagte er. »Die Blumengruppe. Das Kaffeekränzchen. Eine hat mich noch nach Hause begleitet und war fast ein bisschen zu freundlich. Ich habe gehört, mit so was muss man aufpassen.«

»Gab es einen Leichenschmaus?«

»Eine Teegesellschaft im Gemeindehaus.«

»Niemand aus der Kanzlei?«

»Oh, doch. Ja. Mein Clerk. Inzwischen auch schon im Ruhestand. Sehr freundlich von ihm.«

»Nun ja, du hast ihn reich gemacht.«

Wieder dieser Blick.

»Und ein paar aus dem Inner Court, die ich

kaum kenne. Keine Ahnung, warum die gekommen sind, bei den schlechten Zugverbindungen.«

»Vielleicht wollten sie gern kommen. Sie mochten Betty. Vielleicht hat es ihnen geholfen, einen dunklen Anzug zu tragen, und vielleicht sind sie deinetwegen gekommen. Um dir Respekt zu erweisen. Dir zu helfen.«

»Mir zu helfen?« Er sah sein Glas an. »Unsinn, Claire. Habe ich jemals Hilfe gebraucht?« Er schien geradezu wütend. »Wir müssen alle gehen.«

»Teddy, du musst um sie trauern. Wirst du auch bald. Es ist vielleicht noch gar nicht richtig zu dir durchgedrungen, aber es kann gut sein, dass du eine sehr harte Zeit vor dir hast. Ihr wart fast ein halbes Jahrhundert verheiratet, und du bist vermutlich nie vom Weg abgekommen, oder?«

»Vom Weg abgekommen?«

»Du warst Betty nie untreu?«

»Großer Gott, nein.«

Und doch waren seine Augen umwerfend und hungrig. Claire dachte daran, wie Betty ihn unterschätzt hatte. Und hintergangen.

»Dann hast du ein Problem, Teddy. Du stehst unter Schock.« (»Sie hätte dich mal auf dem

Motorway sehen sollen«, sagte Betty am inneren Telefon zu Filth.) »Sonst wärst du kaum durch das ganze Land zu Babs und mir gefahren.«

»Woher weißt du das mit Babs?«

»Sie hat mich angerufen.«

»War sie betrunken? Gestern war sie betrunken. Vom Tee von Fortnum's. Oder Schlimmerem. Ausgesprochen abstoßend.«

»Du kannst ganz schön grausam sein, Teddy. Noch Whiskey? Hallo, wen haben wir denn da?«

Draußen hielt ein Motorrad vor dem Gartentor, und ein junger Mann in einem mittelalterlichen schwarzen Helm mit angriffslustigem Visier stieg ab und betrachtete den Mercedes.

»Oh Gott, das ist der Vikar. Ich sehe zu, dass ich ihn loswerde. Es sei denn ...«

»Nein danke«, sagte Filth, als der Vikar seine Tarnung abnahm und sich als der Cherub aus der Sänfte entpuppte. »Ich suche mir mal dein Gästezimmer und lege mich kurz hin.« Er nahm seine Tasche aus dem Flur mit und verschwand.

»Verstehe schon, du bist noch nicht bereit für ihn«, rief Claire ihm hinterher.

Der junge Mann auf der Straße ging um den Wagen herum, inspizierte das Nummernschild, stieg wieder auf sein Motorrad und dröhnte davon.

»Er hat gesehen, dass ich Besuch habe«, sagte Claire, ging in die Küche und sah in den Tiefkühler. Fischstäbchen. Backofenpommes, aber die waren für Oliver gedacht, also konnten Teddy und sie die nicht alle essen. Ein Stück eingeschweißter milder Cheddar. Margarine und gefrorene Erbsen. Wunderbar. Wobei Teddy in dieser Verfassung sowieso kaum merken würde, was er eigentlich aß.

»Oder sonst irgendwas«, sagte sie traurig. Sie irrte.

Wandsworth

Elternwochenende, dachte Claires jüngerer Sohn, Oliver, am Freitag in Wandsworth und warf ein paar verknitterte Kleidungsstücke in eine Tasche. Ob ich noch tanken muss? Beim Geldautomaten vorbei. Und vielleicht mal ein paar richtige Blumen für Ma kaufen, nicht nur welche von der Tankstelle. Samstagmorgen.

Er freute sich, zu seiner Mutter zu fahren, und versuchte, nicht darüber nachzudenken, dass er sich noch mehr darauf freute, weil er allein fuhr. Vanessa, die gerade im Wohnzimmer irgendetwas Scharfsinniges ins Telefon knurrte und bellte, würde jeden Moment losfahren zu ihren eigenen Eltern in Bournemouth. Sie machten diese Elternbesuche jeden zweiten Monat, und Oliver rief seine Mutter jede Woche an, um sich nach ihrem Diabetes zu erkundigen. Vanessa rief ihre Eltern, die gesund und munter waren, etwa alle drei Wochen an. Wenn Vanessa nicht in der Nähe war, rief Oliver Claire auch manchmal außer der Reihe an, von Bahnsteigen, Flughäfen oder Supermarktparkplätzen. Er hatte Vorahnungen über seine geistesabwesende und zurückhaltende Mutter, und er betrachtete die Zeitungsannoncen mit alten Frauen, die Alarmgeräte um den Hals trugen wie Schweizer Kühe und auf Hilfe (oder auf das Ende) warteten, mit Unbehagen. Er wusste, falls seine Mutter stürzte, würde sie nicht um Hilfe rufen, sondern liegenbleiben und nachdenken. So würde es sich rächen, dass er sie für unsterblich hielt. Ein anderer Teil von ihm hielt seine Mutter für zynisch, sogar für perfide. Dann dachte er: Und ich bin ein Schwein und glaube nicht an Uneigennützigkeit. Er betete sie an.

Vanessa war forscher. Ihr dreiwöchentlicher Anruf in Bournemouth war auf freitags Punkt sechs Uhr terminiert und dauerte eine halbe Stunde. Sie war Juristin einer Kanzlei für Schifffahrtsangelegenheiten, ein sehr renommierter Bereich, in dem selten Frauen arbeiteten. Sie hatte sich ziemlich abstrampeln müssen und sich eine gewisse Anerkennung in der Kanzlei erkämpft. In Bournemouth brachte man ihr Ehrfurcht entgegen, wo ihre Eltern allerdings nichts weiter über höhere Gerichte wussten als das, was sie im Fernsehen sahen. Vanessa beglückte sie jeden dritten Freitag mit

Berichten von ihrem Arbeitsalltag, angefangen mit dem Orangensaft um sieben Uhr morgens in der futuristischen Küche bis zu den letzten Schriftsätzen, die sie spät am Abend las. (»Der Fall steht sicher bald in der Zeitung.«) Ihre Schriftsätze waren normalerweise nicht vor Mitternacht fertig.

»Also, ich habe keine Ahnung, wie du das alles unter einen Hut kriegst«, sagte ihre Mutter. »Wann machst du denn die ganze Hausarbeit und einkaufen und kochen? Und die Wäsche?« (Und wo bleiben eigentlich die Kinder?)

Vanessa ignorierte das. Arbeit ging vor. Keine Diskussion.

»Wann triffst du dich denn mal mit deinen Freundinnen?«, fragte ihre Mutter. (Oder mit uns?)

»Oliver und ich haben alles im Griff. Wir gehen essen. Freunde am Wochenende. Wir treffen wahrscheinlich öfter Freunde als ihr.«

»Ich vermisse deine Freundinnen, Vanessa«, sagte ihre Mutter. »Sie waren jedes Wochenende hier, deine ganze Schulzeit über, und die ganze Cambridgezeit, immer waren sie hier. Ich vermisse deine Freundinnen.« (Und dich vermisse ich auch. Diesen Luftgeist mit den scharfen Gesichtszügen, den schwarzen Hosenanzügen, den raspelkurzen Haaren und dem Laptop kenne ich ja kaum.)

»Ich rufe alle drei Wochen an.«

»Ja.«

»Letztes Mal habe ich euch nicht erreicht. Es war besetzt.«

»Ja, manchmal telefonieren wir auch mit anderen Leuten.«

»Und was soll *das* jetzt?«, fragte Vanessa nun und marschierte in den Flur, als Oliver gerade im Vorbeigehen seine Tasche aufhob, weil er zum Sport wollte. »Die sind gar nicht da.«

»Wer? Deine Eltern?«

»Meine unfehlbar zuverlässigen Eltern behaupten, sie hätten nicht gewusst, dass ich dieses Wochenende komme. Sie fahren zu einem vierzigsten Hochzeitstag auf die Isle of Wight. Sie behaupten, das hätten sie mir gesagt. Die werden echt langsam senil. Das sind die Eltern von irgendeiner Grundschulfreundin, die ich seit zwanzig Jahren nicht gesehen habe. Sie meinen, ich soll doch mitfahren. Himmel!«

»Und, warum machst du das nicht?« Oliver war klar, wie die Geschichte ausgehen würde, und seine Laune sank. »Dann kommst du wohl besser mit mir zu meiner Ma«, sagte er, ohne sie anzusehen.

»Die halbe Strecke nach Schottland? Am Samstagvormittag? Und dann hat sie nur ein Einzelbett. Nein danke.«

»Wir können ja ins Hotel gehen. In Cambridge übernachten, wenn du willst.«

Sie schwankte, er blieb fest. Er liebte sie. Sie würden es sich nett machen. Es war nur so, wenn er mit seiner Mutter allein war, dann konnte er ohne Schuhe und Strümpfe herumschlurfen, Boulevardzeitungen lesen und in der Nase bohren.

»Und was soll ich da?«

»In Cambridge?«

»Nein, Blödmann. Bei deiner Mutter. Wo drum herum nichts ist und nie irgendwas passiert. Sie sitzt nur da und schweigt und lächelt.«

»Immerhin fragt sie nie, wann wir heiraten.«

»Das tut meine doch auch nicht.«

»Dein Vater schon.«

»Oh, echt? Das überrascht mich jetzt.«

»Weil er mich nicht leiden kann? Stimmt. Er fragt auch nur, um gehässig zu grinsen, wenn ich sage, jetzt noch nicht. Du bist deinem alten Herrn viel zu nah, Schatz, das ist ungesund.«

Sie runzelte die Stirn und kramte herum. Er

fand ihre schmale Taille und ihren Hals wundersam schön. Er hätte sie gern in einem Seidenkimono und kleinen Seidenpantoffeln gesehen. Sie waren jetzt seit sechs Jahren zusammen, sie war zweiunddreißig und genauso reich wie er. Sie könnte morgen aufhören zu arbeiten und …

»Ach komm«, sagte sie. »Nicht das schon wieder. Tut mir leid. Es ist nur … die bescheuerte *Isle of Wight*. Hätten sie ja mal sagen können. Ich fahre mit dir. Und es ist schon in Ordnung«, fügte sie hinzu, »ich benehme mich. Ich schmolle nicht. Ich lege mich nicht hin und habe Kopfschmerzen. Ich sage nicht ›Danke, ich bin schon satt‹, wenn sie mir noch ein Fischstäbchen anbietet.«

»Ich ruf sie an und sage Bescheid«, sagte Oliver. »Und ich buche uns für morgen ein Hotel in Cambridge. Oder du nimmst das Gästebett, und ich gehe aufs Sofa? Okay, okay, war ein Scherz.«

»Gut«, sagte er zehn Minuten später. »Ich habe im George in Stamford gebucht, und ich habe Ma Bescheid gesagt. Wir hätten sowieso nicht bei ihr übernachten können, sie hat einen alten Freund zu Besuch.«

»Oh nein! Das ist ja wie bei meinen!«

»Nein, er ist schon in Ordnung. Ein Cousin oder so. Sie steht auf ihn. Familienanwalt oder so was, aus dem Südwesten. Netter Kerl.«

»*Anwalt*? Alles klar, dann können wir nicht fahren. Der stürzt sich ja gleich auf mich. Oliver, lass uns den Eurostar nehmen und nach Paris fahren.«

Aber es reichte ihm. »Wenn du nicht mitwillst, bleib halt hier. Das war's. Ich komme nicht zurück, wenn du jetzt nicht mitfährst.«

Sie sah ihn an und dachte kurz nach. Er war groß. Und gut. Er war intelligent. Er war loyal. Er konnte genauso rücksichtslos sein wie seine Mutter. Ich mag seine Mutter nicht, aber ich mag ihn.

»Kommst du?«, fragte er am Samstagmorgen. Er hatte auf dem Klappsofa im Arbeitszimmer geschlafen. »Kommst du, einen Ausflug zu meinem alten Mütterlein machen?«

»Okay«, sagte sie. »Ich bin schon ganz gespannt auf euren Familienanwalt.«

High Light

Filth erwachte in dem hellen, pastelligen Gästezimmer. Er hatte sehr lange geschlafen, schlug die Augen auf und sah die Hutschachteln, die jetzt auf einem Schrank aus den dreißiger Jahren mit Intarsienblumen und -früchten und kunsthandwerklichen Eisenbeschlägen gestapelt waren. Auf einer Hutschachtel stand *Marshal and Snelgrove*, auf einer anderen *Peter Robinson*. Er kannte diese Schachteln von irgendwoher. In ihm rief eine Kinderstimme nach jemandem, der ihm helfen sollte. Zu ihm kommen und ihn liebhaben. Eine Angst erklären. Nur sie konnte helfen. Der Name fiel ihm nicht ein. Er versuchte zu schreien, aber der Schrei kam nicht. Panik überkam ihn. Er konnte sich nicht bewegen. Es waren die falschen Hutschachteln. Die richtigen Hutschachteln waren verbeult und verschimmelt gewesen. Er konnte das Meer hören, das grausame Meer. Er konnte Ma Didds hören. Nach dem Frühstück würde sie ihn schlagen, weil er ins Bett gemacht hatte. Sie alle machten ins Bett.

Es klopfte sanft an der Tür, und Filth tastete im Bett herum. Es war trocken. Oh, welch eine Erlösung, danke, Gott. Was für eine Erleichterung. Soll sie doch kommen. Soll sie doch kommen und nachgucken. Sie würde ihn heute wegen irgendetwas anderem drankriegen, das war klar, aber nicht deswegen. Wie sie Cumberledge beinahe jeden Morgen drankriegte. Und dann die Laken im Kupfertopf auskochte und sie draußen aufhängte, damit es jeder sah.

»Acht Jahre alt«, sagte sie dann.

»Aber sie hat ein bisschen Angst vor mir«, sagte der achtjährige Teddy Feathers. »Weil ich sie mit meinen Adleraugen durchbohren kann. Irgendwann steche ich ihr damit die Augen aus«, und er übte den Blick an der Schlafzimmertür. Claire kam in ihrem rosa Morgenmantel durch die Tür.

Sie trug eine große Tasse mit Untertasse mit braunen Blumen und leuchtend gelbem Inneren. In der anderen Hand hatte sie eine Zuckerschale, aus der eine silberne Zuckerzange herausschaute.

»Mit Tabletts kann ich nicht umgehen«, sagte sie. »Und ich weiß auch nicht mehr, ob du Zucker nimmst. Ich weiß, dass du keine Milch willst.«

Sie stellte die Tasse auf den Nachttisch. »Bist du wach, Teddy? Du siehst noch so abwesend aus.«

Sie räumte ein paar alte Kleiderschachteln von einem Stuhl und setzte sich. »Gut, dass ich auf einem Haus mit vernünftig großen Schlafzimmern bestanden habe.«

»Das ist aber auch gefährlich, oder?«, sagte er, entspannte sich und trank den heißen Tee. »Die reinste Einladung, dass dauernd Leute kommen und ein Bett wollen. Und dich für ein Hotel halten. Wir ... ich erzähle nicht groß, dass ich ein Gästezimmer habe.«

»Ach? Warum denn nicht? Ich habe gerne Gesellschaft. Ich mag offene Türen.«

»Na, dann pass gut auf den Fensterputzer auf.« Er freute sich, dass er das gestrige Gespräch als ebenso angemessen empfand wie früher die Anhörungen vor Gericht.

»Und auf den Vikar«, fügte er hinzu.

»Oh, der Vikar ist keine Gefahr. Er ist durchaus charismatisch, oder jedenfalls bemüht er sich, aber er steht felsenfest im Evangelium. Ich mag ja auch gerne weibliche Priesterinnen, du auch?«

»Eher nicht«, sagte Filth, »aber es gibt sie nun mal.«

»Nein. Das Gästezimmer, lieber Teddy, ist immer einsatzbereit, aber nicht für den Fensterputzer, trotz seiner behaarten Brust, und auch nicht für die Fünfzigtausend-zu-eins-Chance, dass die Liebe meiner Kindheit nach einem guten halben Jahrhundert plötzlich hier auftaucht. Nein, für Oliver. Außerdem muss ich irgendwo meine Weihnachtsgeschenke einpacken.«

»Oliver?«

»Nicht, dass ich noch viele verschicken würde. Außer deinen Taschentüchern vielleicht noch drei. Aber ich breite gerne das Geschenkpapier aus. Und dann bügle ich hier …«

»Wer ist denn Oliver?«

Sie hielt inne und bemitleidete jeden, der nicht wusste, wer Oliver war.

»Oliver ist mein jüngerer Sohn. Dein Cousin zweiten Grades um eine Ecke oder so. Er hat deine Augen und deine Körpergröße, aber er setzt ein wenig an. Er ist fast so intelligent und gutaussehend wie du früher.« (Und ich hoffe, du hinterlässt ihm etwas Geld, dachte sie.)

»Oh«, sagte Filth wenig überzeugend. »Ach ja. Klar. Netter Kerl, ich erinnere mich.«

»Du hast ihn noch nie gesehen. Er ist fast vierzig.«

»Oh. Ja. Verstehe. Betty und ich waren wirklich hoffnungslos in diesen Dingen.«

»Was für Dinge?«

»Genealogie.«

»Ja. Du warst deiner Zeit voraus. Genealogie ist out. Heutzutage wissen nur noch die schlausten Kinder, wer überhaupt ihr Vater ist. Das Dahinwelken des Familienstammbaums ist eines der traurigsten Ereignisse der Welt. An wen soll man sich denn wenden, wenn man alt und krank ist, ohne gleich dankbar sein zu müssen?«

Filth lag wie ein Ritter auf der Totenbank, hielt die Tasse auf seiner Brust fest und ließ den Blick zu ihr wandern.

»Sie heiraten heutzutage nicht mal mehr«, sagte sie. »Das ist dir doch sicher auch aufgefallen. Es ist vorbei. Die Kinder werden nicht mehr getauft, das heißt, es gibt kein Taufregister mehr. Unsere Zeit wird genauso dunkel werden wie die Römerzeit.«

»Gene statt Genealogie?«

»Genau. Ich weiß, dass Kinder dir egal sind …«

Er trank den Tee aus, reichte ihr den leeren Becher, setzte sich im Bett auf und betrachtete beunruhigt die Hutschachteln.

»Die Hutschachteln haben deiner Mutter gehört«, sagte Claire. »Ich habe keine Ahnung, wie sie hierhergekommen sind.«

»Jedenfalls«, sagte sie dann, »wirst du heute ein Ende-dreißig-jähriges Kind kennenlernen. Oliver kommt übers Wochenende. Mit Vanessa.«

»Vanessa?« (Wer war das jetzt schon wieder?)

»Ja, Vanessa. Seine Lebensgefährtin. Kronanwältin.«

»Ist Oliver auch Anwalt?«

»Nein, er ist Bilanzbuchhalter. Vanessa ist Anwältin. Vor höheren Gerichten. Seine Freundin.«

Filth wollte schon sagen, dass es vor Gericht keine Freundinnen gebe, aber dann wagte er es nicht.

»Sie leben zusammen, Eddie. In ›wilder Ehe‹. Schon seit sechs Jahren, in Wandsworth.«

»In *Wandsworth*! Dann geht es ihnen wohl nicht besonders gut?«

»In Wandsworth, lieber Eddie, wohnen heute die Schickimickis.«

»Unsinn. Da wohnen die Taxifahrer.«

»Nicht mehr. Es ist voll von jungen Leuten in den Dreißigern, die ihre Kreditkarten mit tausenden Pfund belasten und im Urlaub in die Toskana fliegen, aber noch nie von Raphael gehört haben.«

»Das klingt ausgesprochen unsympathisch.«

»Sind sie auch. Aber sie scheinen Spaß zu haben.«

»Und zwei von denen kommen hierher? Pass auf, Claire, ich fahre nach Hause. Dein Sohn muss ja irgendwo übernachten.«

»Er übernachtet mit Vanessa im George in Stamford, also mach dir da keine Gedanken. Ich habe ihnen schon gesagt, dass du hier bist. Sie würden es nicht ertragen zu glauben, dass sie dich verscheucht haben.«

»Na, da wäre ich mir nicht so sicher.«

»Kannst du aber sein. Du wirst Vanessa mögen, ihr habt euch bestimmt viel zu erzählen. Sie ist im Inner Temple, genau wie du. Und niemand …« Sie ging mit dem leeren Becher zur Tür, sah ihn freundlich an und sprach über den einzigen Bereich des Lebens, in dem sie vollkommen blind war: »Niemand kann Oliver nicht mögen, wenn ich das mal so sagen darf. Und was die jungen Leute heutzutage wirklich haben – wir sind ja nicht mehr in den Sechzigern (ich muss diese ganzen alten Sachen in den Kleiderschachteln endlich Vanessa mitgeben) –, was sie heutzutage wirklich haben, Eddie, sind perfekte Manieren.«

Das sollten sie verdammt noch mal auch, dachte Eddie.

Und dann war es Nachmittag, und Eddie trank schon wieder Tee, und Vanessa saß neben der Hängematte auf dem großen, kurz geschorenen Rasen vor dem Haus und goss noch heißes Wasser aus einer Thermoskanne in die Teekanne. Es gab kleine Sandwiches. Es war warm für Ende November, und Claires Dahlien leuchteten in der Sonne. Der Garten lag exponiert an einer Ecke – High Light war ein Reihenendhaus auf einer Anhöhe, wie in einer römischen Befestigungsanlage – und man blickte über einen schimmernden See hinweg, wo Boote fuhren und man Kinder rufen hörte. Dahinter erstreckte sich die Stadt, und noch weiter dahinter brummte der unsichtbare Motorway wie Bienen in der Nachmittagswärme.

Oliver war mit seiner Mutter zum Tee gefahren, ein Vorschlag, auf den sie mit dem Schweigen reagiert hatte, das immer in einer Absage endete.

»Ich war schon seit Ewigkeiten nicht mehr in der …«

»Ach, komm schon. Was soll denn passieren.«

(Der Schmetterling breitete die Flügel aus.)

»Es ist überhaupt nicht weit, und wir machen das Verdeck zu. Es ist so ein schöner Tag.«

»Aber nicht auf den Motorway, Oliver.«

»Natürlich nicht.«

»Ich kann nicht auf den Motorway. Nicht, solange ich noch nicht tot bin.«

»Was soll das denn heißen?«

»Das Krematorium liegt am Motorway. Das will ich gar nicht sehen.«

»Ma, ich würde dich doch nicht zum Krematorium fahren!«

»Wobei ich annehme, dass man dort auch eine Tasse Tee bekommt«, sagte sie. »Was, wenn der Doktor mich sieht, wenn wir an der Praxis vorbeikommen?«

»Wir kommen nicht an der Praxis vorbei.«

»Ich glaube, doch.«

»Dann verkleiden wir uns.«

»Ach, Oliver. Als was denn?«

»Anwälte. Wir leihen uns die Perücken von Vanessa und dem alten Haudegen.«

»Ich glaube, sie reisen nicht mit Perücke.«

»Dann hol dir einen großen Hut aus dem Gästezimmer und eine dunkle Sonnenbrille.«

»So etwas habe ich seit Jahren nicht gemacht.«

»Halt deinen Hut fest.«

»Mache ich. Den habe ich mal bei einer Hochzeit getragen. Er muss dreißig Jahre alt sein.«

»Gibt's das Brautpaar noch?«

»Was? Ich hör dich so schlecht. Bist du sicher, dass das nicht der Motorway ist? *Oliver*! Wie kannst du es wagen! Das hier ist Cambridge, das war *wohl* der Motorway!«

Sie saßen am Cam, und die tiefstehende Sonne fiel durch die Weidenzweige.

Studenten lärmten herum oder glitten in Booten vorbei. Die Kapelle des Kings' College ragte wie ein weißes Kreuzfahrtschiff über einer grasigen See auf. »Ich habe uns schon Tee organisiert«, sagte er. »Komm, es ist nicht weit.«

Sie ging auf dem Treidelpfad neben ihm her, dann über eine Brücke. Dicke, gewöhnliche Leute in zu enger Kleidung leckten Eis, aßen triefende Burger und brüllten herum. Manche gingen trotz der Jahreszeit bauchfrei. Manche sahen Claires Hut an. Sie war entzückt.

»Schade, dass so viele junge Männer jetzt schon kahl sind«, sagte sie. »Woher kommt das denn? Ist das Aids, oder diese Chemotherapien? Das hatten wir ja damals alles nicht.«

»Das ist modern, Ma.«

»Das kann doch nicht sein. Dreadlocks sind modern.«

»Nein, die sind längst out. Beziehungsweise sie werden nur von einer ganz bestimmten Gruppe getragen.«

»Rasieren die sich dann jeden Tag den Kopf, wie das Gesicht? Willst du das auch machen, Oliver?«

»Ma, ich bin fast vierzig und Bilanzbuchhalter.«

»Ja, und du hast so schönes Haar, Oliver. Wie ist Vanessas Haar eigentlich? Also, wenn sie es wachsen lässt?«

Sie waren an Olivers altem, nicht sehr renommiertem College angekommen, an der Tür eines Mannes von Rang; ein großer, sanfter alter Herr. Claire bekam seinen Namen nicht mit. Er erwartete Oliver bereits und freute sich, sie zu sehen, nickte Claire zu und warf einen bewundernden Blick auf ihren Hut. Sie setzten sich in ein Zimmer mit einem hohen Fenster, durch das nur wenig Licht hereinkam, und in dem Berge von Büchern und Möbeln verstaubten. Sie aßen Zimt-Scones. Weitere verkrümelte Teller standen im Raum verteilt zwischen den Büchern und zusammengerollten Kleidungsstücken, wahrscheinlich Socken und langen Unterhosen. Was für ein friedvoller Ort. Was für ein netter Mann. Wie reizend, dass er Oliver kennt.

»Wir wollten noch zum Evensong im King's College«, sagte Oliver. »Oder sind wir schon zu spät dran?«

»Nein, die Uhrzeiten sind immer noch dieselben«, sagte der alte Herr, und dann sprach er über Politik. »Ich mag Oliver sehr«, sagte er, nachdem er sie noch stolpernd zur Tür der Kapelle begleitet hatte. Sie verabschiedeten sich.

»Müde?«, fragte Oliver, als sie sich ins Chorgestühl setzten.

»Überhaupt nicht. Hat er diese Schau nur für uns gemacht? Ich wusste gar nicht, dass es noch solche gibt.«

»Solche was?«

»Exzentriker. Hattest du ihm gesagt, dass wir kommen?«

»Ja, ich habe ihn angerufen. Von der Tankstelle aus.«

»Von einer Telefonzelle?«

»Von meinem Handy.«

»Hattest du denn seine Nummer dabei?«

»Nein, ich habe die Auskunft angerufen.«

»Du bist wundervoll, Oliver.«

»Stimmt.«

»Die Welt ist voller Wunder«, sagte sie. »Aber ich glaube, du hast das alles inszeniert. In den ganzen Büchern waren doch bestimmt Computer und Internets und E-Mails und so was alles versteckt, und er war ein Schauspieler, der sonst in E.-M.-Foster-Verfilmungen mitspielt. Er war großartig. Wer war das?«

»Wer ist E. M. Foster? Er mochte deinen Hut. Das war der Dean.« Er war glücklich mit diesem Tag, der Musik, der Kapelle, und sagte: »Tu doch nicht so, Ma. Er steht auf dich. Lad ihn doch mal ein.«

Zum *Nunc Dimittis* standen sie auf, und Oliver überlegte, was für Verheerungen Vanessa wohl bei dem armen alten Uncle Eddie anrichten mochte.

»Haben Sie immer in Dorset gearbeitet?«, fragte Vanessa aus ihrem Klappstuhl heraus.

»Nein, nie. Ich habe mich dort zur Ruhe gesetzt. Vorher bin ich viel gereist.«

»Da hatten Sie wohl Glück.«

»Großes Glück.«

»Und dann haben Sie Ihre Mandanten unter den Expats gefunden? Im Laufe der Jahre?«

»Nein, meistens keine Expats. Eher einheimische.«

»Ich denke oft«, sagte Vanessa (Leuten gegenüber, die keine Bedrohung waren, war sie oft großmütig), »als Familienanwalt, egal in welchem Land, ist man der nützlichste Mensch der Welt. Man braucht so viel Feingefühl. Und muss viel schlauer sein als ein Kronanwalt. Das kann wirklich jeder. Die Prüfung für die Zulassung ist auch wirklich ein Witz. Die Prüfung für einfache Anwälte ist der reinste Marathon dagegen.«

»Das glaube ich gern. Hat es immer geheißen. Bei mir ist das alles lange her.«

Sie dachte: Er weiß gar nicht richtig, wer ich bin. Er ist Methusalem. Wieso ist mir das nicht egal? Er ist wirklich rätselhaft. Ich hätte nicht damit gerechnet, mich zu jemandem in dem Alter hingezogen zu fühlen. Was für ein trauriges Schweigen. Er ist so alt, dass er schon fast verschwunden ist, aber er ist schlau – schlauer als Oliver. Ich mag seine Augen. Wenn er sie doch wieder aufmachen würde.

Die gestreifte Leinen-Hängematte war von Harrods – Olivers Geburtstagsgeschenk für seine Mutter vom letzten Jahr, ebenso wie der riesige, marineblaue Sonnenschirm, der mit Flaschenzügen bedient wurde, wie auf einer Yacht, und der auf einem Betonfuß stehen sollte, den der Fensterputzer, der Gärtner und der Vikar zusammen nicht bewegt bekommen hatten, nachdem der Lieferfahrer ihn einfach gleich am Tor abgeladen hatte. Claire hatte Pflanzen über den Betonfuß ranken lassen, und der Schirm stand, nicht verpackt, aber in Spinnweben, immer noch in der Ecke der unbenutzten Garage. Oliver hatte sich heute die Mühe gemacht, die Hängematte aufzuhängen, kurz vor dem Mittagessen. Sie hing in einem Holzgestell und sah aus wie ein Hindernis beim Geschicklichkeitsreiten. In Claires Garten gab es keine Bäume, und die Hängematte stand ziemlich exponiert. Passanten sahen neugierig auf den langen, alten Mann, der sich darin ausgestreckt hatte und die schmale Nase in den Winterhimmel reckte.

Ein Seil mit einer barocken, blauen Quaste hing neben der Hängematte.

»Soll ich Sie noch mal anschaukeln?«, schlug Vanessa vor und staunte über sich selbst. Sie hatte Filths Angebot, die Hängematte zu nehmen, ebenso vehement abgelehnt, wie sie die Sitzplatzangebote von Männern in der U-Bahn ablehnte. Sie selbst bot ihren Platz oft älteren Frauen an. Manchmal lehnten auch diese älteren Frauen ab, weil sie sich noch nicht alt fühlten. In der U-Bahn werden wirklich große Spiele gespielt, dachte sie, die wichtigste Sportart ist es, Blickkontakt mit den anderen Passagieren zu vermeiden. Oh, wie gut, dass ich genügend Themen zum Nachdenken habe. Arbeit. Wie froh ich bin, dass ich das – nie eingestandene – Vergnügen, in der U-Bahn von Männern gemustert, berührt, angeatmet zu werden, inzwischen im Griff habe. Das bin ich los.

»Macht es Ihnen etwas aus, da oben in der Hängematte zu hängen und von ganz Saffron Walden gesehen zu werden, Eddie?«

Sie hatten ihn Eddie genannt. Manchmal auch Teddy. Aber sie hatten ihn ihr nicht ordentlich vorgestellt. Sie benahmen sich, als müsste sie ihn kennen. »Soll ich Sie noch mal anschaukeln?«

»Sie klingen wie Mr Pierrepoint«, sagte er, ohne die Augen aufzumachen. »Ich fühle mich nicht exponiert. Überhaupt nicht, vielen Dank. Und ich muss auch nicht angeschaukelt werden.«

»Wer ist denn Mr Pierrepoint?«

»Wie gut, dass Sie sich nicht an ihn erinnern. Er war der Henker. Er hat die letzte Frau in Großbritannien gehängt, Ruth Ellis, die ihren untreuen Liebhaber erschossen hat, nachdem sie sein Baby verloren hatte und noch vollkommen durcheinander war.«

»Ach so, klar, ich weiß. Sie haben sie in ungelöschtem Kalk im Gefängnis Wormwood Scrubs beerdigt, oder?«

»Genau. Das war natürlich vor Ihrer Geburt, aber nicht allzu lang davor, glaube ich.«

»Ich glaube«, sagte sie und goss Tee durch Claires edwardianisches Teesieb, »wir müssen der Geschichte sehr viel verzeihen.«

»Und ich glaube«, sagte er, »dass wir der Geschichte fast gar nichts verzeihen sollten.«

»Ich habe den Regierungshenker von Hongkong kennengelernt«, sagte er nach einer Weile. Ein Lüftchen ging über die Dahlien, ein Lüftchen ging über den See, die Hängematte schaukelte sacht. Es war wirklich warm für November. »Ich habe lange mit ihm gesprochen. Ein Engländer. Kein schlechter Mann. Nicht im Geringsten sadistisch. Nur phantasielos und konformistisch. Der gewöhnliche, hässliche Engländer. Sicher ein guter Ehemann.«

»Hat er seiner Frau nicht sogar seine Memoiren gewidmet?«

»Ja, das stimmt.«

»Und nach Ruth Ellis ist er zurückgetreten, oder?«

»Ja. Das war interessant.«

»Hatten Sie eine vielseitige Kanzlei in Dorset?«

»Junge Frau, ich habe Ihnen doch schon gesagt, dass ich mich dort *zur Ruhe gesetzt* habe. Weg von dem ganzen Hickhack. Von Hitze und Staub.«

Bei »Hitze und Staub« flackerte etwas in Vanessas Hirn auf. Ein Roman? Ein Film? Irgendetwas mit Anwälten im Ausland?

»Haben Sie fernöstliches Blut?«, fragte Filth.

»Sicher nicht, ich komme aus Bournemouth.«

»Sie erinnern mich an jemanden mit freundlichen Händen. Sie sind sehr schön. Wie alt sind Sie?«

»Zweiunddreißig.«

»Hatten Sie Kinder? Als Sie jung waren? Sie müssen fernöstliches Blut haben. Man sieht Ihnen Ihr Alter gar nicht an.«

»Na, vielen Dank. Als Nächstes sagen Sie bestimmt ›in Ihrem Alter könnten Sie längst verheiratet und Mutter sein‹.«

»Ach, Ihre Vergangenheit interessiert mich nicht.«

»Da bin ich aber froh. Sie sind nicht wie meine Eltern.«

»Und Oliver?«

»Ach, der denkt nicht an so was. Hat er noch nie. Heiraten, Kinder. Großer Gott, nein.«

»Dann wird er Sie verlassen«, sagte Filth und schloss die Augen.

»Soll er doch. Er würde mich vermissen.«

Filth schwieg.

»So läuft das heute«, sagte sie. »Ihre Generation kann das wahrscheinlich nicht nachvollziehen.«

»Teilweise schon.«

»Es wird sich auch nicht mehr rückgängig machen lassen. Wir lernen uns kennen, wir gehen auseinander. Das Leben ist heutzutage zu lang, um sich nur mit einem Partner zufriedenzugeben.«

»Und meine Generation ist bald tot?«, fragte Filth.

»So habe ich das nicht gemeint – dass Ihre Generation keinen Einfluss mehr hätte. Keineswegs. Ich persönlich respektiere Ihre Generation sehr. Ich respektiere ihr Pflichtgefühl und ihre Gesetzestreue und ihre lebenslange

Hingabe. Aber wir leben heute so lang, dass genug Zeit ist für drei oder vier Berufe und Partnerschaften. Wir haben alle möglichen Hilfsmittel …«

»… und sexuell übertragbare Krankheiten«, sagte Filth. »Ich verstehe von beidem nicht viel.«

»Sie sehen uns ziemlich negativ, oder?«, fragte sie. »Egoistisch? Alle unter, sagen wir mal, vierzig?«

»Im Moment denke ich das über alle, die unter hundert sind, aber das geht sicher vorbei. Meine Frau hätte das nicht geduldet.«

»Tut mir leid, dass Sie Ihre Frau verloren haben. Ist das lange her? Ich hätte sie gern kennengelernt«, sagte Vanessa freundlicherweise über die unbekannte Betty: bestimmt eine Marmeladenkocherin, Bridgespielerin, zweifellos Kirchenblumendekorateurin, die den Urlaub mit den Enkelkindern verbrachte. »Haben Sie viele Kinder?«

»Wir haben gar keine Kinder.«

Sollte sie sagen, dass es ihr leidtat? Es tat ihr wirklich leid. Für ihn. Bestimmt war die Frau …

»Das tut mir leid«, sagte sie.

»Wir wollten keine. Man muss sich gut überlegen, ob man Kinder in die Welt setzen will.

Betty und ich waren sogenannte Empire-Waisen. Wir wurden mit vier oder fünf Jahren in Pflegefamilien gegeben und haben unsere Eltern dann mindestens vier Jahre nicht gesehen. Wir hatten Pech. Bettys Pflegeeltern mochten sie nicht, und meine – mein Vater hatte nicht auf Ratschläge gehört – wurden ausgewählt, weil sie billig waren. Wenn man als Kind nicht geliebt wird, kann man später kein Kind lieben. Man muss das erfahren haben. Man kann jemandem durch Unwissenheit Schmerzen zufügen. Ich wurde, nachdem ich viereinhalb war, nicht mehr geliebt. Stellen Sie sich vor, da Eltern zu sein.«

»Ja. Wahrscheinlich.«

»Eltern wie Sie zum Beispiel, junge Frau. Was für ein Kind würde Eltern wie Sie wollen?«

Sie war wütend. »Ich wurde geliebt!«, sagte sie. »Ich werde immer noch geliebt von meinen Eltern, schönen Dank. Und ich liebe sie. Wir haben so unsere Schwierigkeiten, aber das ist ja auch normal.«

»Dann habe ich mich wohl vertan«, sagte er und sah sie immer noch nicht an. »Vielleicht ist es wegen ihrer Haare. Sie sind so dünn. Tut mir leid.«

»Mein Haarschnitt ist von Sassoon und hat hundert Pfund gekostet.« Sie hantierte mit den Tassen und dem Tablett herum und stand auf, um ins Haus zu gehen.

»Ich mache Karriere«, sagte sie. »Ich weiß, das sagen alle Frauen, aber es stimmt. Das ist mir wichtig, und Oliver auch, und für die Wirtschaft unseres Landes ist es auch wichtig. Ich verdiene einen Haufen Geld. Ein Kind kann ich auch mit fünfzig noch kriegen.«

»Das sehen wir ja dann«, sagte er. »Ich hoffe, nicht. Kinder sind grausam. Sie machen einen kaputt. Ich hasse Kinder. Ich bin pädophob. Betty wusste, dass wir keine Kinder haben sollten, wegen des Kindes, das ich einmal war. Ich hätte ein Kind beschädigt. Natürlich nicht körperlich.«

(Der Alte ist verwirrt, dachte sie, als sie in der lichtdurchfluteten Küche das Geschirr vom Mittagessen und die Teetassen spülte. Wer ist er? Ein Hypnotiseur oder so? Wahrscheinlich ein Orakel. Warum ist er so attraktiv? Er macht mir Angst. Und natürlich werde ich Kinder haben. Wenn es mir passt. Und zwar mit Oliver. Oder irgendwem anders.)

Sie wrang den Spüllappen aus (keine Spülmaschine) und hängte das Geschirrtuch auf.

Gott, ich benehme mich wie eine Schwiegertochter. Oje, da kommen Oliver und seine Ma, und gleich sagt Claire, das wäre doch nicht nötig gewesen.

»Danke, Liebes, das wäre doch nicht nötig gewesen«, sagte Claire. Sie fand, Vanessa wirkte aufgebracht und bissig. Wie ein kleiner, schwarzer Fuchs, dachte sie. Was Eddie wohl zu ihr gesagt hat?

»War es sehr langweilig?«, fragte sie.

»Überhaupt nicht. Ich glaube, er schläft.«

»Dann wollen wir mal übers Abendessen nachdenken. Ich habe acht wunderschöne Eier.«

Oliver sah Vanessas Gesicht.

»Für uns nicht, Ma. Vielen Dank, aber Vanessa und ich haben einen Tisch im George gebucht. Du hast mit Eddie schon genug um die Ohren, und außerdem wollte ich Dad unterwegs noch ein paar Blumen ans Grab bringen. Okay? Wir kommen nach dem Frühstück wieder. Ich bringe Mittagessen für alle mit.«

»Bist du sicher?« (Was für eine Erleichterung!)

»Du hattest ja einen aufregenden Tag.«

»Das stimmt.«

»Gut. Dann mal los, Vanessa. Grüß den großen alten Herrn von uns, Ma, und sieh zu, dass er dich nicht die ganze Nacht mit Sophistereien wach hält.«

»Er schläft die ganze Zeit nur«, sagte Claire. »Und das freut mich. Das heißt, er fühlt sich hier zur Familie gehörig. Er ist einfach aufgetaucht«, erklärte sie Vanessa. »Nach hundert Jahren. Seine Frau war eine ganz alte Freundin von mir. Sie ist vor weniger als drei Wochen gestorben.«

»Oh nein! Das war ja gerade erst!«

»So ein Schock. Man hat immer gemeint, sie würde ewig leben.«

»Oh, Oliver!«

»Was denn?«

»Das hättest du mir ja mal sagen können. Ich habe über … die Ehe geplaudert, und dass die immer gleich für ewig ist.«

Auf dem Friedhof war sie immer noch sauer. Sie gingen zusammen den Weg entlang, Oliver hatte Blumen dabei, Vanessa ihren Laptop.

»Wie stehe ich denn jetzt da«, sagte sie. »So was von unsensibel! Deine Familie ist wirklich komisch. Ihr sagt niemandem irgendwas!

Nein, ich lege keine Blumen auf das Grab deines Vaters, ich kannte ihn doch gar nicht.«

»Dann geh in die Kirche, da sind die berühmten Marmorgibbons drin.«

»Die was? Ich hasse Kultur.«

»Drei Sterne in allen Reiseführern. Hier im Ort werden sie die Vier Affen genannt.«

»Und was ist es?«

»Grabmal für irgendeine berühmte Familie, weiß nicht mehr genau. Eine Art Marmorpyramide mit Früchten und Blumen und heulenden Engelchen. Mum kannte das schon als Kind.«

»Wie gruselig. Warum denn Affen?«

»Gibbons, Schatz. So hieß der alte Grinling mit Nachnamen. Man nimmt an, dass er den Entwurf gezeichnet hat. Lohnt sich! Man muss es einfach anfassen. In die Pfirsiche beißen. Den Engelchen den Po tätscheln. Dort gab es nie Vandalismus. Als Kinder mussten wir es immer saubermachen. Alle Ritzen. Hat ewig gedauert, immer samstags morgens.«

»Du hattest eine tolle Kindheit.«

Sie stolzierte in die Kirche, und Oliver angelte hinter der Abladestelle für verwelkte Blumen in der Nähe des Wasserhahns nach einer grünen Blechvase mit einem Dorn unten drunter. Er steckte die Vase in den Rasen am Kopfende des Grabes, arrangierte die Blumen darin, stand auf und betrachtete den Namen seines Vaters auf dem Grabstein und den leeren Raum darunter für Claire. Wie gern er mit seinem Vater sprechen würde. Andererseits kannte er das Gespräch schon in- und auswendig.

»Wie sah deine Mutter aus?«

»Ganz gut, Pa. Mach dir keine Sorgen.«

»Ich finde, sie sieht nicht gut aus. Ich habe ihr auch ganz schön was zugemutet.«

»Ich weiß.«

»Erst im Morgengrauen nach Hause kommen und so. Sie war immer unterwegs und hat mich gesucht, teilweise bis Stamford. Einmal hat sie mich hinter irgendwelchen Mülltonnen gefunden, wo ich mich versteckt hatte, weil ich dachte, sie ist die Polizei. Dinner mit den Old Contemptibles oder so was. Nicht gerade das Verhalten eines Bankmanagers. Wundervolle Frau.«

»Ich wette, sie hat dir nie unangenehme Fragen gestellt.«

»Nein. Nie.«

»Meine schmollt. Stellt Fragen. Wütende Fragen.«

»Welche, die Neue?«

»Wir sind seit sechs Jahren zusammen. So neu ist das nicht mehr.«

»Sie meckert die ganze Zeit, oder?«

»Na ja, sie kritisiert mich eher. Aber das ist ja auch ihr Job. Analyse der Motive, dann Entwicklung und Durchführung.«

»Klingt anstrengend, sicher berufstätig.«

»Ja. Anwältin. Und die Sorte ›Frau von heute‹.«

»Ah, auf deine Mutter hat kein Etikett gepasst. Das kommt von ihrer Kindheit.«

»Ma geht es eigentlich ganz gut«, sagte er. »Man *kann* seine Kindheit begraben. Nicht, dass ich das vorhätte.«

Gott, ich vermisse ihn, dachte er und sah Vanessa aus der Kirche kommen und über die Gräber hüpfen, den Laptop unter dem Arm.

»Da ist ein Junge drin, der sich als Vikar verkleidet hat und zu mir kam und gefragt hat, ob ich beichten will. Ich *schwör*, er hat mich gemustert, ob ich schwanger bin.«

Im George gingen sie direkt zum Abendessen, wo Vanessa als Allererstes das Hemd auszog, unter dem sie nur einen Hauch von schwarzer

Seide trug. Ihre abfallenden, weißen Schultern und der schmale weiße Hals zogen die Blicke auf sich. Bordeaux. Roast Beef unter einer silbernen Kuppel. Vanessa leuchtete und plauderte und merkte nichts. Die Kellner bewunderten sie. Sie schwatzte über den Vikar und die weinenden Marmorbabys und wie sie sich Schilde vor den Schoß hielten. Es war ihr gar nicht vorgekommen wie ein christliches Denkmal, drei Sterne hin oder her.

»Hast du das gesagt?«

»Ja, habe ich. Ich habe ihm auch gesagt, dass ich nichts zu beichten habe, und dann hat er gesagt, ›Mein Kind, das klingt aber gar nicht gut‹. Ich hätte ihm fast eine gelangt. Was *machen* die Leute eigentlich heutzutage in der Kirche, Oliver?«

»Er klingt wirklich wahnsinnig rückständig. Meistens sieht man sie doch gar nicht mehr in den Kirchen. Seltener Anblick, so ein Geistlicher in einer Kirche.«

»Ich glaube, er versteckt sich den ganzen Tag da drin und stürzt sich dann auf seine Opfer. Er sieht überall Sünde. Er ist ein Monster.«

»Ma ist mit ihm befreundet. Sie mag ihn.«

»Oh no! Dann war's das wohl.«

»Dann war's was?«

»Sie wird wollen, dass er uns traut.«

»*Was* hast du gesagt?« Sie waren nach Kaffee und Crème brûlée und glücklich vom Wein in ihrem großen Zimmer. »Uns *trauen*?«

Aber sie war schon ganz woanders. »Oliver, was für ein Zimmer ist das denn? Das ist die Hochzeitssuite. Guck dir mal die Vorhänge und alles an. Das ist ja obszön. Was kostet das?«

»Hundertfünfzig. Na und? Es war das letzte Zimmer, das sie noch übrig hatten.«

»Aber da hätten wir doch auch in eine Pension gehen können. Wir wollen doch noch nach Thailand!«

»Das können wir uns doch leisten.«

»Du hättest mich wenigstens fragen können. Ach, na ja. Egal.« Sie zog den Seidenhauch aus und dann den Rest ihrer Kleider. Sie hob ein Bein hoch in die Luft und sagte: »Habe ich nicht hübsche Füße?«

(Gott, dachte Oliver, ich habe die Kondome vergessen.)

»Okay«, sagte sie, »gib mir mal meine Handtasche.«

»Wieso?«

»Damit ich dir die Hälfte von den hundertfünfzig Pfund geben kann.«

»Nein. Ich gebe einen aus«, sagte er. »War ja meine Schuld. Man lebt nur einmal.«

Sie dachte an das alte Fossil, das gedacht hatte, sie wäre schon zu alt zum Kinderkriegen, und sagte: »Warum hast du eigentlich immer noch was an?«

Als sie am nächsten Vormittag wieder zu Olivers Mutter kamen, merkte Vanessa überrascht, wie enttäuscht sie war, dass der alte Herr nicht mehr da war. Die Hängematte, die die ganze Nacht draußen in der Feuchtigkeit geblieben war, war jetzt leer, und Claire stand im Morgenmantel da und betrachtete sie.

»Ja«, sagte sie. »Er ist weg. Ich konnte ihn nicht aufhalten, obwohl Sonntag ist und er eine grässliche Fahrt haben wird. Aber er lässt euch schön grüßen. Ich hoffe doch sehr«, (das war gelogen), »dass ihr zum Mittagessen bleibt?«

»Ja, wir haben was mitgebracht«, sagte Oliver und lächelte in die Runde. »Vom Supermarkt.«

»Wir müssen sowieso bleiben«, sagte Vanessa, »bis Oliver die Hängematte abgebaut hat. Und was ist eigentlich mit dem Sonnenschirm in der Garage? Ich habe gleich gesagt, der ist zu groß, als er ihn gekauft hat. Sollen wir ihn umtauschen?«

Claire blinzelte. »Wie reizend von dir. Tatsächlich könnte die Kirche ihn gut gebrauchen. Für Feste.«

(Ach, Ma – ach, Ma! Jetzt dräng sie doch nicht so.) Oliver packte die Einkäufe aus und stellte sie in die Mikrowelle. (Cool bleiben. Bloß nicht vom Vikar anfangen!)

»Ich habe gestern den Vikar getroffen«, sagte Vanessa.

»Ich fürchte, der ist immer überall.«

Sie beäugten einander.

»Ach, übrigens«, sagte Claire, als sie gerade gehen wollten. »Wollt ihr dieses Päckchen mitnehmen? Ich glaube, das sind nur Rezeptbücher. Eddie meinte, ich soll sie haben. Sind von seiner Frau. Sie hat sie nie benutzt. Ich will sie nicht, sie waren für jemand anderes gedacht. Betty war eine schreckliche Köchin, sie werden nicht besonders spannend sein. Bestimmt noch von ihrer Mutter. Historisch wertvoll. Klassische Raj-Nachtische aus Shanghai. Mit Tapioka.«

»Ich werfe sie weg.«

»Nein«, sagte Vanessa. »Ich hätte sie gerne. Danke.«

Wieder zu Hause in Wandsworth, war es dunkel, die Samtvorhänge mit Designer-Troddeln verhüllten die Fenster, es hatte angefangen zu regnen. Oliver war nicht sicher, ob er das viktorianische Zeug noch mochte. »Ich glaube, wir bleiben in den Neunzigern stecken«, rief er in die Küche, wo Vanessa herumkramte. »Für das hier könnten wir ein Landgut in Yorkshire kaufen. Und nach York pendeln. Was machst du denn?«

»Die Rezeptbücher!«, rief sie zurück. »Das sind gar keine Rezeptbücher, das ist ein Kästchen. Mit goldenen Schließen und mit einer Schublade und … ach du großer Gott!«

Aus dem Kästchen kam Schmuck. Goldketten, Broschen, Ohrringe. Er glitzerte auf dem Küchentisch.

»Guck mal«, sagte sie. »Guck dir mal diese Jade an! Und diese blauen hier. Oh, guck mal, guck dir das mal an!« Aus einem Plüschbeutel fiel eine prachtvolle Perlenkette. »Oliver! Das sind keine Rezeptbücher. Hier ist eine Nachricht.«

Liebe Claire,

die Rezeptbücher habe ich Babs gegeben. Betty wollte, dass du die Klunker bekommst. Sie müssten mal gereinigt und neu aufgezogen werden und so weiter. Manche Stücke hat sie seit Jahren nicht getragen. Aber es ist alles echt. Die Perlen habe ich vor sehr langer Zeit bekommen.

Eddie

»Das ist ja nicht für mich, das kann ich nicht behalten. Das ist tausende Pfund wert. Tausende! Guck mal – Aspreys 1940! Oder dieser Jadering hier, wie ein Ei. Oliver!«

»Ich rufe meine Mutter an.«

»Sie freut sich«, sagte er, als er zurückkam. »Und du sollst es behalten.«

»Ich? Oder wir?«

»Soll ich noch mal nachfragen?«

»Lass mal. Mal überlegen. Nein, da brauche ich nicht zu überlegen. Ich kann das nicht annehmen. Dann denken sie hinterher, ich hätte dich nur deswegen geheiratet.«

»Jetzt hör aber auf«, sagte er. »Es wird ja nicht gleich in der Zeitung stehen. Außer mir weiß niemand, dass wir den Schmuck haben.«

»Ich trage nie Schmuck.« Sie streichelte bewundernd das Gold und die Jade.

»Das könntest du ja ändern.«

»Ich ändere mich nie. War dieser Eddie viel in Fernost, Ollie? Oh – Ollie!« Sie hatte die Unterschrift unter der Nachricht gesehen und den Briefkopf dazu, denn der sparsame Filth brauchte immer noch sein altes Briefpapier aus der Kanzlei auf. »Da steht *Sir Edward Feathers*.«

»Ja. Das ist er. Cousin Ed. Alberner Name.«

»Aber Oliver, Edward Feathers ist Old Filth.«

»Wie bitte?«

»Oliver, *Old Filth* ist eine Legende. Unter Juristen. Ich dachte, der wäre schon ewig tot. Er war ein *großartiger* Rechtsanwalt. Er hat gestottert.«

»Gestottert?«

»Oliver – das war *Old Filth*. Aus Hongkong. Er war ein großartiger Richter.« Sie stöhnte.

»Was ist denn jetzt so schlimm?«

»Ich habe ihm alles Mögliche über die höhere Anwaltschaft erzählt. Wie einfach die Prüfung war. Und ich habe ihn gefragt, ob er immer in Dorset gearbeitet hat. Oh, Oliver!«

»Vannie, so durcheinander habe ich dich ja noch nie erlebt.«

»Ich will sterben.«

»Willst du mich heiraten?«

»Ja, natürlich. Aber … *Oliver*!«

Ein halbes Jahr später war Filth zur Hochzeit eingeladen, konnte sich aber nicht an Vanessa erinnern und hatte auch keine Ahnung, wen er in Bournemouth kannte. Der Name des Bräutigams sagte ihm auch nichts. Verwandtschaft? Claires? Er sagte ab. Claire hielt sich ans Protokoll (und außerdem war sie nicht zu Bettys Beerdigung eingeladen gewesen) und nahm keinen Kontakt auf. Sie nahm an der Hochzeit teil, der Vikar fuhr sie hin. Er vollzog die Trauung nicht, hatte aber seinen Spaß und sprach mit Vanessas Mutter über die Sünde. Babs tauchte mit kurzem, feuerrotem Haar auf. Sie verstand sich prächtig mit dem Vikar, sie tanzten die Nacht durch.

Claire winkte dem Paar hinterher, als es nach Thailand flog, und hoffte, das Baby würde nicht dort geboren werden, wobei sie ja mit Frühchen heutzutage die reinsten Wunder vollbrachten.

Vanessa gab Claire die Perlenkette, die sie

zur Trauung getragen hatte, damit sie bis zu ihrer Rückkehr darauf aufpasste.

Claire gab auf ihr Herz acht, um ihr Enkelkind noch zu sehen.

Drei Monate später schrieb sie Filth von der Geburt des Kindes. Sie hatten es Edward genannt. Edward George.

So wird die Welt bevölkert.

Teil zwei

Szene: Inner Temple

Der Rauchsalon des Inner Temple, beinahe verlassen. Er wurde gründlich renoviert: Sessel stehen herum. An den Wänden hängen Porträts distinguierter ehemaliger Anwälte und Richter, das von Mr Attlee – hager und glasig – scheint die Hände zu ringen. Ein Ohrensessel hat den anderen den Rücken zugekehrt, und Mr Attlee scheint darauf hinunterzusehen. In dem Sessel sitzt Filth und döst nach dem Mittagessen. Man kann ihn nicht sehen. Auftritt The Queen's Remembrancer und The Purveyor of Seals and Ordinances.

The Queen's Remembrancer: Er ist wohl schon gegangen.

The Purveyor of Seals and Ordinances: Zum Friseur?

QR: Womöglich. Was für eine schöne Überraschung, ihn zu sehen.

PS&O: Er sieht gut aus. Immer noch erstaunlich gut in Form. Er hat wohl auch nie irgendetwas gehabt.

QR: Bei ihm ist auch nie etwas schiefgegangen.

PS&O: Ihm ist ja auch nie etwas zugestoßen. Außer Erfolg.

OR: Im Krieg soll irgendetwas seltsam gewesen sein. Er hat nicht gekämpft.

PS&O: Verweigerer?

QR: Großer Gott, nein. Eine Art Zusammenbruch. Er hat gestottert.

PS&O: Da gehört schon was dazu, dann an die Gerichte zu gehen.

OR: Ja, bemerkenswert. Er war in einem guten Regiment. Steht im *Who's Who*. The Gloucesters. Er hatte irgendwas mit der Königlichen Familie zu tun.

PS&O: Ist nicht wahr!

QR: Und dann muss noch etwas gewesen sein. Jemand hat ihn die Karriereleiter hinaufgeschubst. Oder Richtung Fernost. Der Gerichtsbezirk dort ist immer ein bisschen brenzlig. Ziemlich viele Leute dort kann man gar nicht wirklich kennen, aber man muss so tun als ob.

PS&O: Aber Betty war wirklich in Ordnung. Finden Sie nicht? Und dann war da natürlich Veneering. Veneering und Betty! Aha!

QR: Was weiß unsereiner denn schon, die wir

zu Hause um den Woolsack und um die Inns of Court herumkriechen?

PS&O: »Und was wissen die von England, die nichts als England kennen?«

QR: Kipling. Wussten Sie, dass Filth eine ähnliche Kindheit hatte wie Kipling? Mit fünf Jahren aus der Familie gerissen. Raj-Waisen.

PS&O: Kipling hat ja dann auch seinen Weg gemacht.

QR: Kipling hatte auch einen Zusammenbruch.

PS&O: Hat er gestottert?

QR: Er ist erblindet. Halb blind mit sieben. Er hat das Empire gehasst. Psychosomatische Blindheit.

PS&O: Trinken Sie noch einen Kaffee?

QR: Nein, ich wollte nur kurz sehen, ob Filth noch hier ist. Aber da habe ich ihn wohl gerade verpasst.

PS&O: Haben wir ihn uns nur eingebildet?

QR: Ich nehme an, er wollte sich noch ein letztes Mal blicken lassen.

Abgang. Raum scheinbar leer.

Filth erhebt sich aus dem Sessel und wirft einen langen letzten Blick auf Mr Attlee.

Filth: Ob ich den Mut habe, meine Memoiren zu schreiben?

Attlee: Churchill hatte ihn. Aber im Grunde – besser nicht. Behalten Sie Ihre Geheimnisse für sich.

Die Uhr

In diesem Zug im Jahre 1941, nach der Aufnahmeprüfung in Oxford, hatte Eddie dem Mann gegenüber die *Times* wieder in die Hand gedrückt, das Abteil verlassen und war den Gang hinuntergegangen, wo er sich am Geländer unter den Fenstern festhielt. Der Zug hielt sehr oft an und füllte sich. Der Gang war voller Leute, die das Gedränge zumeist schweigend ertrugen, Schulter an Schulter. Dennoch war es kalt. Um seine Füße herum rann Wasser von irgendwoher. Soldaten stiegen ein – vielleicht in der Nähe von Birmingham. Alle rückten noch enger zusammen. Es wurde dunkel. Nur die blaue Notbeleuchtung fiel auf die totengleichen Gesichter.

Und Eddie stand da.

Irgendwo stieg er aus und wartete auf den nächsten Zug, der ihn zu dem Bahnhof brachte, der High House am nächsten lag, und dort sprang er auf einen leeren mitternächtlichen Bahnsteig hinunter. Einige Zeit später stellte er fest, dass er in einem Zeitungswagen mitfuhr, der ihn wohl mitgenommen haben musste. Er ließ ihn vor den Toren der Avenue raus, die von zwei Wachen mit Gewehren bewacht wurden. Er ging die Seitenstraße hinunter, zwängte sich durch die Hecke und ging durch die Dunkelheit zu dem würdevollen Eisenzaun um das, was er als sein Zuhause betrachtete.

Das Haus stand da mit lichtlosen Fenstern, deren Läden aber nicht geschlossen waren, und das dunkle Glas spiegelte die dunkle Landschaft. Das Haus war leer. Aber es waren Armeefahrzeuge überall in der Einfahrt, und oberhalb der Schornsteine der alten Teppichfabrik, wo die Landschaft absank, eine ganze Reihe von Armeehütten. Eddie ging um das ruhende, verlassene Haus herum und begegnete niemandem. Er probierte es an den vertrauten Türgriffen; dem pickligen Messingknauf der Seitentür vom Durchgang in den Garten, der Stalltür, der Küchentür. Alle verschlossen. Er wurde mutiger, stellte sich unter ein Schlafzimmerfenster und rief: »Mrs Ingoldby? Hier ist Eddie.« Er rüttelte an der Tür des Gärtnerhäuschens. Nichts. Kein Hund bellte. Das alte Auto – das Auto, in dem man bei Regen auf dem Rücksitz einen Schirm aufspannen musste – stand nicht in der Garage.

Das Gemüse des Colonels war ins Kraut geschossen und vergammelt, der Rosenkohl sah aus wie ein Schlachtfeld. Die Bienenkörbe waren verschwunden.

Eddie machte sich zu Fuß auf den Rückweg zum Bahnhof, schlief den Rest der Nacht auf einer Bank an der Wand des Warteraums und erreichte das warme Haus seiner Tanten am folgenden Mittag.

Es stand kein Auto vor der Tür, also waren »Les Girls«, wie sie sich selbst gern bezeichneten, nicht zu Hause. Aber Eddie hatte einen Schlüssel und stellte seine Tasche und seine eisigen Füße auf den Teppich in der Eingangshalle. Und blieb erst mal stehen.

Er hörte Alice, die winzige Hilfe, sich aus der Küche anschleichen. Sie zwitscherte überrascht auf und schlug die Hand vor den Mund, und Eddie fiel ein, dass er in seinen Kleidern geschlafen hatte und seit Oxford durchnässt und unrasiert war. Und er stellte – mit dem altbekannten Schrecken – fest, dass er nicht sprechen konnte.

»Mr Eddie. Kommen Sie, kommen Sie, kommen Sie«, sagte sie, führte ihn in die Küche hinunter und gab ihm Tee und Porridge, das er nicht essen konnte. »Oje, oje, oje«, sagte sie. »Haben Sie die Prüfung nicht bestanden?« Sie hatte auf ihrem Platz unter dem Kalender mit dem Königspaar und dem Foto von Mr Churchill im Overall weitere Fidibusse für die Kamine im oberen Stockwerk gefaltet. Auf dem Trockenbrett lag Gemüse, die Küche war sauber und lebendig und glänzte. »Oje, oje. Ich nehme an, Sie haben die Neuigkeiten gehört.«

»Ja. Ich habe es in der Zeitung gelesen.«

Sie schien erstaunt, und ihm fiel ein, dass sich in diesem Haus niemand im Geringsten für die Ingoldbys interessierte.

»Ich meine die Neuigkeiten von hier, Mr Eddie. Miss Hildas und Miss Muriels Neuigkeiten. Ich weiß gar nicht, was jetzt aus uns allen werden soll. Und aus dem Haus. Und aus Ihnen und mir, Mr Eddie. Nicht, dass ich es nicht hätte kommen sehen. Es wird schon seit Jahren darüber gesprochen. Die beiden halten mich für taub. Sie haben mir nie etwas gesagt, mich nie vorgewarnt. Ich arbeite seit fast zwanzig Jahren hier. Da wäre es doch nicht zu viel verlangt gewesen.«

»Sie haben Ihnen doch nicht gekündigt, Alice?«

»Irgendwie schon, Mr Eddie.«

Oben schlug die Haustür zu. Das Glas der Vestibültür klirrte. Hilda kreischte, als sie die Tasche im Flur sah. »Da ist er wieder. Siehst du? Dann wollen wir mal – Eddie? Wo bist du?«

»Ja. Da bin ich wieder.« Sein Kopf tauchte aus Alice' Kaninchenloch auf, und er sah, dass die Augen der Les Girls besonders funkelten. Er dachte: Sie müssen ein Turnier gewonnen haben. »Wart ihr auf dem Golfplatz?« Dann sah er, dass sie Airforce-Blau mit mehreren Streifen trugen. Kein Golf.

»Wir haben große Neuigkeiten«, sagte Muriel. »Am besten bringen wir es gleich hinter uns. Wir heiraten.«

Einen benommenen Moment lang dachte Eddie, sie würden einander heiraten.

»Du kannst dir sicher denken, wen«, sagte Hilda und nannte die Namen zu zwei der roten Gesichter im Golfclub.

»Ihr heiratet!«

Er dachte: Warum um alles in der Welt? So alte Frauen. Über vierzig. Mit diesem großen, alten Haus voller Dinge. Und Alice.

»Geh dich waschen, Eddie, Liebes. Dann komm runter und trink mit uns ein Glas Champagner. Das hatten wir schon seit Jahren vor, aber wir konnten uns natürlich nicht trennen und dich alleinlassen, bis wir dich aus den Füßen hatten.«

Er sah ihre unberührbaren Füße an.

»Soll das heißen, ihr lebt dann getrennt?«

»Ja, aber ziemlich nah beieinander. In der Nähe von Royal St. Andrews. In Schottland. Wir alle vier.«

»Weiß mein Vater es schon?«

»Wir haben ihm geschrieben. Er weiß seit einigen Jahren, dass wir … wir haben unsere Pläne verschoben. Deinetwegen. Deswegen war er uns gegenüber so großzügig, weil du all die Jahre hier gelebt hast.«

»Hier *gelebt*?«

»Ja. Seit du ganz klein warst.«

Als er wieder herunterkam, deckte Alice besorgt den Tisch. Silber und Glas schimmerten wie immer. Als sie ihn sah, schlurfte sie außer Sicht.

»Was wird aus Alice?«

»Ach, sie ist viel zu alt, um mit einer von uns mitzugehen. Wahrscheinlich nimmt sie irgendjemand anders. Sie hat ja die *Girls' Friendly Society*. Sie ist über siebzig und so ziemlich …« (Hilda flüsterte zischend) »… jenseits von Gut und Böse. Sie sollte sich wirklich zur Ruhe setzen. So passt alles gut zusammen.«

»Es *passt?*«

»Alice geht in Ruhestand, und du wirst zu deinem Vater evakuiert. Und dann diese Tragödie bei den Ingoldbys.«

»Ja«, sagte er. »Ich habe es in der *Times* gelesen. Erstaunlich, dass ihr euch überhaupt an … seinen Namen erinnert.« (Tränen, Tränen, hört auf. Und verdammt noch mal, meine Stimme lässt mich im Stich.)

»Natürlich erinnern wir uns. Sie haben dich manchmal aufgenommen. Sehr nett, uns gelegentlich ein bisschen auszuhelfen. Ach ja, es hat übrigens jemand für dich angerufen.«

»Angerufen? Wer denn? Bitte, *wer*?«

»Ich fürchte, ich habe nicht nachgefragt. Ein Mädchen. Eine junge Stimme. Ach ja, Isobel. Isobel Ingoldby. Sicher seine Schwester? Wir fanden sie etwas hochnäsig. Hei-ti-tei.«

»Hat sie eine Nummer hinterlassen?«

»Nein, nein, sie war sehr schnell. Mach dir keine Gedanken deswegen. Und jetzt zu dir. Und Singapur!«

»Du fährst nämlich nach Singapur«, sagte Hilda. »Alistair holt dich dort ab. Der sicherste Ort der Welt.«

»Hast du die Aufnahmeprüfung eigentlich bestanden?«, fragte Muriel.

»Ja.«

»Prächtig! Dann kannst du dich ja darauf freuen, für nach dem Krieg. Deine Tickets sind schon da, du fährst nächste Woche.«

»Hoch die Tassen«, sagte Muriel mit dem Champagner in der Hand. »Auf uns alle.«

»Wir haben ein Geschenk für dich«, sagte Hilda. »Er hat gesagt, du sollst sie bekommen, wenn du die Schule abgeschlossen hast. Wir haben sie solange für dich aufbewahrt. Das ist die Uhr deines Vaters.«

Nach Colombo

Nach einem hitzigen und freudlosen Weihnachten mit den künftigen Brautpaaren – Truthahn mit Sauce von irgendwoher und jede Menge Gin – war Eddie bereit für die Reise zu seinem Vater. Er hatte Alice zehn Pfund gegeben und ihr eine Postkarte versprochen. Er hätte Les Girls etwas zur Hochzeit geschenkt, aber dafür hätte er sie um Geld bitten müssen. Er hatte nur noch das Geld für die Reise nach Londonderry, wo er an Bord seines Schiffes gehen würde. Das und sein Postsparbuch mit fünfzehn Shilling und ein neues Scheckbuch, von dem er nicht wusste, wie man es benutzte.

Der Tag brach an. Die Tür des Vestibüls schlug hinter ihm zu, sein Gepäck war im Wagen, die Uhr um sein Handgelenk.

Beide Bräute hatten *wirklich* (sagten sie) vorgehabt, ihn nach Liverpool zu begleiten und ihn dort zu verabschieden – es war nur eine kurze Reise von Bolton –, und hatten sich in hochwertigen Vorkriegstweed und Diamantbroschen gekleidet und die Uniformen beiseitegelegt; aber dann wurde Hilda in letzter Minute von ihrem Galan weggerufen, um irgendein Hochzeitsarrangement zu besprechen, und so fuhr Muriel Eddie allein zum Hafen. Dort stiegen sie aus, sie gab ihm einen schallenden Schmatzer und sagte, wie sehr sie ihn um diese wundervolle Reise in den Sonnenschein und aus dem Krieg hinaus beneide …

»Aunt Muriel?«

… und wie sehr sie ihn *vermissen* würden, und wie sehr sie sich darauf freue, ihn nach dem Krieg in Oxford zu sehen …

»Aunt Muriel, entschuldige …«

»Ja?«

»Es ist nur so, dass ich überhaupt kein Geld habe.«

»Mein lieber Junge, du wirst jede Menge Geld haben. Du bekommst alles, was wir jetzt aufgeben müssen, weil du weggehst. Deinen Unterhalt.«

»Ja. Aber ich meine Bargeld. Ich habe nur ungefähr ein Pfund.«

»An Bord wirst du auch kein Geld brauchen.«

»Aber wenn irgendetwas schiefgeht? Wir könnten auf halber Strecke steckenbleiben.«

»Ach, Eddie, was für ein Bedenkenträger du bist. Alistair holt dich doch ab.«

»Ich bin nicht sicher, wie lange …«

»Na, *ich* weiß das auch nicht. Ich habe auch nicht viel dabei. Würden fünf Pfund …?«

»Ich glaube, vielleicht brauche ich ein bisschen mehr.«

Sie kramte in ihrem Portemonnaie und brachte sieben Pfund, zwölf Shilling und Sixpence zum Vorschein.

»Hier«, sagte sie. »Du hast mich komplett ausgenommen.«

Dann war sie weg, sie verschwand aus seinem Leben, unbetrauert und ungeliebt. Er fühlte sich gründlich durchgeschüttelt und deprimiert, als hätte ein anderer Junge, einer dieser strahlenden Golfspieler etwa, das alles besser hinkriegen können.

An der Hafengrenze hupte sie. Das allgemeine Scheppern und Tuten, die Menschenmenge an der Fähre. Er sah ihr großes, freundliches Gesicht um die Ecke biegen.

Die Überfahrt war unproblematisch. Die See, das verhasste Grau, war glücklicherweise ruhig. Eddie stand an der Reling und beobachtete die U-Boote der englischen Navy, die in der irischen See übten, feindliche U-Boote zu versenken. Hinter ihm verschwand die Westküste.

Auf seinem Koffer klebten codierte Tickets, und hinter ihm sagte jemand: »Draußen auf dem Meer gibt's die in Massen. Alles voll mit deutschen U-Booten.«

Im Zug nach Londonderry – leere Landschaften – dachte er plötzlich, dass er sich hätte zusammenreißen und sich mehr für seine eigene Zukunft interessieren sollen. Er wusste nicht mal, wie lang die Reise sein würde. Auch sonst war ihm alles egal. Lustlos fragte er sich, ob er sein Schiff überhaupt finden würde.

Aber irgendwie landete er in einer großen Bucht am Dock und irgendein Offizieller hatte seinen Namen auf einer Liste.

»Du reist allein? Ohne Gruppe? Glaub nicht, dass wir dir ein Schild umhängen.« Eddie überragte ihn deutlich. »Gute Reise gehabt bisher?«

»Ja, danke.«

»Aber jetzt erst mal für eine Weile nicht. Der Konvoi ist noch nicht fertig. Das Schiff liegt sicher noch drei Wochen im Hafen.«

»Drei *Wochen*?«

»Ja. Hier ist die Adresse deiner Unterkunft. Keine Sorge, wir vergessen dich da schon nicht. Findest du selbst hin, oder brauchst du den Schulbus?«

»Ich finde es schon. Die Schule habe ich schon abgeschlossen.«

Der Mann sah ihn neugierig an und wandte sich ab.

»Was kostet der Bus denn?«, rief er noch, aber da war der Mann schon verschwunden.

Er fand den Bus, und die Fahrt war nicht teuer. Eddie stieg in der sanften, grünen Landschaft westlich der Stadt aus. Er stellte fest, dass er auf einer Farm unterkommen sollte, wo eine Magd ihn mit einem Glas Buttermilch empfing. Er war im Moment der einzige Gast.

»Die Evakuierten kommen und gehen«, sagte sie. »Arme, kleine Seelchen, Rotz und Wasser am Weinen, und ihre ganzen Tickets um den Hals. Und ich muss die Blagen dann wieder wohin schicken, wo sie keinen kennen. Wer hat dich denn weggeschickt? Du bist ganz schön alt für 'n Evakuierten. Oder kommst du aus dem Ausland? Oder hast du keine Lust zu kämpfen?«

Er hasste sie.

Er ging auf den Feldern spazieren und half auf der Farm mit. Ein leerer Tag folgte dem anderen. Die Zeit stand still. Wenn die Magd – sie roch nach Erde und Mais und ihr wissender Blick schmerzte – hinter seinem Stuhl vorbeiging, beim Abendessen mit Kartoffelsuppe und schwerem Talgpudding, beugte sie sich sehr dicht über ihn. Manchmal fuhr sie ihm mit ihren warmen Händen durchs Haar. Eines Nachts kam sie in sein Zimmer und versuchte, in sein Bett zu kriechen, aber er war verängstigt und warf sie hinaus.

Aber als nach einer Woche immer noch kein Schiff gefahren war, stellte er fest, dass er immer wieder nach ihr Ausschau hielt und dass sein Herz so laut schlug, dass er errötete, wenn sie mit der Buttermilch über die Felder kam.

»Musst du keine Briefe schreiben? Muss niemand Bescheid wissen?«

Er spürte ihre Freundlichkeit, und an diesem Abend schrieb er auf duftendem Papier, das sie aus ihrer Schublade geholt hatte, an seine Schule. Er berichtete von Oxford, und dass seine Tanten ihn nach Singapur geschickt hatten. Er bedankte sich bei Oils, seinem Geschichtslehrer, und bat ihn, in Oxford Bescheid zu sagen, dass er dem Wunsch seines Vaters gegenüber machtlos gewesen sei und dass er so schnell wie möglich zurückkommen werde. Er schaffte es nicht, direkt nach Oxford zu schreiben. Dafür war er viel zu unglücklich. Er fühlte sich schwach und hatte ein schlechtes Gewissen, wie ein Schuljunge, ein Häufchen Elend. Er hätte in Oxford nicht einmal sagen können, wohin sie ihre Antwort schicken sollten.

Dann schrieb er an Sir, wusste aber nichts zu sagen, was wirklich wichtig gewesen wäre. In keinem seiner Briefe erwähnte er Pat Ingoldby.

Seine Schwäche und Selbstverachtung lähmten ihn. Er fing wieder an zu stottern, also hörte er auf zu sprechen. Eines Nachts wachte er in seinem sauberen, weißen Bett auf, das Mondlicht fiel ins Zimmer, auf den alten Schrank, den nackten Fußboden, den Waschkrug, auf die Schüssel und die Seifenschale auf dem Waschtisch, auf das reine Weiß seines Handtuchs für den nächsten Morgen, und er wandte sich an das Mädchen und ließ es tun, was es wollte.

Was, wie er herausfand, auch das war, was er wollte. Und sie machte es ihm einfach.

In der folgenden Nacht wartete er auf sie und übernahm die Kontrolle. »Du bist toll«, sagte sie, und er sagte: »Ich bin gut in Mannschaftssportarten«, und sie lachte ins Kissen. Er hatte das Gefühl, dass der Bauer und seine Frau Bescheid wussten. In der folgenden Nacht kam sie nicht. Er war einsam. Verzweifelt. »Wo warst du?«, fragte er am nächsten Tag, aber sie starrte ihn nur an und ging zum Milchvieh. An diesem Abend war sie wieder bei ihm, aber er genoss es nicht. Als sie sich mit dem Seifenwasser in seiner Waschschüssel wusch, fragte sie: »Wie viel Geld gibst du mir dafür?«, und als er sagte, er habe nur ein paar Pfund, glaubte sie ihm nicht. »In Ordnung, dann gib mir halt die Uhr.«

Er sagte: »Niemals. Sie hat meinem Vater gehört.«

Als er am Frühstückstisch saß, brachte ein Laufbursche die Nachricht, dass sein Schiff bald losführe. Er packte sofort seine Sachen und ging ohne Frühstück zur Bushaltestelle. Auf seinem Nachttisch hatte er einen Shilling hinterlassen. Das gefiel ihm. Ein Mann, der die Spielregeln kannte. Ein Christ-Church-Mann. Ein Mann von Welt. Das Buttermilchmädchen war verschwunden.

Und als er diesmal ans Dock kam, war er unbeschwert und hatte keine Sorge mehr, dass er mit einer Horde kleiner Kinder und heulender Eltern zusammengebracht werden würde. Er legte einem Büro am Kai seine Papiere vor. Inzwischen lag eine ganze Flotte vor Anker, ein riesiges Aquarium voller Truppentransporter, Schlachtkreuzer, Zerstörer und Frachtschiffe verschiedener Größen, die darauf warteten, losfahren zu können. Eine alte Teerjacke spuckte über die Reling.

»Ist das die *Breath o'Dunoon*?«

»Na, logisch. Komm an Bord!«

»Bin ich der Einzige? ... der Einzige, der evakuiert wird?«

»Überhaupt nicht, es ist noch einer da. Er ist unten.«

Eddie kletterte mit seinem Koffer drei Metallleitern hinunter in eine stinkende Dunkelheit und ging einen schmalen Gang entlang, der zur Mitte hin abfiel. Er lag schon unterhalb der Wasserlinie. Les Girls hatten sich nicht für die Kabinenklassen auf der *Breath o'Dunoon* interessiert.

Niemand war zu sehen. Die Geräusche des Meeres schwappten herum. Hinter einer Kabinentür war ein trockenes, klickendes Geräusch zu hören.

Er öffnete die Tür und fand dahinter zwei

rechtwinklig angeordnete Kojen, so schmal, dass sie eher wie Regalbretter wirkten, mit jeweils einer grauen Decke darauf. Auf der besseren Koje saß ein Junge im Schneidersitz und beschäftigte sich mit einem Kartenspiel. In einer seiner sehr kleinen Hände hielt er es hoch über seinem Kopf in die Luft, die andere hatte er im Schoß liegen, und zwischen den beiden Händen hing mitten in der Luft ein Bogen farbenfroher Karten wundersam im Raum. Eddie sah zu, und dann fiel der Bogen präzise in der unteren Hand in sich zusammen und wurde wieder zu einem Kartenspiel.

»Okay, wie wär's damit?«, sagte der Junge. »Such mal die Herzdame.«

Er war Orientale und wahrscheinlich etwa zehn Jahre alt. Aber sein Körper war offenbar genau für diese Kabine gemacht – eher der Körper eines Sechsjährigen. Die verknoteten Beine sahen sehr kurz aus, die Füße ganz zierlich. Seine Gesichtszüge waren bei näherer Betrachtung interessant, denn sie sahen trotz der schmalen, schrägen Augen nicht chinesisch aus. Er war kein Inder und mit Sicherheit kein Malaie. Auch nach dreizehn Jahren erkannte Eddie einen Malaien immer noch. Die Haut des Jungen war nicht elfenbeinfarben oder das sogenannte »gelb«, sondern eindeutig rötlich.

»Okay«, sagte er, »dann such die Herzdame eben nicht. Nimm einfach eine Karte. Irgendeine. Okay?«

»Lass mich doch erst mal meine Sachen auspacken.«

»Dafür hast du doch noch Monate Zeit. Wir sind für zwölf Wochen in diesem Rattenloch.«

»Was? Das will ich nicht hoffen. Ich fahre nur bis Singapur.«

»Ich auch. Über Sierra Leone. Wusstest du das nicht? Wir steigen in Freetown um in ein anderes Schiff, wenn eins da ist. Nimm eine Karte.«

Eddie setzte sich ans andere Ende der Koje.

»Na los. Nimm eine. Nein, zeig sie mir nicht. Sehr gut. Karoneun. Stimmt's?«

Es war die Karoneun.

»Machst du das professionell?«

»Was?«

»Kartentricks.«

»Ja«, sagte der Junge. »So könnte man das auch nennen. Ich bin Albert Loss. Eigentlich Albert Ross – ich habe schottische Wurzeln –, aber weil ich außerdem Hakka-Chinese bin, kann ich kein R aussprechen. Klar, oder?«

»Aber alle anderen könnten dich doch Albert Ross nennen?«

»Kannst du machen, wenn du willst. Haben sie in der Schule auch. Außerdem haben sie mich Coleridge genannt. ›Albat Ross‹, verstehst du? *Ancient Mariner*. Seeleute haben mich immer gern an Bord. Albatrosse bringen Glück.«

»Bist du auch professioneller Seefahrer?«

»Man kommt herum«, sagte Loss. »Spielst du Cribbage?«

»Nein.«

»Bringe ich dir bei.«

»Sind noch mehr von uns auf dem Schiff?«

»Noch mehr was?«

»Na ja …« (beschämt) »… Evakuierte.«

»Keine Ahnung. Ich glaube, nur wir zwei. Okay? Nimm noch eine Karte.«

»Ich gehe hoch an Deck«, sagte Eddie.

»Okay. Ich komme mit. Gucke beim Laden zu. Corned Beef. Wird in Freetown gelöscht und dann geht es mit Bananen weiter.«

»Bananen? In den Fernen Osten?«

»Blödmann. Wir steigen in Freetown in ein anderes Schiff um und müssen da erst mal warten. Die Bananen fahren mit der *Breath o'Dunoon* nach Hause auf den Schwarzmarkt und in die Kommandotrupps.«

»Ich habe seit drei Jahren keine Bananen mehr gesehen.«

»Du hast keine Ahnung. In Freetown kannst du jede Menge futtern. Flach auf dem Rücken. In Freetown bewegt sich gar nichts. Die Airforce ist da, und sie sind allesamt verrückt geworden. Reden mit Affen. Treiben es mit Affen.«

»Woher weißt du das alles?«

»Das weiß man halt. Ich habe die Reise schon mal gemacht. Oft genug.«

»Wie alt bist du?«

Der Junge sah empört aus. Seine schmalen Augen wurden kalt. Dann weich und traurig. »Diese Frage beantworte ich nicht oft, aber ich sage es dir. Ich bin vierzehn.« Er holte eine schwarze Zigarette mit goldenem Filter aus seiner Tasche und zündete sie an.

Sechsunddreißig Stunden später gab es Anzeichen, dass der Schiffsschwarm sich abfahrbereit machte. Eddie fragte noch einmal, ob sie die einzigen Passagiere seien.

»Drei Monate. Nur du und ich.«

»So sieht es aus.« Loss spuckte den Möwen schwarzen Shag zu. »Da habt ihr was zu kauen«, sagte er. »Ich bin auch ziemlich schlau. Ich kann ein paar Sprachen, ich könnte dir Malaysisch beibringen.«

»Ich kann Malaysisch«, sagte Eddie. »Ich bin da geboren.«

»Und Mandarin? Hindi? Kann ich alles. Schöne Uhr.«

»Hat meinem Vater gehört.«

Tage später, schien es, versank Irland hinter ihnen im Meer. Der Bug des Schiffes schien immer dem Sonnenuntergang hinterherzufahren, so blass und verregnet er auch war. Große, graue, meerfarbene Schiffe standen wie Stifte aus Blei auf dem Ozean, und kleinere, flinkere Schiffe fuhren zwischen ihnen herum. Die *Breath o'Dunoon* sah aus wie ein Landstreicher auf einem Ball. Der Atlantik lag ruhig unter ihr.

»Wir sind in einem Konvoi.«

»Natürlich sind wir in einem Konvoi. Wir können ja nicht gut allein nach Afrika fahren. Wir sind ja kein Fischerboot. Es ist Krieg. Ein Fischerboot wäre wahrscheinlich schneller. Ein Konvoi kann ja nur so schnell fahren wie das langsamste Schiff. Und erst mal fahren wir tagelang Richtung Westen, um von den deutschen U-Booten wegzukommen. Fast bis Amerika, und die ganze Zeit im Zickzack. Hab ich recht?«, fragte Loss herablassend den Captain, an dessen nicht allzu sauberem Tisch sie zu Abend aßen. Der Captain ignorierte ihn und löffelte seinen Mehlpudding.

»Machen wir eigentlich die ganze Zeit nichts? Ich habe keine Bücher dabei. Ich dachte, wir wären nur ein paar Tage unterwegs.«

»Sie können ja kochen, wenn Sie wollen«, sagte der Schiffsingenieur. »Schlimmer als das hier kann es ja nicht werden. Das ist aus Bleikugeln. Können Sie kochen, Mr Feathers?«

»Nein, leider gar nicht.«

»Ich kann kochen«, sagte Loss. »Aber nur französische Cuisine.«

»Ihr könnt beide Kartoffeln schälen«, sagte der Captain. »Aber nimm dafür die Uhr ab, Feathers.«

»Und halten Sie sie von *ihm* fern«, sagte der Ingenieur und zeigte auf Loss. »Wenn Sie mich fragen, ist der aus einer Reformschule für jugendliche Straftäter abgehauen.«

»Es war Eton«, sagte Loss. »Ich sollte nach Eton gehen. Spielen Sie Cribbage?«

»Jetzt nicht«, sagte der Mann. »Aber wenn, dann mache ich dich fertig.«

In Freetown gingen sie von Bord der gebrechlichen *Breath o'Dunoon* und an einen sengend heißen Strand, wo die Luft pulsierte wie Öldämpfe. Dahinter der schwarze Dschungel. Schwarze Menschen reglos unter Palmen. Niemand schien zu wissen, was als Nächstes passieren sollte. Nach einem kläglichen Versuch einer Untersuchung beim Zoll, wo vor allem die Uhr Interesse erregte, standen die beiden herum und warteten auf Anweisungen. Es gab aber keine. Die Mannschaft der *Breath o'Dunoon* ließ es locker angehen, bevor sie das Dosenfleisch abluden, und der Captain war verschwunden. Es wurde vorgeschlagen, dass sie ihre Pässe abgeben sollten, aber das ignorierten sie.

Eine Hitze, wie Eddie sie noch nie erlebt hatte, brannte über Land und Meer. Der Geruch von Afrika war wie Chloroform. Landeinwärts lagen kochend heiße Blechhütten, eine mit einem roten Kreuz darauf, Asphalt, ein paar kümmerliche Lädchen und Angehörige der Royal Air Force in Unterhemden und Shorts. Im Schatten unter den Bäumen standen weitere Schwarze.

Hinter dem weißen Strand begannen die Mangowälder, und Albert Loss setzte sich unter eine Palme und aß eine Mango. Erst schälte er sie mit seinem Taschenmesser, dann lutschte er daran. Er holte ein Notizbuch heraus und machte irgendwelche Berechnungen. Eddie aß Bananen und dachte mit einiger Befriedigung an das Buttermilchmädchen.

Er beobachtete die Wellen des Atlantiks. »Ich glaube, ich geh mal baden«, sagte er. »Den Bananensaft loswerden.« Er leckte sich die Finger ab, rannte ins Meer und wurde sofort auf den Strand zurückgeworfen. Er versuchte es noch einmal und wurde wieder ausgespuckt. Er lag mit verrenktem Rücken und verschrammten Knien da, und die Wellen schwappten verächtlich über ihn.

»Die Sonne ist gefährlich«, verkündete Loss vom Rand des Dschungels.

Aber Eddie war so überwältigt davon, frei zu sein, warm und entjungfert und voller Bananen, dass er einfach im Sand liegenblieb. Der gefährliche Teil der Reise war vorbei. Sie hatten keine deutschen U-Boote gesehen, und mit dem nächsten Schiff würden sie auch auf keine treffen, denn inzwischen waren sie außer Reichweite. Sie nahmen die längere Strecke an der afrikanischen Küste entlang und um das Kap herum, dann zum Tanken nach Colombo und dann nach Singapur, in Sicherheit. Vielleicht war das nächste Schiff ja besser. Womöglich sogar komfortabel. Plötzlich dröhnte ein Flugboot vom Typ Sunderland von hinter den Mangos her und kam am Meeressaum entlang auf ihn zu, hüpfend wie ein Korken auf den Wellen. Irgendwo weiter draußen landete es donnernd und mit Schlagseite. Verdammte Flugzeuge, dachte Eddie. Ich will schlafen. Er war satt und fühlte sich ganz außergewöhnlich. Glücklich.

»Wie viele Bananen hast du gegessen?«, fragte Loss.

»Sechsunddreißig.«

»Du bist unmäßig. Hätte ich nicht gedacht.«

»Die sind ja winzig. Das ist quasi nichts.«

»Sie sind überreif. Woher hast du sie?«

»Von einem Haufen. Unter einem Baum. Was dagegen?«

Loss betrachtete ihn.

»Nein. Ich freue mich, dass es doch Dinge gibt, die du genießen kannst. Machen wir eine Patience?«

»Es sind bestimmt vierzig Grad. Ich will ein Bier.«

Eddie stolperte den Strand hinauf zu einem Stand, wo eine massige Dame in Orange in

Trance zu sein schien, aber sein englisches Geld gern annahm.

»Du hast deine Uhr im Sand liegengelassen!«, rief Loss.

»Pass auf sie auf!«, rief Eddie zurück. »Willst du auch ein Bier?«

»Sicher nicht. Nicht das Zeug. Und rühr bloß das abgefüllte Wasser nicht an. Ich war hier schon mal.«

Eddie legte sich wieder in den Sand und schlief ein.

Als er wieder aufwachte, setzte er sich auf und trank aus einer dunklen Flasche. Sein Kopf begann zu schwimmen. Er streckte die Beine in die Luft. Loss beobachtete ihn.

»Du benimmst dich irgendwie sonderbar«, sagte er. »Ich kenne dich jetzt seit sechs Wochen, und ich weiß, dass du sonst nicht so bist.«

»Ich bin aber gerne so.«

»Ich staune. Du bist doch sonst so vernünftig.«

»Ich habe mit einer Frau geschlafen«, sagte Eddie. »Jippie!«

Loss zog es vor, das unkommentiert zu lassen.

Nach einer Pause sagte Eddie: »Warst du hier wirklich schon mal?«

»Irgendwo, wo es ähnlich war. Die Küste runter.«

»Oh, wo es *ähnlich* war, war ich auch schon. Zur Genüge. Und schlimmer.«

»Wann?«

»Als ich fünf war. Da bin ich mit einer Missionarin nach England gekommen. Auntie May hieß sie. Um dann allein in England zu leben.«

»Allein?«

»Nein. Bei einer Frau, die wir Ma Didds genannt haben. Professionelle Pflegemutter. Ich und zwei entfernte Cousinen, von denen ich noch nie gehört hatte. Für Raj-Blagen war Malaysia nicht sicher genug, wir sind da gestorben, wenn wir älter als fünf wurden. Und vor fünf auch schon zu Hunderten. Mir ging es im Fernen Osten eigentlich gut, aber ich hatte nichts zu sagen. ›Schrecklich für die Eltern‹, heißt es immer, aber ich hatte gar keine Mutter, und mein Vater lebt in seiner eigenen Welt. Egal, alle Raj-Waisen vergessen ihre Eltern. Manche binden sich für den Rest ihres Lebens an die Pflegeeltern.«

»Du nicht?«

»Nein.«

»Wo warst du denn?«

»Wales. Es stand nur Wales oder Norfolk

zur Auswahl, und Wales war billiger.« Plötzlich ging ihm auf, dass seine Tanten das entschieden haben mussten. »Und du, Loss?«

»Meine Eltern sind irgendwie ein Rätsel. Sie haben mich erst mit zehn nach England geschickt. Und sie haben es nicht ›nach Hause‹ genannt. Sie waren keine Raj.«

»Was hast du in den Ferien gemacht?«

»Da war ich immer in Singapur.«

»Kann ja nicht sein, so viel Zeit war ja gar nicht.«

Loss legte mit einem Tuch über dem Kopf weiter seine Patience.

»Na ja«, sagte er vage. »Ich wurde halt so herumgeschleppt. Ich bin ein Reisender. Ich bin Hakka.«

»Das sagst du immer. Waren viele Hakkas in Eton?«

»Ich bitte dich, Feathers. Mag ja sein, dass du endlich anfängst zu sprechen, und das ist ja auch alles hochinteressant, aber trink besser kein Bier mehr. Und lass die Finger von den Bananen.«

»Warum?«

»Weil ich mich sonst um dich kümmern muss. Ich sehe jetzt schon, wie sich das Obst bewegt. Das wird eine Demütigung.«

»Für mich oder für dich?«, schrie Eddie, sternhagelvoll, flach auf dem Rücken, die Füße in der Luft, und schälte seine siebenunddreißigste Banane.

»Für uns beide«, sagte Loss. »Hier. Deck dich zu. Hier ist dein Hemd. Du ziehst alle Aufmerksamkeit auf uns.«

»Stimmt doch gar nicht!«, brüllte Eddie. »Hier sind doch alle betrunken. Guck dir mal die leeren Bierflaschen überall an. Oder sie stehen unter Drogen und glotzen blöd in die Gegend. Er-bärm-lich. Die Guten sind alle tot. Wir verlieren den Krieg sowieso, da können wir uns auch gleich totsaufen.«

Das Dröhnen eines weiteren Flugboots zerschnitt die Luft. »Ein Haufen Ersatzteile!«, rief Eddie. »Schafft es eh nicht zurück. Torpedoboote, bumm, bumm, fertig. England hält kein halbes Jahr mehr durch gegen Deutschland. Churchill ist ein Clown. Schmierenkomödiant. Das Land ist am Ende. Europa ist am Ende. Gott sei Dank gehe ich weg.«

Jemand kam aus der Rotkreuzhütte an den Strand und holte ihn dort weg. Loss ging gedankenverloren hinterdrein.

Eddie wurde ins Bett gesteckt und redete drei Tage lang wirres Zeug. Loss zog in die Seemannsmission. Er sah einen Skorpion vom Dachsparren hängen, aß Mangos und spielte Karten mit jedem, der sich dazu bereiterklärte.

Der Arzt der Seemannsmission machte sich Sorgen um Eddie. »Wie alt ist er?«, fragte er Loss. »Dein Freund. Der andere Evakuierte. Ein Schulfreund?«

»Ich bin nicht evakuiert«, sagte Loss. »Ich fahre nach Hause, um mein Leben zu leben. Feathers ist mein Freund, aber ich habe ihn erst auf der *Breath o'Dunoon* kennengelernt. Er wurde unfreiwillig evakuiert. Sein Vater hat gesagt, er soll nach Malaysia zurückkommen. Er wollte bleiben und seinen Beitrag leisten.«

»Tatsächlich? Tja, jetzt schimpft er und tobt über tote Piloten und die Luftschlacht um England.«

»Die ist vorbei«, sagte Loss. »Ich glaube, er hat seinen besten Freund verloren. Es gibt Leute, die haben einen besten Freund. Ich vermeide das. Er wird schon wieder. Wahrscheinlich musste das mal raus.«

Der Arzt war sich nicht so sicher.

Als vierzehn Tage später der portugiesische Frachter ankam, der sie mitnehmen sollte, durfte ein hagerer, einsilbiger (aber nicht stotternder) Feathers die Weiterreise antreten.

»Er ist stark«, sagte der Zahlmeister. »Gibt welche, wo die Malaria kriegen, sobald sie in Freetown den Fuß auf'n Boden setzen. Hat er aber nicht gehabt. Oder Schwarzwasserfieber, wenn sie nur den Sumpf angucken. Hat er nicht gehabt. Nur die Verdauung. Die Verdauung und der Kopf. Der wird schon wieder.«

»Er hat Palmbier aus einer schlechten Flasche getrunken«, sagte Loss, schmallippig wie ein Methodist.

»Kann sein, das hat ihm das Leben gerettet.« Der Zahlmeister war der einzige Engländer an Bord des neuen Schiffs, und er sprach Portugiesisch. Er hatte sich wegen Plattfüßen ausmustern lassen, sagte er. »Ich nehm an, der Kerl wird's überleben«, sagte er. »Er kann ja schon wieder laufen.«

Aber als sie losfuhren – die neutrale Flagge flatterte, oder hing vielmehr schlapp am Mast –, die afrikanische Küste hinunter, um das Kap herum und schließlich auf den heißen Indischen Ozean hinaus, lag Eddie im Krankenbett, aß kaum, trank nur Limettensaft und sprach nicht, sondern murmelte und schrie im Schlaf. Loss saß drei Stockwerke unter ihm im übelriechenden, schwitzigen Schiffsbauch auf seiner Koje und schrieb sein Logbuch. Er saß auch mehrere Stunden am Tag bei Eddie und dachte seine Hakka-Gedanken. Nachts ging er an Deck und lernte Portugiesisch von der Mannschaft. Jeden Morgen beobachtete er, wie die neutrale Flagge gehisst wurde, damit die See und der Himmel und die Seevögel (nur noch wenige) und die feindlichen U-Boote (gar keine) wussten, dass dies ein Schiff auf friedlicher Mission war.

Zu gegebener Zeit stand Eddie auf und ging an Deck umher, saß an den Davit gelehnt da, beugte sich über die Reling. Er fühlte sich so fremd und so weit weg von allem, was ihm bisher geschehen war, dass ihm Tränen der Schwäche in die Augen stiegen und das überwältigende Licht der Sterne einfingen. Er war hohl, wie eine Muschel am Strand – aber endlich sicher. Es könnte mir jetzt gut gehen, dachte er, wenn ich für den Rest meines Lebens auf See bleiben könnte.

Loss betrachtete ihn und dachte über das nach, was er von Eddies wirrem Reden auf dem Krankenbett gehört hatte. Einmal, als sie im Mondlicht auf dem knarrenden Deck saßen, riskierte er es und sagte: »Erzähl mir von Ma Didds. Na los. Eines Tages wirst du es irgendjemandem erzählen müssen.«

Aber Eddie versteinerte.

Bei einer anderen Gelegenheit, als die Mannschaft Fischeintopf aß und Eddie Brot zerkrümelte, sagte Loss leichthin: »Wusstest du, dass manche glauben, wer eine grausame Kindheit hatte, hat das Zeug zum Genie?«

»Ich bin kein Genie«, sagte Eddie. »So oder so nicht.«

»Pech«, sagte Loss. »Vielleicht ist es sogar schade, dass sie *mich* nicht zu Ma Didds geschickt haben.«

»Die hätte selbst dich kaputtgekriegt.«

Aber dieses Gespräch war ein Wendepunkt, und Eddie schien sich zu entspannen. Als die Hitze noch weiter zunahm, die See, so weit das Auge reichte, eine schimmernde Scheibe war und die beiden Jungen in jedes schattige Plätzchen unter den Rettungsbooten krochen; als die Maschinen weiterarbeiteten und das Kielwasser hinter ihnen gurgelte und die See darunter ihre Geheimnisse für sich behielt; als die Zeit stehenblieb, da fing Eddie an, nachts wieder zu schlafen und zu existieren und oft tagsüber noch einmal friedlich zu schlafen. Einoder zweimal brach der alte Eddie durch. Er dachte über seinen Vater nach und was sie beide wohl in Kotakinakulu machen würden – oder Singapur oder Penang oder wo auch immer sein Vater jetzt war –, aber bald gab er alle Gedanken an die Zukunft oder die Vergangenheit auf und beobachtete Loss träge beim Kartenausgeben.

»Riechst du das?«, fragte Loss. »Riechst du auch Land?«

Eddie schnüffelte.

»Wir sind doch noch viel zu weit draußen.«

»Lanka«, sagte Loss. »Der Dichter hat es die Duftende Insel genannt, einen aromatischen Garten Eden, den letzten Vorposten der Zivilisation. Wir haben noch einen halben Tag vor uns. Da müsste man es schon spüren.«

»Was, Blumen? Duft, der übers Meer weht?«

»Ja. Man riecht sie immer. Da macht das Herz einen Hüpfer.«

Nach einer Weile sagte Eddie: »Ich rieche etwas. Aber keine Blumen. Eher etwas Übles. Ob es ein Problem mit den Maschinen gibt?«

»Ist mir auch aufgefallen«, sagte Loss, ging an die Reling und starrte Richtung Osten.

»Es ist so verschmiert«, sagte Eddie und trat zu ihm. »Der Himmel sieht irgendwie verschmiert aus.«

Eine halbe Stunde später entpuppte sich das Schmierige als Wolken so schwarz wie Öl und Ruß, die über dem gesamten Horizont lagen. Die Maschinen verlangsamten.

Dann blieben sie stehen, und es wurde still, das Kielwasser beruhigte sich, und die Mannschaft versammelte sich an der Reling und guckte.

Ein Schwall Portugiesisch pladderte aus dem Lautsprecher an der Brücke.

»Ich gehe mal den Zahlmeister suchen«, sagte Loss. »Aber ich verstehe schon.« Er hörte zu. »Es gab einen Funkspruch. Nachricht aus Colombo. Singapur ist von den Japanern besetzt!«

»Von den *Japanern*? Was haben wir denn mit denen zu schaffen?«

»Wir haben schon ewig keine Zeitung mehr zu sehen bekommen. Und seit Weihnachten keine Nachrichten gehört. Wir sind seit fast vier Monaten an Bord.«

»Singapur ist uneinnehmbar.«
»Anscheinend nicht.«

Nach Einbruch der Dunkelheit setzte sich das Schiff sehr langsam wieder Richtung Colombo in Bewegung. Allerdings, sagte der Zahlmeister, sei nicht sicher, ob sie wirklich würden tanken können. Schwarzer Rauch lag über sämtlichen Hügeln. Die Kautschukplantagen standen in Brand. Die Morgendämmerung kam nicht dagegen an, sie fuhren immer tiefer in die Dunkelheit.

Urplötzlich waren sie inmitten einer ganzen Flotte ramponierter Schiffe, von denen die meisten Richtung Hafen humpelten, eine makabre Regatta, die Decks voller Verletzter und Verbundener.

»Sie haben rote Blumen an den Hüten«, sagte Eddie. »Die meisten jedenfalls.«

»Das ist Blut«, sagte Loss.

Einige der Bandagierten winkten matt und reckten unsicher die Daumen in die Höhe, und als die Boote den Hafen erreichten, ertönten schwacher Jubel und Fetzen patriotischer Lieder. »Sie singen«, sagte Eddie. Aber *There'll always be an England* verebbte, als die Flüchtlinge an Bord nah genug waren, um zu sehen, dass der komplette Hafen von Colombo voller weiterer Engländer war, die ebenfalls wegzukommen versuchten.

»Die sehen ja fix und fertig aus«, sagte Loss.

»Sie sehen merkwürdig schrumpelig aus«, sagte Eddie. »Als wären sie tagelang im Wasser gewesen. Bleich und runzelig. Sag mal, Coleridge, Singapur kann doch nicht *wirklich* gefallen sein?«

Loss schwieg.

Dann sagte er »sieh mal« und zeigte auf tausende japanische Flaggen, die auf jedem Hausdach am Hafen und aus jedem Fenster flatterten.

»Ich kann mir nicht vorstellen, dass sie hier irgendwie sicherer sind«, sagte Eddie.

»Und wir auch nicht«, sagte Loss.

Plötzlich erschienen über der duftenden Insel im Süden blitzende Lichter. Mehrere Gruppen kleiner Sterne, silberner und roter Dreiecke funkelten kurz im Sonnenlicht auf und wurden dann wieder vom Rauch verschluckt. Flugzeuge.

»Wie Schreibfedern«, sagte Eddie. »In rote Tinte getaucht.«

»Japsen«, sagte Loss.

Die British Army war überall auf den Kais, Offiziere stolzierten umher, der Gouverneur mit seinem kleinen Stock, die Flüchtlinge wurden willkommen geheißen, waren aber zu verwirrt, um alles zu verstehen. Eddie sah eine Frau mit einer Krücke, die immer wieder laut nach einer Vera rief; dann brach sie zusammen.

Menschenmengen hingen über den Geländern am Zollamt, wo in aller Ruhe Papiere gesichtet wurden, sogar die von Leuten, die auf Bahren hereingetragen wurden.

»Was passiert denn jetzt mit uns?«, fragte Eddie. »In dem Chaos gehen wir ja total unter. Sie können hier jeden Moment anfangen zu bombardieren.«

»Wir sollen wohl tanken und dann umkehren«, sagte Loss – er hatte den Schiffsingenieur gefunden. »Bis wir getankt haben, wird es allerdings dauern. Und wir nehmen noch Flüchtlinge an Bord.«

»Umkehren?«, sagte Eddie. »Wieder nach Sierra Leone?«

»Nein. Zurück nach England. Die ganze Strecke. Wahrscheinlich über Cadiz.«

»Ich muss irgendwie meinem Vater Bescheid sagen.«

»Wenn du ihm eine Nachricht schickst, dann am besten auf Japanisch.«

Das Schiff schaffte es irgendwie, in dem Tollhaus von Hafen anzulegen. Die Maschinen erschauderten einmal laut und erstarben dann. Das Schiff wurde festgemacht und die erste Laufplanke hinuntergelassen. Loss und Eddie standen oben, Seite an Seite, wie ein Laternenpfahl und ein Poller. Eddie sah auf Loss hinunter und merkte jetzt erst, dass er seinen Koffer und seinen Seesack dabeihatte.

»Feathers, ich bleibe hier.«

»Du bleibst *was*?«

»Ich bleibe hier. Kommst du mit?«

»Du kannst nicht hierbleiben. Du hast doch gar kein Geld. Und du bist ganz allein.«

»Ich habe ein bisschen Geld, und ich werde auch nicht allein sein. Ich habe hier ein paar Onkel. Anwälte. In Colombo sind alle Anwalt. Ich werde auch mal Anwalt. Und du auch, das sage ich dir. Ich bin vor den Japanern sicher, ich bin ja kein Brite. Nicht weiß. Komm mit. Meine Verwandtschaft ist findig.«

»Und der Zoll?«

»Ach, das bin ich gewohnt, mich da durchzumogeln.«

»Coleridge, du gehst hier vor die Hunde. In

spätestens einer Woche sind die Japsen hier. Nachdem sie Colombo ins Meer gebombt haben. Wenn du nicht bei einer Bombe draufgehst, dann werden sie dich irgendwie anders los, und niemand bekommt es mit.«

»Ich sage doch, ich hab Glück. Ich bin der Albat Ross. Ich gebe dir mein Kartenspiel. Eine Albatrosfeder. Eine Feder für Feathers. Bitte. Oh, kann ich deine Uhr haben? Für den Notfall?«

»Sie ist von meinem Vater.«

»Vielleicht brauche ich sie.«

Das Gesicht wie eine Maske. Der Blick todernst und gerissen.

»Ja, natürlich.« Eddie nahm die Uhr ab und legte sie Loss in die ausgestreckte Hand.

»Siehst du«, sagte Loss. »Du wirst in Sicherheit gebracht. Guck mal ...«, er zeigte hinter Eddie hinauf zum Masttopp, »... ein Albatros. So weit südlich sieht man die nicht oft.«

Eddie schaute hin, sah aber nichts. Als er sich wieder zu Loss umdrehte, war er verschwunden.

Die Donheads

Ein Krachen wie von Schüssen und ein Brüllen, gefolgt von dickem, schwarzem Rauch kam aus der Richtung des Gartenfeuers, gerade eben außer Sichtweite von Filths Wintergarten. Garbutt, der jetzt älter aussah, ging triumphierend mit der nächsten Fuhre Blätter vorbei.

Ich weiß nicht, was der Mann hat. Er weiß doch, wie es mir geht. Es ist viel zu früh. Das zu verbrennen. Das Zeug ist noch gar nicht trocken. Er ist doch nicht normal.

Garbutt kam zurück, wieder an ihm vorbei, eine Forke über die Schubkarre gelegt für die nächste Fuhre. Jedes Mal, wenn er vorbeikam, hatte er den Unterkiefer noch weiter vorgestreckt und den Blick noch entschlossener geradeaus gerichtet.

Er ist Pyro… Pyro. Pyrotechniker? Pyrogen? Pyro-was-auch-immer (diese Wortfindungsstörungen neuerdings). Er ist genauso destruktiv wie die alte Queen Mary. Pyro… Pyro? Wie komme ich jetzt weiter?

Und bei wem sollte er sich beklagen, jetzt, wo der alte Veneering nicht mehr da war?

Seine Trauer um Veneering erstaunte ihn selbst. Es war ehrliche Trauer. Veneering, der Erzfeind, war zu einem vertrauten und engen Freund geworden. Die Schachspiele zweimal die Woche waren ein Trost im ansonsten leeren Kalender gewesen. Filth und Veneering waren zum Mittagessen ins White Hart gefahren, einmal sogar zum Abendessen nach Salisbury. Einmal waren sie mit dem Auto nach Wilton gefahren, um sich die Van Dycks anzusehen. Es hatte sich herausgestellt, dass Veneering sich für Malerei und Musik interessierte, und Filth hatte ihn begleitet und versucht, seine Ignoranz nicht allzu offensichtlich werden zu lassen. Veneering las Bücher. Filth war nie ein Leser gewesen. Veneering hatte ihm einige Autoren nahegebracht. »Nur gehobener Journalismus«, hatte er gesagt. »Wir wollen unsere verwirrten Hirne ja nicht überstrapazieren. Patrick O'Brian. Sie sind zur See gefahren, oder, Filth? Im Krieg?«

»Ich hasse die See«, hatte Filth gesagt und O'Brian beiseitegelegt.

»Ich hätte wohl Lust auf eine Kreuzfahrt«, sagte Veneering, sah aber Filths entsetzten

Blick. »Dabei hätte ich im Leben nicht an eine Kreuzfahrt gedacht«, sagte er dann, »ich war längst über Kreuzfahrten hinaus, als Sie damals Weihnachten vor meiner Tür standen.«

»Ja«, sagte Filth nicht ohne Stolz. »Sie waren im Trockendock.«

Manchmal packten die beiden sich warm ein, gingen spazieren, und Filth erklärte Veneering die Ornithologie.

»Sie sind voller Überraschungen«, sagte Veneering.

»Das war der Leiter meiner Prep School«, sagte Filth. »Er ist im Krieg nach Amerika gegangen, und ich nehme an, er ist dort gestorben. Er hat zu keinem von uns Kontakt gehalten. Er hatte seine Pflicht an uns getan.«

»Sehr klug.«

»Ich habe ihn gesucht, als ich von meinem vergeblichen Evakuierungsversuch zurückkam. Wir mussten umkehren und wieder nach Hause fahren. Hat drei Monate gedauert. Nach vier Monaten Hinweg. Singapur ist gefallen, bevor wir ankamen. Mein Vater war dort. Er ist in Changi gestorben.«

»So etwas in der Art hatte ich schon gehört.«

»Früher habe ich manchmal Witze darüber gemacht. Bei Dinnerpartys. Die ganze Strecke nach Singapur, und dann kehrt marsch.«

»Da gab's bestimmt nicht viel zu lachen.«

»Nein. Die Heimreise war noch schlimmer als die Hinfahrt. Wir waren voll mit Verwundeten. Dauernd sind welche gestorben. Natürlich gab es keine Gebetbücher und Beerdigungen und *Abide with Me* und all das. Sie wurden einfach über Bord geworfen. Ich habe durchgehalten. Ich habe mir immer vorgestellt, Sir – mein Schulleiter – würde in Cadiz auf mich warten. Oder meine Auntie May.«

»Ich hätte gar nicht gedacht, dass Sie der Typ für eine Auntie May sind.«

»Missionarin. Wundervolle Frau. An Bord war auch eine Missionarin, eine Miss Robertson. Sie ist an Wundbrand gestorben, und sie haben sie ebenfalls über Bord geworfen.«

»Haben Sie das alles mal aufgeschrieben?«

»Bestimmt nicht. Die Memoiren alter Kronanwälte sind doch allesamt sterbenslangweilig. Finden Sie nicht?«

»Doch. Aber vielleicht hätten Sie uns ja überrascht.«

»Ich habe mir ein Image aufgebaut, Veneering. War harte Arbeit. Da werde ich doch jetzt nicht dran rütteln.«

»Sie meinen, an sich selbst rütteln?«

»Ja. Wahrscheinlich. Trinken Sie doch noch einen Schluck Wein.«

Aber jetzt war Veneering weg – wie albern, in seinem Alter noch eine Kreuzfahrt zu machen –, und Filths Sehnsucht nach dem alten Feind war wirklich erstaunlich, seine Trauer um ihn ganz anders und viel schärfer als die um Betty. Er hatte Veneering mehr erzählt, als er Betty je erzählt hatte – allerdings nicht das mit Ma Didds. Er hatte Veneering sogar von dem Buttermilchmädchen erzählt. Veneering hatte sich kaputtgelacht. Er hatte ihm von Loss erzählt. »Haben Sie mir das schon mal erzählt?«, fragte Veneering. »Die Geschichte kommt mir bekannt vor. Habe ich ihn mal kennengelernt?«

»Sie schweifen ab«, sagte Filth. Sie spielten Schach.

»Aber nicht weit«, sagte Veneering und nahm ihm die Dame ab.

Vielleicht gehören Memoiren doch einfach dazu, dachte Filth jetzt. Veneering war tot, das

Haus nebenan wurde auseinandergenommen, die Fenster standen sperrangelweit offen, eine Familie mit Kindern rief, weinte, lachte und brach durch seine Hecke; die Eltern bauten Gemüse an und schenkten ihm Salat. Einmal war ein Kind aus Veneerings Haus vor seinen Füßen gelandet wie ein Fußball, als Filth im Garten saß und das Protokoll einer Kammerversammlung im Temple las. Am liebsten hätte er es über die Hecke zurückgeworfen. »Entschuldigung«, sagte das Kind.

»Du hast bestimmt deinen Ball zurückgeholt.«

»Ich habe gar keinen Ball.«

»Und was hast du da in der Hand?«

»Nur so alte Perlen.«

Kichern aus dem Gebüsch.

»Habe ich in dem Beet da gefunden.«

Es verschwand.

Ganz schön selbstbewusst, dachte Filth. Ich verstehe die Kinder heutzutage nicht mehr. Sir hätte ihn übers Knie gelegt. Dann: Was für ein Unfug. Sir hätte ihn doch nicht übers Knie gelegt. Sir hätte ihm die Vogelwelt erklärt.

Zu spät, dachte er.

Er setzte sich an den Schreibtisch und versuchte, seine Memoiren zu schreiben, fand es aber nicht machbar. Urteile und Urteilsbegründungen hatten ihn berühmt gemacht, aber wie schrieb man einfach so, ohne ein Urteil? Fakten darlegen war einfach. Aber wie sollte er entscheiden, was Fakten waren? Er wurde ganz klein vor der riesigen, fundamentalen Last, sich selbst mit den Augen eines anderen zu sehen. Das konnte nur Gott. Es kam ihm blasphemisch vor, es auch nur zu versuchen. So viele Eindrücke, so große Gefühle. Wo lag da die Wahrheit?

»Warum sind Sie eigentlich Anwalt geworden, Filth?«, hatte Veneering ihn einmal gefragt. »Erzählen Sie mir nicht, Sie wollten die Wahrheit ans Licht bringen.«

»Gerechtigkeit. Hat mich interessiert.«

»Und wir wissen beide, dass Gerechtigkeit nicht die Wahrheit ist.«

»Sicher nicht.«

»Aber ein Schritt in die Richtung?«

»Nicht mal das. Oder?«

»Sehe ich auch so«, sagte Veneering über seinem grässlichen Puzzle. »Trotzdem hat das Gesetz etwas Instinktives. Ein guter Instinkt. Ein Verhaltensrahmen. Es gibt einem Sicherheit (gut – ein bisschen wie das Dach der Kirche) in schwierigen Zeiten. *Parlament der Vögel* – Chaucer.«

»Saatkrähen haben ein Parlament«, sagte Filth, um seinen Mann zu stehen.

Aber auch wenn seine Erinnerungen in einem endlosen und beeindruckenden Strom kamen, während er in den frühen Morgenstunden wachlag und grübelte, manchmal zur Begleitung seines klopfenden Herzens und nach zu viel Whiskey – sobald er sie zu Papier bringen wollte, kam gar nichts mehr. Er fühlte sich so dumm. Er hatte das Gefühl, dass Betty ihm über die Schulter guckte und freundlich sagte: »Wirklich gut.« Morgens saß er im Wintergarten, fühlte sich gescheitert und zerschlagen, und Garbutt trottete vorbei. Wie sollte man sich denn da konzentrieren? Und ach du liebe Güte, da kam auch noch diese Chloe in mauvefarbener Spitze und einer frischen Dauerwelle und winkte mit einem Kuchen. Der Gedanke, dass er einmal …

Er stand bedächtig auf, hielt seine Tartandecke um sich fest und schlurfte um den Tisch herum, um sich mit dem Rücken zu ihr zu setzen und auf die Tür zum Wohnzimmer zu gucken, die prompt aufging. Herein kam die Haushälterin, Mrs –er, mit einer Tasse Tee.

Filth war ein Mann der schnellen Entscheidungen – das galt für alle Entscheidungen außer der, was er in seine Memoiren aufnehmen sollte. Mrs –er stellte Tasse und Untertasse ab, plapperte dabei und sagte, Chloe aus der Gemeinde sei da und habe ihm schon wieder einen Biskuitkuchen gebracht.

»Mrs –er«, sagte er. »Das wollte ich Ihnen eigentlich schon längst gesagt haben. Ich fahre weg.«

»Weg? Ach ja?«

»Ja. Ich fahre nach Malmesbury.«

»*Malmesbury*? In Gloucester?«

»Ja. Da war ich im Krieg bei der Army. Ich will nur mal gucken.«

»Wenn Sie ins Hotel gehen, sehen Sie sich vor. Da sind Treppen und Stufen, die Sie nicht kennen. Nicht, dass es Ihnen wie Veneering ergeht.«

»Es ist ja kein Schiff. Ich lasse meine Adresse da.«

»Ich packe Ihre Sachen.«

»Danke, das schaffe ich schon. Und ich nehme mir einen Mietwagen.«

Zwei Minuten später sah er sie draußen engagiert mit Garbutt konferieren. Die mauvefarbene Frau war verschwunden. Ihre Aufgeregtheit machte ihn wahnsinnig.

Am nächsten Tag teilte sie ihm mit, wenn er in ein Hotel ginge, bräuchte er neue Pyjamas.

Er sagte: »Ach so, und Mrs –er, wenn ich wiederkomme, dann komme ich hier auch allein zurecht.«

»*Allein*?«

»Ich habe das Gefühl, ich bin viel zu abhängig von Ihnen allen. Ich werde vielleicht einen Pflegedienst kommen lassen. Und Essen auf Rädern. Tut mir leid, Mrs –er.«

»Nach all den Jahren wissen Sie immer noch nicht, wie ich heiße«, sagte sie. »Das war's dann wohl. Dann gehe ich aber sofort. Sehen Sie doch zu, wie Sie nach Malmesbury kommen.«

Er sah sie auf dem Rasen auf Garbutt einreden und dann davonmarschieren und fühlte sich grausam schadenfroh. Er öffnete die Glastür und wartete, bis Garbutt vorbeikam.

»Ich weiß schon, was Sie sagen wollen«, sagte Garbutt. »Ich sehe nur eben zu, dass das Feuer aus ist, dann bin ich weg. Sie wissen ja, wo Sie mich finden, wenn Sie es sich anders überlegen. Sie heißt übrigens Kate. Und sie ist am Boden zerstört.«

Nach einer guten Reise fühlte er sich im Hotel in Malmesbury, in einem prächtigen Zimmer mit Blick über die Abtei, beim heraufziehenden Duft eines guten Abendessens, weiterhin euphorisch. Ihre verdatterten Gesichter, ha! Und ihr Unglauben. Sie würden schon sehen, dass er auch gut allein zurechtkam. Hier in Malmesbury kannte ihn kein Mensch. Er stolperte auf der Treppe und humpelte in den Speisesaal. Er wünschte, er hätte sich für seine morgige Expedition seinen Spazierstock mitgebracht.

Am nächsten Morgen war sein Knöchel so dick wie ein kleiner Ballon, und er rief die Rezeption an und bat um Hilfe. Sie schlugen vor, ihm das Frühstück ans Bett zu bringen, was ihn empörte. Er stakste mit Hilfe zweier Kellner die steile Treppe hinunter und schaffte es irgendwie in den Frühstücksraum. Draußen schüttete es, und die Leute hielten sich die Regenschirme im 45°-Winkel vor die Gesichter. Filth konnte nicht aufstehen und erkundigte sich nach einem Arzt, der herkommen und sich das angucken könnte, und man erklärte ihm den Weg in die Praxis. Es sei nicht weit, sagten sie, aber Old Filth schaffte es nicht mal bis zum Ausgang und ließ sich auf eine Eichenbank sinken. Leute gingen an ihm vorbei. Eine ganze Busladung Touristen strömte vorbei und plauderte über das enttäuschende Wetter. Er bat noch einmal an der Rezeption, ob sie bitte einen Arzt rufen könnten.

»Da müssen Sie ins Krankenhaus. Zum Röntgen.«

»Ich brauche nur die Meinung eines Arztes.«

Die Rezeptionistin starrte ihn an. »Dann müssen Sie in die Praxis. Die machen keine Hausbesuche, wenn es nicht wirklich ernst ist.«

Er bat sie, ihm ein Taxi zu rufen.

Das Pflaster zwischen Taxi und Praxistür hatte einen glitschigen und hinterhältigen Glanz. Er zögerte. Die Regenschirme hasteten vorbei. Endlich wurde ihm hineingeholfen, der Raum war überfüllt und still, wie eine Kirche, und am Computer saß ein junges Mädchen mit dem Rücken zu den Wartenden.

»Ich bräuchte einen Arzt.«

»Ja.« Sie reichte ihm ein Schildchen mit der Ziffer 21.

»Soll ich hier warten?«

Sie wirkte überrascht. »Was denn sonst?«

»Das heißt, es sind zwanzig Leute vor mir?«

»Ja.«

»Wie lange muss ich warten?«

»Lange.«

»Eine Stunde?«

»Eher zwei.«

Er rief die Hotelrezeption an und bat darum, sein Gepäck aus dem Zimmer zu holen. Und ob sie so nett wären, die Mietwagenfirma anzurufen und sie zu bitten, ihn in der Praxis abzuholen, beim Hotel vorbeizufahren und dann nach Hause in die Donheads zu bringen.

»Eigentlich wollte ich nicht mal nach Malmesbury, sondern nach Badminton. Nur ein Stück weiter die Straße runter«, erzählte er dem Fahrer.

»Stimmt. Das ist nur hier den Hügel runter.«

»Ich war im Krieg dort. Und wollte noch mal gucken. Ich war in der Army.« (Sein Knöchel schmerzte höllisch.)

»Da gibt es ein gutes Hotel, wo Sie den Fuß hochlegen könnten. Die rufen Ihnen bestimmt einen Arzt. Waren Sie da bei den Royals? Die würden sich sicher freuen, Sie zu sehen. Es ist immer noch genauso wie damals.«

(Alles besser, als in Scham und Schande nach Hause zu kriechen.)

»Dann versuche ich das vielleicht mal. Danke.«

Sie fuhren den Hügel hinunter in die Ebene. Durch den Regen sah er wieder das große Haus, die breiten, ruhigen Straßen des Dorfes, den Wald, die weiten Felder.

»Schreckliches Wetter für Sightseeing«, sagte der Fahrer. »Wenn Sie möchten, fahre ich Sie auch nach Hause, wenn es so weit ist. Ich frage mal kurz für Sie nach, ob sie ein Zimmer frei haben. Das ist allerdings nicht ganz billig.«

Erschöpft saß er in dem neuen Hotel, das ruhig und kultiviert war. Jemand brachte ihm einen Hocker, auf den er seinen Fuß legen konnte. Jemand anders sagte, er würde einen Arzt rufen. Der Regen ließ nach, und Filth bekam Mittagessen auf einem Tablett gebracht, ganz allein in der Lounge. Er war müde, gedemütigt und – noch etwas – was? Großer Gott! Verängstigt. Ich habe tatsächlich Angst. Er sackte in sich zusammen, döste ein wenig und ließ sich in ein großes Zimmer im Erdgeschoss helfen, mit Blick über den Park. Dort ließ er, vorsichtig und in ganz kleinen Häppchen, die Vergangenheit kommen.

»Wären Sie so nett, sich meinen Namen und meine Adresse aufzuschreiben, junger Mann?«, fragte das klapprige Skelett neben ihm an Deck, als sie aus Cadiz ausliefen. »Ich habe die feste Absicht, gut zu Hause anzukommen, aber falls das nicht klappt, möchte ich, dass Vera erfährt, was aus mir geworden ist. Das heißt, wenn sie selbst es nach Hause schafft, was ich bezweifle. Ohne mich war sie immer eher schwächlich. Ich bin Miss Robertson. Miss Meg. Sie heißt Miss Vera. Wir sind die Töchter des verstorbenen Colonel Robertson. Lehrerinnen. Das ist jetzt unsere einzige Adresse in England. Sie gehört ein paar alten Schulfreunden, die uns eine kleine Rente gezahlt haben. Ich hoffe, wir kommen miteinander zurecht, wenn ich jetzt bei ihnen wohnen muss. Weißt du, meine Schulzeit ist lange her.«

Ihre Haut war blass, und ihre Augen glänzten vom Fieber. Neben ihr lagen ihre Holzkrücken, und sie versuchte die ganze Zeit, die Griffe zu umfassen. »Haben Sie einen Stift, junger Mann? Dann schlagen Sie Ihr Adressbuch mal unter R auf.« Eddie lag unbewegt da. Jemand wischte Miss Robertson mit einem feuchten Tuch das Gesicht ab. Andere murmelten, man hätte sie gleich in Cadiz lassen sollen.

Sie hatte sich vehement dagegen gesträubt, trotz des Fiebers. Sie musste nach Hause.

»Falls überhaupt einer von uns nach Hause kommt«, hatte sie gesagt. »Ich habe gehört, dass jeden Tag ein Schiff im Kanal versenkt wird.«

Eines Nachts, als es dunkel wurde, hörte Eddie Miss Robertson flüstern: »Guck mal in meine kleine Tasche. Da ist ein bisschen Schmuck. Nimm ihn, junger Mann, und schenk ihn deinem Schatz.« Die kleine Tasche lag unter einem Rettungsboot, neben den Krücken. Es wehte eine frische Brise. Als der Tag anbrach, war dort, wo Miss Robertson gelegen hatte, nur noch ein Fleck.

Der Geruch unter dem Rettungsboot, wo sie gelegen hatte, war ebenfalls verschwunden.

Sie hatte sich über den fauligen Geruch auf dem Schiff beschwert. Eddie war er egal gewesen, er hatte ihn kaum bemerkt. »Wundbrand«, hörte er jemanden sagen. »Der Gestank kam von ihr selbst. Der Junge sieht auch nicht viel besser aus. Der ist ja total verdreckt.«

Ein Matrose holte einen Eimer Wasser und einen Schrubber, und Eddie griff mit geschlossenen Augen nach Miss Robertsons Gehhilfen, ertastete die kleine Tasche und stopfte sie unter sich. Später fand er eine Ecke dafür in seinem eigenen Koffer, beim Foto seines Vaters und Pat Ingoldbys Kleiderbürste. Durch seine Kopfschmerzen und das Fieber hindurch, und obwohl er sich laufend übergeben musste, dachte er, dass er langsam wie Loss wurde. Ein Aasgeier. Überleben. Nehmen, was man kriegen konnte. Von einer alten Dame. Die das Verhängnis nicht kommen sah. Ihre Isoliertheit. Das Gerede über Adressbücher.

Das Schiff fuhr weiter wie ein unsichtbares Geisterschiff. Das Meer schimmerte ruhig und blau. Keine Flugzeuge. Keine feindlichen U-Boote. Keine anderen Schiffe in der Nähe. Ganz weit draußen im Westen ein paar Fischerboote. Eine wundervolle Ruhe.

Schließlich ging ein Flüstern unter den Versehrten um: ein geraunțes, dringliches Wort. »Ja. Ja, ist es. Es ist Land. Ja. Ja, da ist Land.« Die Anzahl der Passagiere hatte sich deutlich verringert.

Und es war jetzt kalt. Eddie wurde aus seiner Schwimmweste befreit und in eine Persenning gehüllt. Jemand wusch ihm das Gesicht, wenn er sich erbrach. Wusch ihn, wenn er sich in die Hose machte. »Der macht's auch nicht mehr lange, wenn ihr mich fragt.«

Jetzt war er allein.

Das Komische, sagte das letzte bisschen Vernunft, das Eddie noch besaß – und das er bewachte wie sein Leben –, das Komische ist, dass ich wirklich mal ein Adressbuch hatte. Das hatte Alice mir geschenkt. In der Küche. Leder. Klein. Rot. Sie hatte es geschenkt bekommen, aber sie sagte, sie brauche es nicht, sie habe keine Adressen, die sie aufschreiben könne. Eines Tages hatte Eddie in seinem Quartier in Londonderry zum Trost alle Adressen hineingeschrieben, die er kannte. Die Schule. Oxford, die Ingoldbys (hoffnungslos), Sir, Auntie May, ein oder zwei Schulfreunde, auch wenn er ihnen sowieso nie schreiben würde. Nicht Les Girls. Nicht das Buttermilchmädchen. Als seine Temperatur jetzt in schwindelerregende Höhen stieg, überlegte er, ob er die Adressen seiner Cousinen wohl jemals wieder herausfinden würde. Ob über die alte Adresse in Kotakinakulu sein Vater aufzufinden sein würde. Er hatte keine Adresse von Loss. Aber wahrscheinlich gab es auch keinen Loss mehr.

Dann fiel ihm ein, dass er sein Adressbuch schon sehr lange nicht mehr gesehen hatte. Er tastete in seiner Tasche danach, und es war nicht da, und er wusste ohne jeden Zweifel, dass Loss es ihm gestohlen hatte. Weiß Gott warum, außer dass er eben ein notorischer Dieb war. Ein Kleinkrimineller. Der Bastard. Verschwunden, und dann auch noch mit meiner Uhr. Loss war kein Verlust. Aber was für eine Gemeinheit! Eddie von jeder Hoffnung auf einen Kontakt zu seinem alten Leben abzuschneiden.

Loss' Flucht war eine Metapher für Eddies Leben. Es war Eddies Schicksal, immer wieder verlassen zu werden. Verlassen und vergessen. Es war niemand mehr übrig. Niemand in seiner Reichweite. Zum ersten Mal in seinem Leben war Eddie vollkommen allein.

Er hatte seinen Pass – ja, den konnte er in der Tasche ertasten. Er hatte Pats Bürste. Er hatte Miss Robertsons Täschchen. Er ertastete dicke Perlen und zog sie heraus. Eine tolle Perlenkette. Gott sei Dank war Loss nicht hier, sie wäre in fünf Minuten weg gewesen. Eine Leichtigkeit, fast schon Fröhlichkeit, erfüllte Eddie, als das Schiff, verzaubert, gesegnet, ungehindert, langsam, langsam die Irische See hinauffuhr und alle, die konnten, sich an der Reling versammelten und ungläubig auf die friedlichen, grünen Hügel von Wales starrten.

Über den Jordan, dachte Eddie. Über die Linie. *Crossing the Bar*.

Äonen vergingen. Eddie war in eine Decke gewickelt und hatte Schüttelfrost, er war nur noch ein Haufen Knochen. Er wurde auf eine Trage gelegt und ungehindert durch den Zoll und an Land gebracht. An der Ambulanz hielt er im Fieberwahn Ausschau nach einem Auto, das aussah wie ein Brotkasten, aber stattdessen sah er einen Mann, der mit einem Jojo spielte. Er kam ihm bekannt vor. Es war Oils, sein alter Hauslehrer. Neben ihm stand Isobel Ingoldby.

Diagonal fallende Tropfen glitzerten an den Fensterscheiben von Gloucestershire, und Old Filth erwachte in dem neuen, stillen Hotel. Ein Mädchen lächelte zu ihm herunter und hielt ein Tablett mit Tee in der Hand. Er dachte: Oh Gott, das Buttermilchmädchen! Dann sah er das nette, freundliche Lächeln und dachte: Nein.

Und ich bin ein alter Mann, dachte er.

»Ich bin ein alter Mann«, sagte er.

»Ich habe Ihnen eine Tasse Tee gebracht. Stimmt es, dass Sie als Soldat hier waren?«

Er brauchte einen Moment, bis ihm wieder einfiel, wo er war. In der Nähe von Badminton.

»Ich war in Badminton stationiert«, sagte er. »Im Krieg.«

»Meine Granny war damals auch in Badminton. Im Krieg. Queen Mary war hier, aber da wurde nicht drüber gesprochen. Meine Granny – sie war damals Kammerzofe in Badminton House – meint, niemand hätte sie kidnappen wollen, aber sie hatte drei Taschen fertig gepackt, um nach Amerika zu gehen. Auf dem Speicher.«

»Das stimmt wahrscheinlich. Wobei sie vielleicht nicht selbst gegangen wäre.«

»Eine war voll mit Juwelen.«

»Oh, ganz bestimmt. Die hätten sie auf jeden Fall in Sicherheit gebracht.«

»Kannten Sie sie, Sir?«

»Ja.«

»Stimmt es, dass sie immer Bäume gefällt hat?«

»Ja, das stimmt.«

»Vor allem hat sie den ganzen Efeu wegmachen lassen. Sie hat Efeu gehasst. Sie hatte eine halbe Hundertschaft, die nur Efeu zurückgeschnitten hat. Angeblich war ihr im ersten Jahr noch nicht klar, dass der nachwächst. Ich nehme an, das hängt mit ihrer Kindheit zusammen«, sagte das Mädchen. »Meine Granny sagt, sie wurde als Kind in einer Hutschachtel gehalten. Hat nie den Mund aufgemacht – na ja, ihre Mutter hat ja auch unablässig geredet – und was für ein Hintern! Also, ihre Mutter. Reizende Frau. So richtig altes England. Queen Mary ist in Teck aufgewachsen, das ist in Deutschland, und sie konnte die Deutschen nicht leiden. Meine Granny sagt, sie ist auf Schotterpisten großgeworden und hat nie ein grünes Feld gesehen. Sie meint, das mit dem Efeu war psychologisch.«

»Ihre Granny klingt wie eine sehr einfühlsame Frau.«

»Ist sie. Meine Mutter hat für Queen Mary gesungen.«

»Gesungen?«

»In der Schule. Queen Mary ist da manchmal unerwartet aufgetaucht und hat sich hinten reingesetzt. Sie hatte eine Himmelfahrtsnase.«

»Oh. Das ist mir nie aufgefallen.«

»Doch, wirklich. Gucken Sie sich mal die Briefmarken an. Es war ihr peinlich, glaubt meine Granny. Jedenfalls galt sie nie als Schönheit. Aber meine Granny sagt, sie *war* eine Schönheit. Und dass sie Kleptomanin gewesen sein soll, waren bösartige Lügen. Sie hat nie einen Geburtstag vergessen.«

»Das stimmt.«

»Und sie mochte ein paar Subalterne. Sie mochte Menschen, die stottern, wussten Sie das? Mein Onkel hat gestottert. Er war einer ihrer vier Motorrad-Leibwächter, sie hat ihn genommen, weil er gestottert hat. Sie hat gesagt: ›Ich habe einen Sohn, der ist wie Sie.‹ Sie meinte den König!«

»Wissen Sie was, das ist mir nie aufgefallen. Die Verbindung habe ich irgendwie nie gezogen.«

»Wollen Sie nicht rausgehen und sich in die Sonne setzen? Ich helfe Ihnen. Meine Granny hat auch so ein schlimmes Bein. Würde mich nicht wundern, wenn es Wundbrand wäre. Was haben Sie denn? Habe ich Sie erschreckt? Der Doktor hat doch gesagt, dass Sie sich den Knöchel nur bös verstaucht haben. In einer Woche sind Sie wieder fit. Soll ich meine Granny fragen, ob sie sich zu Ihnen setzt? Da hätte sie bestimmt Lust zu.«

»Möchten Sie sich mit meiner Granny unterhalten?«, fragte das Mädchen am nächsten Tag, als sie ihm beflissen das Frühstückstablett brachte. »Es würde sie bestimmt aufheitern. Vielleicht erinnert sie sich ja sogar an Sie!«

»Ich erinnere mich ja selbst kaum.«

»Sie sagt, da war einer, der hat immer gelesen. Juristische Bücher. Queen Mary hat sie ihm besorgt. Und Schokolade. Er hat ihr die Wolle gehalten. Er hatte was durchgemacht, hat sie gesagt. Sehr gutaussehend. Ach ja, und er hat gestottert! Sie fand ihn – was hat sie gesagt? – sehr *sympathisch*. Das hat sie zu ihrer Hofdame gesagt. ›Der Captain ist sehr sympathisch, nicht wahr?‹ Sie stand ihm wohl sehr nah, nachdem ihr Sohn umgekommen ist, der Duke of Kent. Angeblich war er ihr Lieblingskind. Aber sie hat kein einziges Mal geweint. Sie und dieser Soldat – ein junger Platoon Commander, ich habe Granny gestern Abend gefragt, als ich nach Hause kam –, dieser Soldat hat stundenlang bei ihr gesessen. Sie ging sogar manchmal durch die Bibliothek, wenn er dort saß und las, ohne je aufzuschauen. Er war immer ganz vertieft in seine Bücher. Er war sogar eingeladen, bei ihnen in Badminton House zu wohnen und mit ihnen allen zu essen. Der Duke und die Duchess – auweia, da sind die Funken geflogen – waren in ihrem eigenen Haus nach oben verbannt worden, und Queen Mary und ihre fünfzig Diener hatten die besten Zimmer.«

»Das klingt alles sehr vertraut.«

»Aber der junge Captain hat das abgelehnt. Er sagte, er muss bei seinen Männern in den Unterkünften in den Stallungen sein, und Queen Mary konnte nicht anders als ihm recht geben. Ich glaube, manchmal ist sie selbst um die Stallungen herumgestrichen und hat Efeu gesucht. Und vielleicht …«, inzwischen hatte sie ihm die Krawatte geradegerückt, ihm die Socken angezogen und die polierten Schuhe bereitgestellt. »Er sah sehr gut aus, sagt Granny.« Sie betrachtete Filth nachdenklich. »Und sehr jung und nett.«

»Jung war ich. Aber nett wahrhaftig nicht«, sagte Filth. »Ich glaube, ich sollte Ihre Granny lieber nicht treffen.«

»Aber ich würde mich gern mal bei den Stallungen umsehen«, sagte er am nächsten Tag. »Sobald ich wieder laufen kann.«

»Ich kann Ihnen einen Rollstuhl besorgen.«

»Nein. Nein danke.«

»Queen Mary ist mit dem Pferdekarren herumgefahren, um Benzin zu sparen. Es durfte nicht mal eine Kutsche sein. Sie haben ein paar Korbsessel in den Karren gestellt und sie und ihre Hofdame reingehievt, und einer der Motorradjungs hat gesagt: ›Sie sehen aus wie in einer Schubkarre, Ma'am‹, und sie sagte: ›Wer weiß, vielleicht komme ich da auch noch hin.‹ Sie kann also nicht komplett humorlos gewesen sein.«

»Besonders lustig aber auch nicht. Sie hatte allerdings auch nicht viel zu lachen.«

»Ach, dieser schreckliche König!«, sagte das Mädchen. »Immer diese Fasane. Er hatte nichts anderes im Kopf, sagt Granny. Außerdem meint sie, man wird wohl nie erfahren, woher die Kinder kamen.«

»Ja, das fragt man sich oft«, sagte Filth.

Er war in einem privaten Zimmer. Vielleicht eine Art Kajüte. Vor dem Fenster waren Bäume, aber auf See wuchsen keine Bäume, und die See schwankte immer noch unter ihm, auf und ab, auf und ab, auf und ab. Sieben Monate auf See. Aber die Wolken, die er durchs Fenster sah, hatten nicht den Widerschein des Wassers unter ihnen. Und diese Baumwipfel? Eine Frau rannte an ihm vorbei, sie trug ein gestärktes, weißes Häubchen. Ihr Kleid war marineblau, aber das hatte nichts mit Schiffen zu tun. Sie hatte ein zorniges Gesicht, und sie trug eine Uhr an einer Kette um den Hals. Sie sprach nicht. Er dämmerte weg.

Später öffnete er die Augen und sah ein Mitglied des Ku-Klux-Klans an seinem Fußende sitzen und mit einem Stück Mullverband ein Fadenspiel spielen.

»Hallo?«, sagte Eddie, und die schreckliche Gestalt sah überrascht auf. Es war Oils.

»Hallo, Sir.«

»Hallo, Feathers. Gut gemacht. Wach?«

»Was habe ich gut gemacht, Sir?«

»Nach Hause zu kommen.«

»Das lag nicht in meiner Hand, Sir.«

Er dämmerte wieder weg. Er erinnerte sich an das Bild am Fußende des Bettes, und plötzlich war es wieder da. »Hallo, Sir. Warum haben Sie diese Sachen an?«

»Die sind antiseptisch. Du bist ansteckend.«

»Was habe ich denn?«

»Alles Mögliche.«

»Werde ich wieder gesund?«

»Ja. Natürlich. Irgendwann. Dann kannst du wieder zur Schule kommen, bis du nach Oxford gehst.«

Wieder dämmerte er weg. Krankenschwestern kamen und gingen und steckten ihm an verschiedenen Stellen Nadeln und Schläuche in den Körper. Taten unaussprechliche Dinge mit ihm. Sie trugen Masken. Eine unangenehme

Person sagte, er habe gar kein Recht, hier zu sein. »Sie gehören ins Tropenkrankenhaus«, sagte sie, »aber das ist zu weit. Sie machen hier Tests mit Ihnen. Wir haben hier gar nicht die Ausstattung für so was. Wir mussten Freiwillige holen.«

»Wofür?«

»Um sich um Sie zu kümmern.«

»Danke.«

Da war der Ku-Klux-Klan wieder, jetzt wieder mit seinem Jojo.

»Der Schulleiter sendet Genesungswünsche. Er sagt, du sollst dich in der Schule auskurieren.«

»Danke. Auf der Krankenstation?«

»Ich nehme es an, Feathers, aber wir haben noch nichts geplant.«

»Ich gehe nicht auf die Krankenstation.«

»Der Schulleiter hat dir ein Zimmer in seinem Haus angeboten.«

Eddie erinnerte sich an den Teekannenwärmer und zuckte zusammen.

»Meine Tanten sind nach Schottland gezogen«, sagte er. »Ich weiß nicht, wohin. Wenn Sie sie finden, sagen Sie es ihnen nicht. Aber ich wüsste gern, was mit meinem Vater ist. Wenn Sie das irgendwie herausfinden könnten.«

»Ich muss jetzt gehen«, sagte Oils. »Immer nur zehn Minuten.«

Eines Tages kam eine Schwester herein und brachte ihm Post, die mehrere Tage lang neben dem Bett lag.

»Soll ich es Ihnen vorlesen?«, fragte eine andere. »Die hier ist nett, sie ist von Ihren Tanten: *Was für ein Pech, lieber Eddie, das ist ja zum Schießen!*«

»Die Polizei hat sie gefunden«, sagte Oils bei seinem nächsten Besuch betreten. »Deine Tanten.«

»Können wir sie auch einfach wieder verlieren?«

»Ich denke schon«, sagte Oils.

»Diese Visitenkarte steckt in deinem Schließfach, seit du hier angekommen bist«, sagte die Krankenhaus-Bibliothekarin vom Roten Kreuz, als sie ihr Wägelchen herumschob. Es wurden jetzt keine Masken mehr benötigt. »Sie können noch nicht wieder lesen, oder?«

»Ich glaube nicht.«

»Das kann ich Ihnen nicht verdenken. Es sind auch lauter zerfledderte alte Taschenbücher. Sie müssen verbrannt werden, damit sie nicht in die allgemeine Bibliothek geraten und

Keime verbreiten. Sie finden keine Bibliothekare für diese Station. Ich wische sämtliche Bücher mit Dettol ab – keine schöne Arbeit. Soll ich Ihnen die Visitenkarte vorlesen, es steht *Isobel Ingoldby* drauf, das wird das Mädchen sein, das Sie hergebracht hat, sie und der Lehrer – das ist ja vielleicht ein Typ!«

»War sie noch mal hier?«

»Ja. Mehrfach. Als Sie nicht unter uns waren.«

»Wo wohnt sie?«

»Die Adresse steht auf der Karte. In London.«

»Wie hat sie mich denn bloß gefunden?«

»Wie haben Sie mich eigentlich gefunden, Mr Oilseed? Ich bin froh, dass Sie nicht mehr diesen Overall tragen, Sir.«

»Du bist nicht mehr ansteckend. Morgen wollen sie dich mal ans Fenster setzen.«

»Aber woher wussten Sie, dass ich auf genau dem Schiff sein würde?«

»Es gab irgendwelche Funksprüche. Aus Colombo. An mich und an Miss Ingoldby und vielleicht auch noch an andere, aber von denen haben wir nichts gehört. Die Admiralität hat das Schiff ausfindig gemacht. Miss Ingoldby macht dort irgendeine Untergrundarbeit. Irgendwas mit der Admiralität.«

»*Untergrund*? In der Admiralität? War die Nachricht unterschrieben? Was war es denn, ein Telegramm?«

»Es wurde gekabelt. Nicht unterschrieben. Ich glaube, es kam über einen Ort, der Bletchley Park heißt. Wo Isobel Ingoldby war.«

»Kann es von meinem Vater gekommen sein?«

»Nein«, sagte Oils. »Nein, tut mir leid. Das glaube ich nicht. Es gibt keinen Kontakt nach Singapur. Ein paar Gefangene haben Briefe rausgeschmuggelt, aber … nein.«

»Meinen Sie, jemand in Colombo könnte ihm eine Nachricht geschickt haben?«

»Ich denke nicht. Nicht, solange nicht irgendjemand alle deine Adressen kannte.«

Sie brachten ihn im Krankenwagen nach Südengland, und Oils verabschiedete sich mit einiger Erleichterung, schien Eddie. »Wir haben übrigens im Christ Church Bescheid gegeben. Sie haben dich nicht vergessen. Sobald du entlassen bist, kannst du dorthin.«

»Danke. Richten Sie bitte auch dem Schulleiter meinen Dank aus, Sir.«

»Ja. Natürlich. Und noch einmal: gut gemacht. Sie sind wieder fit.«

»Aber ich werde auf die nächste Isolierstation verlegt. Ins Plymouth Naval Hospital. Warum eigentlich?«

»Die Wege der Medizinmänner sind unergründlich.«

»Sir – danke, dass Sie so mutig waren.«

»Ich war doch nicht mutig«, sagte Oils. »Im Gegenteil, du hast mich aufgemuntert. Freut mich, dass es dir besser geht.«

Auf der Quarantänestation in Plymouth hielt er sich von den anderen Patienten fern, die gründlich desillusioniert waren. Die meisten waren knorrige, alte Seebären, die heftig fluchten und von vergangenen Freuden sprachen. Einer war in Gallipoli gewesen und erzählte die ganze Nacht von den Schrecken der Tiefe. »Da war ein Seemann«, sagte er, »der sah aus wie neunzig. Obdachlos. Ein lebendes Wunder. Der war dermaßen kaputt – eines Tages an Deck hat er etwas hochgehustet, was Beine und eine Wirbelsäule hatte. Eine *Wirbelsäule*!«, sagte er. »Habe ich nie vergessen. Was ist denn mit dem Jungen? Zartbesaitet?«

Nach einer Weile durfte Eddie draußen zwischen den alten Steinhäusern umherlaufen. Es war Herbst. Die Luft duftete.

Und dann kam eines Tages Isobel.

»Vorher haben sie mich nicht reingelassen«, sagte sie. »Sie haben mir auch nicht gesagt, was du hast. Was hast du denn gemacht? Du bist gar nicht von Bord gegangen, oder?«

»Ich ha-ha-habe in Freetown Bananen gegessen.«

»Du stotterst ja wieder.«

»Nur m-m-manchmal.«

»Du frisst irgendetwas in dich rein.«

»Das kann gut sein, aber ich weiß nicht, was.«

Sie beugte sich zu ihm und streichelte ihm den Arm. »Du siehst aus wie eine Larve«, sagte sie. »Eins von diesen Dingern, durch die man durchgucken kann.«

Er weinte. »Tut mir leid. Geht gleich wieder. Geh nicht weg.«

»Ich muss den Zug zurück bekommen. Ich bin zweihundert Meilen weit angereist.«

»Isobel.«

»Du hast meine Karte und meine Nummer.«

»Komm wieder, wenn du das nächste Mal frei hast.«

»Wenn ich das nächste Mal frei habe, fahre ich vielleicht nach Schottland und ziehe deinen Tanten das Fell über die Ohren.«

»Tu das nicht«, sagte er. »Ich habe nichts mehr mit ihnen zu tun. Sieh lieber zu, dass ich in deine Nähe komme. Irgendwie. Für immer.«

»Kind«, sagte sie, und dann war sie weg.

Ein ganzes halbes Jahr später: »Sie sind wieder topfit«, sagte der Surgeon Commander, der ein nervöses Zucken im Gesicht hatte und eine Nebelhornstimme, mit der er das Krankenhaus betrieb wie einen Kreuzer, jeder Patient musste am Fußende seines Bettes strammstehen. »Ich nehme an, Sie gehen dann jetzt nach Oxford?«

»Nein, Sir. Ich habe es mir anders überlegt.«

»Ach ja?«

»Ich werde einrücken, Sir.«

»Wir haben Sie doch gerade erst wieder flottgemacht. Am Ende beweisen Sie uns noch, dass das Zeitverschwendung war. Und zwar eine sehr teure. Teuer und unangenehm. Aber gute Show.«

»Tut mir leid, Sir.«

»Ich nehme an, Sie wollen zur Navy? Zurück an die Wurzel des Übels?«

»Nein, Sir. In die Army. Mein Vater war in der Army. Ich würde gern in sein altes Regiment eintreten.«

»Über Geschmack lässt sich nicht streiten«, sagte der Commander. »Sie Dummerjan. Die See haben wir so ziemlich in der Tasche. Da ist alles einfacher. Die Army holt gerade erst zum letzten, langen Schlag aus. Der wird qualvoll und blutig, und Sie sehen nicht aus wie ein Soldat.«

»Das kann sich ja ändern, Sir. Wenn man mich lässt.«

Er fühlte sich nackt auf dem Krankenhausvorplatz. Er reiste allein nach Gloucestershire. Es war so beängstigend wie die erste Fahrt zu einer neuen Schule, so schrecklich wie sein erster Gang mit Babs und Claire in den walisischen Kindergarten, als er fünf war. Der walisische Winter hatte ihn krank gemacht. Ihm wurde die Brust ganz eng – aber wann immer er sich zum Farmhaus umdrehte, stand Ma Didds in der Tür, hielt sich, wie immer, den Bauch, hatte den kleinen Stock in der Hand und winkte ihn heftig gestikulierend weiter.

Er sehnte sich nach der Sicherheit des Krankenhauses.

Jetzt saß er wieder im Zug und fuhr in eine andere Welt, ins West Country, nordöstlich von Plymouth, über einen wunderschönen Fluss, die Erde leuchtete rot wie ein Sonnenuntergang, er stieg um; und dann ging es nach Gloucestershire hinein. Jemand hatte ihm die Adresse eines Bed and Breakfast gegeben, und ein warmherziges, älteres Paar mit sanften Stimmen sorgte dafür, dass er eine Wärmflasche bekam. Zum Frühstück gab es ein gekochtes Ei. Ein Ei! »Sie rücken ein?«, fragten sie. »Dann können Sie das Ei ja gut gebrauchen.« Er lieh sich ein Fahrrad aus und fuhr zum Rekrutierungsbüro in Gloucester, wo er bereits erwartet wurde.

Hinter dem Tisch saßen drei Männer, die ihn interessiert betrachteten. Sie sprachen über seine Gesundheit. Er war als hundertprozentig genesen entlassen worden, er war gebräunt von der See und der frischen Luft in Plymouth, und er sah genau so aus, wie ein fast Neunzehnjähriger aussehen sollte. Sein Haar war wieder lockig und rötlich braun. Er hatte Normalgewicht. Seine Augen wirkten wach.

»Das Regiment Ihres Vaters?«, sagten sie. »Die Gloucesters?«

»Ja, Sir.«

»Ich kenne Ihren Vater.«

»Ich fürchte, ich selbst kenne ihn kaum, Sir. Ich war auf dem Weg …«

»Das wissen wir. Ich nehme an, es gibt noch keine Neuigkeiten aus Changi?«

»Nein, Sir.«

»Ich hoffe sehr, dass wir etwas hören, und dass er auch von Ihnen hören wird. Wir tun, was wir können.«

Der mittlere nickte den beiden anderen zu, und sie standen auf und verließen den Raum.

»Wir möchten Ihnen einen Vorschlag machen, Feathers. Wie ich sehe, waren Sie bereits in der Schule im Officers' Training Corps. Da haben Sie ja schon eine kleine Grundausbildung bekommen, Sie können marschieren und so was?«

»Ja, das könnte ich bestimmt noch, Sir.«

»So was verlernt man nicht. Wir werden Sie dem Zug zuteilen, der Queen Mary schützt.«

Eddie starrte ihn an. »Aber sie ist doch sehr gut bewacht, Sir. Und sie ist irgendwo im Pazifik oder so.«

»Nicht das Schiff. Die Königin. Die Mutter unseres Monarchen. Sie ist hier im West Country. Wir haben hundertfünfzig Mann zu ihrem Schutz abgestellt, und vier eigene Leibwächter. Was ist denn?«

»Das ist keine S-s-soldatentätigkeit, Sir.«

Anstatt vor Wut dunkel anzulaufen, schloss der Colonel kurz die blauen Augen und öffnete sie wieder.

»Nur vertretungsweise, Feathers. Nicht für den Rest des Krieges. Bis Ihre Genesung abgeschlossen ist. Ich stelle fest, dass Sie stottern, und ich habe gehört, dass das chronisch sein kann. Damit kann man nicht gut Befehle erteilen. Das Stottern muss erst weg sein.«

»Das habe ich nur m-ma-man-man-manchmal, Sir. V-v-vor allem, wenn jemand was dazu s-sa-sa-sagt.«

»Sie werden sich morgen um vierzehn Uhr in den Badminton Barracks melden. Verstanden?«

»Ja, Sir.«

»Eins noch. Ihre Gesundheit.«

»Ich bin hundert Prozent genesen, Sir.«

»Wissen Sie überhaupt, was Sie hatten, Feathers?«

»Fieber, Sir. Eine Krankheit aus Sierra Leone. Lebensgefährlich, nehme ich an. Aber sie haben es mir nie gesagt.«

»Sie hatten drei verschiedene Sorten Würmer, Feathers. Die waren sicher aus Sierra Leone.«

»Sir?«

»Aber das macht uns keine Sorgen. Die Würmer sind weg. Die kann man behandeln. Die andere Sache war ernster. Sie hatten eine venerische Krankheit.«

»Was bedeutet das, Sir?«

Der Colonel sah ihn misstrauisch an.

»Sie hatten engen Kontakt zu einer Frau.«

»Sie ist am Wundbrand gestorben, Sir, auf dem Schiff aus Cadiz. Ich habe nur getan, was ich konnte. Miss Robertson. Sie war schon über siebzig.«

»Ich bezweifle, dass Sie sich bei ihr angesteckt haben. Was ich sagen will, Feathers, ist, dass Sie auf eine ausgesprochen unappetitliche Weise sexuelle Erfahrungen gemacht haben. Das stimmt doch?«

Lange, gedankenverlorene Stille.

»Es war dunkel, Sir. Ich habe sie gar nicht so genau angeguckt. Ich habe nicht mal darüber nachgedacht, ob sie appetitlich ist oder nicht. Sie ist einfach in mein Bett gestiegen. Ich hatte keine Ahnung, wie es geht, aber sie schon. Sie hat mir Buttermilch gegeben, Sir. Das war in Nordirland, Sir.«

Der Colonel ging zügig ans Fenster und sah hinaus.

»Haben Sie denn in der Schule *gar nichts* gelernt, Feathers?«

»Ich habe ein Stipendium für Oxford bekommen, Sir.«

Eine Art Schluchzen vom Fenster. Erholungspause.

»Feathers, ich habe beschlossen, diese unrühmliche Episode nicht nach Badminton zu melden. Vor allem Queen Mary zuliebe. Ich hoffe, dass das keine dumme Entscheidung war.«

»Danke. Sicher, Sir. Queen Mary hat von meiner Seite nichts zu befürchten.«

»Raus! Es reicht!«, donnerte der Colonel. »Sie sind entlassen, Feathers. Raus.«

Hinterher fragte sich der Colonel, ob er sich zum Narren hatte halten lassen. Nach Runden geschlagen worden war. In die Tasche gesteckt.

Feathers war sich da auch nicht sicher.

Und nun ließ Feathers sich in diesem Oktober von dem netten Mädchen und seiner Großmutter über die Wiesen von Badminton House schieben. Ihre Schritte knirschten auf dem kristallinen Gras. Sie standen in einiger Entfernung des großen Hauses.

»Die Zeder ist weg«, sagte Filth. »Soso.«

»Oh, die Zeder ist schon seit den Sechzigern weg«, sagte die Großmutter, »da war die Queen noch gar nicht lange tot. Das hätte ihr gefallen. Der Baum war so eine Art schwärende Wunde. ›Lasst ihn fällen‹, hat sie zur Duchess immer gesagt (da war sie gerade mal eingezogen!). ›Der steht am falschen Fleck, er lässt ja gar kein Licht durch.‹ – ›Lord Raglan ist früher darin herumgeklettert‹, hat Ihro Gnaden gesagt, ›der wird nicht angerührt.‹ – ›*Nur über meine Leiche*‹, sagte die Duchess. Das habe ich mit eigenen Ohren gehört!«

»Als ich ankam, war der Baum immer noch Thema«, sagte Filth.

In seinem ersten Monat in Badminton – nach dem dreiwöchigen Kurs in der *Officer Cadet Training Unit* – hatte er die Queen nicht gesehen. Einmal sah er einen silbrigen Schimmer auf einer Terrasse über sich. Ein anderes Mal schien sich in einer langen Spiegelgalerie etwas langsam zu bewegen. Und dann war sie eines Tages, als er im Gemüsegarten saß und las – er hatte angefangen, sich juristische Bücher aus London zu bestellen –, plötzlich da und beobachtete ihn über die Hecke hinweg. Es war ein heißer Tag, aber sie war in vollem Ornat – langer Mantel, Rock, Perlenkette, Brosche und einen hoch sitzenden, turbanartigen Hut mit asymmetrischem Schwung. Er stand sofort auf, und sie deutete eine eigenartige Verbeugung an und wandte sich ab. In ihrer Nähe war eine Begleiterin, die mit einem Nadelspiel strickte. Sie drehte sich ebenfalls um, folgte der Königin und strickte dabei unbeirrt weiter. In der folgenden Woche wurde er zum Tee ins Haus eingeladen.

Der Tee wurde im großen Salon serviert, wo neue Bekanntschaften auf die Probe gestellt wurden. Wenn sie den Test bestanden, wurden sie in Zukunft ins private Wohnzimmer Ihrer Majestät im ersten Stock geladen. Eine wichtige Prüfung. Die Königin saß mit einer Handarbeit da, ihre Hofdame sortierte irgendwelche Stoffreste, und eine dicke, laute Dame zeterte.

»*Nur über meine Leiche*«, sagte sie, »wird mein Baum gefällt. Fällen Sie meinetwegen das Gehölz, den Efeu, den Wald, die Brombeeren. Fällen Sie von mir aus *mein Haus*, aber der Baum bleibt stehen!«

Queen Mary arbeitete weiter an ihrem Festonstich. Die Hofdame wirkte erschöpft. Scharlachrot gekleidete Diener hielten die dreieinhalb Meter hohen Türen auf, und die dicke Dame rauschte an Eddie vorbei.

»Sie ist unmöglich. Ich bin die Duchess of Beaufort. Ich weiß, ich sehe aus wie die Köchin, aber das bin ich nicht, das hier ist mein Haus. Sie ist nur hierher evakuiert«, fauchte sie im Vorbeigehen. Die Türen wurden leise hinter ihr geschlossen.

Queen Mary sah Eddie an und lächelte.

Nachdem das Tablett abgestellt worden war (Brot mit Margarine, Ananasmarmelade, die in Wahrheit aus Rüben war, ein schrecklicher Kümmelkuchen und ein paar Hafercracker), reichte Queen Mary ihm eine fast durchscheinende Tasse, die halb gefüllt war mit blassem Wasser.

»Sahne?«, fragte sie.

»Nein danke.«

Sie nickte. Es gab ohnehin keine Sahne, und die Milch sah bläulich aus.

Die Hofdame holte eine Pillendose hervor und ließ eine Tablette in die Tasse der Queen und eine in ihre eigene fallen. »Sacharin?«, fragte sie.

»Oh, nein danke.«

»Sie hat ja recht. Was meine Nichte sagt, ist ganz richtig, ich bin evakuiert. Und zwar höchst unfreiwillig.«

Eddie wusste nicht recht, was er sagen sollte.

»Ich war auch mal evakuiert«, sagte er. »Und ebenfalls unfreiwillig. Obwohl ich schon viel zu alt war.«

»Ich bin auch viel zu alt«, sagte die Queen. »Wie alt waren Sie?«

»Achtzehn.«

»Großer Gott. Wie demütigend für Sie.«

»Ja. Das war es. Mein Vater hat mich nach Malaya holen lassen, um dem Krieg zu entkommen.«

»Wie schändlich von ihm.«

»Es hat ihn 1914 ziemlich übel erwischt.«

»Ja. Verstehe. Aber Sie sind entkommen? Ehrlich gesagt, ich habe kein sonderlich schlechtes Gewissen, dass ich entkommen bin. Es war eine Regierungsentscheidung, mich hierherzuschicken. Sie haben mir gesagt, in London wäre ich ein viel größeres Problem. Höhere Entführungsgefahr. Ich persönlich glaube ja, dass man mich von hier aus sehr viel einfacher mit einem Flugzeug verschleppen könnte. Aber dafür sind Sie alle natürlich hier. Hundertfünfzig Mann. Lächerlich.«

»Ja, Eure Maj …«

»Nennen Sie mich doch bitte Ma'am.«

»Sicher fehlt es Ihnen, im Zentrum der Geschehnisse zu sein, Ma'am?«

»Jetzt nicht mehr. Ich erzähle Ihnen ein andermal mehr.«

Sie warf ihrer Hofdame einen bedeutungsvollen Blick zu, und diese nahm einen Strang schlammfarbener Wolle und reichte ihn Eddie, der mit der Rübenmarmelade kämpfte. »Halten Sie mal bitte die Wolle Ihrer Majestät.«

Eddie streckte die Hände aus, und die Wolle wurde in einer Acht darumgelegt. Die Hofdame fing an, sie zu einem Knäuel zu wickeln. Er fühlte sich wie ein dummer Junge.

»Freuen Sie sich auf das Soldatenleben?«, fragte die Königin und sah ihn fest an.

Er errötete und fing an zu stottern.

»Ah, ja. Verstehe. Das gibt sich. Ich kenne einen Jungen, der ist wie Sie.«

Im kommenden harten Winter spazierte er mit ihr durch den Park. Der Boden war schwarz, die Bäume wie Stöcke aus eisigem Opal.

»Wir gehen nur ein bisschen auf und ab«, sagte Queen Mary. »Ein Stündchen vielleicht. Wir brauchen unter allen Umständen Bewegung. Sehen Sie, wie der grässliche Efeu schon wieder nachwächst?«

»Sind Sie früher auch schon spazieren gegangen, Ma'am, bevor Sie hierherkamen?«

»Ich habe mich immer bemüht. Meine Familie neigt ein wenig zu Fettleibigkeit. Sie essen zu viel. Meine Mutter hat abends ein halbes Hähnchen und ein großes Rumpsteak gegessen, und sie liebte Sahne. Die Duchess – ich bin mein ganzes Leben lang spazieren gegangen, aber immer nur um die Buchsbaumhecken herum. In Sandringham konnte man herrlich spazieren gehen, aber irgendwie tat man das nicht. Man fuhr in kleinen Wagen herum und beobachtete die anderen bei der Jagd. Und in London ging man natürlich auch nicht zu Fuß. Glücklicherweise habe ich die Gesundheit der Welfen.«

»Ich war noch nie in London.«

Sie blieb verblüfft stehen. »Sie waren noch nie in London? Jeder war schon in London.«

»Ein Großteil von Badminton Village war noch nie in London.«

»Ach, das Dorf meine ich doch nicht. Ich meine, ein Gentleman war doch sicher schon einmal in London?«

»Nein, Ma'am. Ich war in Wales und im Norden …«

»Sie haben die Galerien nicht gesehen? Die Museen? Das Theater?«

»Nein, Ma'am.«

»Das ist aber ein sympathischer junger Mann«, sagte sie an diesem Abend, schwer damit beschäftigt, die Familienfotos in einem Album zu arrangieren, bevor sie sich den roten Aktenmappen zuwandte, die der König ihr täglich schickte. Sie las den Inhalt stets allein, und niemand wusste genau, wie viel davon; vermutlich alles.

»Wirklich sehr gutaussehend«, sagte Mary Beaufort. »Den können wir für Dinnerpartys gut gebrauchen.«

»Wir geben keine Dinnerpartys«, sagte die Königin. »Das wäre während des Krieges ein wenig geschmacklos. Aber wir könnten ein paar Subalterne bitten.«

»Das könnten wir.«

»Es ist doch wirklich zu schade, dass ein solcher junger Mann in den Stallungen untergebracht sein soll. Er könnte doch auch hier im Haus wohnen, Mary, nicht wahr? Wussten Sie, dass er noch nie in London war?«

Eddie weigerte sich, nach Badminton House zu ziehen. Er sagte, er müsse bei seinem Zug bleiben. Er empfand die Teenachmittage auch zunehmend als anstrengend. Die schlammfarbene Wolle war von einer Wolke aufgeribbeltem Babyblau abgelöst worden, das büschelweise an seiner Uniform hängenblieb. Er ließ verlauten, er habe hart zu arbeiten, und wandte sich in den Stallungen seiner juristischen Lektüre zu.

Aber der großgewachsene Schatten fiel immer wieder auf ihn, und dann musste er sich einen Gartenstuhl holen, und sie setzte sich mit ihm zwischen die sterbenden Dahlien im ehemaligen Schnittblumengarten – sie hatte verfügt, dass jedes Stückchen Boden für den Gemüseanbau genutzt werden sollte. Die Duchess schäumte, und eines Tages kam sie zu Eddie gestapft, um sich zu beschweren.

»Sie hat fünfundfünfzig Diener mitgebracht. Und jetzt hat sie beschlossen, dass sie keine Livree mehr tragen sollen, wegen des Krieges und wegen Churchill in diesem fürchterlichen Overall. Sechs von ihnen gehen. Sie tragen Scharlachrot, seit sie einfachste Lakaien waren, und jetzt sind sie alt und sagen, sie können sich nicht mehr umgewöhnen. Können Sie da nicht ein bisschen Einfluss nehmen?«

»Was, ich? Nein, Eure Hoheit. Kann ich nicht. Das k-k-kann ich nicht.«

»Dann überlegen Sie sich was. Lenken Sie sie ab.«

»Ich habe schon verhindert, dass sie den Baum fällt. H-h-hoffe ich.«

»Guter Junge. Hören Sie, sie ist fest entschlossen, mit Ihnen nach London zu fahren. Ihr Chauffeur, der alte Humphries, ist halb blind und nicht mehr zuverlässig. Einmal hat er Ihre Majestät für über eine Stunde im Ashdown Forest verloren. Aber sie entlässt ihn nicht. Sie lässt ihn anhalten und nimmt jeden Soldaten mit, der zu Fuß unterwegs ist. Einmal hat sie ein Paar mitgenommen, das in die andere Richtung ging, und einmal einen Zwiebelverkäufer. Sie wird noch umgebracht, und dann ist es unsere Schuld.«

»Eddie«, sagte die Queen etwas später. »Ich bin fest entschlossen, Sie nach London zu bringen. Als ich anfangs hier war, bin ich jede Woche hingefahren, mit dem Zug. Dann wurde das wegen der Bomben eine Quälerei. Die Guildhall. Die Kirchen. Alles weg. Und die Antiquitätengeschäfte sind natürlich alle geschlossen oder nach Bath gezogen (vielleicht fahren wir ja eines Tages mal nach Bath, Sie und ich). Aber ich möchte dringend mal wieder nach London. Es mag nicht besonders patriotisch sein, wenn ich darauf bestehe, den königlichen Waggon wieder auf die Bahn zu verfrachten, aber ich habe noch jede Menge von meiner Benzinration übrig. Auf den Hauptstraßen könnten Sie fahren, Eddie, wenn Humphries das nicht mehr schafft. Wir brauchen natürlich zwei Begleitmotorräder.«

»Es tut mir leid, aber ich kann nicht fahren, Ma'am.«

Der Ausflug wurde verschoben, bis Eddie das Autofahren gelernt hatte. Seine Fahrstunden fanden in einem Panzer auf dem Anwesen statt.

»Ich kann nur Panzer fahren, Ma'am«, sagte er, als der Londonbesuch wieder angesprochen wurde.

»Das Prinzip muss doch das Gleiche sein«, sagte die Königin.

»Das müssen wir mit der Leibwache besprechen.«

Sie sah ihn herrisch an. Die Ex-Kaiserin von Indien. »Also, wir gehen Holz schlagen, Eddie. Holen Sie meine Leibwächter und meine Axt. Nein, den Hut lasse ich auf. Ich bin fest entschlossen, mit Ihnen nach London zu fahren.«

Schließlich wurde beschlossen, dass Queen Mary die Reise nach London mit dem Zug machen würde, der königliche Waggon stand immer noch auf einem Nebengleis bei Gloucester. Ein paar Mann aus Badminton wurden dorthin geschickt, um ihn sauberzumachen, und der Bahnhofsvorsteher von Badminton musste seine weißen Handschuhe herauskramen, mit denen er der Queen 1939 zu Beginn ihrer Evakuiertenzeit in den 6:15er geholfen hatte.

»Viel Glück, Ma'am.«

Die Hofdame folgte ihr hinein, und Eddie und ein paar weitere Hochrangige mit Gewehren nahmen ihre Posten ein.

»Hoffentlich treffen Sie keine Krauts, Ma'am«, sagte der Stationsvorsteher. »Und meiden Sie offene Flächen.«

»Ach, die Bombardierungen sind doch vorbei«, sagte Queen Mary. »Ich gehe zum Palast und sehe mir die Ruinen von Marlborough House an. Und ein paar Besorgungen …«

Der Stationsvorsteher pfiff und winkte mit seinem Fähnchen. Die Reise der Königin munterte ihn auf. Sie würde mit dem Zug um 17:15 von Paddington zurückkommen. Sie war noch nicht tot.

»Sie hat die richtige Einstellung«, erklärte er dem leeren Bahnsteig. Nicht mal in Badminton gab es noch Gepäckträger. »Wir sind wirklich besser dran als Polen. Oder Stalingrad.«

Kurz vor Paddington schickte die Queen nach Eddie, der allein in einem anderen Waggon saß, und reichte ihm ein Blatt Papier.

»Hier steht, was Sie alles gesehen haben sollten. Ich habe nicht zu viel notiert, denn es ist ja Ihr erster Besuch hier, und es ist zusätzlich verwirrend, weil es keine Wegweiser und jede Menge Bombenschäden gibt. Nehmen Sie sich Zeit für die Abbey und sehen Sie sich den St. James's Park und No. 10 an. Und Big Ben. Da sind wir schon. Schade, dass Sie niemanden kennen, der Ihnen ein bisschen was zeigen kann. Ich wünsche Ihnen einen schönen Tag. Ach so, zum Mittagessen – ich weiß nicht recht, was ich Ihnen da empfehlen kann.«

»Ich brauche kein Mittagessen, Ma'am. So viel Zeit ist ja gar nicht.«

Sie stieg aus. Es war ein Stück roter Teppich für sie ausgerollt worden, und da stand sie nun, in Silbergrau, mit Taubenfeder im Toque-Hut, grauen Ziegenlederhandschuhen und ihrem Ebenholzstock. Ein Flüstern hob an – »Da ist Queen Mary. Hey, seht mal – Queen Mary!« – und es versammelte sich eine kleine Menschenmenge. Es gab leise Hurrarufe und ein wenig Applaus, der bald stärker wurde, und die

Menge kam näher und umschloss Ihre Majestät und ihre Hofdame. Die beiden Leibwächter wurden unsichtbar.

Eddie war ganz allein. Er ging schnurstracks zum Taxistand und ließ sich zu Isobel Ingoldbys Adresse in Kensington fahren.

»Ich weiß nicht genau, wie weit das ist«, sagte er dem Taxifahrer, nachdem er in einer ziemlich langen Schlange gewartet hatte. Seine Uniform half ihm überhaupt nicht weiter, denn alle schienen Uniform zu tragen. »Das ist in Kensington. Von der Church Street ab.«

»Zwanzig Minuten«, sagte er. »Wenn wir Glück haben.«

»Sie meinen, wenn es keine Luftangriffe gibt?« Eddie sah sich enttäuscht in den Straßen um Paddington um. Das war also London: Sandsäcke, umherschlurfende Leute, Grau, freistehende Wände.

»Nee, Luftangriffe sind kein Problem mehr. Das ist abgehakt. Er ist auf dem Rückzug, falls er nicht doch noch mit seiner Geheimwaffe ankommt, von der er erzählt. Nicht, dass wir glauben würden, er hätte wirklich eine.«

(Die reden hier wirklich wie im Film, dachte Eddie.)

»Da wär'n wir. Wollen Sie sich 'n Blechhut ausleihen, Sir?«

Er wurde am Ende einer schmalen, gewundenen Straße mit schäbigen Cottages mit kleinen Gärten abgesetzt. Nichts war gestrichen, alles verschmutzt. Es waren kaum Leute unterwegs und die meisten Fenster mit Brettern verrammelt. Isobel Ingoldbys Nummer musste eine Verwechslung sein, denn die Fenster waren mit Disneyfiguren vergittert, und darüber wucherte eine Kletterpflanze, die Queen Mary schon auf die Palme gebracht hätte, bevor sie auch nur angeklopft hätte. Auf der Stufe vor der Tür stand ein Eichhörnchen aus Gips und eine Blechdose mit leeren Milchflaschen und einer Notiz: *Heute keine Milch. Nicht klingeln.*

Da war jemand nicht zu Hause. Das konnte nicht ihr Haus sein, dachte Eddie, als die Tür plötzlich aufging und sie vor ihm stand.

Sein erster Gedanke war Leere.

Sie war gewöhnlich.

Sie war groß und gewöhnlich und gelangweilt.

Sie hatte eine Zigarette in der Hand, lehnte sich an die Tür und sagte »Komm rein«, als käme er den Gaszähler ablesen.

Ihr Haar war ungekämmt und zu lang. Ihre Füße waren nackt, und sie trug einen unförmigen Morgenmantel.

»Ciao«, sagte sie und schloss die Tür hinter ihm. Er sah ihr an, wie müde sie war, und wie traurig.

Vielleicht enttäuscht? War sie auch enttäuscht von ihm? Sie hatte ihn zuletzt im Krankenhaus gesehen, blass und halb tot, der Mittelpunkt der Aufmerksamkeit. Sie hatte sich nicht die geringste Mühe gegeben, obwohl sie gewusst hatte, dass er kommen würde. Er hatte ihr schon vor vierzehn Tagen geschrieben. Sie sah aus, als käme sie gerade erst aus dem Bett. Sie gähnte sogar.

»Bist du müde?«, fragte er.

»Nein. Also, ja. Ich bin immer müde. Grässlicher Job.«

»Ich dachte, du wärst eine Art supergeheimer Schlaumeier?«

»Bin ich auch. Von der kryptischen Sorte.«

»Was meinst du?«

»Geheim. Willst du …«

Sie deutete vage Richtung Küche.

»Tee oder so? Einen kleinen?«

»Nein. Ich dachte, ich lade dich zum Mittagessen ein. Ins Savoy oder so?« Er hatte vom

Savoy gehört. Er sah angespannt auf ihren Morgenmantel.

»Da war ich gestern erst.«

»Isobel – was ist?«

»Was soll denn sein?«

»Was habe ich getan? Habe ich mich verändert oder so? Du hast doch gesagt, ich soll kommen.«

Sie drückte die Zigarette in einem Aschenbecher im Flur aus, sah sich selbst im Spiegel und sagte: »Ach du liebe Güte, ich habe mich ja nicht mal gekämmt.« Sie wandte sich zu ihm um und grinste, und plötzlich war es, als ginge die Sonne auf. Die schrägen Katzenaugen waren wieder voller Leben. Sie nahm die Haare mit ihren langen Armen hinter dem Kopf zusammen und steckte sie zu einem Knoten fest. Eine Strähne löste sich, eine löwenfarbene Locke. Langsam steckte sie sie wieder fest, mit ihren langen, wundervollen Fingern, ihre Nägel leuchteten in unerschrockenem Rot. Ihr Morgenmantel fiel auf, als sie die Hände fallen ließ und nach ihm ausstreckte.

»Oh, Eddie. Du wirkst so golden wie ein Kornfeld.«

Ihre Fingerspitzen waren an seinem Kragen. Als er erst seinen *British Warm* auszog und dann sein Offiziersjackett, stellte er fest, dass sie ihm schon die Krawatte gelöst und abgenommen hatte. Sie legte sie über eine Wandlampe und dann war sie in seinen Armen.

Nackt auf dem Küchenfußboden dachte er, dass das Taxi sicher noch vor der Tür stand. Er war erst vor einer Minute ausgestiegen. Dann vergaß er all das: wo er herkam und wo um alles in der Welt er gelandet war, nämlich auf einem Küchenfußboden aus gerissenem und mit Klebeband geflicktem, schmuddeligem Linoleum. Es gab einen alten Kühlschrank auf hohen Beinen. Gasbetrieben. Eddie lag neben Isobel auf dem Boden, dann auf ihr, und sah die blaue Gasflamme. Das musste der älteste Kühlschrank der Welt sein – oh, mein Gott, Isobel. Isobel.

Später, viel, viel später, rollten sie voneinander weg.

»Ich mag dieses Linoleum nicht«, sagte er. »Das ist wirklich eklig.«

»Du bist verwöhnt. In deinem Palast.«

»Als wir uns das letzte Mal gesehen haben, habe ich nicht gerade in einem Palast gelebt.«

»Da hast du fast gar nicht gelebt.«

Sie waren in ein winziges, komplett dunkles Wohnzimmer gegangen. Es roch nach Alkohol und Staub. Sie tasteten sich zu einem Sofa, das nach Nikotin stank.

»Gibt es hier kein Licht?«

»Brauchen wir welches?«

»Oh, Isobel.«

»Es ist kaputt. Dauerhaft. Praktisch. Wir haben die Fensterläden schon seit dem Blitzkrieg nicht mehr zugemacht.«

»Wir?«

»Meine Mitbewohnerin und ich.«

»Kommt die womöglich gleich rein?« Er hatte ihr den Kopf auf den Bauch gelegt. Er leckte ihr über die Haut. Sie war warm und lebendig und roch nach Schweiß und Gewürzen, und er wurde schon wieder ganz verrückt nach ihr.

Später: »Wer ist sie?«

»Du kennst sie nicht. Arbeitet auch in Bletchley Park. Wie ich.«

»Es ist ein Mann, oder?«

»Nein. Nein, sicher nicht. Wollen wir nach oben gehen?«

Im Schlafzimmer war es heller. Die Decke hing etwas durch, und die Fenster wirkten ländlich, als wären draußen früher mal Felder gewesen. Es fühlte sich an wie auf dem Land, wie in einem Cottage. Das war also London.

»Das *ist* ein Cottage«, sagte sie. »Es gibt jede Menge Cottages in London. Und Dörfer. Das Bett ist auch ein Landbett, das haben wir hier vorgefunden.«

Das Bett war hoch und aus Metallstangen gebaut. Die Federn quietschten und ächzten unter ihnen.

»Gib das bloß niemals weg. Bitte behalt es für immer.«

Die Stunden vergingen. Eingewickelt, zusammengerollt, miteinander verschmolzen schliefen sie ein. Und wachten auf. Eddie lachte und griff schon wieder nach ihr.

»Du bist wie ein wildes Tier«, sagte er. »In einem unentdeckten Land.«

»Eddie«, sagte sie schließlich und wickelte sich in die Laken, »ich muss dir etwas sehr Wichtiges sagen. Wie viel Zeit haben wir noch? Wann geht dein Zug?«

»Viertel nach fünf.«

»Es ist schon fast fünf.«

Er floh aus dem Bett, rannte zur Treppe, kämpfte sich hüpfend in seine Kleider und schrie vor Angst.

Sie lachte und lachte.

Er fand einen Schuh, aber der andere war verschwunden.

»Das bricht mir das Genick«, sagte er. »Die werfen mich aus der Army.«

Sie schrie vor Lachen im Schlafzimmer; kam lachend die Treppe herunter, ins Bettlaken eingewickelt, und steckte sich eine frische Zigarette an.

»Lach mich nicht aus.«

»Ich bin in dich verliebt, Eddie.«

»Ich habe sowieso schon einen schlechten Ruf. Bei meinem Colonel. Und ich bin für Queen Mary verantwortlich. Oh Gott, da ist ja mein Schuh!«

Er hatte seine Jacke an, seinen *British Warm*, und er hatte seine Kappe gefunden. Sie umarmte ihn.

»Eddie, Eddie. Du siehst immer noch aus wie der kleine Junge zwischen den Bäumen in High House.«

»Wie spät ist es? Oh Gott. Ich habe noch eine Viertelstunde. Bestimmt kriege ich kein Taxi.«

Er bekam ein Taxi. Gott hat mir ein Taxi geschickt, dachte er. Es stand direkt vor der Tür. »Nach Paddington«, sagte er. »In zehn Minuten. Ich gebe Ihnen zehn Pfund.« Er drehte sich nicht mal um, ob sie ihm noch hinterhersah.

»Zehn Pfund, Sir.«

»Danke. Vielen Dank.« (Das hätte ich im Savoy auch ausgegeben. Gott, habe ich einen Hunger.)

»Ja. Gleis eins. Wo ist der rote Teppich, ist er noch da?«

Er war noch da. Es hatte sich herumgesprochen. Um den königlichen Waggon hatte sich eine Menschentraube angesammelt, und der obere Rand des Toque-Huts mit den Taubenfedern war zu sehen, wie er zwischen den applaudierenden loyalen Untertanen umherschritt. Die Hofdame war nicht zu sehen, sie war ohnehin klein und im Moment zweifellos von noch mehr Wolle gebeugt. Die Leibwächter waren bereits im Zug. Eddie nickte dem Wachmann kurz zu und sprang gleich in sein Privatabteil, warf die Tür zu und ließ sich auf die Bank fallen.

In einer Minute gehe ich rüber. Nur kurz zu Atem kommen.

Der Zug setzte sich langsam dampfend, kraftvoll und unerbittlich in Bewegung, fort aus London.

In einer Minute gehe ich rüber, dachte er und schlief ein.

Er wachte von einem Krachen und dem Quietschen von Bremsen auf. Der ganze Zug machte einen Ruck, erzitterte und blieb stehen. Draußen war es inzwischen dunkel, und er sprang von seiner langen, blauen Samtbank und trat auf den Gang hinaus, wo ihm bereits einer der Leibwächter entgegenkam.

»Ein Notfall, Sir. Wahrscheinlich ein Blindgänger auf den Gleisen. Queen Mary schickt nach Ihnen.«

Die Hofdame zitterte. Draußen war eine Reihe von Rufen zu hören. Der Zug fuhr rückwärts an, er quietschte und ächzte.

»Das ist die Invasion«, sagte die Hofdame.

»Machen Sie sich nicht lächerlich, Margaret«, sagte die Königin. »Eddie, nehmen Sie sie mit in Ihr Abteil und geben Sie ihr eine Aspirin. Sie soll sich ausruhen. Und dann kommen Sie zurück und wir können uns unterhalten. Ich möchte ganz genau wissen, was Sie heute gemacht haben.«

»So *ermüdend*«, sagte sie eine Stunde später. »Der Waggon ist so dunkel. Diese blauen Lämpchen sind ja sehr gut, aber zum Lesen einfach nicht hell genug.« Sie schwieg. »Aber das Mondlicht draußen ist hübsch.«

»Ja, Ma'am.« (Er merkte, dass sie Angst hatte. Er hatte gehört, dass sie es sich zwar niemals anmerken ließ, aber durchaus Angst vor einer Entführung hatte.)

»Und mehr haben Sie nicht gemacht, Captain Feathers?« (Captain Feathers? Was sollte das denn heißen?) »Sie sind nur Taxi gefahren? Sie waren nicht mal zum Lunch im Savoy, da hatten Sie sich doch schon so drauf gefreut?«

»Ich fürchte nicht. Ich fand London … überwältigend. Kensington kam mir vor wie ein unentdecktes D-d-do-dorf.«

»Ein *Dorf*? Wie sonderbar. Ich bin dort geboren. In Kensington Palace. Als Dorf habe ich das nie empfunden.«

»Ich … habe Kensington Palace gar nicht gefunden.«

»Oje«, sagte sie.

Endlich ruckte der Zug weiter, blieb stehen, fuhr wieder an und setzte sich langsam wieder Richtung Westen in Bewegung.

»Das ist aber wirklich schade«, sagte Ihre Majestät. »Übrigens«, sie sah aus dem Fenster, »was ist eigentlich mit ihrer Krawatte passiert?«

Auf dem Heimweg nach ihrem Spaziergang auf den Wiesen um Badminton House bat Old

Filth das Mädchen und seine Großmutter, mit dem Rollstuhl bei der Post anzuhalten, um ein paar Postkarten zu kaufen. »Nein, nein«, sagte er. »Lassen Sie mich aufstehen und selbst gehen. Das wird mir guttun.« Er humpelte in den Laden und wieder heraus, mit drei bereits frankierten Postkarten vom Dorf. Er schaffte es sogar, um das Auto herumzuhumpeln und der Großmutter die Tür aufzuhalten, während das Mädchen den Klapprollstuhl im Kofferraum verstaute.

»Das ist wirklich reizend von Ihnen«, sagte sie. »Danke für den schönen Nachmittag.«

Als er wieder an der Rezeption saß, beschloss er, die Postkarten am besten sofort zu schreiben, auch wenn es schon zu spät für die Post war, denn eine Wolke von der Größe einer Männerhand hatte sich um seine Erinnerung an die Abreise von zu Hause gelegt. Er würde Mrs –er – *Kate* – und Garbutt schreiben. Vielleicht würde er sogar an Rüschen-Chloe schreiben und ihr einen Glückstag bereiten.

Dann stellte er fest, dass er Mrs –ers (Kates) Adresse gar nicht hatte. Sie wohnte irgendwo im Nachbardorf. Es wäre eine Beleidigung, die Karte für sie an Garbutts Adresse zu schicken, denn sie arbeitete schon einige Jahre länger bei ihm als er. Er adressierte eine Karte an Garbutt im Haus unten am Hügel, nicht weit von seinem eigenen, das er gut kannte. Peep o'Day. Konnte man sich gut merken. Ebenso wie Chloes: The Manor House, Privilege Lane. Auf Garbutts Karte schrieb er: »Bitte richten Sie Kate aus, dass es mir leidtut.«

Er hatte jetzt eine Karte übrig und schrieb sie an Claire, der er erzählte, er habe sich den Knöchel verstaucht, genieße aber ansonsten einen herrlichen Urlaub allein in Gloucestershire in diesem wunderschönen Hotel. Er war in Hochstimmung. Sein alter Optimismus war gleich um die Ecke, das spürte er.

Aber in den frühen Morgenstunden wachte er mit der ernüchternden Gewissheit auf, dass keineswegs alles gut war. Er knipste seine Nachttischlampe an, humpelte aus dem Bett und öffnete ein Fenster. Er zitterte, dann überlief ihn eine Hitzewelle, und er schwitzte. Er ging zur Toilette, trank ein Glas Wasser und humpelte ins Bett zurück. Ihm war abwechselnd heiß und kalt. Er wusste, dass er krank war.

Er wusste, dass er sehr krank war. Er hatte keine Ahnung, was es war, aber ihm war klar, dass er es nicht unter Kontrolle hatte. Er lag da und wartete.

Er streckte die Hand nach der Nachttischschublade aus und tastete nach der *Gideon's Bible*, die ihn in seinem Richterleben schon durch so manche schlaflose Hotelnacht gebracht hatte. In Wolkenkratzern in Hongkong, im Shangri-la in Singapur, im guten, alten Intercon in Dhaka. Einsame Orte, bis er geheiratet hatte und Betty mitnehmen konnte. Heute Nacht brauchte er ein *Evangelium*, und er schlug eine von Jesu Diskussionen mit den Rechtsgelehrten auf.

Er blätterte mit zitternden Händen um und fragte sich, warum Jesus die Rechtsgelehrten so gehasst hatte, wo Er doch selbst ein so guter Richter gewesen wäre. Wenn man es recht bedachte, betrieb Christus ebenfalls Rechtsauslegung. Vielleicht hatte er das Verhör durch die Richter ja sogar genossen. Das Verhör durch Pilatus war das beeindruckendste. Pilatus war kein Richter gewesen, aber doch ein verhinderter Rechtsgelehrter. Pilatus und Christus hatten einander verstanden.

»Wir benutzen hier teilweise immer noch römisches Recht«, erklärte er Jesus in dieser Nacht. »Das Recht kann aber immer eine

Überarbeitung gebrauchen, wie du schon damals dargelegt hast. Die Todesstrafe muss abgeschafft werden. Die Todesstrafe bedeutet nur einen Sieg der Leichen. Das hast du ja gezeigt«, informierte er den Heiligen Geist.

Er träumte ein wenig, dämmerte, las die Bergpredigt, erinnerte sich daran, dass heutzutage angeblich kein Kind je von der Bergpredigt gehört hatte und die meisten annahmen, das sei ein Roman oder ein Film. Er dachte wohlwollend, dass er gern wieder im Gericht sitzen würde, wenn Christus die Verteidigung übernahm, in einem Fall, der, sagen wir mal, mit Landgewinnung zu tun hatte.

Eine Faust griff ihm in die Brust, und Schmerz durchfuhr ihn. Er bekam keine Luft mehr. Er streckte sich nach der Klingel aus und ließ die rechte Hand darauf liegen, als der Schmerz nachließ und wieder aufwallte. Das ist die Hand Gottes, dachte er. Und außer Gott weiß niemand, wo ich bin.

Garbutts Haus war leer, als am nächsten Morgen das Telefon klingelte. Er war in die Privilege Road gegangen, um der langweiligen Chloe mit ihrem Spargelbeet zu helfen, und sie waren beide unten im Garten, als auch ihr Telefon klingelte.

»Ich gehe nicht ran«, sagte sie. »Wird schon nicht so wichtig sein.«

Aber es klingelte weiter.

Sie nahm ab, als am anderen Ende schon beinahe aufgelegt worden wäre.

»Tut mir leid, das zu hören«, sagte sie. »Ja. Er ist mein Nachbar, aber kein enger Freund. Nein – nein, ich glaube nicht, dass er noch Verwandte hat. Na ja, er ist über achtzig. Er hat sein ganzes Leben lang keine Probleme gehabt, aber irgendwann erwischt es jeden. Ich fürchte, er ist hier im Dorf nicht sonderlich beliebt. Er behandelt seine Angestellten schlecht. Sehr schwierig für Sie. Ich glaube, er hat noch Cousinen in Essex. Ah, verstehe, dort haben Sie es schon versucht. Jedenfalls, ich kann Ihnen nicht helfen. Auf Wiederhören.«

»Sir Edward hatte einen Herzinfarkt«, sagte sie, als sie zum Spargelbeet zurückkehrte. »Ich hab ihm letzte Woche schon gesagt, er hat es mit dem Blutdruck, so wie er sich benommen hat.«

»Was? Wo?«, fragte Garbutt.

»Na ja, am Herzen.«

»Woher der Anruf kam!«

»Habe ich nicht gefragt.«

Garbutt schob sie aus dem Weg, rannte durch ihre Verandatüren und über ihren pastellfarbenen chinesischen Teppich, wählte die 1471 und dann die 3.

»Er ist im Krankenhaus«, sagte das Hotel. »Der Krankenwagen war sehr schnell hier. Wir waren ganz überrascht, es ging ihm eigentlich schon viel besser. Er war nachmittags unterwegs und hatte ein hervorragendes Abendessen.«

»Heißt das, er war vorher schon krank?«

»Ja, er kam mit einem verstauchten Knöchel hier an. Möchten Sie den Namen des Krankenhauses wissen? Ich bitte um Entschuldigung für die Frage, aber wer bezahlt denn seine Rechnung?«

»Geld war nie ein Problem bei ihm.«

»Danke. Wir mochten ihn hier sehr.«

»Das geht den meisten Leuten so«, sagte Garbutt. Dann rief er Kate an.

Garbutt fand Filth, an Maschinen und Schläuche angeschlossen, wie er versuchte, das Quaken der Fernseher und die Geräusche der Kassenstation auszublenden, wo Männer und

Frauen in unterschiedlichen Gesundheitszuständen nebeneinanderlagen. Wie in Pompeji.

Es war ein altes Krankenhaus. Die Fenster waren zu hoch, um irgendetwas zu sehen außer einigen Antennen, dem Beton uninteressanter Gebäude und dem Himmel. Das Licht war nicht das perlfarbene Licht der Wiesen von Badminton House, an das Filth sich zu erinnern versuchte. Wann und wo war das gewesen, und mit wem war er dort gewesen? Erinnerung, dachte er. Mein Gedächtnis. Mein Gedächtnis war immer zuverlässig. Vielleicht zu zuverlässig. Es hat mich nie verschont. *Erinnerung und Sehnsucht*, dachte er. Wer hatte das gesagt? *Ohne Erinnerung und Sehnsucht ist das Leben sinnlos.* Ich habe längst jede Sehnsucht verloren. Jetzt auch die Erinnerung.

Plötzlich war ihm klar, dass es das war, was seit Jahren nicht mit ihm gestimmt hatte: Er hatte die Sehnsucht verloren. Nicht das sexuelle Verlangen, das war immer ein schwacher Teil seiner Natur gewesen. Er hatte die Armut seiner sexuellen Vergangenheit immer unter Verschluss gehalten. Die gute Betty – sie hatte nicht viel verlangt. Er hatte ihr nie von dem Buttermilchmädchen erzählt und die Sache mit

Isobel Ingoldby nur gestreift. Was würden die jungen Leute heute von ihm denken? Es kam ihm vor, als wären die alle wie die Karnickel und würden sich kopfüber hineinstürzen, sobald sie das Teenageralter erreichten. Er fand das abstoßend.

Ebenso wie Homosexuelle, wenn er ehrlich war. Und Scheidungen. Schwarze – hier wurde er in seinen Gedanken von einer Gruppe von Menschen unterschiedlichster Hautfarben gestört, die um sein Bett standen. Das sind nicht die Schwarzen aus dem Empire, dachte er, aber dann ging ihm auf, dass es genau die waren. »Ist irgendwer von Ihnen Malaie?«, fragte er. »Malaya ist mein Land. Heute natürlich *Malaysia*. Und Ceylon heißt Sri Lanka. Lanka, hat mein Freund Loss gesagt, und er musste es wissen. Da haben seine ganzen Onkel gewohnt. Bevor sie von den Scheiß-Japanern ausgebombt wurden. Oh, Entschuldigung.« Die offenbar wichtigste Gestalt in der Show an seinem Bett war Japaner. »Habe ich nicht gemerkt. Weil Sie so einen Westküsten-Akzent haben.«

»Okay, Grandpa«, sagte der Japaner. »Ganz ruhig.«

Filths Tage vergingen. Verschiedene Gerätschaften wurden wieder von ihm entfernt. Einmal hatte er den Eindruck, Garbutt würde am Fußende seines Bettes sitzen, und winkte ihm schwach zu. »Es tut mir alles wirklich leid. Wie geht es Mrs –er? Es tut mir leid, dass ich sie so geärgert habe. Mir geht es schon deutlich besser. Aber ich würde sehr gern einen Priester sehen.« Dann schlief er wieder ein. In der Nacht wachte er auf und versuchte, nach einem Priester zu klingeln.

»Es ist doch gar nicht Sonntag«, sagte eine Schwester. »Oder sind Sie katholisch? Es geht Ihnen schon viel besser. Sie können morgen mit jemandem sprechen. Schlafen Sie weiter, Old Gramps. Denken Sie positiv!«

Die Zeiten waren schon mal schlechter, dachte er. Viel schlechter. Aber jetzt gibt es gar nicht mehr viele davon: Zeiten, egal was für welche. Das ist rational betrachtet absolut wahr, eine ernsthafte, sogar schöne Gleichung. Das Leben geht zu Ende. Du bist es auch müde. Keine Erinnerung. Keine Sehnsucht. Und trotzdem willst du nicht, dass es vorbei ist. Noch nicht.

Verdammte Erinnerung.

»Ich war hier glücklich, wissen Sie, während des Krieges«, erklärte er einem vorbeigehenden Sikh. »Ich war mit Queen Mary befreundet. Sie hat sogar an meinen Geburtstag gedacht. Sie hat mir Schokolade geschickt.«

»Wer ist denn Queen Mary?«, fragte der Sikh mit einem Akzent von der Themsemündung. »Die Queen Mum?«

»Als ich hier in Gloucestershire gelebt habe, habe ich mich ein bisschen bedeckt gehalten.«

»Dann decken Sie sich jetzt auch mal zu«, sagte der Sikh, »und schlafen Sie noch ein bisschen.«

Als sie am nächsten Tag einen Priester zu ihm brachten, ging es ihm schon viel besser. Die Geräte wurden abgestellt, und er wurde zu einem grässlichen Waschplatz geschickt, er bekam Cornflakes und eine Art Fleisch, das nach Zwiebeln roch und mit einer braunen Flüssigkeit verziert war, die sich »brown sauce« nannte. Man sagte ihm, er würde nachher entlassen.

Außerdem trug der Priester Jeans und T-Shirt, und Filth glaubte nicht an ihn. Da hätte er ja noch eher eine Priesterin akzeptiert, und das wollte schon etwas heißen. Seine Beichte wurde also vertagt. Er saß da und las den *Daily Telegraph* in einer kleinen, intimen Kabine, seine Reisetasche an seinen Füßen. Dort saß er den ganzen Vormittag und döste irgendwann weg. Er dachte an andere Rückschläge und Momente des Versagens in seinem Leben.

Nach einem halben Jahr war er aus Badminton wegbeordert worden. Der Krieg hatte sich verändert. England war jetzt auf der Seite der Sieger, und es herrschte eine neue Unbeschwertheit. Das Personal von Queen Mary packte ihre drei Dachbodenkoffer aus, und er wurde zum War Office geschickt, weil man fälschlicherweise davon ausging, dass er Linguist und bestens vernetzt wäre. Er erlebte den Sieg in Europa auf der Mall vor Buckingham Palace und wurde viel eher nach Oxford entlassen, als seine militärische Laufbahn es vorgesehen hatte. Er bestand sein erstes Jura-Examen nach nur zwei Jahren, wurde vor die höheren Gerichte berufen und machte sich an die viel schwierigere Aufgabe, eine Stelle in einer Kanzlei zu finden.

Es war der Winter, über den man ein halbes Jahrhundert später immer noch sprach: 1947.

Die Kanzlei

Der Januarregen 1947 schwappte die durchnässten Rasenflächen der Lincoln's Inn Fields in London hinunter und kräuselte die Oberflächen der eingelassenen Wasserreservoire. Eddie Feathers beobachtete es von einem Durchgang in einer nicht weiter bemerkenswerten Kanzlei am New Square aus. Er hielt die Tür zwischen dem Durchgang und dem leeren Raum des Kronanwalts im vorderen Bereich des Gebäudes offen, denn sonst hätte er außer den Mülleimern dahinter nichts gesehen. An Tagen wie diesem und an Tagen mit Smog, die trotz der Kohlerationierungen auf einen Beutel pro Woche immer häufiger wurden, konnte er durch die Tür das sehen, worauf er sich eventuell freuen konnte, falls der alte Herr überhaupt nicht mehr kam. Ein großer, alter Raum mit einem herrlichen elisabethanischen Kamin und einem großen Porträt der unglücklich dreinblickenden Gattin des Kronanwalts: die Verkörperung der Kriegsbraut, die lieber noch gewartet hätte.

In einem angrenzenden, ebenso historischen und ebenso staubigen Zimmer, nur ohne Gattinenfoto, saß der einzige andere Anwalt der Kanzlei und schlief gewöhnlich. Diese Räumlichkeiten waren vor Jahrhunderten als Kanzlei gebaut worden und hatten seit der Zeit vor dem Commonwealth eine große Zahl von Anwälten beherbergt. In diesen Zimmern waren ganz selbstverständlich Perücken getragen worden, ebenso wie Hüte. Dann waren in den Kanzleien sogar die Hüte verschwunden – selbst Bowlerhüte gab es um 1947 kaum noch, aber Eddie Feathers hatte sich für unmäßige fünf Pfund einen gekauft. Er hing an einem Haken an der Innenseite der Tür und wirkte lächerlich.

Es war bitterkalt im Durchgang. Es gab keine Teppiche, keine Vorhänge, nur einen kleinen Heizlüfter. Eddie setzte sich an einen stark beschädigten Tisch mit einem etwa halbmeterhohen Stapel Abschriften eines Disputs – quasi unleserliche Blaupausen über die Installation neuer Toiletten mit Wasserspülung in einem zerbombten Regierungsgebäude. Mit seinen Kommentaren dazu kam er ungefähr einen viertel Zentimeter pro Stunde voran.

Sir, seine Schule, Queen Mary, sie alle zeigten mit dem Finger auf Eddie. Gewohnheit verpflichtet. Er hatte bereits genügend dunkle Stunden erlebt. Nur fleißig weitermachen. Hartnäckig bleiben. Oh Gott – warum?

Gloucestershire und Oxford brachen immer wieder über ihn herein. Die Wiese von Christ Church, die Glocken, die holpernd und stolpernd die High Street entlang bimmelten. Der Goldlack – der Duft des samtigen Goldlacks vor seinem Fenster. Die Leere des Gevierts, wenn er nachts nach Hause kam. Kaum eine Menschenseele unterwegs. Und der Frühling dort, und die Politik und die Freunde. Zu viel Arbeit. Zu viel Arbeit, um auf Partys zu gehen, oder auch nur zu *Union*, oder um Mädchen kennenzulernen. Es gab zu viele junge Männer, die gerade erst von der Schule kamen und sich den Verstand wegsoffen, Schulkinder, die den Krieg verpasst hatten. Oxford zu verlassen hatte ihn in seiner Endgültigkeit überrascht.

Es regnete. Im weiter entfernten Zimmer mit der geschlossenen Tür hörte er den komatösen, unterbeschäftigten Chef der Kanzlei furzen und gähnen. Der Furz war der eines älteren Herrn – lang, unmusikalisch und resigniert.

Eddie merkte, dass er weinte, und wischte sich das Gesicht ab. Er fand, dass er für heute ebenso gut nach Hause gehen konnte.

Aber nein. Besser nicht. Noch einen viertel Zentimeter Anmerkungen. Es hatte ja auch keinen Sinn, in den Regen hinauszugehen. Es war ein ziemlicher Weg bis zur Haltestelle Aldwych, und er hatte keinen Regenmantel. Und dann musste er zweimal umsteigen (alle keuchten und rochen ungewaschen), um zu seiner Einzimmerwohnung im heruntergekommenen Notting Hill zurückzukehren. Dann wieder raus, um im ABC-Café etwas zu essen: Würstchen und Kartoffelbrei, Apfelkompott mit Vanillesauce, alles unter einem Shilling. Sein Erbe war immer noch nicht in Sicht. Man hatte ihm gesagt, es könne Jahre dauern, bis der Tod seines Vaters bewiesen war, ganz zu schweigen vom Testament. Er konnte sich den Tod seines Vaters immer noch nicht vorstellen. Sein Vater hatte keine Freunde gehabt, und es gab keine offizielle Nachricht vom Auswärtigen Amt. Eddie schluckte das schlechte Gewissen hinunter, dass er keine Nachforschungen angestellt hatte. Von seinen Tanten hatte er nichts gehört. »Eines Tages werde ich es schon erfahren«, sagte er sich.

Er brauchte ein Fahrrad. Fahrtkosten sparen. Er verdiente hundert Pfund im Jahr damit, für den alten Kronanwalt mit der schwierigen Frau die Stellung zu halten. Dreihundert insgesamt, mit den sehr seltenen Schriftsätzen, die er verfassen durfte. Er besaß einen guten Anzug, ließ seine Schuhe immer rechtzeitig neu besohlen, und er wusch jeden Morgen sein neumodisches Nylonhemd, hängte es zum Trocknen an den Durchlauferhitzer im Gemeinschaftswaschraum und zog es dann wieder an. Um vor Anwälten und Mandanten den Schein zu wahren. Nicht, dass es wirklich Mandanten gegeben hätte. Nicht für ihn. Nicht für die nächsten Jahre. Vielleicht nie. Niemand kannte ihn. Am Ende des Durchgangs furzte der alte Kronanwalt.

Es war fast ein Jahr her, dass Eddie um die einst herrlichen Plätze Londons geschlendert war – ohne Geld konnte man nicht viel anderes tun, um die Zeit bis zum Schlafengehen herumzubringen – und über Bau- und Technologierecht nachgedacht hatte. Der Krieg war vorbei. Eines Tages – man musste ja nur nach Deutschland gucken – würde auch in diesem Land der Wiederaufbau anfangen. Baurecht, dachte er. Es wird jede Menge Streitigkeiten geben. Er hatte sich ein bisschen umgehört und diese Baurechts-Kanzlei gefunden, die ausgebombt worden und in diese Ecke hinter Lincoln's Inn umgezogen war.

Es gab nicht mal ein Zimmer für einen Clerk. Es musste auf der anderen Seite des Hofes dazugemietet werden. Der Senior Clerk, der aussah wie ein erfolgloser Butler und viel Zeit mit Grübeln verbrachte, ging kurz nach dem Mittagessen und fuhr nach South Wimbledon. Der clevere Junior Clerk, Tom, war entsetzlich unterbeschäftigt und mischte sich in der Mittagszeit unter die Clerks anderer Kanzleien in den umliegenden Pubs und versuchte, sich für die kommenden Fälle einen Vorsprung zu verschaffen und seine nächsten Schachzüge zu planen. Er mochte Eddie, und Eddie tat ihm leid. »Ich würde es aufgeben, Sir«, sagte er eines Tages. »Das hier ist doch unter Ihrer Würde – Bestnote aus Oxford. Hier kann ich Sie nicht verkaufen. Gehen Sie nach Neuseeland.«

Vielleicht sollte ich das tun, dachte Eddie heute, als er durch die Tür und das größere Zimmer hindurchsah und dann weiter durch das Fenster des alten, abwesenden Anwalts in den Regen. Zwischen der Kanzlei und dem Garten des Inn, wo ein großer Baum stand, der schon andere Kriege überlebt hatte, parkte ein weißer Rolls-Royce. Darin saß ein Chauffeur in einer grünen Uniform. Das war ungewöhnlich. Eddie seufzte, setzte sich wieder an seinen Tisch und nahm das nächste Blatt vom Stapel.

Die Tür zur Straße flog auf, und Schritte kamen in Edwards Richtung gerannt. Der Junior Clerk stürmte mit wehenden Regenmantelschößen herein – er hatte eigentlich nach Hause gewollt –, riss die Tür auf und rief: »Kommen Sie, Sir, schnell! Schnell, Sir! Stehen Sie auf. Lassen Sie die Papiere liegen, gehen Sie ins vordere Zimmer. Hinter den Schreibtisch. Sie haben einen Klienten.«

»Einen Klienten?«

»Ein Anwalt. Stauben Sie die Unterlagen ab und streichen Sie Ihren Anzug glatt. Wo haben Sie denn Ihre schicke Kleiderbürste? Hier. Ich räume mal das Foto von seiner Frau außer Sichtweite. Falsches Bild. Sie sind ja jung und reiselustig. Ich glaube, bei Ihnen tut sich jetzt was.«

»Tut?«

»Ich habe Ihnen ein Mandat besorgt. Große Nummer. Vierhundert für das Mandat und vierzig am Tag. Wahrscheinlich für zwei Wochen.«

»Wer …«

»Fragen Sie mich nicht. Aus Hongkong. Ein chinesischer Zwerg.«

»Tom, Sie sind verrückt geworden. Das ist doch Quatsch.«

»Er ist in dem Rolls-Royce da gekommen. Hat zwanzig Minuten bei mir im Clerks-Zimmer gesessen. Ich bringe ihn rüber.«

»MOMENT!«

»Moment? Moment? Also, in Hongkong hat eine Pipeline versagt. Sie sind quasi schon unterwegs.«

»Ein *chinesischer Zwerg?*«

»Kommen Sie zurück, wo wollen Sie denn hin, Sir? Ich bringe ihn zu Ihnen, Sie brauchen ihm nicht hinterherzulaufen.«

»Wo ist er?«, rief Eddie vom Hof her.

»Noch im Clerks-Zimmer. Ich habe ihm gesagt, ich würde mal nachsehen, ob Sie gerade Zeit haben. Ich bringe ihn zu Ihnen. *Contenance*, Sir.«

Aber Eddie war schon weg, über den Hof, unter dem Baum durch, er rannte durch den Regen. Der Chauffeur im Rolls-Royce drehte sich zu ihm um und hob eine Augenbraue.

Eddie rannte in das Clerks-Zimmer, wo Albert Loss in dem durchhängenden violetten Sofa saß und eine Patience legte.

»Loss!«

»Such mal die Pikdame. Sticht das Ass aus.«

»Loss! Herr im Himmel, Coleridge. Du bist doch tot! Die Japaner haben dich umgebracht.«

»Colombo ist nicht gefallen. Bist du vergesslich! Es gab ein paar Angriffe, und dann haben sie uns in Ruhe gelassen. Du hättest dableiben sollen. Ich habe meinen Onkel gefunden. Mehrere Onkel. Alles Anwälte. Also bin ich auch Anwalt geworden.«

»Das ist das großartigste … Wie hast du mich denn gefunden?«

»Juristenverzeichnis, alter Kumpel. Ganz oben auf der Absolventenliste. Dank mir! Ich habe dich, wie du dich erinnern wirst, Richtung Jura geleitet. Und jetzt erteile ich dir das Mandat. Meine Kanzlei arbeitet vor allem in Hongkong. Ich hoffe, du bist hier an keine Familie gebunden?«

»Nicht mit Seilen. Nicht mal mit einem Faden. Mit keinem Spinnweben! *Coleridge*!«

»Gut. Dann kannst du nächste Woche gleich nach Hongkong fliegen? Erster Klasse natürlich. Wir wollen ja vor unseren Mandanten was darstellen. Wir etablieren dich auf der Halbinsel.«

»Erst mal muss ich die Akten lesen.«

»Unsinn, Feathers. Das kannst du alles im Kopf. Im Flugzeug. Den Fall aufmachen und abschließen, und ich habe dir doch Poker beigebracht! Du bist doch fix im Kopf. Ich fliege morgen zurück.«

»Das träume ich doch alles. Du bist genauso wie früher. Du bist auch gar nicht älter geworden. Ach ja, was ist eigentlich aus meiner Uhr geworden?«

»Ah, die ist der onkelseitigen Durchsuchung zum Opfer gefallen. Aber *du* bist alt geworden, Feathers. Bestimmt hat der Krieg seine Spuren hinterlassen, oder?«

»Das kann man wohl sagen. Lass uns ausgehen. Wo wohnst du?«

»Im Dorchester natürlich. Aber ich habe keine Zeit für Sozialstrafen. Ich fliege morgen, und ich muss noch meinen Bauunternehmer treffen. Ich kaufe ein Nash-Haus am Regent's Park. Das sind nur noch Ruinen, kosten fast nichts. Wenn du es mieten willst, nach der Sache mit der Pipeline, kannst du es haben. Ach ja, wurdest du eigentlich abgeholt?«

»Abgeholt?«

»In Liverpool? Von dem alten portugiesischen Kahn?«

»Ja. Ja, Oils und …«

»Ich musste mir dein Adressbuch ausleihen. Ich fürchte, es ist untergegangen. Meine Onkel standen dem *Corps of Signals* sehr nah. Und ich habe natürlich ein sehr gutes Gedächtnis.«

»Du solltest Spion werden.«

»Danke, aber ich bin berufstätig. Wirklich schön, dich zu sehen, Feathers. Hübsche Kleiderbürste. Brauchst du die noch?«

»Ja. *Coleridge*!«

»Übrigens«, sagte Albert Loss am Wagen – der Chauffeur ragte über ihm auf und hielt einen Schirm: »Wenn ich in Hongkong bin, nimm du doch den Rolls.«

Letzte Riten

»Verstopfung«, sagte das Hotel am Telefon zu Claire. »Ziemlich üble Verstopfung.«

»Auf der Karte stand etwas von einem verstauchten Knöchel.«

»Die Verstopfung kam danach. Das waren die Garnelen. Es sah aus wie ein Herzinfarkt. Er war im Krankenhaus, aber jetzt ist er wieder hier und erholt sich davon. Möchten Sie ihn sprechen? Er sitzt draußen in der Sonne, schön warm eingepackt. Was sollen wir denn sagen, wer dran ist?«

»Sagen Sie, Claire ist dran. Und dass ich seine Karte bekommen habe.«

»Wir waren sehr froh um diese Postkarten.«

»Hallo«, sagte Filth, als er hereingehumpelt kam. »Ob man mir wohl einen Priester rufen könnte?«

Die Rezeption hörte zu. Das nette Mädchen kam und setzte ihn in einen Sessel. Sie wählte die Nummer für ihn, reichte ihm das Telefon und sagte: »Sir Edward, das mit dem Priester war letzte Woche.«

»Was? Hallo? Claire? Es gibt Dinge, die ich von der Seele haben muss. Diese Episode war ziemlich beängstigend. Es gibt noch unerledigte Themen. Du weißt, was ich meine.«

»Ich habe keine Ahnung.«

»Du und ich und Babs.«

»Was ist mit uns?«

»Und Cumberledge?«

Schweigen.

»Ach, das ist lange, lange her«, sagte sie.

»Aber ich muss es jemandem erzählen. Was ist mit deinem Priester? Der mit den Marmorbabys?«

»Father Tansy? Ich dachte, du könntest ihn nicht ausstehen.«

»Nun ja, konnte ich auch nicht. Aber ich muss immer wieder an ihn denken. Kannst du ihn für mich ausfindig machen?«

»Aber du bist in Gloucestershire. Und ich habe gehört, du kannst nicht laufen und hast Verdacht auf Herzinfarkt.«

»Fehlalarm. Ich habe nur das aufregende *Evangelium* gelesen.«

»Machen Sie mal langsam Schluss, Sir Edward. Wir bringen Ihnen das Mittagessen in die Lounge. Sie müssen sich noch ein bisschen schonen.«

»Auf Wiederhören, Claire. Danke für deinen Anruf. Ich ruf dich wieder an.«

Der Tag verging. Er saß da und träumte. Sie brachten ihm Tee.

Wahnsinnig nett von ihnen, dass sie mich wieder hergeholt haben, dachte er. Und dank Loss kann ich das alles bezahlen. Er hat mich aufs Pferd gesetzt. Aber ich habe auch dafür gearbeitet. Für meine Millionen gearbeitet. Und sie überlebt. Im Gegensatz zu Loss.

Er döste ein und wurde von dem netten Mädchen und seiner Großmutter geweckt, die ihm die Astern mitgebracht hatte. »Sie sollten wohl besser keine Garnelen mehr essen«, sagte die Großmutter. »Mit über siebzig, sollte man sich Garnelen verkneifen. Queen Mary hat Garnelen nicht mal eines Blickes gewürdigt.«

»Es kann auch das Banana Split gewesen sein«, sagte ihre Enkelin.

»Ich esse keine Bananen«, sagte Filth.

Am nächsten Tag kam ein Brief von Claire in ihrer verschliffenen, leuchtend blauen Handschrift:

Lieber Teddy,

wie es der Zufall will, fährt Father Tansy ohnehin in Deinen Teil des Landes, um seinen Boy's Club in Falmouth zu besuchen. Babs fährt mit ihm. Das wirkt ja fast wie ein Zeichen! Ich habe ihnen gesagt, wo Du bist.

Was unsere verkorkste Kindheit angeht, lieber Cousin, vergiss es. Ich habe mich von dem, was wir getan haben, nie unterkriegen lassen, nicht mal im Traum. Ich hatte damals kein Problem damit, und ich hatte seitdem auch nie das Bedürfnis, darüber zu sprechen. Oliver zum Beispiel weiß nichts darüber, ebenso wenig wie mein verstorbener Mann. Was man heute »die Behörden« nennen würde, hat uns nach ihrem Tod so schnell verschwinden lassen, dass es nicht mal groß in der Zeitung war. Heute wäre es einen ganzen Monat lang in den Hauptnachrichten im Fernsehen.

Weißt Du eigentlich, dass ich Cumberledge wiedergetroffen habe? Erst vor ein paar Jahren. Tatsächlich war es sogar an dem Tag, als Du bei mir warst, als Oliver mit mir zum Tee nach Cambridge gefahren ist, bei einem hohen Tier seiner Uni, einem Dean, der immer noch in Amt und Würden ist. Er war immer nett zu Oliver, als er dort studierte. Die ganze Zeit, als wir bei dem alten Herrn waren, kam es mir schon so vor, als müsste ich ihn kennen. Er schien aber nichts zu merken. Mein Nachname hat sich geändert, und es war ein Dreivierteljahrhundert später. Oliver hatte ihm gegenüber nie erwähnt, dass ich Raj-Waise war. Oliver hat mir seinen Namen erst auf dem Heimweg gesagt, und nachdem ihr alle abgereist wart, habe ich mich hier in High Light hingesetzt und ihm einen Brief geschrieben, in der Hoffnung, nichts aufzuwirbeln, was besser vergessen bleiben sollte. Wir haben eine sterbenslangweilige Korrespondenz aufgenommen.

Ich bin nicht sicher, ob ich es gut finde oder nicht, dass er nie ein Wort über den Mord verloren hat. Ach, natürlich bin ich sicher. Ich fand es *nicht* gut. Ich hätte gern gehört, was er von der ganzen Sache hält. Wenn ich in der Zeitung etwas über einen Mord lese, denke ich oft, dass der Mörder der Letzte ist, der sich des Verbrechens bewusst ist. Manchmal ist es ihm jahrelang nicht klar, nehme ich an. Aber das weißt Du ja alles. Die Mörder sind die Besessenen.

Ich will nicht sagen, dass es so etwas wie Schuld nicht gäbe. Oder Niedertracht. Ich meine nur, dass der erwachsene Mörder verwirrt und verstört ist. Das Interessante an unserem Mord ist, dass wir nichts davon waren. Wir waren nicht verwirrt. Wir waren nicht verstört. Wir drei – Cumberledge nicht – waren voll und ganz damit beschäftigt, die Verantwortung den dunklen Mächten zu übergeben, die wir als Kinder kennengelernt hatten und die uns kennengelernt hatten. Darein haben wir uns vertieft, wir drei. Immer noch ungezähmt. Wir kamen aus dem Dschungel.

Die arme Babs – sie war wahrscheinlich die beste von uns – ist verrückt geworden. Sie ist die meiste Zeit neben der Spur. Aber sie ist immer noch Babs. Zu ihr war Ma Didds am allergrausamsten. Hat ihr das Singen verboten. Sie geknebelt. Sie hat Babs richtig kastriert. Sie wurde hässlich an Seele, Körper und gesellschaftlichem Stand. Und jetzt wird sie noch hässlicher. Und doch hat sie eine Weile lang gestrahlt, das war im Krieg.

Vor Dir, lieber Teddy, hat Ma Didds sich gefürchtet, weil Du so groß und stark warst und so unglaublich gut aussahst. Das Aussehen ist so unfair verteilt! Ma Didds wusste, dass sie Dich niemals würde hässlich machen können. Deswegen hat sie an Deinem Stottern gearbeitet. Sie hat sich vor Deinem Schweigen gefürchtet. Du warst damals nicht wie ein Kind. Heute bist Du viel kindlicher. Betty kam und hat all die Jahre von Dir abgestreift; von außen sah es aus wie eine perfekte Ehe. Sie hat nie mehr gewollt, als Du geben konntest. Leidenschaft hat sie von anderen bekommen. Du warst ein Heiliger in Sachen Veneering. Eine Alabasterwand. Ihr habt einander gerettet. Du und Betty. Ich ahne, dass ihr nie darüber gesprochen habt.

Aber niemand hat Dich je so geliebt wie ich, Teddy.

Und doch war ich die kälteste von uns allen. Die härteste. Ich war die Schauspielerin. Die kleine Niedliche, die nie etwas falsch gemacht hat. Ich war es, die den Mord vorgeschlagen hat.

Cumberledge hat in seinem stillen Leben nie eine Entscheidung getroffen (ich habe keine Ahnung, wie er in der Army so hoch aufsteigen konnte, bevor es ihn nach Cambridge verschlug). Er war vollkommen passiv – dieses Weinen und Schreien, wenn sie mit der Peitsche auf ihn zukam (ich schreibe auf, woran ich bisher nicht einmal denken konnte). Aber irgendetwas tief in ihm blieb von ihr unberührt. Ich wette, er war ein liebenswerter und sentimentaler Mann. Einer, der sich dauernd verliebte.

Dich, Teddy, hat sie überhaupt nicht unberührt gelassen. Sie hat Dich kaputt gemacht. Du warst nicht gut in der Liebe. Ich glaube nicht, dass Du in der Schule viele Freunde hattest. Wenn ich ehrlich bin, war ich genauso. Ich kann nicht lieben. Ich bin nur charmant. Babs braucht Liebe. Wie das tägliche Brot. Sie würde alles dafür tun, aber das wirkt abstoßend. Die Arme. Inzwischen wäscht sie sich nicht mal mehr. Schlechtes Zeichen. Das wird ihr bei Father Tansy auch nicht helfen. Sie behauptet, sie hätte mal eine Affäre mit Cumberledge gehabt. Hirngespinst.

Weißt Du – wer Liebe am allermeisten gebraucht hat, war Ma Didds. Der ganze Hass war fehlgeleitete Liebe. Was haben der alte Pa Didds und die Kapelle ihr denn schon gegeben?

Als Kinder konnten wir das alles natürlich nicht wissen, aber ich hatte schon so eine Ahnung, wenn sie mich auf ihren stinkigen alten Schoß genommen und sich über mich gebeugt und mir gebuttertes Brot gegeben hat. Ich wusste schon, wo *mein* Brot gebuttert ist. Ich war als jüngste von uns allen weggeschickt worden, meine Eltern hatten kein Gesicht; aber ich war und bin die stärkste von uns. Ich bin wirklich froh, dass mir das mit dem Mord eingefallen ist. Ich habe es wirklich genossen. Also mach Dir keine Sorgen. Du hast den Stoß ausgeführt, aber jetzt können sie Dich dafür nicht mehr hängen.

Alles Liebe
Claire

Er zerriss den Brief.

Ich bin endlich alt, dachte er. Ich sollte auch kalt sein. Aber ich verscheuche die Kälte der Jugend und lege die gefühlsduselige Rüstung der Senilität an. Ich bin kein religiöser Mensch. Claire mag andere Leute schockieren, aber mich nicht. *Warum* wünsche ich mir einen Priester? Rituale? Zeremonien? Ich verachte mich. Das ist doch abergläubisch. Aber ich muss jemandem erzählen, dass ich im Alter von acht Jahren kaltblütig eine Frau ermordet habe.

Der Westwind der Tagundnachtgleiche fegte plötzlich gegen die Scheiben des Wintergartens der Hotellounge, wo Filth jetzt wieder allein saß. Dann ließ der Wind nach, und er schlief ein. Im Schlaf hörte er das stete Schlagen einer Trommel, und als er aufwachte, hielt er es für seinen Herzschlag. Man half ihm in sein Zimmer zurück, wo die Astern der Großmutter auf der Fensterbank leuchteten.

»Ich habe so ein unverdientes Glück«, sagte er später zum Zimmermädchen, um sein angekratztes Image wieder aufzupolieren. (Claires beängstigender Brief.) Er lächelte sein charmantestes Lächeln.

»Jedenfalls Glück in der Ehe«, sagte er, als er wieder allein war, die Vorhänge geschlossen, und in der herrlichen Dunkelheit lag. »Sie sind doch alle nur so freundlich, weil sie herausgefunden haben, dass ich reich bin. Es wird keinen Ärger mit der Rechnung geben.« Im Vergleich zum Pragmatismus anderer Leute fand er Claires grausigen Brief gar nicht mehr so schlimm.

Aber beim Einschlafen legte sich ein großes Gesicht über seine Traumlandschaft und füllte sein Schlafbewusstsein vollkommen aus, hing dräuend über ihm – und verschwand. »Hau ab, Veneering«, rief Filth ihm hinterher. »Ich bin noch nicht so weit, dass ich darüber reden könnte.«

Ein paar Tage später tauchte Father Tansy in dem eleganten Hotel auf, zusammen mit einer Frau in einem wogenden Nylonrock und einer grauen Nonnen-Kopfbedeckung, die sich als Babs herausstellte.

Filth war wieder im Bett. Man hatte ihm geraten, dort noch ein oder zwei Tage zu bleiben und sich nicht mit Besuchern zu belasten. Seine Vorhänge waren noch zugezogen, als der Hoteldirektor anklopfte, den Kopf zur Tür hereinsteckte und das Licht anknipste. Babs und der Priester sahen Filth im Bett liegen, starr, die elfenbeinfarbene Nase nach oben gereckt, die Nase eines sehr alten Mannes.

»Vielleicht nicht so lange?«, sagte der Direktor. »Bleiben Sie nicht zu lang.«

Babs sagte, sie würde gleich mal eine Runde mit dem Hund rausgehen.

Father Tansy schloss die Tür hinter sich, zog die Vorhänge auf und machte das Licht aus. Er nahm das Zimmertelefon und bestellte für eine

Stunde später Mittagessen aufs Zimmer. Dann rannte er im Zimmer herum, entfernte welke Astern aus dem Strauß und riss alle Fenster auf. Er fand Filths Bademantel und half ihm hinein, hievte die alten Knochen vom Bett, schob Filths zarte Füße in die Lederslipper von Harrods, setzte ihn in einen Sessel und stellte einen Tisch vor ihn.

»Habe ich mich überhaupt rasiert?«, fragte Filth. »Oje, das will ich doch hoffen.«

»Machen Sie sich deswegen keine Gedanken. Wachen Sie erst mal auf. Sie haben endlich nach mir gerufen. Ich habe geduldig darauf gewartet.«

»Sie halten sich wohl für unentbehrlich«, sagte Filth. »In dieser Marmorkirche hatten Sie ja auch schon Oberwasser.«

»Nicht *ich* bin unentbehrlich«, sagte Tansy. »Ich folge der Unentbehrlichkeit eines Anderen. Ich versuche, der Persönlichkeit Christi nachzufolgen, davon lasse ich mich leiten.«

»Ich glaube nicht an all das«, sagte Filth. »Aber es gibt etwas, irgendwo, das mich drängt, mit einem … na, ich nehme an, einem Priester zu sprechen. Sie sind der einzige Priester, den ich kenne. Ich habe keine Ahnung, wie Sie hierhergekommen sind. Ich weiß nicht mal, was ich hier mache. Ich habe in letzter Zeit viel geträumt. Von Queen Mary.«

»Queen Mary?«

»Ja. Und meinem Vater. Und einem ... Mord. Und anderen losen Enden.«

Father Tansy wartete mit leuchtenden Augen, wie ein Eichhörnchen. »Sprechen Sie ruhig weiter.«

»Ich nehme an, das wird eine Beichte«, sagte Filth. »Und ich bin froh, dass Sie sich nicht in so einer Kiste verstecken. Das ist nichts für mich.«

»Ich weiß.«

»Ich kann erst anfangen, wenn Babs wieder da ist. Sie ist Teil davon. Und ich war ernsthaft krank.«

»Sie könnten ja damit anfangen, mir zu erzählen, was mit Ihnen los ist, Sir Edward. Und ich möchte nichts von Garnelen und verstauchten Knöcheln hören.«

Nach einer Weile sagte Filth: »Mein ganzes Leben lang, seit ich ein kleines Kind war, wurde ich verlassen oder im Stich gelassen oder durch den Tod von den Menschen getrennt, die ich geliebt habe oder denen ich wichtig war. Ich möchte wissen, warum.«

»Beruflich sind Sie ein Held, Sir Edward.«

»Das ist etwas vollkommen anderes. Außerdem glaube ich das nicht. In der höheren Anwaltschaft erinnert sich heute niemand mehr an mich. Meine Arbeit ist so ziemlich vergessen. Ich war mal bekannt für ein Umweltschutzgesetz. Aber das ist alles nicht mehr aktuell. Ich möchte Ihnen etwas erzählen. Als meine Kanzlei in ein ganz neu gebautes Bürogebäude umzog, wie eine Regierungsinstitution, es hat Millionen gekostet, die wir uns damals gut leisten konnten – wir waren sechsunddreißig Anwälte in der Kanzlei, als ich dauerhaft nach Hongkong ging –, da hat der alte Clerk, der kurz vor der Rente stand, mich in dem alten, elisabethanischen Gebäude, in dem ich angefangen hatte, mit in den Keller genommen, und da war ein Meer von Schriftsätzen, einen Meter hoch, mit rosa Bändern zusammengehalten. ›Wir wissen nicht, wohin damit‹, sagte er. ›Wir haben beschlossen, ein Aktenvernichtungsunternehmen kommen zu lassen.‹ Das waren Jahre meines Lebens. Viele, viele Jahre.«

»So deutlich hat man es nicht oft vor Augen«, sagte der Priester. »Ich sehe es an den leeren Kirchenbänken.«

»Es war alles nichtig. Ich bin alt, vergessen und sterbe allein. Mein letzter Freund, Veneering, ist tot. Ich vermisse ihn, obwohl ich ihm nie wirklich getraut habe. Mein wichtigster Freund war ein Falschspieler, und meine Frau hat ihn gehasst, obwohl wir ihm unseren Reichtum verdankten, den wir in Fernost gemacht haben. Er ist am elften September umgekommen. Saß als Passagier in einem der Flugzeuge und hat wahrscheinlich immer noch Karten gespielt. Ich hatte Jahre nichts von ihm gehört.«

Babs kam zurück und sagte dem Hund, er solle sich hinlegen. Er sprang sofort auf Filths Bett und betrachtete ihn von dort aus, als hätte er ihn schon einmal gesehen.

»Es ist ja so«, sagte Filth an seinem Tisch und hatte wieder einen Teil der Autorität, die er vor Gericht gehabt hatte, »ich frage mich, ob mein einsames Leben – ich habe mich eigentlich immer ziemlich allein gefühlt – die Strafe für das war, was ich mit acht Jahren getan habe. Damals habe ich mit Babs und Claire in Wales gelebt, wo eine Mrs Didds uns aufgenommen hatte.«

Babs kratzte sich am Bein, das in einer dicken, grauen Strumpfhose steckte, und sah aus dem Fenster. »Na los, Teddy«, sagte sie. »Spuck's aus.«

Father Tansy saß still da und nickte einmal. Von dem tänzelnden Komiker, der er in seiner Kirche gewesen war, war nichts mehr zu spüren.

Da Filth offensichtlich unfähig war anzufangen, sagte Babs: »Dann erzähle ich es eben.«

Schweigen.

»Sie hat uns wehgetan«, sagte Babs. »Sie hatte diese Art von lächelndem Gesicht, rund und pausbäckig, die erst bei näherer Betrachtung grausam wird. Das hatte niemand bemerkt. Wahrscheinlich war sie noch nicht so, als sie zum ersten Mal Pflegekinder aufnahm. Pa Didds war ein netter, alter Mann, aber er hat nur herumgesessen. Und dann ist er gestorben. Sie hatten keine eigenen Kinder. Als wir drei ankamen, hat sie Kinder schon gehasst, aber sie musste weiter Pflegekinder aufnehmen, weil sie sonst nichts hatten. Sie haben ihr immer weiter Kinder geschickt. Aus dem ganzen Empire. Wenn die Kinder sich beklagt haben … Die meisten haben das nie getan, sie dachten, das wäre normal. Und sowieso konnten die Kinder sich ja erst beschweren, wenn sie weg waren, anderswo. Und es gab kein Anderswo. Wir wurden alle für vier oder fünf Jahre zu ihr geschickt. Das war teilweise länger, als wir überhaupt schon auf der Welt waren. Wer sich beschwerte, wurde für einen Feigling gehalten. Sie hätten mal die Illustrationen in Raj-Kinderbüchern sehen sollen. Bilder von Kindern, die *einander* in der Schule mit Stöcken schlugen. Das Präfektensystem. Heute würde man das für obszön halten. Sie hat Cumberledge natürlich am meisten gehasst.«

»Er war schon da, als wir kamen«, sagte Filth. »Im Bett. Und hat nicht gesprochen. Er war fett, hat geheult und kam zum Tee nicht runter. ›Was hat denn der Junge?‹, hat Babs gefragt. ›Er hat schon wieder ins Bett gemacht‹, hat Ma Didds gesagt und eine ihrer langen Peitschen quer über den Tisch gelegt. ›Also muss er seine Laken waschen.‹«

»Ich habe mir mit ihm das Zimmer geteilt«, sagte Filth irgendwann. »Er stank, und ich habe ihn gehasst. Er hat auf dem Boden geschlafen, um das Bett nicht einzunässen, aber dann war sein Schlafanzug natürlich nass. Er hat ihn ausgezogen und sich direkt auf den Boden gelegt, aber dann hat sie ihn noch mal verprügelt, weil er den Schlafanzug ausgezogen hat. Wir mussten dabei zugucken.«

»Wie lange ging das so?«

»Jahre«, sagte Babs. »In der Erinnerung laufen die Jahre zusammen. Es kam uns vor wie das ganze Leben. Wir haben vergessen, dass es etwas anderes gegeben hatte, ein Leben davor.«

»Nicht ganz«, sagte Filth. »Claire – Claire hat sie übrigens nie etwas getan –, Claire war jünger und sehr hübsch, und sie hat sie auf den Schoß genommen und ihr die Haare gekämmt. Bevor Pa Didds ins Krankenhaus kam und starb, war er auch nett zu mir und Babs. Es gab immer wieder schöne Momente.«

»Er mochte dich«, sagte Babs. »Er ist mit dir spazieren gegangen. Mich hat er nie mitgenommen. Ich habe immer sehr laut Kirchenlieder gesungen. Das konnte sie nicht leiden. Sie hat mich geknebelt.«

»Und wie ist die Geschichte ausgegangen?«

»Wie die Geschichte ausging, hat Claire eines Tages beschlossen, als wir die Eier aus dem Hühnerhaus geholt haben. Das war unsere Aufgabe. Das mochten wir – das Geflatter und den Aufruhr und den krähenden Hahn. Es war wieder so ein Tag, an dem Cumberledge ausgepeitscht worden war und im Bett lag und weinte. Es war fast, als würde Ma Didds Cumberledge auf eine schreckliche, grausame Weise lieben, vor allem, nachdem Pa Didds gestorben war. Als würde sie sich selbst hassen. Wenn wir alle im Bett waren, saß sie da, die Arme um den Bauch geschlungen, und schaukelte. Wir haben über die Treppe gelinst und sie gesehen. Als hätte sie ein Baby im Bauch.«

»Sie hat mich im Schrank eingesperrt«, sagte Filth. »Ich habe noch schlimmer gestottert als sowieso schon. Dann hat sie mich angeschrien, ich solle ihr höflich antworten, und wenn ich dann gar nichts mehr herausgebracht habe, hat sie mir das Gesicht gegen die Wand geknallt oder mir auf die Ohren geboxt und mich weiter angeschrien, dass ich ihr antworten soll.«

»Aber das Essen war gut«, sagte Babs. »Riesige Platten mit Essen. Große Eintöpfe und selbstgebackenes Brot. ›Ihr solltet mal sehen, was die alles futtern‹, erzählte sie immer in der Kapelle. ›Fett wie die Schweine.‹ Sie hat uns vollgestopft. Außer Claire. Claire hat immer die Hälfte übriggelassen und Ma Didds angelächelt wie ein Engel. Sie hat Claire nie bestraft. Claire ist die schlauste von uns allen.«

»Und dann?«

»An diesem Abend im Hühnerhaus, Cumberledge drinnen und sprachlos, wie immer, sagte Claire, sie war erst sechs: ›Ich finde, wir sollten sie umbringen.‹ Wie das geht, wussten wir alle drei. Wir hatten Ayahs gehabt. Und Eddie seine Ada.«

»Ich hatte Ada und das ganze Dorf früher auf dem Dorfplatz beobachtet«, sagte Filth. »Sie haben einen Hahn geopfert und die Trommel geschlagen. Die Beschwörungen gingen stundenlang. Sie haben Sachen verbrannt, die dem gehörten, der sterben sollte. Haare. Einen Knopf. Und Federn von dem Hahn. Und dann ist die Person gestorben.«

»Das haben Sie geglaubt?«

»Oh ja. Es war wahr. So ist es passiert. Immer. Ich wusste, wie man einen Hahn tötet«, sagte Filth. »Ada konnte das. Ich habe ihr immer zugeguckt. Aber Ma Didds' Hahn war zu stark für mich, also habe ich ein Huhn gefangen und es getötet. Das ist einfach. Ada hat ihnen immer die Füße zusammengebunden und ihnen dann den Hals umgedreht und sie schnell herumgewirbelt, wieder und wieder, im trockenen Staub. Ich habe das auf dem Boden des Hühnerhauses gemacht. Ma Didds war in der Kapelle. Sonntagabends waren wir immer allein. Ich habe dem Huhn mit dem Brotmesser den Kopf abgeschnitten und ihn mit reingenommen. Claire hat ein paar Haare von Ma Didds aus ihrem Kamm geholt. Wir haben Streichhölzer genommen und die Haare und den Hühnerkopf im Kamin angezündet, und Babs hat gesungen.«

»Ich habe *There's a friend for little children* gesungen«, sagte Babs. »*Above the bright blue sky*, und Eddie hat Topfdeckel aneinandergeschlagen. Wir hatten nicht damit gerechnet, dass der Hühnerkopf so stinken und so schlecht brennen würde. Dann hörten wir sie kommen und sind alle nach oben gerannt.«

»Wir hatten vergessen, die Tür zum Hühnerhaus zuzumachen«, sagte Filth, »das war das Erste, was sie sah, und ein oder zwei Hühner auf dem Dach. Sie stürzte brüllend herein, hatte schon einen Stock in der Hand, und dann roch sie die brennenden Federn. Sie schrie ›Cumberledge!‹ und kam die Treppe herauf. Sie musste immer ihren Bauch festhalten, er hing runter. Ekelhaft. Also kam sie die Treppe hoch, mit einer Hand hielt sie ihren Bauch fest, in der anderen hatte sie den Stock parat. ›Diesmal mache ich dich endgültig fertig, Cumberledge!‹«

»Aber oben«, sagte Babs, als Filth nicht mehr fortfahren konnte, »trat Eddie aus dem Zimmer, das er sich mit Cumberledge teilte. Claire und ich waren auch aus unserem Zimmer gekommen und standen bei ihm. Cumberledge kam nicht unter seinem Bett hervor. Er hat es nicht gesehen. Aber wir haben es gesehen. Wir haben gesehen, wie Eddie ihr Handgelenk festhielt, von der Hand, in der sie den Stock hatte. Er stand über ihr auf der Treppe und war größer als sie. Er stand einfach da und hielt sie über ihrem Kopf am Handgelenk fest. Sie sagte: ›Lass mich los. Ich muss mich um Cumberledge kümmern.‹ Mit der anderen Hand musste sie sich den Bauch halten.«

»Also«, sagte Filth, »habe ich sie so plötzlich losgelassen, dass sie rückwärts die Treppe hinuntergestürzt ist. Und unten reglos liegenblieb. Aber bevor sie still dalag, hörte man ein … Krachen. Wie wenn ein Baum durchbricht.«

»Ich bin losgerannt, um den verbrannten Hühnerkopf wegzuschaffen«, sagte Babs. »Und Eddie hat nach Cumberledge gesehen. Claire hat sich den Mantel angezogen und ist ins Dorf gegangen, um Hilfe zu holen. Sie war aber sehr lange weg, weil es dunkel war und sie sich verlaufen hat. Sie hat die Dunkelheit immer gehasst. Teddy und ich sind zusammen ins Bett gegangen, um beieinander zu sein. Wir konnten Cumberledge nicht überreden, mit reinzukommen. Am Ende sind Teddy und ich eingeschlafen und erst wieder aufgewacht, als sie kamen, um Ma Didds abzuholen. Sie war gar nicht tot, stellte sich heraus, sondern ist erst am nächsten Tag gestorben. Sie haben noch notoperiert, sie hatte Magenkrebs. Daran ist sie gestorben, haben sie gesagt. Ein paar Tage später wäre sie sowieso gestorben.«

»*Was?*«, sagte Filth. »Das hat mir nie jemand gesagt.«

»Und der andere Junge? Cumberledge?«

»Cumberledges sogenannte Vormunde haben ihn sofort abgeholt. Es gab einen kleinen Skandal wegen seines Zustands, und er verschwand. Wir sind noch im Dorf geblieben, bis Auntie May kommen konnte, und Eddies Sir.«

»Wurden irgendwelche Fragen gestellt?«

»Soweit ich weiß, nicht. Es hatte schon lange Gerüchte gegeben. Aber walisische Dörfer halten Fremden gegenüber zusammen wie Pech und Schwefel, und wir waren dort alle fremd. Wales war damals sehr verschlossen, und gegen die Sprache kamen wir auch nicht an. Aber niemand hat uns etwas Kriminelles unterstellt.«

»Niemand«, sagte Babs. »Claire hat sogar Geschenke bekommen. Jeder liebt Claire, immer.«

Sie alle drei saßen schweigend in dem teuren, heilsamen Hotel im englischen Spätherbst.

»Und Sie möchten, dass ich Ihnen die Absolution erteile?«, fragte Father Tansy. »Sie bereuen?«

Eddie Feathers, Old Filth, der Richter, Fevvers, eine Autorität des Inner Temple, Teddy – Stützpfeiler der Gerechtigkeit, Richter im Namen der Wahrheit – sagte zunächst nichts.

»Nein«, sagte er schließlich. »Das tue ich nicht. Ich kann nicht.«

»Nein, ich auch nicht«, sagte Babs. »Und Claire auch nicht, das weiß ich.«

»Lebt Cumberledge noch? Ist er psychisch gesund?«

»Ziemlich«, sagte Filth. »Ich habe ihn noch einmal im Dunkeln in Oxford getroffen. Während des Krieges, als ich mich im Schnee verlaufen habe. Ich habe gar nicht begriffen, dass er das war. Zwischen acht und achtzehn verändert man sich ja sehr. Erst Jahre später ging mir auf, dass er das gewesen sein musste. Er kam aus einer verdunkelten Kirche. Er strahlte Ruhe und Freundlichkeit aus. Er war in der Army. Er hat mir auch nach Bettys Tod geschrieben. In seinem tiefsten Wesen ist er unversehrt geblieben.«

»Er ist ein Grande«, sagte Babs. »Er hat sich in Cambridge zur Ruhe gesetzt und ist Grande.«

»Es gibt Menschen, denen ist Gnade gegeben«, sagte Tansy. »Aber Sie wollten doch eine Beichte ablegen, Sir Edward?«

»Ich wollte mein Bedauern ausdrücken«, sagte Filth. »Mein Mitleid mit ihr. Mit Ma Didds. Ich habe Hunderte von Fällen verhandelt, die teilweise sehr viel boshafter waren als das. An manche kann ich bis heute nicht mal denken, weil ich es nicht ertrage. Ich meine nicht, dass ich meine Urteile nicht ertrage – da muss man ein dickes Fell haben –, sondern ich ertrage die Grausamkeit im Herzen dieser schlechten Welt nicht. Die Rachegefühle, die sogar Kinder haben. Es ist alles da und wartet darauf, gebraucht zu werden. Ohne Liebe. Cumberledge hat Gnade. Das ist alles, was ich sagen kann. Wir hatten sie nicht.«

Sie blieben sitzen.

Der Hund streckte sich und gähnte, sprang vom Bett und legte Babs den Kopf auf den Schoß.

»Lassen Sie uns das allgemeine Schuldbekenntnis beten«, sagte Tansy. »Gemeinsam.«

Das taten sie, und Filth erinnerte sich, wie Sir ihm die Worte eingebläut hatte.

Dann sagte Tansy: »Lasset uns beten. Barmherziger Gott, sieh auf diese deine Kinder. Heile sie und halte sie in deinen ewigen Armen.«

Offenbarung

Sein Haus war blitzblank, der Garten tipptopp. Eine Nachricht auf dem Küchentisch versprach *Butter, Käse und Milch sind im Kühlschrank. Brot im Brotkasten. Bacon etc. Herzlich willkommen zu Hause, Kate.* Durch das Fenster in Richtung der Downs sah er eine Bewegung im Apfelbaum, dann fiel ein Kind von nebenan heraus, aß einen Apfel und spazierte damit lässig über seinen Rasen, als würde er ihm gehören. Da musste ein Loch in der Hecke sein, dachte er. Konnte seinetwegen auch drinbleiben. Seine Post war ordentlich auf seinem Schreibtisch aufgestapelt, Feuerholz lag bereit. Sie hatte sogar ein paar Blumen in eine Vase gestellt.

Die Heimfahrt war gut gewesen. Sehr angenehme Fahrt. Kurz vor Weihnachten.

Und wie schön, Babs wiederzusehen. Und den Pfaffen. Ein ereignisreicher Urlaub. Morgen musste er zum Arzt.

Seinem Knöchel ging es schon sehr viel besser, und am Herzen oder der Verdauung fehlte ihm überhaupt nichts. Was ihm jetzt noch zu schaffen machte, war nur der Winter mit seinen Zipperlein. Für sein Alter war seine Arthritis noch ziemlich schwach, hieß es, vor allem, wenn man dazu das Alter dieses feuchten Hauses bedachte.

»Ich plane schon wieder eine Reise«, sagte er am nächsten Tag, nachdem er in der Praxis in Shaftesbury gewesen war. »Guten Morgen, Mrs – Kate. Wie schön, Sie zu sehen. Vielen Dank fürs Einkaufen. Das Haus sieht sehr gut aus. Ich habe Ihnen ein Andenken aus Gloucester mitgebracht. Wo ist Garbutt?«

»Garbutt«, sagte er. »Guten Morgen! Habe ich das geträumt? Ja, natürlich. Sie haben mich doch nicht besucht, dort, wo auch immer ich war? Irgendwas habe ich geträumt. Da waren ein paar sehr sonderbare Ärzte. Sie dachten, ich hätte einen Herzinfarkt. Was für ein Unsinn.«

»Danke für die Postkarte«, sagte Garbutt.

»Sie sind mich dann doch noch nicht ganz los, Sie beide. Ich habe eine Entscheidung getroffen. Ich fliege über Neujahr nach Fernost.«

»Da bekommen Sie doch nie im Leben eine Versicherung«, sagte Kate.

»Sie sind schon seit Jahren nicht mehr geflogen. Heutzutage sitzt man da mit den Ohren zwischen den Knien«, sagte Garbutt.

»Ich fliege erster Klasse. Habe ich immer getan. Und das werde ich auch immer tun. Ich kann es mir leisten. Veneering hat mir seine Publikationen von Gerichtsentscheidungen hinterlassen, ich beabsichtige, sie für sechstausend Pfund zu verkaufen.«

»Sie bekommen keine Versicherung.«

»Sie können nicht allein fliegen.«

Die beiden trieben ihn in die Enge wie Auftragsmörder.

»So gut wie im Moment ging es mir schon lange nicht mehr. Mein kleiner Urlaub hat mir gutgetan. Der Arzt sagt, man braucht heute nicht mehr diese ganz brutalen Impfungen. Und die passende Kleidung habe ich noch im Schrank, ich muss nicht mal vorher einkaufen.«

Die beiden zogen murmelnd ab und berieten sich.

»Fliegen ist nicht mehr sicher«, sagte Kate. »Nicht nach dem elften September. Neujahr ist die gefährlichste Zeit für ein weiteres Attentat.

Und womöglich wollen Sie auch noch in ein muslimisches Land fliegen!«

Er schenkte ihnen keine Beachtung, sondern bat Garbutt, auf den Dachboden zu gehen und nach dem Koffer zu schauen, den er und Lady Feathers von ihrer letzten Reise nach Bangladesch mitgebracht hatten.

Kate sagte: »Madeira ist hübsch. Warum nicht etwas Näherliegendes?«

»Nein. Bangladesch. Ich muss Bangladesch – und vielleicht Lanka wiedersehen. Und vielleicht fliege ich dann einfach weiter. Weiter nach Malaysia, dann nach Borneo. Kotakinakulu. Wo ich geboren wurde.«

»Ich kriege die Krise«, sagte Garbutt.

»Aus Bangladesch kommen die ganzen Messingsachen.«

Er hatte Kate nach Bettys Tod die gehämmerten Kupferschalen geschenkt, damit sie sie nicht zweimal die Woche auf seine Kosten polierte.

Sie sagte: »Wenn ich die Neun-Uhr-Nachrichten richtig verstehe, dann steht Bangladesch die halbe Zeit unter Wasser und ist überhaupt nicht gut für Arthritis. Tut mir leid, aber der Arzt ist doch für so was berüchtigt. Er ist selber nie weiter gekommen als bis zum Golfplatz. Er war noch nicht mal auf Gran Canaria, wo wir immer hinfliegen – hübsch, nicht so weit, und man bekommt auch in der Economy keine Thrombose.«

»Das hat er doch schon gesagt. Er fliegt nicht Economy«, sagte Garbutt. »Er meint, die ist voll mit Kindern, die in den Schulferien zu ihren Eltern in Fernost fliegen. Das erträgt er nicht. Er sagt, zu seiner Zeit hat es sechs Wochen gedauert, und man hat es nur alle fünf Jahre gemacht. Heute seien sie total verwöhnt und hätten die ganze Zeit Kopfhörer in den Ohren.«

»Was mir wirklich Sorgen macht, ist das Gepäck«, sagte Garbutt.

Der Koffer war riesig. Ihn vom Dach zu bekommen war schon eine schwere Geburt. Das Etikett versprach eine *Revelation*.

»Revelation war mal die beste Gepäckmarke«, sagte Filth. »Sie waren wirklich eine Offenbarung, weil sie sich dehnen.«

»Das waren diese schweren Dinger, für die man einen Träger hatte«, sagte Kate. »Sollen wir Ihnen nicht einen moderneren Koffer ausleihen? Von dieser Chloe?«

»Auf keinen Fall«, sagte Filth.

»Auf gar keinen«, sagte Garbutt.

»Dann besorgen Sie sich einen mit Rädern, zum Hinterherziehen«, sagte sie. Und: »Was steht denn hier auf den Beschlägen?«

»ISLAM«, sagte Filth.

»Dann ist die Sache ja klar. Den können Sie nicht mitnehmen. Da hält man Sie ja gleich für einen Terroristen.«

»Islam war der Name eines wichtigen Anwalts in Brunei. Ein Freund von mir. Er hat mir den Koffer gegeben, damit wir unsere Mitbringsel transportieren konnten. Wir haben dort viel gekauft – sie haben da so wenig. Da war es das mindeste, was wir tun konnten. Kaufen und kaufen.«

»Dann wollen wir ihn mal aufmachen«, sagte Garbutt.

In dem Koffer waren schauderhafte Tischsets aus Jute, Sackleinen-Tischdecken mit Kreuzstich-Stickerei, lappige Saris und ein paar unzerstörbare Strohmatten. Und ein schwerer Beutel mit Amethysten. Filth hatte Betty so manches Mal in Verdacht gehabt, leichtfertig zu schmuggeln. Er schickte das ganze Zeug zu einem Kirchenbasar und bat Garbutt, den Koffer zu schrubben und zu polieren. Er sah toll aus.

»Man sieht schon, dass das etwas Gutes ist«, sagte Kate. »Aber ich wünschte, Sie würden es sich noch mal überlegen. Wir haben ja ihren letzten Ausflug noch nicht mal verarbeitet.«

Er starrte sie nieder.

Und so wanderte Filths makellose Unterwäsche in die *Revelation*, seine Unterhemden und das, was er immer noch »Schlüpfer« nannte; seine gelben Baumwollsocken von Harrods, zwanzig Jahre alt; ein paar Seidenpyjamas; zwei leichte Anzüge und ein Dinnerjackett (denn man kann nie wissen, wo man eingeladen wird). Er fügte zwei Kulturbeutel hinzu, einen mit Rasierzeug (nass) und Kernseife und einen für seine Pillen. Die Pillen für unterwegs würde er bei seinem Reisepass unterbringen. In der *Revelation* war noch Platz.

»Da passen deine Sachen auch noch alle rein!«, rief er Betty zu, dann spürte er einen heftigen Schmerz im Brustkorb. Er tat es schon wieder. Er redete mit ihr. Als hätte sie auch nur im Traum daran gedacht, jemals den Koffer mit ihm zu teilen! Sonderbar, dass Betty seit seinem Ausflug ins West Country wieder da war. Die Sehnsucht nach ihr war jetzt oft schmerzhaft. Sein schlechtes Gewissen. Er hatte ihr Andenken vernachlässigt. *Erinnerung und Sehnsucht* – ich darf sie nicht aus den Augen verlieren. Muss sie bewahren.

Am Weihnachtstag ging er um zehn Uhr in die Kirche. Eigentlich mochte er den stilleren Gottesdienst um acht lieber, aber acht Uhr wurde ihm langsam zu früh. Es duftete nach Grünzeug und schweren Winterblumen. Der Zehn-Uhr-Gottesdienst war quirlig und voller Kinder, alle schüttelten einander die Hände, und der Vikar hieß Lucy. Egal. Er betete für Father Tansy und für Babs und Claire. Er betete für die Seelen von Ma Didds und Sir und Oils und Miss Robertson und Auntie May. Das brachte noch weitere Kandidaten mit sich. Er betete für Loss, natürlich, wie so oft, und für Jack und Pat Ingoldby, wie jeden Tag. Und für die arme Isobel, die schon die ganze Zeit lesbisch gewesen war. Wie dumm von ihm. Und wie unangenehm. Er hätte wissen müssen, dass er ihr nie hätte alles sein können.

Er betete für das nette Mädchen und seine Großmutter, und für Alice, die kleine Haushälterin seiner Tanten, und für Garbutt und Kate. Er betete für die Seelen seines Vaters und seiner Mutter. Und dann betete er für Ada, den Schatten, der sich am Wasser über ihn beugte.

Er war nicht sicher, ob das eine Erinnerung war oder die Erinnerung an eine Erinnerung. Er betete für den pummeligen Cumberledge, der stark geworden war wie ein Löwe. Wie wenig das alles vorhersehbar war. Wie unterschiedlich und wundervoll. Er betete und betete den Rest des Gottesdienstes hindurch. Für Veneering und diese unattraktive junge Anwältin, die ihr Baby nach ihm benannt hatte, für … Er tat sich schwer damit, für Chloe zu beten und für die Seelen seiner Tanten – aber er schaffte es. Er betete nicht für Betty. Er wusste, dass sie es nicht brauchte.

Er aß sein übliches Weihnachtsdinner im White Hart in Salisbury und brachte an den Tagen danach seinen Schreibtisch in Ordnung und fügte seinem Testament einen Passus hinzu, mit dem er Mrs –er – Kate (sie hieß *Toms*, Katherine Toms) – die Amethyste hinterließ. Er ließ einen Scheck für Garbutt da, dann riss er ihn kaputt und stellte einen deutlich höheren aus. Er stockte den Betrag auf, der an den National Trust gehen sollte, und den für den Wohltätigkeitsverein der Rechtsanwälte. So vergingen die toten Tage zwischen den Jahren.

Am Einunddreißigsten wartete er in der Eingangshalle auf den Wagen. Er saß allein auf

Bettys rosa-goldenem Thron, denn Kate musste sich jetzt um ihre eigene Familie kümmern. Der Wagen fuhr ihn ohne Zwischenfälle im strömenden Regen die hundert Meilen nach Heathrow.

Der Flughafen war beinahe leer. Es hatte »einen Alarm« gegeben. Wie lächerlich, dachte er. Wir lassen diese Leute gewinnen. Die Security war besonders pingelig. Er musste dreimal durch den Metalldetektor gehen, bis jemand kapierte, dass seine altmodische Brille den Alarm auslöste. Der Koffer mit den muslimisch wirkenden Beschlägen wurde anstandslos durchgewinkt. ISLAM. Es gab ein kleines Zögern wegen des Röntgenbilds von Pat Ingoldbys Kleiderbürste, die aussah wie eine Pistole.

Und dann das Flugzeug.

Wie die Stewardessen heute lächeln, dachte Filth. Was für kalte Augen.

Er überlegte, wie es wohl wäre, entführt zu werden. Das fragte er sich noch einmal, als das Flugzeug über den Alpen um hundert Fuß absackte wie ein Stein.

»Nur ein paar Turbulenzen.« Der Pilot schlenderte durch das Flugzeug, vermutlich, um Vertrauen zu erwecken, und Filth war stolz auf sich, dass er einfach weiter seine Suppe löffelte.

»Alles in Ordnung, Sir?«

Er war angetan, dass der Mann Engländer war. Das waren Piloten heutzutage ja nicht mehr oft.

»Welche Route fliegen wir, Captain? Außenrum?«

»Natürlich. Erst mal ein gutes Stück nach Süden. Keine Missiles in Sicht. Über Afghanistan wird es dunkel sein. Auf einen Tee nach Singapur, und dann Richtung Dhaka.«

Filth sagte: »Als ich früher nach Fernost geflogen bin, war es immer Vietnam, das man vermeiden musste. Da musste man auch noch zweimal auftanken. Am Golf und in Bombay. Bombay heißt jetzt irgendwie anders, wenn ich das richtig verstanden habe. Am Flughafen von Bombay gab es eine halbe Marmortreppe. Golden und cremefarben. Wunderschön. Sie hörte mitten in der Luft einfach auf. Was für eine Metapher!«

»Die Zeit vergeht.«

»Ich bin nur manchmal nicht sicher, ob sie dabei ein Ziel hat.«

Er schlief. Einmal wachte er schreiend auf, weil er geträumt hatte, er würde in einen Leichensack gesteckt. Eine Stewardess steckte eine Decke um ihn fest.

Schwarze Nacht umschloss das Flugzeug. Als er das nächste Mal aufwachte, war in jedem Fenster eine bleistiftdünne goldene Linie zu sehen.

Es dämmerte.

»Es ist schon morgen«, sagte das Mädchen. »Die Sonne geht auf. Ein frohes neues Jahr!«

(Als wäre ich noch nie geflogen.)

Er sah die Sonne aufgehen.

Später schaute er auf einen dicken Wolkenteppich hinunter und sah etwas, was er in seinem ganzen Leben noch nicht gesehen hatte. Zwei Sonnen standen nebeneinander am Himmel. Ein Parhelion. Ein großartiges, uraltes Omen für irgendetwas, er hatte vergessen, wofür. Er sah sich um, aber die zwei oder drei anderen Erste-Klasse-Passagiere schliefen unter ihren Decken, und die Stewardess war nicht zu sehen.

Das Weiß vor dem Flugzeug wurde schrecklich. Das Flugzeug war nur ein Glassplitter, eine Nadel. Es wurde in die Ewigkeit katapultiert, in die Auflösung. Sie hatten jegliche Geschwindigkeit hinter sich gelassen und waren in der Unendlichkeit – sie reisten in etwas,

was die Astronomen eine Singularität nannten.

Die Stewardessen brachten Orangensaft und heiße Handtücher.

In Singapur stand ein Rollstuhl für ihn bereit. (Sehr alter Herr, der ein wenig humpelt.) Er stand am Anfang der faltigen Röhre, durch die man vom Flugzeug in den Flughafen gelangte und die es in den Siebzigern mit Sicherheit noch nicht gegeben hatte; da mussten sie steile Treppen aufs Rollfeld hinuntersteigen. Er ließ den Rollstuhl links liegen und ging steifbeinig durch den schwankenden Tunnel in das klimatisierte Glitzern der Geschäfte und schließlich zur schattigen First Class Lounge. Zwei Stunden und ein ausgiebiges Schläfchen später ging er ausgeruht wieder zurück.

Auf dem Sitz neben ihm saß jetzt ein junger Mann in einem kragenlosen, offenen, weißen Hemd und Jeans und arbeitete bereits auf seinem Laptop. Auf einem laminierten weißen Ordner las Filth die Worte »Instruktionen für Anwälte«.

Filth war in Plauderlaune.

»Sie sind Anwalt? War ich auch. Ich habe auch immer im Flugzeug gearbeitet. Den ganzen Hinflug, den ganzen Rückflug. Und vom Flughafen gleich in die Kanzlei. Wir haben uns alle daran gewöhnt, die Nacht durchzuarbeiten, sogar in London. Aber ich bin nie direkt aus dem Flugzeug ins Gericht gegangen. Das habe ich nie gemacht. Zu gefährlich.«

»Heute machen wir das«, sagte der Junge. »Keine Zeit zu vertrödeln.«

»Gefährlich für den Mandanten. Gefährlich für den Anwalt. Wenn man ins Gericht geht und nicht topfit ist.«

»Ich bin immer topfit. Sagen Sie … Sie sind aber nicht zufällig …?«

»Doch. Old Filth. Lang vergessen.«

»Also, hier unten erinnert man sich noch gut an Sie.«

»Ja. Also, ich nehme es an. Ich hoffe es! Ha. Ist Ihnen jemals ein Herr namens Loss begegnet?«

»Nein, ich glaube nicht.«

»Oder Islam?«

»Hier heißen sie alle Islam.«

»Wahrscheinlich lebt er nicht mehr. Und mit Sicherheit lange im Ruhestand. Ich habe einen Koffer von ihm. Eine Revelation.«

Eine neue Stewardess, eine Malaiin – brauner, seidiger, sanfter, mit runderen Armen und im Sari –, kam mit einem Schälchen Garnelen vorbei. »Soll ich Ihnen die Rollos runterlassen, Sir?«

»Nein danke«, sagte der junge Kronanwalt. »Es sind keine zwei Stunden mehr. Lassen Sie uns die Sterne sehen.«

»Sind Sie verheiratet?«, fragte Filth nach langem Grübeln über die Garnelen, aber ohne sie zu essen.

»Natürlich.«

»Ich habe meine Frau immer mitgenommen«, sagte Filth. »Immer.«

»Meine ist Bankerin. Und ich glaube nicht, dass sie sich als ›meine‹ sehen würde. Wir landen. Gut. Und wir wurden nicht entführt!«

Als er das Flugzeug verlassen wollte, überkam ihn plötzlich das finstere Elend wie die schwarze Augenbinde, die einem umgelegt wird, bevor man dem Erschießungskommando vorgeführt wird. Dann fragte er sich, ob er mit dieser Reise in Wahrheit womöglich nur auf den Tod gehofft hatte … Darauf gewartet, dass einer ein Messer aus dem Schuh zog, eine Pistole aus dem Ärmel, »Keine Bewegung!«, das Krachen von Kugeln und Blut. Eine gesegnete, erlösende Explosion. Lange genug gelebt. Bringen wir es hinter uns.

Er hatte gewartet.

Denn was war in den Donheads noch für ihn übrig?

Er saß mit Garbutt und Mrs –er und Rüschen-Chloe in diesem feuchten Waldland fest.

Nun ja, es gab noch die Hoffnung auf Auslöschung auf der Rückreise. Vielleicht klappte das ja.

Und wenn nicht? Was dann?

Dann ziehe ich um. Ich nehme mir eine Wohnung im Temple. Da kenne ich niemanden mehr. Lauter grauenvolle neue Richter. Aber doch vom eigenen Schlag.

Trübsinnig und unsicher nickte Filth dem hübschen Mädchen einen Dank zu und ging zur Tür.

Am oberen Ende der Gangway traf der Osten ihn mitten ins Gesicht. Die wunderbare, dicke Hitze überschwemmte ihn, umfing seine geschwollenen alten Hände und seine müden Füße, badete seinen alten Kopf und den sehnigen Hals, sickerte in jede Pore und jede Faser seines Körpers. Das Leben regte sich. Das stillstehende Flugzeug vibrierte von der Hitze, die

Luft um es herum vibrierte, der ganze Flughafen vibrierte und tanzte in der weichen Dunkelheit. Scheinwerfer und bunte Lichter schimmerten an dem niedrigen Geländer, wo sich die Leute versammelt hatten, um das Flugzeug in Empfang zu nehmen, zusammengedrängt wie Insekten, wie verrückte Schmetterlinge.

Das ungeheure Schnattern und Plappern, die Aufgeregtheit. Das Hupen und Tuten und Heulen, und das Schlagen der Trommeln. Die Gebete und die auf dem Boden liegenden Betenden und die Gebetsmatten. Der alte, altvertraute, geliebte Geruch.

Betty schien direkt neben ihm zu stehen und zu strahlen und den Leuten zurückzuwinken. Direkt neben ihm.

»Passen Sie auf, Sir. Soll ich Ihnen helfen? Ist alles in Ordnung?«

»Alles in Ordnung«, sagte Filth. Diese freundlich ausgestreckten Arme. »Alles in bester Ordnung.«

Er war zu Hause.

Szene: The Inner Temple Garden

Zwei Richter stehen neben dem Denkmal mit der Inschrift *Auch Rechtsanwälte, glaube ich, waren einst Kinder.* Die Glocke der Temple Church schlägt und schlägt, wie immer einmal für jedes Lebensjahr eines verstorbenen hochrangigen Juristen.

The Queen's Remembrancer: Das wird für Filth sein.

A Lord of Appeal: Dann müssten es neunzig Schläge sein.

QR: Nicht ganz. Aber fast. Haben Sie die Nachrufe gelesen?

L of A: Ja. Kurz. Schwer zu sagen, was genau er eigentlich gemacht hat. Er war kein herausragender Jurist. Hat keine echten Veränderungen bewirkt. Sehr altmodisch. Lachhaft, nehme ich an, nach heutigen Maßstäben. Aber natürlich ein guter Richter.

QR: Er war gerade aus dem Flugzeug gestiegen. Wussten Sie das? Zurück zu den Wurzeln.

L of A: Mutig. Wahrscheinlich das Einfallsreichste, was er je getan hat, in seinem langen und ereignisarmen Leben. War er allein unterwegs, wissen Sie das?

QR: Ja, er ist allein gereist. Mutterseelenallein.

Danksagung

Wie man sicher unschwer erkennen kann, bin ich Rudyard Kiplings *Something of Myself* und seiner Geschichte *Baa Baa Black Sheep* zu großem Dank verpflichtet. Gleiches gilt für Christopher Hudsons wunderbaren Roman *Colombo Heat* über die letzten Tage der Raj in Ceylon (Sri Lanka); ich war sogar so frei, mir eine seiner Figuren auszuleihen und ihr eine Statistenrolle mit einer Krücke zu geben. »Sir« ist von Geoffrey Grigsons Autobiographie *The Crest on the Silver* inspiriert.

Ich bin auch meinen bereits verstorbenen und meinen noch lebenden Freunden, die selbst Raj-Waisen waren, sehr dankbar. Außerdem Peter Leyland, K. S. Chung und meinem Mann David Gardam, die alle während des Krieges mit Konvois Richtung Fernost gefahren sind und von denen zwei zurückkehrten.

Ich danke dem inzwischen verstorbenen Michael Underhill, QC, der einige Monate Junior Platoon Commander im Royal Gloucestershire Regiment war, das Queen Mary in Badminton

House beschützte. Er hat mir darüber berichtet, ebenso wie seine Frau, Rosalie Beaumont, die mir eine charmante, unschuldige Korrespondenz zwischen ihrem Mann und Queen Mary zu lesen gab. Ich danke auch Mrs Nettles, der ehemaligen Hauswirtschafterin von Badminton House, und ihrer Schwester. Ich habe viel aus den Büchern *Queen Mary* von James Pope-Hennessy (1959) und *HRH Princess Adelaide, Duchess of Teck* (1900), einem großen Werk von C. Kinloch Cooke, Barrister-at-Law, gezogen. John Saumarez Smith vom Heywood Hill Bookshop in Curzon Street hat mir freundlicherweise Osbert Sitwells umwerfendes Buch *Queen Mary and Others* (1974) ans Herz gelegt.

Den Richtern des Inner Temple, den Clerks und den Partnern der Kanzlei Atkin danke ich für vieles in den letzten fünfzig Jahren; vor allem Stewart Goldsmith, der mich oft in ferne Gefilde und wieder nach Hause brachte.

Wer meint, in meinen Figuren jemanden wiederzuerkennen, der irrt, denn sie sind allesamt meiner Phantasie entsprungen – mit Ausnahme von Queen Mary, ihrer Hofdame, der Duchess of Beaufort, dem Bahnhofsvorsteher von Badminton (der anscheinend tatsächlich weiße Handschuhe trug); und meinem Mann, der Filth nur in einer einzigen Hinsicht ähnelt: er hat am Strand von Freetown siebenunddreißig Bananen gegessen. (Ohne gesundheitliche Folgen.) Sein Freund an der Oundle School, »der beste Freund, den ich je hatte«, hieß Pat Ingoldby; er ist 1942 auf See geblieben, und ich habe seinen Namen zu seinem Gedenken verwendet.

Alle historischen Fehler habe ich selbst gemacht.

Jane Gardam, Sandwich, Kent 2004